先行到失败中去

唐晓渡 著

作家出版社

唐晓渡

■ 1954年1月生。1982年1月毕业于南京大学中文系。现为作家出版社编审、《当代国际诗坛》主编。中国作家协会会员，北京大学新诗研究所研究员。多年来主要致力于中国当代诗歌，尤其是先锋诗歌的研究、评论和编纂工作，兼及诗歌创作和翻译。著有诗论、诗歌随笔集《唐晓渡诗学论集》、《今天是每一天》等七种；译有捷克作家米兰·昆德拉的文论集《小说的艺术》，以及S.普拉斯、V.哈维尔、C.米沃什、Z.赫伯特、M.赫鲁伯等诗人、作家的部分作品；主编“二十世纪外国大诗人丛书”多卷本、“当代诗歌潮流回顾丛书”多卷本、“帕米尔当代诗歌典藏”多卷本等；另编选有《中国当代实验诗选》《当代先锋诗三十年——谱系和典藏》等十数种诗选。参与创办民间诗刊《幸存者》《现代汉诗》。评论和诗歌作品被收入国内外多种选（译）本。2012年获首届“教育部名栏·现当代诗学研究奖”。2013年获第二届“当代中国文学批评家奖”。

目 录

五四新诗的现代性问题*

表面看来，新诗的“现代性”直到八十年代才成为一个被明确意识到的问题①，但其渊源却必须追溯到它的起点。这里首先涉及到新诗的合法性依据。一般认为新诗的产生缘起于旧体诗与现实关系的不适；这种观点显然是过于简单化了。事实上旧体诗迄今仍不失为一种有效的写作文体，其可能性远未被耗尽；另一方面，这种观点也不能解释诸如新诗的倡导者们何以会把白话和文言尖锐地对立起来，何以会把这种对立延伸为文学史的价值尺度这样一些更为复杂的现象。

同时我注意到，由于把“现代性”当作一个有其固定内涵的、先入为主的概念加以使用，许多论者都落入了循环论证的陷阱。本文将力图避免这一陷阱。奥克塔维奥·帕斯的有关看法或许有助于解释我所持的立场。在帕斯看来，追随现代性“几乎是本世纪所有诗人的经历”，“现代性曾经是一股世界性的热情”；然而，“现代性”本身却是“一个含糊的术语，现代性跟社会一样多。每个社会都有自己的现代性，其含义是模糊的、随心所欲的，就像它之前的那个时代——中世

* 本文系长文《新诗“现代性”的重建》的导言。题目是另加的。曾在“中国当代诗歌国际研讨会”（荷兰莱顿，1995）上宣读。

① 此是相对中国大陆而言。其理论形态最早可见于杨炼的《传统和我们》（1982）和欧阳江河的《关于现代诗的随想》（1982）。

纪的含义一样”。问题不在于“它是一个概念，一种幻觉，还是一个历史时期”，而在于它“是一个寻找自己的字眼”[①]。

从词源学的意义上探讨“新诗”一词，可以发现它并不孤立，而是一个五四前后特定历史语境下形成的、彼此有着血亲关系的庞大词族的一分子；因此绝非如人们习惯认为的那样，仅仅是一个文体概念，而是积淀着丰富的历史—文化内涵。这个“词族”包括“新民”、“新思想”、“新道德”、“新宗教”、“新政治”、“新风俗”、“新人格”、“新小说”、“新文艺”、“新文化”，如此等等。显然，我们看到是一种大规模的命名或重新命名现象；其中“新”（正如眼下的“后”一样）扮演着价值给定的元话语角色。按《现代汉语词典》，和“旧”相对的“新”有两个意项：1，性质上改变得更好的、更进步的；2，没有用过的。前者相当于孔子所谓“日日新，又日新”的“新”；后者则相当于成语“除旧布新”的“新”。五四“‘新’词族”的“新”或二者兼而有之，但显然更偏向后者。当时最权威的思想家之一、“新民说”（有充分的证据表明，“新民”是五四“‘新’词族”的核心概念）的倡导者梁启超说得毫不含糊：

> 吾思之，吾重思之，今日中国群治之现象殆无一不当从根柢处摧陷廓清，除旧而布新也[②]。

梁氏所言非一己之见，事实上他同时道出了五四新文化运动一体化的实质及其原则立场。这一原则立场建立在中国传统社会—文化已经全面朽坏的判断基础上。因而毫不奇怪，新文学运动从一开始就不同于此前文学史上的历次诗文革新运动。它不是要回溯、清理、疏浚进而拓展原先的“道统”源流，而恰恰是要“从根柢处”摧毁、抛弃

---

① 奥·帕斯：《对现时的寻求》，见《太阳石》，漓江出版社，1992年版，第336—337页。重点系引者所加。

② 梁启超：《新民议》。

这一道统本身，“别立新宗”（鲁迅语）或另辟源头。按照林毓生教授的说法，这种“全盘性的反传统主义”主张在五四前后形成了一股巨大的潮流，并一直贯穿到七十年代[①]。

新诗的奠基人胡适推崇梁启超是“当代力量最大的学者”[②]，又说他自己“受了梁先生的无穷恩惠”[③]，都是大大的实话。很难设想，假如不是基于经由梁启超阐明的新文化原则立场，假如不是从据此形成的“全盘性反传统主义”的“巨大潮流”中汲取力量并引为依托，当时既无令人信服的文本可征（这方面“新诗”比“新小说”远为软弱），自身美学特质又极为苍白的“新诗”能够摇摇晃晃地站住脚跟，形成与称雄千年、美轮美奂的“旧诗”对峙的局面，以至最后在文体上取得压倒性优势[④]（顺便说一句，假如“新诗”最后站不住

---

① 林毓生：《中国意识的危机·绪论》，贵州人民出版社，1986年版。

② 胡适：《我的信仰》，见《胡适自传》，黄山书社，1987年版，第89页。

③ 胡适：《四十自述》，同上，第47页。

④ 郑敏先生在《世纪末的回顾：汉语语言变革与中国新诗创作》一文（载《文学评论》1993年第3期）中，曾从“矫枉必须过正的思维方式和对语言理论缺乏认识”的角度，对白话诗文运动代表人物（胡适、陈独秀）的“那种宁左勿右的心态，和它对新文学，特别是新诗创作的负面影响”作了较为深入的探讨。在郑先生看来，这种思维方式和理论上的缺陷并非个别人或阶段性的流弊，事实上据此形成了一种自五四以来一直居于“正统”地位、“拥有不容置疑的权威”的“决策逻辑”，从而从内部支配或影响了“过去一个世纪中国文学，特别是诗歌创作”所面临的三次道路选择。这种逻辑简而言之，即“拥护—打倒的二元对抗逻辑”，而“我们一直沿着这样的一个思维方式推动历史”。郑先生的上述观点甚为精警，但把白话诗文运动的勃兴说成是“由几个知识分子先定下改革的‘刍议’，进而登高一呼，希望在一夜之间（或很短时间内）‘推倒’自己的母语传统，进入‘正宗’”，则不免过于戏剧化了。它无法回答进一步的追问。例如：用今天的眼光看，胡、陈等人当初的决策或许是幼稚的；但他们为什么会做出这种“幼稚的决策”？这种“幼稚的决策”与“那种矫枉必须过正的思维方式和对语言理论缺乏认识”之间是否存在必然的因果关系？它又为什么会形成一种“逻辑”力量，从而不仅导致了五四以后文学和诗歌的“语言断裂”，而且支配或影响了此后的好几代诗人？如此等等。

脚，那一夜间“暴得大名”的胡适可真就要枉担一份虚名了）。

“白话是否可以做诗”作为“文学革命”的最后一役殊受重视；围绕这一点展开的论争火药味也更浓，用胡适的话来讲就是：

> 白话文学的作战，十仗之中，已胜了七八仗。现在只剩下一座诗的壁垒，还须全力去抢夺。待到白话征服了这个诗国时，白话文学的胜利就是十足的了[①]。

在此过程中倡导者把白话和文言誓不两存地尖锐对立起来，甚至提出废除汉字、改用拼音文字的极端主张，便也不足为怪；所有这些借助新文化运动发展的重力加速度，成了“全盘性反传统主义”最显豁的表达。

新文学运动首先是中国1840年鸦片战争以来愈演愈烈的社会—文化危机及其造成的广泛的生存焦虑的产物。但这只是问题的一面。新文学运动在中国兴起之初，正是现代主义思潮在欧美激荡之时。饶有兴味的是，那里也同样存在鲜明的“全盘性反传统主义”的倾向。J·麦克法兰把现代主义运动描绘成一场“唱对台戏”的运动。在这场运动中“要求清除、取代和更新的愿望成了压倒一切的念头”；它造成了一种“革命情势”，“新事物以令人惊愕的速度转化为旧事物。对文学的旧卫道士的攻击，不仅仅显示为文体风格的变化，同时也显示为大喊大叫地要求根本性的变革，要求新的态度、新的领域和新的价值观”；其结果不仅使艺术家和知识分子们产生了“极强烈的革命热情，真正的Ekstase（狂热——引者）感受”[②]，而且造成了历史在一夜间重新开始的幻觉。维吉尼亚·伍尔芙写道：“1910年12月前后，人

---

① 胡适：《逼上梁山》，见《胡适自传》，黄山书社，1987年版，第122页。

② J·麦克法兰：《现代主义思潮》，见《现代主义文学研究》（上），中国社会科学出版社，1989年版，第50页。

类的本质一举改变了”。欧文·豪就此评价说，这句夸张的话里有一道“吓人的裂缝，横在传统的过去和遭受震荡的现实之间……历史的线索遭到扭曲，也许已被折断了”[①]。

夸大这两种“全盘反传统主义”的相似性是没有意义的。尽管如此，我们还是能从这种相似的精神氛围中发现某种或许可以称之为“世纪标志”的东西；而假如哈贝马斯关于“现代性反叛传统的标准化机制。现代性依靠的是反叛所有标准的东西的经验”[②]的看法普遍有效的话，那么不妨说，这里所谓的“世纪标志”正是“现代性”。它事实上构成了新诗合法性的依据[③]。

可以从新诗“最大的影响是外国诗的影响”[④]这一总体概括的角度来看待新诗初时对“现代性”的追求。例如胡适的“八不主义”或《望舒诗论》对庞德“意象派六原则”的借鉴；或闻一多、徐志摩取法英诗，“用中文来创造外国诗的格律来装进外国式的诗意”[⑤]的实验；或李金发对法国象征主义手法的摹仿，等等。然而，仅限于此则未免过于皮相。比这些远为重要的是其心理和学理的逻辑。关于这一

---

① 转引自丹尼尔·贝尔《现代和后现代》，见《后现代主义文化和美学》，北京大学出版社1992年版，第50页。

② 哈贝马斯：《论现代性》，同上，第11页。

③ 五四前后直到七十年代，中国大陆很少使用“现代诗”一词：它主要被用来指称三十年代的某一诗歌流派；但即便是这一流派也并不以“现代性”自诩。被认为是该流派理论纲领的《望舒诗论》通篇都以“诗”或“新诗”的名义发言。撇开刻意回避者不论；显然，对此一期间的大多数诗人和诗论家来说，“新诗”一词已经自然而然地涵括了“现代性”，无需作进一步区分。事实上，时至今日大多数人仍然乐于把“新诗”和“现代诗”作为可以互换的概念交叉使用。就像有时把“新诗”和“白话诗”作为可以互换的概念交叉使用一样。这种混乱某种程度上是可以理解的，尽管需要把其逻辑颠倒过来。

④ 朱自清：《〈中国新文学大系·诗集〉导言》，见《中国现代诗论》（上编），花城出版社1985年版，第240页。

⑤ 梁实秋：《新诗的格调及其他》，原载于1939年1月20日《诗刊》创刊号。

点，倒是胡适本人说得更加透彻。在写于1919年的《说新诗》一文中，他试图用进化论的观点来为新诗的“诗体大解放”辩护，同时沟通历史上的变革经验。他说：

> 这种解放，初看上去似乎很激烈，其实只是《三百篇》以来的自然趋势，自然趋势逐渐实现，不用有意的去鼓吹去促进他，那便是自然进化。自然趋势有时被人类的习惯性、守旧性所阻碍，到了该实现的时候均不实现，必须用有意的鼓吹去促进他的实现，那便是革命了。

十五年后，在为《中国新文学大系·建设理论集》所写的导言中，他以胜利者的口吻重申了他当年的观点：

> 文学革命的作战方略，简单说来，只有“用白话作文作诗”一条是最基本的。这一条中心理论，有两个方面，一面要推倒旧文学，一面要建立白话为一切文学的工具。在那破坏的方面，我们当时采用的作战方法是“历史进化的文学观”……

这里胡适实际上再次强调了新文学和新文化运动的一体性。因为“进化论”正是五四前后两代知识分子探索中国社会—文化变革之途，以救亡图存所普遍使用的思想武器①。由种族革命而文化革命而社会

---

① 胡适在《四十自述》中曾说到严复所译《天演论》于1898年出版后迅速流行的盛况：“《天演论》出版后不上几年，便风行到全国，竟做了中学生的读物了……在中国屡次战败之后，在庚子、辛丑大耻辱之后，这个‘优胜劣败，适者生存’的公式确是一种当头棒喝，给了无数人一种绝大的刺激。几年之中，这种思想象野火一样，延烧着许多少年人的心和血”。他是1905年在上海澄衷学堂读到这本书的。见《胡适自传》，黄山书社，1987年版，第46页。

革命，由康有为、谭嗣同而孙中山、章太炎、梁启超、鲁迅，而李大钊、陈独秀，其剑芒可谓无所不在。但它对中国现代思想文化的影响主要还不在实用的层面，而在于从根本上改变了所谓“语言的世界图像”，首先是时间图像。当胡适把中国诗歌自《三百篇》以来的“自然趋势”描述成一个“自然进化”的过程时，当他抨击“该实现的时候均不实现”的人为梗阻，“有意的鼓吹”“革命”时，他显然运用的是新文化的时间观。这种时间观彻底抛弃了传统文化时间观的循环轮回模式。它把时间理解为一种有着内在目的（进化）的直线运动，其根据不在“过去”，而在“未来”，因而是一种向前的、无限的运动。“现在”亦因此呈现出前所未有的重要性：由于摆脱了“过去”的纠缠并始终面向未来，它同时获得了道德上的清白无瑕和价值上的优先权，从而立即成为话语权力的真正制高点①。

通过这种源于现代西方的时间观（即经过启蒙主义的科学理性改造过了的基督教时间观），五四新诗显示出与追随“现代性”的“世界性热情”之间更深刻的关联。正如帕斯在《变之潮流》一书中所指出的，在这种直线时间观中融合了几乎全部被视为“现代性”特征的要素：未来的卓越性、不断进步和物种日趋完善的信念、理性主义、传统和权势的丧失、人道主义，如此等等。所有这些不同程度上都曾经是五四新诗热衷的主题。在经历了最初分散而乏味的“观念化”和摆脱粗鄙形式的尝试阶段之后，它们逐渐汇聚成形，终于在郭沫若的《女神》（1921）中以爆发的方式获得了完整的表达。

《女神》发表后立即引起同代诗人的大声赞美不是偶然的。其中闻一多的称誉尤有代表性。在闻一多看来，之所以只有郭沫若的诗“才配”称为“新诗”，是因为“不独艺术上他的作品与旧诗词相去最远，最要紧的是他的精神完全是时代精神——二十世纪底时代精

① 参见拙作《时间神话的终结》，《文艺争鸣》1995年第2期。

神”[①]；换句话说，《女神》同时满足了新诗反叛传统和加入“现代性”世界潮流的双重要求。他把《女神》体现的“二十世纪底精神”概括为“动”的精神、“反抗”的精神、“科学”的精神、“世界大同”的精神，将这些纳入黑暗／光明的二元对立模式，并最终突出“涅槃”的再生主题同样是意味深长的。正像在《女神》中交织着泛神论和进化论的双重目光一样，在闻一多对《女神》的阐释发明中，所谓“二十世纪底时代精神”也闪耀着进化的启蒙之光。它不仅允诺“‘五四’后之中国青年”以冲决那“冷酷如铁”、“黑暗如漆”、“腥秽如血”的旧世界的可能，同时也允诺他们以战胜被心中“喊不出的苦，喊不尽的哀”所围困的“旧我”的可能，更重要的是允诺他们以这样一种无差别的、透明的新世界和“新我”的“更生”：

我们更生了！
我们更生了！
一切的一，更生了！
一的一切，更生了！
我们便是“他”，他们便是我！
我中也有你，你中也有我！
我便是你，
你便是我！

（《凤凰涅槃》）

就这样，借助丹穴山上的香木，梁启超所曾热忱讴歌过的“少年中国”和他的“新民理想”再次得到了表达，然而却是以彻头彻尾的

① 闻一多：《女神之时代精神》，见《中国现代诗论》（上编），花城出版社1985年版，第82页。

乌托邦方式。这种乌托邦同样充满了“二十世纪底时代精神”。它不是来自传统的“桃花源”式的遁世冲动，而是来自米兰·昆德拉所说的那种对革命的“巨大同情以及对一个崭新世界的末世学信仰”[①]。十八世纪的欧洲浪漫主义者曾经基于这种信仰，狂热地寻求一个历史的新纪元并在理想化的中世纪寻找到了；二十世纪中国诗人的狂热程度甚至更胜一筹，只不过对他们来说，“新纪元”的地平线已经移到了前方。进化论和新的时间观保证它在人类的集体“涅槃”（“革命”的转喻）后将像再生的女神一样姗姗降临。

把《女神》称为中国新诗“真正的开山之作”是有道理的。它所体现的元历史投射和宏大抒情特征一直被据为经典，而当作所谓“新诗传统”的源头之一。事实上，就表达对现代性的热情而言，新诗史上迄今罕有其匹（充其量可以见到一些拙劣的赝品）。但它同时也标示了五四新诗追求“现代性”的边界。朱湘敏锐地感到了在这种热情中所蕴涵的“紧张”，并指出“构成这紧张之特质，有三个重要份子：单色的想象、单调的结构、对一切‘大’的崇拜”[②]；然而，说“崇拜‘大’的人自然而然成了泛神论者，我便是自然，自然便是我”[③]，却不免过于表面化了。因为郭沫若式的泛神倾向和例如惠特曼式的远不是一回事：它无意识地受到某个“神”（历史新纪元）的内在牵引；它感兴趣的也不是无目的的精神壮游，而是明确地向某一既定目标凝聚，以求最终有所皈依。所谓“单色的想象、单调的结构，对一切‘大’的崇拜”，很大程度上不过是趋赴这一目标时的心态投影；而所谓“紧张”与其说存在于作品内部，不如说存在于偶然在世的个人和即将到来的“历史新纪元”之间。苦闷、期待、恐惧和亢奋的混合不分要求某种“一次性的解决”。没有比宣泄式的

---

① 米兰·昆德拉：《生活在别处》，作家出版社1989年版，第2页。

② 见《〈中国新文学大系·诗集·诗话〉》，上海文艺出版社1981年影印本，第26页。

③ 同上。

大叫大嚷更能满足这种要求的了。

这样说肯定不是着眼于《女神》在艺术上的成败得失。实际上问题要严重得多。回头去看，正是在《女神》式的“现代性”热情中埋藏着新诗后来遭受的毁灭性命运的种子。“新纪元”的诱惑是难以抗拒的。越是强烈地感受到这种诱惑的人就越是不能自禁地踊跃向前，并自觉地将其化为内心的道德和美学律令。郭沫若作为“始作俑者”应对新诗五十至七十年代流于标语化、口号化的恶劣风尚负责是一回事，探讨其文化—心理成因是另一回事。不应忘记，郭本人对此是相当自觉的。他早就说过他“要充分写出些为高雅文士所不喜欢的粗暴的口号和标语”，并表明他很“高兴做个‘标语人’、‘口号人’，而不必一定要做‘诗人’”[①]。很显然，对郭沫若来说，为了“新纪元”而付出这样的代价是值得的。他很乐意把他的诗，连同他本人，作为祭品贡献到这新的尊神面前。但是，正如《女神》中的“凤凰涅槃”仪式不可能是任何意义上的个人仪式一样，郭沫若也并非是这方面的一个特例，他只不过履行得更为彻底而已。

新诗的某种宿命由此而被注定：既然“新纪元”意识已经成为黑暗尽头的尊神，它被偶像化，找到现实的对应并与之重合也只是一个时间问题。庄严的灵魂涅槃将蜕变为无休止的生命祭祀，神圣的涅槃之火将演化成在所难逃的劫火。这里并没有发生什么“人民圣殿教”式的集体愚行；不如说它首先暴露了追求“现代性”的新诗在自身逻辑上的严重缺陷。和西方现代主义运动不同，五四新诗从一开始就不是一场独立的艺术运动，而是一场远为广泛的社会政治、文化和意识形态启蒙运动的组成部分。这场运动有明确的指归，就是要救亡图存，使日益衰败的古老国家重新崛起于现代的断层。它决定了新诗本

---

① 郭沫若：《我的作诗经过》。转引自韩毓海《新文学的本体与形式》，辽宁教育出版社1993年版，第193页。

质上的功能主义倾向，并把启蒙理性暗中降低为工具理性[①]。表面看来，新诗在最初二三十年的发展中并不缺少自我意识，包括以开放姿态不断探索新的可能性，谋求自身改善和对自身的反省[②]，但它从来就没有真正形成独立的自由意志，至多是以消极的方式试图逃脱强大的意识形态引力场（徐志摩抱怨“思想被‘主义’奸污得苦”）；而当现实的革命要求被无限夸张、放大成“新纪元”的乌托邦时，它恰恰是在逃避自己的自由意志。

“新纪元意识”实际上已经为权力美学的统治准备好了登基之石。这里奇怪的不是后者以“新纪元”的化身临世，而是诗人们对此几乎完全丧失了怀疑和批判的意志，仿佛与之有一种默契或合谋；并且恰恰是那些最激进的“革命诗人”，对权力美学的依附也最彻底，直到成为权力美学的一部分。从三十年代的“左联文学”，到四十年代的“解放区文学”，再到五十年代的“思想改造文学”，新诗逐步被权力美学支配的过程，同时也是其逐步意识形态化的过程，是其贫弱的“自性”从内外两方面逐步沦为“他者”的过程。郭沫若在这方面同样称得上是一个典型[③]。写《女神》时的郭沫若确实体现了某种“狂飙突进”式的时代精神；然而，写《百花齐放》时的郭沫若却已成为一只不折不扣的高音喇叭。这位《浮士德》的中译者以如此方式结束他与内心的靡菲斯特的灵魂抵押游戏恐怕连他自己都没想到，然而却完全符合“新纪元意识”的内在逻辑。

没有比这更能表明五四新诗追求的“现代性”所具有的悲—喜剧特征的了。现实的功利目的和直线的时间观决定了它只能一再告别过

---

① 认为“文学是传导思想的工具”（蔡元培语），白话文学“可以用来做新思想新精神的运输品”（胡适语），在当时是占支配地位的看法。

② 例如俞平伯、周作人对新诗语言缺少美学内涵的抱怨和不满。穆木天甚至因此尖锐指斥胡适是新诗运动“最大的罪人”。

③ 参见拙作《时间神话的终结》，《文艺争鸣》1995年第2期。

去，更多地向未来汲取诗意；可是，随着怀疑和批判精神的丧失，二者之间的界限也开始变得越来越难以辨认；而当现实对一部分人意味着从“未来”支取的话语权力，对另一部分人则意味着“未来”的透支时，它甚至成了一种新的“过去”，一种比“过去”更像过去的过去。在这种情况下，所谓“现代性”不但已经徒具其表，而且已经完全走到了自己的反面；除了自焚以求再生，它还能有什么更好的选择呢？

1995.8，劲松

时间神话的终结*

对“文学发展趋势”之类的话题我历来发怵。因为这话题太大，还有某种抵押自己的判断力的味道。正如我由衷佩服有人敢于预测例如2027年的文学将如何如何一样，我也担心别人背后骂我“蠢货”。就我有限的经验而言，我所亲见或亲闻的有关“发展趋势”的言论，诸如“××年将是××诗取得决定性胜利的一年”、“×年之后×××诗将成为当代诗歌的主流”云云，后来大都成了某种酒后茶余的笑谈。由此我惕然而惧，警告自己今后遇到此类话题当退避三舍。

我感到发怵的另一个原因——也许更重要——是不知道该怎样对“文学发展趋势”一语作出恰如其分的反应。这个词组可以有两种读法：或是重读“文学”，或是重读“发展趋势”；但无论怎么读，我都无法避免我所意识到的某种内在矛盾。因为“发展趋势”是就整体而言；换句话说，它突出的是各个不同的创作个体和现象间可通约，或可公度的成分，而舍弃彼此具体意向和风格上的差异。可是这样一来，我怕所谈的和文学本身关系就不太大了；因为对文学本身来说，真正有价值的，或更应该被谈论的，恰恰就在于这种差异性，在于不同的创作个体和现象间不可通约、不可公度的成分。正是在这个意义

* 此文原为在《新生界》“21世纪中国文学发展趋势研讨会”上的发言。成文时作了扩充。

上，布罗斯基宣称整体永远“小于一”，而古尔德宁愿放弃在公开场合的演奏。“在录音棚里我的感觉是1∶1，而在音乐厅里却是1∶0。这不公平。”他说。

所谓“21世纪中国文学发展趋势”就更令我发怵了。它使我强烈地感到时间的期待所造成的压力。这种压力使“21世纪”成了某种来自未来的允诺，它通过“发展趋势”允诺我们以我们尚不知晓，也无从知晓的东西。在对这种允诺的渴求中我又一次看到了某种时间神话在起作用。而这个神话很大程度上影响，甚至支配了整个20世纪中国文学的发展。

谢冕先生曾经在一篇文章中谈到一个有趣（从另一方面说则不那么有趣，甚至可以说残酷）的现象。他诧异于1949年以后，一批此前叱咤风云的诗坛骁将（请原谅我用了这么夸张的说法）怎么突然间都变得仿佛不会写诗了。典型的如郭沫若和何其芳。当然这是用反思的眼光看；更令我感兴趣的是其时其人的心态。

我想借此讲述一段文怀沙先生记忆中的轶事。他说到1953年上半年，有一次郭沫若先生突然约见他和人民文学出版社的另一位负责人。在寓所里郭老为他们朗诵他新近写的四首诗，这些诗后来都收进了他的《新华颂》；写了些什么可想而知，不外是“祖国建设一日千里”、“伟大的时代我唯恐追赶不及”之类。奇怪的是昔日《女神》的作者朗诵得激情澎湃、神采飞扬，并自诩这是他迄时写得最好的四首诗。然后他征询两位忠实听众的意见（文先生当时不想扫主人的兴，只得击掌赞叹“妙哉妙哉”。他说这是他一生说过的不多的违心话之一），然后他点明约见的主旨：原来是想委托他们代为编辑和出版《新华颂》。

这段轶事显然包含着一个问题：郭老当时的激情澎湃、神采飞扬以及他的自诩，究竟是真诚的流露，还是矫饰的表演？

对这个问题恐怕很难作出非此即彼的回答，即便郭老仍然在世也不能。不过，如果问题的复杂性并不妨碍其中确有真诚因素的话——我个人倾向于这种因素占主要成分：场合的半私人性质且不论，如若不是出于真诚，他尽可以对那些诗只作工作性质的交待，而不必予以任何自我评价——那么我们就有理由追问：这种真诚意味着什么？当他自诩那四首诗是他迄时写得最好的诗时，他使用的是什么尺度？这一尺度与他创作《女神》、《星空》或《论诗三札》时所使用的尺度有什么不同？这种不同表明了什么？

人们尽可以用屈服于权力或政治中心话语来轻易地打发掉类似的追问；认为中国当代知识分子最不是东西的人也尽可以据此重申他们的结论；可是，假如事情真的这么简单，所有的事后聪明也就真的无用武之地了。

近几年我一直试图用一条“正面”的思路来考察类似在郭老身上发生的现象；而这条“正面”的思路却使我发现了一些“负面”的问题。“时间神话”即是其中之一。

我所说的“时间神话”，说白了就是指通过先入为主地注入价值，使时间具有某种神圣性，再反过来使这具有神圣性的时间成为价值本身。这种神话归根结底是近代中国深重的社会文化危机的产物，如同所有的神话一样，它也有一个发生学的过程。溯其逻辑展开的轨迹可以发现它的胚胎，这就是“五四”新文化（包括新文学，新诗也一样）运动所体现的新时间观。

传统文化的时间观是循环轮回的。上智如哲人学士所谓的“大道周天”、“无往而不复”，下愚如黎民百姓寄望的投胎转世，概莫能外。但新文化运动从根本上改变了这种时间观。新文化的时间观源于现代西方（即经过科学／理性改造过的基督教时间观）。它标定并强调了时间的“前方”维度。换句话说，它把时间理解为一种有着内在目的的线性运动。这种时间同时也意味着一段距离，这段距离在现实中是落后的东方古代文明和先进的西文现代文明之间的距离；在集体无意识中是一个衰败的中央帝国和一个新兴的世界大国之间的距离；在未来学的意义上则是阶段目标与一个更宏大的终极目标——实现世界大同（它后来被重新命名为共产主义）——之间的距离。

“进化论”在新旧时间观的转换中起了决定性的作用。它不仅是摧毁传统文化时间观的利器，也是新时间观形成的内在依据。正如它允诺一个日益衰败的民族及其文化以重新崛起的可能一样，它也允诺新时间观将成为实现这种可能的保障。

新的时间观最初无疑充满了生气。它有力地支持了现实和文化双重意义上的革命。没有这场革命，古老的中央帝国及其曾经灿烂过的传统文化将就此一蹶不振。它甚至改变了“革命”这个外来词本原的“循环”内涵，使之成为朝向“前方”既定目标的连续不断的运动——继续革命！永远革命！光明在前！

但很少有人意识到新时间观所暗含的“负面”效应——起初是“亡种灭族”危机使人们来不及意识到这一点；接着是革命斗争的需要妨碍着人们意识到这一点；而等到革命成功，陶醉于胜利的喜悦并为其所激励更使人们不可能意识到这一点！

就赋予本身并无目的可言的时间以内在目的这一点而言，新时间观体现了一种强力意志；就把时间理解为向前的线性运动这一点而言，它严重歪曲了时间和空间密不可分的本性。由于充满了紧张的期待，它很容易被情感化；由于标定了“前方”的维度，它不可能不被事先注入价值。新时间观据此把历史截然划分为过去、现在和未来；而既然“光明在前”，未来即是希望，朝向未来的现实当然也就具有了非同寻常的涵义；唯独过去成了一个负责收藏黑暗和罪恶的包袱——正如它在现实／心理中所呈现的那样。

于是人们就有充分的理由不断宣称自己面临着一个“新时代”、“新时期”以至“新纪元”。这里对时间制高点的占领同时意味着对价值制高点和话语权力制高点的占领。每一个类似的宣言实际上都在无意识地重复着同一个信念，即：我们属于未来，我们不属于过去；我们属于光明，我们不属于黑暗！而当这种信念和事业上巨大的成功或历史上源远流长的集权主义（哲学上则是一元的独断论）传统——很不幸，这正是一份来自“过去”的最有诱惑力，也最容易被接受的遗产——结合在一起时，它就会顺理成章地演变为“我们就是未来，其余都是过去；我们就是光明，其余都是黑暗”！

（不妨插问一句：毛泽东在《新民主主义论》中曾指出“五四”新文化运动在如何对待民族传统文化问题上有虚无主义的弊端，然而，1949年以后由他亲自制定的文化战略和政策却显然带有更大程度的虚无主义色彩；同样，在这篇纲领性的文献中，他曾对过渡时期的复杂性给予了充分估计，包括肯定了国家资本主义的必要性，但后来却从理论到实践都走上了一条不计后果和代价，希冀一蹴而就的激进冒险之途，直到搞“穷过渡”；类似的奇怪悖谬根源于什么，又表明了什么？难道没有比个人性格更深刻的原因吗？）

“时间神话”就是这样制造出来的。不难看出，它与主体的自我神话化密不可分。它们同步进行，互为支援。这种双重神话在“文革”中曾被发展到极致。当时的一个著名口号就是实现（与一切传统所有制形式及其文化观念的）两个“彻底决裂”。事实上它也是发动“文革”理论上的目标。不管这一目标在今天看来有多么荒谬可笑，它的提出却绝非偶然。它需要某种巨大的、纵深广阔的历史幻觉作为逻辑和心理上的支持，而它确实得到了这种支持。这就是我在其他文章中多次说到的“新纪元意识”。

“新纪元意识”以一种“全新的”眼光重新评估历史和价值。在它看来，真正的历史（包括文化史和文学史）其实很短，它是伴随着无产阶级所开创的“新纪元”到来的。正如无产阶级是历史上最先进的阶级一样，无产阶级文化也是人类文化的唯一精髓所在，其余多是封、资、修的垃圾和糟粕，理应得到清算。“新纪元意识”宣称它一劳永逸地结束了人类的“史前时期”：从前的历史是盲目的，此后将充满自觉；而只要我们自觉地跟随这种自觉，我们就将在通往美好明天的康庄大道上高歌猛进！

所有这些都并非是“文革”的发明；恰恰相反，“文革”更像是其合乎逻辑的结果，尽管是恶性的结果。它们当然也不是极少数人的奇思怪想：稍稍回忆一下，在整整两三代人的文化教育（包括受教和授教）经验中回荡的，不正是这样的“主旋律”吗？我说“某种巨大的、纵深广阔的历史幻觉”，就是这个意思。它乃是围绕占统治地位的意识形态建立起来的一种社会性的文化／心理同构。没有这种文化／心理同构，“文革”的发动是不可能的，此前的历次政治文化运动也是不可能的。

回头再去讨论那些针对郭老的追问，就不难作出或许更合乎情理的回答。郭老当然不是“新纪元意识”单方面的受害者，不如说他确实认同过这激动人心的时间神话。他自诩那四首诗是他迄时写得最好的诗并不足怪，因为“新纪元”早已暗中嘱咐过他：“过去”的诗歌经验，包括其价值尺度，已经统统不管用了；新的尺度尽管简陋而廉价，但毕竟是“新”的，更重要的是它属于“未来”。当初《女神》横空出世时不也是“新”的，不正意在呼唤一个光明的“未来”像神一样降临吗？我们甚至可以看见两个“新潮弄潮儿”的身影在“未来”的向度上叠合在一起了——尽管前者是正剧的角色，而后者是悲喜剧的角色；前者提供了真正的价值，而后者只是付出了代价。

远不止是郭老付出了代价；整个源于“五四”的中国现代新文化，包括新文学和新诗，都付出了代价，并且是极为惨重的代价。我完全相信像郭老这样的人在此过程中内心必有所怀疑和矛盾，但他仍然一再说服了自己而混同流俗，因而显得格外不可原谅。因为他不仅是一个曾经成就卓著的诗人和作家，而且还是一个精研过历史的学者。难道他真能相信历史会出现什么“两个彻底决裂”之类的奇迹吗？或许他很想当一面“新纪元”的镜子，但他没有想到产生变形的是镜子本身。反过来，透过这面变形的镜子，不正也折射出作为社会文化／心理同构的“新纪元意识”能量之大，温度之高，势头之猛，作用力之剧吗？

顺便说一句，当代知识分子品格的普遍沦丧尽管是种种历史因素复杂作用的结果（而不是由于什么与生俱来的“劣根性”），但对时间神话的无条件认同，肯定是最重要的始因之一：从未来预支了话语权力的现实一旦与对未来充满欣喜和焦虑的期待符契，历史就突然具有了某种神圣而神秘的意味。它的车轮始终在遥远的“前方”隆隆作响，每个人的首要任务就是如何追赶它，至少不为其所抛弃。由此倾听这神圣而神秘的车轮转动之声迅速成了人们的第二本能；身边的脚步声亦随之成了令人心安的和弦和视野中必不可少的参照。用不了多久，这两种声音便已混合不分，而习惯的力量也已足够使初衷变质：对未来的期待变得不重要，取而代之的是被现实——作为“未来”象征的现实——拒绝的恐惧。这种恐惧又被转化为“紧紧跟上”的加速度，如此循环不已。

可悲复可笑的是，在这种看起来美妙，实则莫明其妙的追逐，或米兰·昆德拉以嘲讽的口吻谈到的“伟大进军”中，知识分子因被明确宣布为主体（神话化了的主体）的附属部分（皮之不存，毛将焉附），还另外多出一重恐惧：他必须不断证明他配得上这份光荣，否则将被无情清肃。这双重的恐惧使得他除了付出双重的努力抛弃“过去”外似乎别无他途。为了确保他作为“伟大进军”一分子的地位，他甚至比主体本身更需要“统一纪律，统一步伐，统一指挥，统一行动”！

在这种情况下还谈得上什么怀疑精神、独立思考、独立人格？所有这些使知识分子成为知识分子的最可宝贵的品格，对“新纪元”来说都已成了“过时”因而失效的东西。朝向未来的“伟大进军”不需要这些！它们只能和面色苍白、愤世嫉俗而又百无一用的“旧知识分子”形象一起留给“过去”，就像郭老把他并不缺少的诗歌经验和价值尺度留给了“过去”，或者诗、小说，所有的文学艺术把自身存在的根据留给了“过去”一样。

那么，我花了如许笔墨描述、分析（尽管还只能算是一个提纲）的“时间神话”是不是也已成为“过去”了呢?

我在文章的开头事实上已经表明了我的看法。我想，在进行了发生学意义上的勾勒并大致揭示了其内部机制之后，我有更充分的理由肯定我的看法。当然，谁都看到了十多年来当代社会在政治、经济、文化，尤其是文学艺术诸领域内发生的广泛而深刻的结构性变化。不言而喻，这种结构性变化的建构过程同时也是原先那种社会文化／心理同构（它是大一统的意识形态得以建立并施行的前提和基础）的解构过程。无论其间经历了和还将经历怎样的混乱和曲折，总的说来这种变化已具有不可逆性。但这并不意味着曾经主宰了两三代人的“时间神话”已归于消逝。在失去了绝对的权力话语地位和垂直支配的裹胁威力之后，它作为一种根深蒂固的思维定势或理论模式仍然足够活跃，作为昔日“巨大的、纵深广阔的历史幻觉”也仍然大有市场。撇开主流意识形态不论，即便是在以颠覆强权、伸张自性为己任的先锋，或自命“先锋”的思潮中，我们也能一再辨认出它忽隐忽显的身影。

例如某些先锋诗人曾经热衷的对“代”的划分。这种划分作为指陈美学特征演变的中性概念或方便言说的口实自无不可，但情况往往不是这样。一个热爱这种划分、喜欢自称是“第×代”的诗人在提及前一“代”时很容易流露出某种优越感。因为这里“代”已被事先注入了价值的内涵。它成了“正当时”或“已过时”的标志，就像时装店里的时装标价一样。与此相对称，另一些没有被归“代”的诗人则感到压抑和空虚，觉得自己成了孤魂野鬼，或尚未受洗、命名的弃婴。遇到这种处境他们每每会在两种可能的选择中便宜行事：或者再耐心等待些时日，以便新一“代”的好运碰巧能落到头上；或者自立门户，另打旗号，以至不惜“独领一代风骚”。如果这两招都不灵，他们就会愤怒地弃诗而去——他终于意识到，他在诗中既没有未来，也没有希望。

显然，对上述两类诗人来说，“当时”与否，即能否成为时尚，是他们与诗之间的主要维系。不能被时尚眷顾，诗——其实是他们自己——就立马贬值甚至一文不值。被事先注入了价值的时间就这样反过来又成了价值本身。不难想象，在这种价值观的内在导引下，他们的写作动力不是来自“领导时代新潮流”，就是拼命追赶“新潮流”，如同他们的前辈当年拼命追赶“历史的车轮”一样。对此我们除了深叹一声“真累”以示同情外，还有什么可说？

但也有不累的。我说的是理论和批评界存在的类似情形。先锋批评界这些年引进和吸收了大量西文现代思潮的新理论、新概念、新方法。就变换视角、拓展思路、丰富层次而言，这本是功德无量的事。但也不乏这样的“新潮”理论和批评家：他们既不深究这些新理论、新概念、新方法的特定文化背景和上下文关系，也不细察其适用的范围和程度，更不考虑言说/接受语境的具体差异，而只是像鲁迅笔下的假洋鬼子那样，把它们当成“银桃子”轮流别在胸前，以示其新进。沿着这样的捷径，他们“只用了十多年的时间，就走完了西方自现代派以来一百多年的历程”。有论者正确地将这种现象称为“单词现象”；不过还应该指出，在一系列“单词”背后其实隐藏着同一个“根词”，这就是“前方”。因为在这类批评家心目中，所有的新理论、新概念、新方法，从存在主义到弗洛伊德主义到西方马克思主义到结构主义到解构主义到女权主义，到新历史主义，如此等等，都是一回事，都意味着“前方”模模糊糊的召唤和风景。唯一的区别只在于谁比谁更“新”，谁比谁更具有被当下炒卖的新闻性“热点效应”。在这种比较中他们把熊瞎子掰苞米和目睹基督重临，或欣快症患者的阵发性热情和吹号天使的职责混为一谈。

（写到这儿我脑子里油然浮起一幕喜剧性场景：在去年的一次“解构主义和中国当代文学”讨论会上，一位迟到的“大腕级”理论家夹着皮包昂然走进会场。作为一种玩笑性的“惩罚”，主持人宣布正好轮到他发言，而他也当仁不让。他冗长的发言很像是“十四大”报告中被删掉的某一部分，但有一个“下马威”式的开场白。他说：“我感到奇怪，我们大家竟然还在讨论什么解构主义！我刚从欧洲回来；在欧洲，解构主义早就过时了。现在那里热门话题是……”他不知道他的“下马威”只令一个人尴尬，那就是他进场前发言的另一位“大腕级”评论家；后者的发言恰恰可以称得上是一首献给解构主义的赞美诗。事后我把这幕喜剧称为“一位天使长和一位支部书记的奇遇”，它富于讽刺性地揭示了“前方”的虚幻性。）

在上述两种现象中可以看出一种共同的策略考虑，即前面分析过的“对时间制高点的占领同时意味着对价值制高点和话语权力制高点的占领”。之所以说“策略性考虑”，是因为其动机及动机的实现都主要和个人有关。可是，一旦这种“策略性的考虑”被提升到范导社会文化发展的层面，并且获得了大规模操作的可能，问题就具有了战略性的严重意味。毫不奇怪，这正是“时间神话”又一次大显身手的机会；而它也确实不失时机地呈献了它的最新斩获，这就是时下正当红的“后一切主义”者。

“后一切主义”本是朋友们讽刺之余杜撰的一个“好玩词儿”，但应该说所指不虚：从“后新时期”到“后乌托邦”到“后浪漫主义”到“后知识分子”到“后散文”，由历史分期而意识形态而风格流派而社会阶层而文体概念，无一不“后”，无一不可“后”。这种重新命名的狂热尽管看上去不免过于廉价，甚至像是某种出于偏执的怪癖，然其志其势皆不可不谓之大。值得注意的是，这个自称是消解了一切“等级”和“中心”的“后”序列其实是有自己的“中心”和等级的：它们统统由“后现代”这一历史/文化断代概念所派生。由于这种对西方“后现代主义”概念的创造性的、富于“中国特色”的运用，“后一切主义”者当之无愧地成了“新纪元意识”的继承人。至于“后新纪元”（咱也“后”那么一“后”）究竟应该从1989年，还是更早一些算起，那仅仅是个学术问题。

“后一切主义”者试图根据1989年前后文学、文化潮流的一系列变化（这种变化本身无疑值得充分重视和研究），向我们提供一幅全新的历史/文化景观。以诗为例，在“后一切主义”者看来，由于我们已经进入了具有“后现代性”的新时代（一个“消费的时代”、“大众传媒居支配地位的时代”），诗既往的地位、功能、作用和使命都已面临着“全面终结”。换句话说，它们统统已经“失效”，应该被归于“过去”。在这种我称之为“新历史决定论”的铁的逻辑面前，诗的衰落被描绘成一种“宿命”。无论是消极抗拒消费文化和市场的“唐·吉诃德式的狂喊”，还是适应消费文化的趣味和价值的“阿凡提式的狂舞”，都无济于事；除非诗人按照这一逻辑所指出的方向（也是一种“给出路”的政策？），寻求“中华性”（一个令人生畏的“大字眼”），进入“与消费文化的辩证对话”，那样或可在“断裂处”长出一些“奇异的花朵”（参见《诗探索》1994年第1期张颐武《断裂中的生长：“中华性”的寻求》一文）。

“后一切主义”者当然也不会忘记把事先注入了价值的时间转变成价值本身。表面看来，他们乐于探讨应对新时代的“话语策略”，但骨子里恰恰是把“消费”、“市场”、“大众传媒占支配地位”等等“后现代”特征当成了基本的价值尺度，否则就得不出类似“全面终结”这样的结论。同样，理论上的装备精良、训练有素、技巧熟练也没有妨碍他们进入把问题简单化的意识形态传统。他们对文本的主要兴趣只集中于一点，即是否足以成为“新时代”确乎到来的佐证，是否能为臆想中的新的“话语”提供支持。据此他们并非偶然地对例如梁凤仪的“经济小说”和汪国真的诗投以了高度关注；而对所谓“高级文本”则或牵强附会、生拉硬扯（例如张颐武《论后乌托邦话语》对王家新的诗《帕斯捷尔纳克》和王安忆的散文《乌托邦诗篇》的解读，容不详论），或视而不见，拒之门外（例如仅仅把海子的死看成“诗歌神话”的破灭，对他的作品却不置一词）。在这一过程中，文本自身的有机性和独立价值被弃之不顾（正如总体思路上文学自身存在的独特根据被弃之不顾一样），而所谓“后现代性”不但没有体现出其“开放性”、“多元化”的特质，反而成了一张新的“普罗克拉斯蒂铁床”！

全面讨论“后一切主义”是另一篇文章的事（在包含了太多的可疑、虚假、煞有介事或似是而非的前提和结论的同时，它也提出了一些有趣的、值得探讨的，以至无可回避的问题），这里仅止于廓清它在逻辑和语法上与“时间神话”的历史关联。在这方面更有说服力的当然是它的自我阐释。下面这段话摘自王干的《诗性的复活——论“新状态”》（《钟山》，1994年第4期）一文。考虑到它是所谓“新状态”（我把它看作“后一切主义”的一个子话语系统）的一篇纲领性文字，我尽可能摘得周详些，以免断章取义之嫌：

> ……在远古的岁月里，时间并不包含具体的历史内容和文化内涵，它只是一堆空洞枯燥的数字。可进入现代社会以后，时间的概念被扩张被“增容”，它不再是一堆冷冰冰的机械的数字，它开始变得有血有肉有声有色，它是我们生活中不可缺少的活泼因素了。更重要的是时间不仅有原先纵向

排列自然流动构成的史的效果，而且有了空间性的涵义。这是一次耐人寻味的裂变，现代社会要求时间增值，要求时间衍生出新的含金量来，我们可以说这是对时间的一次巧取豪夺，也是对生命的强暴榨取，然而，没有办法，这是商品经济、市场经济赋予给社会文化转型期的思维方式。

从1987年开始，面临1990年北京亚运会召开日期的迫近，北京各大体育场馆建筑工地纷纷挂出“离北京亚运会还有×××天”的广告宣传牌，接着，《中国体育报》也在报眼的位置每天打出同样的字眼。“倒计时”，改变了原有时间线性流动的秩序，“倒计时”，它在提醒人们时间的数量在日渐减少，它在要求人们在有限的时间做出更高的效率和更大的价值。“倒计时”显然是工业社会的产物，它说明我们的国家在告别小农经济农业社会。……

提出“新状态”实际是一种隐性的“倒计时”的思维方式。“新”，本身是一个时间概念，是以计时来区分不同事物的一种方式……“新状态”的“倒计时”表现为对过去时代的一次悲剧性的告别，因为这种告别是缓慢而缠绵的。缠绵中痛苦更增强了这种缓慢。“新时期”作为作家和整个人文学科工作者的温暖巢穴实在是太诱惑人太让人迷恋，它是人文乌托邦在80年代中国的现实化的实现。然而告别“新时期”则是无可挽回的历史格局，90年代中国社会政治、经济、文化的转型则使原先的乌托邦产生覆巢之劫。“卵”们“拣尽寒枝不肯栖”势必成为那个乌托邦的殉葬品。“新状态”在这个时候是对“卵”们的一个提醒，一个忠告。因而“新状态”的“倒计时”主要特性不在于要进入什么得到什么，而在告别，告别新时期之日就是新状态的诞生之时。

这段充满了混乱（例如对古今时间的区分）、荒谬（例如对时、空关系的理解）和引喻失当（例如把适合宣传或工业生产的“倒计时”刺激方式直接引入文学领域）的文字，明白无误地表明了“后一切主义”对时间的倚重和神化倾向。第三节前两句尤其值得注意；文中“卵”、“巢”、“枝”、“殉葬品”等隐喻也颇值得玩味。它很容易使人把“忠告”同时读成“警告”和“广告”。前些日子朋友们在一起聊天，谈到“后一切主义”的“话语策略”之一就是“挟大众以灭精英”；其中一位尖锐地指出：这种策略表面上是要消解想当“时代和真理的代言人”的传统精英角色，实际上意在确立自己作为大众传媒社会“主持人”的“新式精英”地位。他或许恰好击中了“后一切主义”的落实之处。

但本文更愿意指出的是其虚妄之处。类似“倒计时”这样的用语表明，“后一切主义”沿袭着那种向前的、线性的、有着预期目的的时间（所谓“倒计时”，无非是从“前方”预约的某个时间／价值／话语权力制高点“倒”回来，无非是在这个制高点上扮演计时员或终点裁判的角色而已。它同时又一次使我们想起了昆德拉所说的“伟大进军”）；它进一步试图把文学的发展纳入这一统一的时间模式之中。对这种时间观本身进行深入探讨非本文所能胜任（由于它来自现代西方，但同时又意味着一段距离；更重要的是，由于它不仅现实地参与了20世纪中国社会／文化向现代转型的广泛而深刻的变革，而且是这场变革的哲学基石之一，所以很难简单地论其是非得失，不如说它是一个诸多问题错综缠绕的纠结），关键在于，它和文学自身的发展究竟有多少关系呢？把问题换一个角度：在今天，仍然设想文学会以一种线性的、有着预期目的和整体向度的方式发展，这意味着什么呢？“后一切主义”者都是当然的“多元论”者；然而持有这样的文学发展观，他们怎样与那种表面上提倡“百花齐放”，实际上最多只希望同一种花开出一百种样子来的“主流话语”在理论逻辑上划清界限呢？

艺术创造及其发展有自身独特的时间方式，这是一个被“时间神话”一再遮蔽乃至取消，而今天仍然面临着类似危险的命题。亨利·柏格森在《时间与自由意志》一书中曾就此展开过相当充分的论述；他甚至将其提到本体论的高度，而称之为“真正的时间”。有趣的是，柏格森所说的这种由自由的（而非被事先设计的）、向上的（而非趋向既定目标的）生命冲动所支配，由心理状态——瞬间记忆、情感、想象、梦幻等——的强度（而非某一个“新纪元”、“新时期”）所决定，由“意识的绵延”形式（而非线性形式）所呈现的时间，似乎恰恰是对“后一切主义”所据恃的“时间神话”的解构。这具有讽刺意义。

不必柏格森！他以理论的方式予以阐明的时间，不过是古往今来一切真正的作家艺术家所一直经验着，并由一切真正的艺术作品经验地呈示着的时间。这是在表面看来一去不返、分分秒秒都在死去的时间中回旋、逆折，忽而升腾其上，忽而深潜其里，聚散不定、辐射无疆的生生不息的时间，是不断从历时性中寻求活力和可能性，而又通过共时呈现对抗、消解和超越其历时性的时间，是空间化了的时间、时间中的时间！

在这样的时间中蕴涵着文学艺术存在的自身依据。一个在这样的时间中生活的作家，其创作意向和风格不断发生变化是题中应有之义。因为正是经由这种变化，他不断在内部世界和外部世界之间实现语言形式和能量的相互转换，不断探索作品富于创造性地与自我、现实和传统进行对话或重新对话的可能。同样，无论发生怎样的变化，无论这种变化采取什么方式（连续的或非连续的，稳定的或激烈的），他都不会背弃属于他的时间，不会背弃使他的作品之所以作为作品存在的自身依据。他既不会为了“进入”或“告别”某个

"时期"、某种"状态"写作，也不会认同于任何意义上的"伟大进军"——即便是面对一个加速度的"消费的时代"、"大众传媒居支配地位的时代"也不会。他以这种坚定的个人方式写作，因为他的写作既不是在追求，也不是在放弃什么今日或昔日的"光荣"，而仅仅是在尽一个作家的本分。

在即将结束这篇文章时应该声明一下，标题中的"终结"一语既非判断，又非呼吁；毋宁说是某种滑稽摹仿。因为对有的人来说，"时间神话"早就"终结"了，对另一些人则还将长久地存在下去，而不论其中充塞了多少"殉葬品"。把前引王干的那段话中的几个句子改写一下，或许正好适用于后者："告别'时间神话'是缓慢而缠绵的，缠绵中欣快更增加了这种缓慢。'时间神话'作为某一类作家和人文工作者的温暖巢穴实在是太诱惑太让人迷恋，而它的渊源却比他们意识到的远为深广复杂"。末尾半句话是我另加的。这表明了信奉者无辜的一面。

最后让我们回到开头。我已经充分阐述了我对"21世纪中国文学发展趋势"这一话题感到发怵的理由；但我并不认为这是个不可言说的话题。需要补充的是，任何有关的言说都只是表达了言说者个人的意愿。现在话题已经变成：你所意愿的"21世纪中国文学发展趋势"是什么？在作出回答之前请允许我先引用一位青年诗人的几行诗句：

> 但是，永远不从少数中的少数
> 朝那个围绕空洞组织起来的
> 摸不着的整体迈出哪怕一小步。永远不。
>
> （欧阳江河：《咖啡馆》）

对我来说，这不仅是某个诗人的某几行诗句；它意味着一种从

“时间神话”背后发出的声音。自所谓“朦胧诗”以来，我听到，或者说看到这种声音正在日渐变得清晰而有力。据此我的回答近乎一个悖谬，那就是：

更自由、更坚定、更富于创造性的个人写作！

1994.10，劲松

九十年代先锋诗的若干问题*

在“九十年代文学潮流精览丛书”的名下编选这样一卷诗或许隐含着一个小小的悖谬，因为九十年代诗歌有别于八十年代的特征之一就是看不出有什么清晰可辨的“潮流”。把考察范围进一步限制在似乎负有“领导新潮流”天职的先锋诗歌范围内，这种悖谬会变得更加显豁。当然也可以干脆以悖谬对悖谬，说这里无意于“潮流”恰好是某种“新潮流”。

然而为什么总是绕不开“潮流”？是不是因为凡事一旦被命之为“潮流”，就同时意味着大势所趋，不可抗拒？就意味着攻取了某一话语制高点，自动获得了某种不言而喻的价值？就意味着不仅可以顺应“潮流”，而且可以“反潮流”，进而成为这方面的“英雄”？假如真的是这样（我相信许多人宁愿是这样），那我首先要做的就是将这个词加上括号，悬置起来，以便让时间清洗掉积存其间并散布在语境中的毒素。

因此，本文对九十年代先锋诗写作的描述、阐释，以及对由其所提出的若干问题的探讨，都和“潮流”无关。或有同仁对继续沿用

---

* 此文系为《九十年代文学精览丛书·先锋诗卷》（唐晓渡编，北京师范大学出版社，1999）撰写的序言。

“先锋诗”这一概念提出质疑，甚至不以为然，对此我深表理解；但为了在与八十年代的对比中更有力地揭示出某种内在的变化，只好暂时存而不论。如果你愿意，不妨也把它打上括号。

一、中断和延续

在整个八十年代一直保持着强劲势头的先锋诗写作，至1989年突然陷入了不可名状的命运颠踬之中。首先是3月26日，天才的海子以二十五岁的年纪在山海关卧轨自杀；仅仅时隔两个月多一点，另一位在朋友间享有盛誉的诗人、海子的挚友骆一禾，又因突发脑溢血不治去世；然而，和紧接着针对几乎所有人的暴力的拦腰一击比起来，这两起事件所引发的震惊和伤痛不过是悲剧的序幕而已。

我无意为先锋诗在九十年代的境遇勾勒一幅灾难性的背景；事实上，当代中国向现代社会转型过程所具有的、往往以戏剧化方式呈现出来的复杂性，已经令我无法在原初的意义上使用“灾难性”一词。这不是说灾难本身也被戏剧化了，而是说人们对灾难的记忆很大程度上浸透了浓厚的戏剧色彩。在强迫性遗忘机制和急于摆脱巨大的精神屈辱经验（包括道德上的不洁感）所导致的欣快症倾向的双重作用下，它似乎不再具有被遮蔽的、可供探寻和汲取的现实内涵，更谈不上凝聚力和灵魂的净化作用了。它既不能唤起恐惧（由于有太深的恐惧），也无从令人振奋（一种太纯粹的诉求），其功能介于颓唐和亢进之间。当意识形态的强控制和经济活动的优先权巧妙地合纵连横，从而使权力和金钱的联合专政与大众媒介的商业化操作所诱导的拜金主义和消费主义潮流彼此呼应，成为无可争议的社会性支配力量，而这一切又和人们对现代化生活的迫切向往纠缠在一起时，我们甚至难以确切地勾勒出所谓“灾难性”的边界。

在这种情况下，如同欧阳江河在一篇文章中所尝试的那样[①]，从“专注于写作本身”的角度论述先锋诗以89为契机实现的“历史转变”，或许更为正当。不过，有些问题因此也就变得更需要深究。欧阳江河写道：

> 对我们这一代诗人的写作来说，1989年并非从头开始，但似乎比从头开始还要困难。一个主要的后果是，在我们已经写出和正在写的作品之间产生了一种深刻的中断。每个人心里都明白，诗歌写作的某个阶段已大致结束了。许多作品失效了。就像手中的望远镜被颠倒过来，以往的写作一下子变得格外遥远，几乎成为隔世之作，任何试图重新建立它们的阅读和阐释的努力都有可能被引导到一个不复存在的某时某地，成为对阅读和写作的双重消除。

确实，“深刻的中断”当时是一种普遍的感受。作为“后果”的后果，这使得本来就非常可疑的写作的意义，在一些诗人那里几乎是转眼间就沉入了虚无的深渊；而对另一些诗人来说，“写作将如何进行下去”已不只是某种日常的焦虑，它同时也成了陈超所谓“噬心的时代主题”。然而，把造成这种“中断”的肇因仅仅归结为一系列事件的压力是不能让人信服的，除非我们认可先锋诗的写作从一开始就是对历史的消极承受。时过境迁，在最初由于尖锐的疼痛造成的幻觉有可能代之以较为平静的回顾和反思后，我们或许可以更多地根据诗歌自身的发展，说它们充其量起到了某种高速催化的作用。另一方面，这种“中断”无论有多么深刻，都不应该被理解成一个戛然的突

---

① 欧阳江河：《89’后国内诗歌写作：本土气质、中年特征和知识分子身份》，原载《今天》1993年第3期，第178页。

发事件。它既很难支持“开始”和“结束”这样泾渭分明的判断，也无从成为衡量作品“有效”或“无效”的标尺。关于这一点，只要阅读一下欧阳江河自己的两个组诗，即《最后的幻象》和《致友人》，就不难得到印证。这两组诗同样不缺少他所说的“那种主要源于乌托邦式的家园、源于土地亲缘关系和收获仪式、具有典型的前工业时代人文特征、主要从原始天赋和怀乡病冲动汲取主题的乡村知识分子写作”的资质；但前者尽管写于1988年11—12月间，却已通过标题透露出足够鲜明的告别意向；而后者尽管写于1989年9—10月间，却非但没有结束漫长的告别，反而一再撞响那“有时比一个时代的终结更为辽阔”的“弥留之钟”。更有说服力的是，它们即便在今天读来也仍然令我们感动，甚至比当初更感动；换句话说，它们并没有因为与一个业已逝去的时代，或某种已成昨日黄花的写作方式的致命关联而“失效”，至少在阅读层面上如此。

但这样一来，所谓“深刻的中断”岂非被抽空了意味？对此我的回答是，必须在同时考虑到“延续”和“返回”这两种倾向（不仅仅是相对于八十年代，但“回到诗本身”正是先锋诗在整个八十年代一以贯之的响亮追求）的前提下，并基于三者的互动关系，才能更深刻地领悟“中断”的意味。并没有从天上掉下来一个九十年代，它也不会在被我们经历后跌入万劫不复的时间深渊。这里作为历史的写作、写作的现状和可能的写作之间所呈现的并非一个线性的过程，而是一种既互相反对，又互相支持的开放性结构；其变化的依据在于诗按其本义地在自身创造中不断向生存、文化和语言敞开，而不在于任何被明确意识到的阶段性目标——不管它看上去有多么重要。

不妨落实到具体的有关问题，例如，“对抗”这一先锋诗的传统主题在九十年代是否具有新的可能性问题继续我们的讨论。由于这一问题牵涉到对先锋诗极为敏感，在前苏联和东欧发生剧变、全球性

“冷战”时代宣告结束后又显得格外不可回避的所谓“意识形态化写作”，诗人们就此表现出高度警觉是必然的；因而，可以把欧阳江河于此所持的否定态度理解成某种“过度阐释”式的策略。但断然宣称对抗主题的可能性“已经被耗尽”则是另一回事。正如不应把在当代现实和精神生活中普遍存在的对抗因素和“意识形态幻觉”混为一谈一样，我们也应该仔细甄别使对抗主题在向变化着的历史语境敞开的过程中焕发出新的活力，和简单地重复早期“朦胧诗”那种意识形态对抗之间的差异。饶有兴味的是，欧阳江河本人恰恰属于率先寻求这种“新的活力”的诗人之一，并且很可能走得最远。写于1990年的《傍晚穿过广场》表面上没有涉及对抗主题，实际上却巧妙地借助“广场”这一被从不同方向、以不同方式反复强调的时代“圣词”所唤起的有关记忆和期待，从反面不着痕迹地直接进入了主题内部。这里，新的可能是通过对“广场”作为传统的对抗场所被赋予的神圣性，以及主题本身在意识形态框架内历来具有的、黑白分明的僵硬对峙色彩的双重消解获得的。这种消解伴随着另一个似乎越来越令欧阳江河着迷的主题，即时间主题的呈现；因为正是时间揭示出，“从来没有一种力量／能把两个不同的世界长久地粘在一起”。然而，使对抗成为不可回避的道德和良心的界限并没有因此归于消失；甚至相反，由于诗人从一开始就放弃了以道德和良心的主体自居的话语立场（这正是所谓“意识形态化写作”的特征之一），它变得更锋利了。它像一柄双刃剑，在生命既短暂易逝又追求永恒的悖谬中，在一个“幽闭时代”的深处，同时劈开了那些“坚硬的石头脑袋”和人们心中珍藏着的“影子广场”。它提醒“两手空空的人们”“在穿过广场之前必须穿过内心的黑暗”，从而重新体会“生存的重量”，并且有可能换一种眼光，重新看待被“石头的重量减轻了”的“肩上的责任、爱情和牺牲”。

欧阳江河的双刃剑在某种意义上也同时劈向了写作和阅读。它同样要求一种与“新的可能”相匹配的新眼光。这里，对形形式式的诗歌成见的警觉，较之对“意识形态化”的警觉并不显得更不重要——二者有时简直就是一回事。就“对抗”主题而言，像王家新的《瓦雷金诺叙事曲》、《帕斯捷尔纳克》，或周伦佑的《刀锋二十首》，或孟浪的《死亡进行曲》那样作尖锐而集中的正面处理，往往标示了人们的接受边界，充其量可以扩大到例如陈超的《博物馆或火焰》那种融忏悔录与升阶书于一炉，在个人宿命和“两个时代脱钩”的龃龉间展开的命运交锋；而像《傍晚穿过广场》那样致力消解的反面处理，或像翟永明的《颜色中的颜色》那样，使其融入另一个平行的主题及其变奏的更大织体中，则很容易遭到忽视乃至无视；就不必说王寅《灵魂终于出窍》式的秘响旁通，或像西川的《致敬》、《厄运》那样充满着细节的反讽，看上去更琐屑、更具中立色彩的陈述了。我不知道这样说是否会给人留下竭力扩张某一主题外延的印象；但我的本义却是要指出其内涵的深化——既然我们不愿意使对抗在诗歌中“意识形态化”，我们就应该首先做到“非意识形态化”地对待这一诗歌主题。正如它不必然导致“群众写作”和“政治写作”一样，它也远非仅仅指涉对社会现实的介入。随着对抗的所指在现实中越来越具有匿名的、非人格的性质，它也越来越成为一个更内在、更多和写作自身相关的诗歌领域。也许我们最终应该如布罗斯基所说的那样理解“对抗”之于诗歌——反之亦然——的意义，即：“一首诗是不服从的语言形式。它的声音挑起的疑窦远远不限于具体的政治制度。它究诘整个存在秩序，它遭遇的敌手也相应地更加强大”[①]。

我之所以为辨析一个问题花费如许的笔墨，是因为在我看来它如此重要，以至任何不必要的混乱都会损及先锋诗存在的依据：它

---

① 布罗斯基：《文明之子》，引自《从彼得堡到斯德哥尔摩》，漓江出版社，1990年版，第470页。

怀疑的、批判的、冒险的灵魂。此外也是想借此澄清自己的有关困惑。[①] 当然，时代变了，语境变了，甚至诗歌写作的性质也有所变化；但从根本上说，诗人作为“种族的触角”、“历史和良心的双重负重者”而应该“在种族的智慧和情感生活中”担起的责任并没有变，追问“在经历了那么严酷的误解、冷落、淘汰以及消解之后，实验诗歌究竟有多少能够幸存下来的作品？这些幸存的作品又能够对精神或语言的历史贡献些什么”[②] 也未必已经过时。对九十年代的先锋诗来说，继续保持“对抗”与“对称”的平衡或许和“重新夺回某种永恒的东西”（福柯评波德莱尔语）一样重要，或许本身就属于需要“重新夺回”的一部分。

二、个人写作

读者或许已经注意到我一再涉及欧阳江河的理论和创作之间的矛盾，但愿这仅仅是因我的阐释所致。无论如何，这使得我们有可能换一个角度，再次回到他所说的“深刻的中断”。立足这一角度，我倾

---

① 譬如，我能理解臧棣在论及“作为一种写作”的“后朦胧诗”时对写作主体形象所作的“反叛者”和“异教徒”的微妙分别，却不明白，为什么非要将这两种形象对立起来，而不能视为同一形象在不同的上下文中，或语义的不同层面上的呈现？同样，我赞同说“在后朦胧诗那里，写作有意避开对峙的话语系统，拒绝成为带有任何意识形态神话色彩的艺术仪式。也不妨说，写作幻想在意识形态的话语系统之外，创造出一种独立的自足的权力话语，一种将审美的功利性缩小到极限的新的艺术仪式”，却不明白，为什么“对峙”只能纳入“意识形态话语系统”？为什么在例如王家新的近作中“激昂地实现着”的“诗歌对峙主题”只能被视为对旧的艺术仪式的“借用”，而不就是“新的艺术仪式”的一个有机因素？臧棣的有关观点及引语见《后朦胧诗：作为一种写作的诗歌》，《中国诗选》第1期，成都科技大学出版社，第345—346页。

② 欧阳江河：《对抗与对称：中国当代实验诗歌》，见《磁场与魔方》，北京师范大学出版社1993年版，第256—257页。

向于将其看成是两种冲动的混合表达。

首先是追求“现代性”的冲动。这种冲动自“五四”前后起就从内部紧紧攫住了中国诗人，并在历经坎坷后导演了从“朦胧”到“后朦胧”，贯穿了整个八十年代的先锋诗运动。现在，当历史由于恶性变故又一次显得暧昧不明时，它也又一次站出来申明自身，申明一个与社会的现代转型既彼此平行，又互相颉颃的、独立的现代化进程。这就是为什么在欧阳江河的表述中，“中断”不是发生在诗人与历史之间，而是发生在“已经写出和正在写的作品”之间，并且多少有点令人奇怪地宣称，因之“失效”或“难以为继”的，不仅是那种具有旧时代人文特征的“乡村知识分子写作”，也包括“与此相对的城市平民口语写作，以及可以统称为反诗歌的种种花样翻新的波普写作”，甚至包括“被限制在过于狭窄的理解范围内的纯诗写作”的原因——浑然无告的精神受挫感就是这样，经由追求“现代性”冲动的改造，被转述成了某种并非从头开始，却更像从头开始的新契机。在这个意义上，所谓“中断”或可视为构成“现代性”主要内驱力的“革命”观念及其“决裂”传统的曲折隐喻①。

但它同样可以视为追求“现代性”的冲动受到强大制衡的曲折隐喻。这种制衡与其说来自写作与语言现实之间的亲和力，不如说来自另一种更古老、更原始的冲动，即致力于去蔽破障，使那些沉默（或被迫沉默）的事物从幽昧的黑暗中站出来，发出声音和光亮的诗本身的冲动。这种冲动决定了先锋诗的写作从一开始就具有的自省和自否维度，因为“现代性”意义上的先锋和“诗本身”意义上的先锋毕竟不完全是一码事。如果说八十年代前者占了上风，其更多诉求的运动形式及其集体性质（“把一生中的孤独时刻变成热烈的节日”）

① 参见拙作《五四新诗的“现代性”问题》（载《文艺争鸣》1997年第2期）、《重新做一个读者》（载《天涯》1997年第3期）。

明显带有“革命时代”的遗风的话，那么同样明显的是，对这种倾向真正有力的质疑、牵制和挑战也恰恰来自先锋诗内部，来自那些持有更坚定的“诗本位”立场、在写作方向和方式上更自主、更具个体色彩的诗人及其作品。事实上，作为“运动”的先锋诗至八十年代末已呈颓势，强制性的中止只不过使它的终结平添了某种悲壮而已。就此而言，“中断”不妨说就是“了断”：既是对一代人青春情结的了断，也是对二十世纪中国新诗关于“革命”的深刻记忆，或“记忆的记忆”的了断，是对由此造成的“运动”心态及其行为方式的了断。

从这里出发，我们或可围绕为九十年代先锋诗人普遍认同的“个人写作”问题，进而讨论先锋诗在九十年代的“历史转变”。

考虑到T.S.艾略特的“非个人化”作为公认的现代文学，尤其是现代诗歌的经典尺度在今天差不多已成常识，而哲学和社会人类学意义上的“个人”也早被当作一种神话遭到反复解构（其在文学理论和批评上的延伸，就是相继为“作者”和“读者”发出了讣告），首先对所谓“个人写作”进行必要的澄清似乎并不多余。我的意思不是要给它下一个确切的定义，而是要提请注意聚集在这一概念上的若干“踪迹”和“投影”。这样的“踪迹”和“投影”包括：意识形态写作、集体写作、青春期写作、对西方现代诗的仿写（和对整个西方文学、文化的服膺），或许还得加上近些年大行其道的“大众写作”和“市场写作”。所有这些都有助于我们意识到“个人写作”在一个缺少“个人”传统的历史和现实语境中的针对性，及其更多从反面被界定的语义渊源。

这其中值得多说几句的是所谓“青春期写作”。它是“个人写作”的直接“涂擦”对象。作为一个借喻，“青春期”在这里意味着：对生命自发性的倚恃和崇信、反叛的勇气和癖好、对终结事物和绝对真理的固执、自我中心的幻觉、对“新”和“大”的无限好奇和渴慕、常常导致盲目行动的牺牲热情，以及把诸如此类搅拌在一起的血气、眼泪和非此即彼、“一根筋”式的漫无节制，暗中遵循雅罗米尔（米兰·昆德拉小说《生活在别处》中的主人公）所谓“要么一切，要么全无”的逻辑。尽管不能一概而论，但回头看去，八十年代的先锋诗写作在许多方面确实表现出浓重的“青春期”特征。此外还应该考虑到，这是一种因长期压抑而被迟滞了的、曾经严重受损并仍将一再受损的“青春期”，其结果是往往为写作带来了格外的颓伤、怀旧和晦涩色彩，或者在绝望中使语言的狂欢有意无意地蜕变成语言的暴力。

“青春期写作”的根本弊端在于以最富于诗意的方式悬置了诗本身。尽管如此，不能脱离特定的语境来评价“青春期写作”。正如它的浮躁、情绪化和急功近利很容易在与集体无意识的致命纠缠中诉诸“运动”这种意识形态行为一样，它的感性、挑战欲和不断被刺激的创造渴望也天然地具有“个人化”倾向，从而在相当程度上满足了时代对诗歌“非意识形态化”的要求。无论是怎样的“破绽百出”，一代诗人正是经由“青春期写作”发现和检验了自己的写作才能，锻炼和修正了自己的诗歌抱负，并在私下完成的、每每把摹仿妄称为创造，或二者兼而有之的学徒生涯中，逐步领悟和掌握了写作这门古老技艺的秘密。

但更重要的也许是与此同时日臻成形的“个人诗歌知识谱系”和“个体诗学”。我相信这既是使真正的“个人写作”成为可能的前提，也是它区别于“青春期写作”的主要分野。

所谓“个人诗歌知识谱系”尽管广泛涉及诗歌史和相关领域，但并非是指具备这些方面的完整知识——这在一个知识爆炸的时代几乎是不可能的事，就诗歌写作本身而言也无必要——而是指与具体诗人的写作有着密切的精神血缘关系、包含着种种可能的差异和冲突，又堪可自足的知识系统。其显著特征在于它的非常规性；或者不如说，它是往往被常规的知识所忽略、无从进入其谱系的非常规知识（尤其是相对的、难以通约的个人观察、感受、想象和反思的经验），和可以征诸史实或典籍，却又被具体诗人的洞见、曲解与误读改造了的常规知识，二者混而不分的特殊知识系统。如果你愿意，不妨说它是某一诗人独享的材料库；但它更主要的价值却在于构成了使这一个诗人的写作有别于另一个的独特的上下文：一个仅供其出入的语言时空，一套沟通外部现实和文本现实的独一无二的转换机制。

“个人诗歌知识谱系”具有显而易见的自我相关性质。它既是诗人写作的强大经验和文化后援，又是他必须穿越的精神和语言迷障；既是布鲁姆所谓“影响的焦虑”的渊薮，又是抗衡这种焦虑的影响，并不断有所突破的依据。使这样一个本身充满悖谬的系统具有可操作性，而又相互生成的知识，我称之为“个体诗学”。其特质并不在于理论上的新颖奇特或宏大严整，而在于可以有效地处理诗人感兴趣的主题和题材的实践品格；不在于某一诗人公开表述自己的诗歌观点时参照常规诗学提出的或激进或保守的原则主张（更不必说关于诗歌的宣言了），而在于能够参证其作品加以辨识，但在实际写作过程中往往具有随机性和难以言传的私密性的具体诗歌方法：语言策略、修辞手段、细节的运用、对结构和风格的把握，以及其它种种通过语词的不同组织，迫使“诗”从沉默中现身的技巧。

如果说先锋诗写作在九十年代确实经历了某种“历史转变”的话，那么在我看来，其确切指谓应该是相当一部分诗人的“个人诗歌知识谱系”和“个体诗学”的成熟。它适时满足并体现了由“青春期写作”向“个人写作”的过渡，同时又提供了对此作出评估的尺度。试图直接依据“社会转型”或“知识转型”的“时代气候”来描述先锋诗在九十年代的“转变”是荒谬的（如同这种做法所复制的“历史决定论”的逻辑一样荒谬），它必然以牺牲转变本身的复杂性和经由这种转变扩大了的差异性为代价。事实上，在有着不同的“个人诗歌知识谱系”和“个体诗学”的诗人那里，“转变”也有着不同的意味；反过来，只有当“转变”导致了“个人诗歌知识谱系”和“个体诗学”的深刻变化时，它才是真正有意味的转变。这一点较之诗人们在某些方面表现出来的共同倾向或对某一话题的共同兴趣（毕竟，“时代气候”深刻影响着诗歌的发展，就像诗人们之间也彼此影响一样）更值得关注。

以西川和翟永明为例：对西川来说，“转变”建立在由于“八十年代末、九十年代初中国社会”及其“个人生活的变故”所引发的、对前此所持“象征主义的、古典主义的文化立场”进行反思的基础上；他意识到“从前的写作可能有不道德的成分”，因而这种立场“面临着修正”①。而对翟永明来说，“转变”更多地与努力摆脱塞尔维娅·普拉斯那种自白风格的影响有关。这种努力可以一直追溯到八十年代中后期，跨越了从《静安庄》（1985）到《咖啡馆之歌》（1993）这一漫长时段。和其他一些先锋诗人一样，他们在谈及各自的转变时都强调了“叙事性”和“戏剧化”的重要。然而，在“无论从道德理想，还是从生活方式，还是从个人身份来说”，都突然“陷入一种前所未有的尴尬状态”的西川那里，“叙事性”是和重新考虑一种“在质地上得以与生活相对称、相较量”的语言方式联系在一起的。这种语言方式致力于“在抒情的、单向度的、歌唱性的诗歌中，异质事物互破或相互进入不可能实现”。它在现实性上是一种“能够承担反讽的表现形式”，可以充分接纳“经验、矛盾、悖论、噩梦”；其可能的指向则是“把诗歌的叙事性、歌唱性、戏剧性熔于一炉”的“综合创造”。而在对西川所说的“尴尬状态”早有深切体验（当然是另一种体验）的翟永明那里，“叙事性”和“戏剧化”的重要在于可以借以打破那种“来自经验底层”，并逐步凝定为一套“固有语汇”的力量对写作的控制，由此发展出一种具有“细微的张力、宁静的语

① 西川：《大意如此·自序》，湖南文艺出版社，1997年版，第2页。此节有关西川的引语均出于此。

言、不拘一格的形式和题材”的更见成熟的个人风格。尽管二者在“叙事的不可能性”方面隐有灵犀一点[1]，但主旨毋宁说大相径庭；因而毫不奇怪，正如西川九十年代的写作，尤其是在《致敬》、《厄运》、《芳名》、《近景和远景》等长诗中，由叙事性导入的“异质事物互破或相互进入不可能实现”使语言表现出明显的复合、加速和增殖倾向一样；在翟永明近期的作品如《盲人按摩师的几种方式》、《乡村茶馆》、《小酒馆的现场主题》中，其叙事的因素越是有所加强，语言就越是趋于单纯、舒缓和缩削。

西川和翟永明并不是两个极端的例子。仍就“叙事性”话题而论，比如，相对于西川、翟永明的被动态度，王家新，特别是肖开愚、孙文波的叙事显然就更像是一种主动的揭示。在对八十年代先锋诗写作中普遍存在的“不及物”现象有所强烈针砭的前提下，这种主动揭示具有肯定的性质：既肯定了叙事本身的意义，又肯定了使叙事成为必要和可能的“本事”。“本事”在这里可以是一个人，一个场景，一段余响不绝的经历，也可以是渗透在这一切当中、大到难以限量的“中国语义场”。然而，在不改变上述前提的情况下，陈东东的叙事却是对“本事”，从而也是对叙事本身的无穷颠覆：所有有可能被认作“本事”的，在他的作品中最终都成了巨大的超现实幻境的一部分。于坚的叙事则从另一端点与此构成了对称：他的“事件系列”（某种程度上也包括他那首不幸未能得到充分关注的长诗《0档案》）与其说是试图在对具体事件不厌其详的述说中呈现事物本身，不如说是在实验罗兰·巴尔特所谓“零度写作”的可能。而对认为“我们更多地是处于与之相反的状态中从事写作”[2]的欧阳江河来说，叙事的

---

① 关于翟永明诗歌中叙事的不可能性，可参看拙作《谁是翟永明》中的有关论述，见《中国女性诗歌文库·翟永明卷·序》，春风文艺出版社，1997年版。

② 布罗斯基：《文明之子》，引自《从彼得堡到斯德哥尔摩》，漓江出版社，1990年版，第180页。

意义仅仅在于可以通过叙述使事情变得不可叙述；换言之，“叙事”只是作品完成虚构的活力来源之一，它不享有任何特权。

关注由上述粗率的比较和分析所显示的、类似的复杂性和彼此差异无疑增加了理解先锋诗在九十年代的“历史转变”的难度，却更能切中肯綮。当然，在致力于不断地向存在敞开这一点上，不同的“个人诗歌知识谱系”和“个体诗学”又是相通的。这或许既是其“成熟”的真义，又是对所谓“个人写作”最抽象，然而也是唯一可能的界定。我猜想这还是诗人们不惮于“个人写作”这一说法会引起种种误解的原因。

三、疏离、身份和阅读

具有讽刺意味的是，上述先锋诗在九十年代的“历史转变”不但没有缩小，某种程度上还扩大了它和现实（作为阅读期待的现实）之间的彼此疏离。当肖开愚一方面持续地提请人们注意在九十年代先锋诗中大大增强了的“中年的责任感”，一方面向同行呼吁一种“响应市场号召的灵活性”，一种“让读者轻松取得贷款、重重支付利息的窍门”[①]时，先锋诗的“市场行情”却在一路看跌：原先为其所吸引的读者群越来越萎缩（且日益表现出一种“中年”式的淡漠），新的读者群又没有适时形成（即便有，也多像是些“站错了队”的“追星族”），这和诗人的大量“离队”恰成一种对称现象；出版界的态度变化仅仅在于用赤裸的、人人都能看得见的利润天平，取代了另一具暧昧的、似乎不便言说、说也说不清的天平，其结果可想而知，不多的例外则很可能伴随着某一迹近“扶贫”的善举；至于批评界，大多情况下仍像过去一样，或装聋作哑，或扮演精神理疗大夫的角色。

① 肖开愚：《九十年代诗歌：抱负、特征和资料》，载《学术思想评论》第一辑，第223页。

有趣的是一些曾经为先锋诗作过有力辩护的批评家，最近也转而加入了为“读不懂”而摇头叹息的行列，并立刻被那些一直指责先锋诗“脱离时代”、“脱离人民”的人引为最有说服力的证词。

试图在先锋诗和思想界的“话语实践”之间达成“沟通”的努力也很难说得到了积极的回应。问题不在于学者们——这里主要说的是一些卓具影响的青年学者——解读现代诗的能力往往令人惊讶地贫弱，而在于他们甚少表现出这方面的意向。他们对诗的兴趣和理解大都停留在抒情的阈限内；一旦超出这一阈限，就宁可敬而远之。二十世纪哲学最重要的动向之一就是实现了“从认识论到阐释学”的转变（罗蒂语），其中对文学和艺术语言的分析居有某种中心地位；然而在当代中国，至少就目前而言，有关的迹象似乎还微乎其微。

凡此种种都令人不禁想到老黑格尔所谓“历史的狡计”。由于这种狡计，先锋诗先是被迫成为“孤独的反叛，语言或历史在地下的捣乱”[①]，然后又被迫经历它同样孤独的成熟。但现在我们已经知道，并不存在这样的狡计，只存在“孤独”这一有待勘破的斯芬克司之谜；而先锋诗人们显然很快就勘破了这个谜。今天已不再会有哪一位先锋诗人宣称要“给公众趣味一记响亮的耳光”。在几乎称得上是平静的上下文中，孤独的成熟被欧阳江河转称为“只为自己的阅读期待而写作”，“以亡灵的声音发言”。他希望用“影子作者、前读者、批评家、理想主义者、‘语词造成的人’”这样一种“多重角色”构成的“自己”，确认其作为诗人的“真实身份”[②]。同样，王小妮也在《重新做一个诗人》中写道：“……而海从不为别人工作／它只是呼吸和想。//不用眼睛。／不用手。不用耳朵。／那些被炎热扑打的人／

① 奥·帕斯：《诗歌与世纪末》，见《批评的激情》，云南人民出版社1995年版，第56、55、68页。

② 欧阳江河：《89’后国内诗歌写作：本土气质、中年特征和知识分子身份》，原载《今天》1993年第3期，第194页。

将再摸不到我／细密如柞丝的暗光”。

类似的超然态度无疑体现了一种诗歌意义上的不妥协精神，同时也使围绕先锋诗和现实的疏离这一命题形成的或焦虑或兴奋不已的有关舆论意外地带上了喜剧色彩，以至我们有理由进一步追问，这个命题究竟是基于什么意义，又在多大程度上真实地指陈了先锋诗与现实的关联？或者不如说，在什么样的前提下它将自我揭示出，它在更大程度上不过是出于种种原因无法或拒绝阅读先锋诗的口实，因而迹近一个假命题？奥·帕斯的一句名言于此意味深长，他说“现实是最遥远的”；他在诺贝尔文学奖授奖仪式上演说的标题就是《对现实的追寻》。出于同样的动机（“追寻”，而不是人们常说的“反映”或“把握”现实），米兰·昆德拉深入进行了他对“遗忘”的研究。显然，对帕斯和昆德拉来说，所谓“现实”绝非是既在、了然、自明的，相反它倾向于自我隐匿，因而更多属于未知的范畴；即便是通常被我们称为“经验”的，也需要一一加以勘察和诘究。

应当永远记住：那种被指称为既在、了然、自明的“现实”，从来都是按照某一权力或中心话语组织起来的“现实”。它所索要的，从来都不是“追寻”而只是“追随”。这也就是为什么“现实”可以被有些人像他们自认在握的“真理”一样拿在手上，用作尺子以至——如果必要的话——鞭子的原因。从这种“现实在握”的奇怪特权中还顺理成章地引申出某种同样奇怪的豁免权。有一段时间我发现几乎人人都在津津乐道于某作家的一句令人听来肃然、凛然的责难：“诗人，你为什么不愤怒！”他们是在要求诗人“拷打良心的玉米”。诗人当然应该“拷打良心的玉米”；使我不解的只是，为什么似乎只有诗人才需要“拷打良心的玉米”？为什么没有人向那些几乎无需“拷打”就能发现大大的“良心”问题的领域，比如新闻领域，或者进一步，就造成社会性“良心危机”的根本所在提出同样的要求？更使我不解的是许多人在责难诗人时的那种不屑乃至洋洋自得的口气或神色，仿佛他们可以自外于良心，仿佛他们就是一再请求“拷打”，却被一再延误的“良心的玉米”本身。

先锋诗一直在“疏离”那种既在、了然、自明的“现实”，这不是什么秘密；某种程度上尚属秘密的是它所“追寻”的现实——体现为文本的、可由创造性阅读的不断参与而不断得以自我揭示的现实。进入九十年代以来，先锋诗在这方面最重要的动向，就是致力强化文本现实与文本外或“泛文本”意义上的现实的相互指涉性。不同的诗人于此采用了不同的写作策略。例如，张曙光有关个人生活和个人情感的研究或孙文波对平凡家族史的批判大多取复合性的叙述笔调，在这种笔调中，回忆所调动的怀旧感和当下严苛的甄别眼光彼此渗透，从而既可以更多地汲纳日常经验并造成亲近的幻觉，又保持住了作品的张力；臧棣的《燕园纪事》系列同样在一个被主动限制的、相对狭小的范围内展开，路径也大致相似，但更具目击的现场感；欧阳江河写于九十年代的大部分作品明显具有他自己所说的“异质混成的扭结性质”，其特征在于“诗歌文本中所树立起来的视野和语境、所处理的经验和事实大致上是公共的，但在思想起源和写作技法上则是个人化的”，诗人“以诗的方式在言说，但言说所指涉的又很可能是‘非诗’的”①；而西川则越来越倾向于“把哲学、伦理学、历史、宗教、迷信中的悖论模式引入诗歌”，据此形成一种“伪哲学、伪理性语言方式”，“以便使诗歌获得生活和历史的强度”②。我们当然会注意到隐涵在这些不同的写作策略中的诗学差异。例如，欧阳江河所实践的“异质混成”在出发点上就很难说和针对八十年代先锋诗写作中存在的“不及物”倾向而倡行的“及物写作”是一回事：前者在强调“诗歌对‘关于痕迹的知识’的倾听，并不妨碍它对现实世界和世俗

---

① 欧阳江河：《谁去谁留·自序》，湖南文艺出版社，1997年版，第3、2页。

② 西川:《大意如此·自序》，湖南文艺出版社，1997年版，第3页。此节有关西川的引语均出于此。

生活的倾听”的同时，还充分注意到“现代诗歌包含了一种永远不能综合的内在歧异”，即“词与物的异质性”[①]；而后者恰好是以词与物具有可以彼此替代的一致性为前提的。这种区别很可能由于围绕对所谓“中国语义场”的不同看法而被发展成某种带根本性的分歧；然而，仅就“追寻”现实，并进而使呈现在文本中的现实拥有对称于文本外现实的活力、强度和不确定的复杂性这一点而言，又不妨说有异曲同工之妙。

显然，当不再偏执于那种既在、了然、自明的“现实”时，讽刺就变成了“反刺”。在这种“反刺”中真正感到尴尬的也就成了对先锋诗的阅读。先锋诗多年来一直未能创造出无论在数量和质量上都说得过去的“范式读者”，这或许称得上是一个小小的悲剧——不是哪一方面的悲剧，而是双方共同的悲剧。进而我们会发现，这还是一幕没有悲剧主人公的悲剧，因为他不在场。然而，不在场不等于不受伤害。就阅读而言，这样的伤害远不自今日始，只不过一直没有被充分觉察和反思而已。在另一篇分析作为二十世纪中心事件的“革命”对当代诗歌写作和阅读的影响的文章中，我曾试图触及这种受伤害的阅读的“中枢神经”：“其最敏感的部分奇妙地混合着对‘革命’的模模糊糊的记忆、怀旧的需要和文化—审美主体的幻觉”。这实际上勾勒出了一个失意的“诗歌监护人”的形象。这位监护人乐于追随他被赋予的权力幻象；他采用所有“文献式阅读”中最糟糕的一种来阅读诗歌：他总是希望从中读到一些像当年的“革命”一样具有“轰动效应”的“大事”、大排场，以便证明他那偏狭的、封闭的、被扭曲成一团的阅读期待的正当性；对凡是使这种阅读期待落空的诗歌他或者满腹狐疑或者忧心忡忡，因为他既担心失职又唯恐受到愚弄。这表明他无意中已经沦落为和他试图扮演的相反的角色：一种需要受监护的

---

① 欧阳江河：《谁去谁留·自序》，湖南文艺出版社，1997年版，第3、2页。

角色；而他总是能够指望及时得到这方面的支持——我说的是大多数有关诗歌的舆论。他看不到也无法看到，这类舆论及其操作者距离诗歌其实比他更远，因为他们感兴趣的从来就不是诗，而仅仅是舆论—— 一个真正以尽可能制造“轰动效应”为目的的领域。

认为这位“失意的监护人”或“被监护人”只有一副刻板的面孔是不公正的。如果他碰巧还有一点多余的鉴赏力，他会很适意地让自己成为一只看不见的鸟笼，里面豢养着一只他所宠爱的诗歌的金丝雀。这是他“监护”权力的诗意延伸。夜深人静或他想闭目养神的时候，他会给自己沏一壶茶，找一把躺椅，然后愉快地聆听那只想象中的金丝雀可人的鸣啭；而假如他忽然发现他已久久没有温习这本不可或缺的功课，他就会惊慌失措，就会像《生活在别处》中那个列车里的小女孩一样，用无限伤感以至麻木的声音一遍又一遍对自己唱道：“我的金丝雀死了，我的金丝雀死了，我的金丝雀死了……”因为对他来说，正如对雅罗米尔来说“生活在别处”一样，诗也在别处。

我们可以很容易地发现，诗歌在这位“监护人”那里本质上只是一种消遣：变形了的意识形态权力的消遣或私人感情的消遣。而诗所追寻的现实恰好从这两种消遣形成的缝隙中漏掉了。我想这也是为什么这种“消遣式阅读”很容易与一段时间以来渐成“主流”的“消费式阅读”接轨，或向后者“转型”的原因。二者之间本来就只有一步之遥。

我无意侵犯任何读者的尊严和权利。在世界上所有的事情中，阅读当属最无可强制之列。面对他所不愿意阅读的作品，一个读者可以在任何时候掉头而去。不过，此前或与此同时，他也不妨对自己的“读者身份”有所质疑和反思。这种质疑和反思同样适用于他的阅读方式。一个持有消遣或消费念头的人，一个把阅读抵押给某种非此即彼的宏大热情的人，面对充满反讽和矛盾修辞的诗歌而深感蒙羞受辱有什么可奇怪的呢？这正是对他把自由误解为放任的惩罚。因为“阅读是放任的对立物；阅读是一种聚精会神的活动，它将我们引进那些陌生的世界，这些世界渐渐会向我们揭示一个更加古老的真正的祖国：我们来自那里。阅读是发现通向我们自身的无可置疑之路。是一种承认”①。

问题在于，随着大众媒介和大牌明星互相爆炒越来越成为这个时代的盛事，还会有多少人有耐心进行这样的阅读？据此认为存在一个“以全面遗忘表达当代社会对诗歌的厌恶”的“公开的阴谋”②或许是过甚其辞，但它并非不关涉到诗歌的命运。毕竟，作品的有效性是由写作和阅读共同决定的，而诗人同时兼任两者（社会学意义上的）乃不得已之事。先锋诗十多年来一直孜孜于新诗自身传统的建设和巩固；然而我们也不应忘记：“诗歌传统……是两个轴交叉的结果，一个是空间的轴，一个是时间的轴。第一个存在于不停地互相联系的公众的多样性；第二个存在于一代又一代的诗人与读者的连续性中。不同领域的读者的相互联系以新鲜的血液和新的目光丰富了诗歌传统”③。没有这样一个生生不息的传统，没有由此造就的同样伟大的作品和读者，所谓“回到伟大的标准”④就无从落到实处。

因此，这本诗选与其说是九十年代先锋诗写作的一次成果展示，不如说传达了来自诗歌自身的某种吁求，首先是对阅读的吁求——它吁求那种经过充分反思的、尽可能排除了先入为主的偏见或成见的阅

① 奥·帕斯：《诗歌与世纪末》，见《批评的激情》，云南人民出版社，1995年版，第56、55、68页。

② 肖开愚：《生活的魅力》，见《诗探索》，1995年第2期。

③ 奥·帕斯：《诗歌与世纪末》，见《批评的激情》，云南人民出版社，1995年版，第56、55、68页。

④ 臧棣：《回到伟大的标准》，载《中华读书报》1996年7月号。

读，那种同样经历过“孤独的成熟”，既不倚仗背后人数的多少，也不凭靠任何统计学意义上的市场尺度的阅读，那种愿意共同“追寻现实”，并在此过程中与写作形成创造性对话关系的阅读，那种“一对一”的阅读。当然，一一得一；但我们都知道，这后一个“一”既是哲学的，也是诗歌的极大值。希门内斯之所以把他的诗“献给无限的少数人”，所基于的大概就是这个奇妙的“一”吧。

是的，“一对一”：少数，然而又是无限。

如果按照八十年代某些人们热衷的“划代法”，这本诗选可以说包括了三代人的作品：所谓“朦胧诗”一代，所谓“后朦胧”或“第三代”一代，再就是继起的新一代了（好在如俗话所说的“事不过三”，否则真不知道要累死谁）。尽管如此，把他们同归于“先锋诗”的名下并没有让我觉得十分不妥：一方面，当代先锋诗的写作确实涵盖了这三代人（姑且这么说）；另一方面，真正倾心于诗的谁也不会把这类命名游戏当真。现在大概已不会再有人把自己属于第几代当回事了；用不了多久，“先锋”与否也将变得毫无意义。总是这样：诗一再起身抖落种种时间的幻象（包括所谓的“九十年代”）。争论将烟消云散，附会将归于尘埃，而好作品会留下来。

当代诗歌格局在九十年代的一个前所未有的现象是形成了一支初具规模而又比较稳定的“海外军团”。尽管这样说相当外在，当属与上述“时间幻象”类似的“空间幻象”（尤其是考虑到置身信息时代，世界越来越像一个“地球村”）；但由于地域、心理、个人身世和文化空间的变化必定深刻影响到诗人对母语的感受，它还是足以成为一个有关现代汉语诗歌可能性的相对独立的命题。主要是出于这一原因，对诗选中现移居海外的诗人的作品——其中如杨炼的《大海停止之处》，多多的《五亩地》、《节日》等，无疑都是不可多得的力作——这篇序文基本未予涉及。我留待有机会单作论列。

窗外市音正嚣，而世纪末也在无声逼近。对此诗人当均抱以平常心。我不知现在还有多少人愿意听这样的话，但我还是要说：

那使事物不朽的，必也令诗光荣！

1997深秋，北京劲松

重新做一个读者

人生只有一世，因而最令人惊诧莫名的是置身那些恍若隔世的瞬间。比如你突然读到这样一段十多年前写下的文字：

> 我们这一代的幸福在于我们意识到了自己生命的意义和使命，我们因苦难的磨砺而坚韧，并在民族振兴的伟大事业中丰富和完善着自己，从而获得了一种成熟的理想主义。……带着个人的独创性加入传统，加入一代人的创造，是个人实现自身的唯一方式。而诗人是一种加入的最典型的体现，因为诗是人生命存在的最高方式。

接下来作者引用《论语》中的一段著名语录来“勉励和告诫”自己：“士不可以不弘毅，任重而道远。仁以为己任，不亦重乎？死而后已，不亦远乎？”

作者是一位八十年代颇有影响的先锋诗人。这段文字摘自他致友人的一封信。指明这一点是为了确认其激情的真实性。然而曾几何时，写下这段文字的激情之手却早已抽身而去；即便它回来，也会认不出以至根本否定当初的激情。这双手现在在做什么无关紧要；重要的是，在这种今昔对比的巨大反差中究竟出了什么问题？

我无意讲述某个诗人的故事；同样，上述追问也并非针对某一单个的诗人。谁都看到了进入九十年代以来诗的窘境。它像一辆突然熄了火的机车，不但失去了当初的势头，而且面临着乘客们纷纷罢乘的局面。随着大众媒介和大牌明星互相爆炒越来越成为这个时代的盛事，诗和诗人的社会地位也一路看跌；时至今日，其公开身份竟已沦落到介乎若有若无、似在非在之间。这就足以让一些人们忧心如焚，或者幸灾乐祸了。在前些时京城某家报纸组织的有关讨论中，认为诗的现状和前景大大不妙者占据了压倒的优势；其中最耸人听闻、最具现场效果，因而也最能反映此类讨论本质的说法是：诗坛已“风流云散”，诗歌队伍已“全军覆没”。诗和诗人就这样在缺席的情况下被宣布“集体下课”。

没有一个真正潜心写作的人会把此类说法当回事。但不可回避的仍然是：在这种今昔对比的巨大反差中究竟出了什么问题？

总是为了某种需要（首先是为了实现某种权力），人们发明了一些似乎具有魔力的思想和话语方式。今昔对比即是其中之一。它可以是一碗“忆苦饭”，其中半是沉痛半是甜蜜，半是对从前的指控半是对未来的赞美，而综合效应是对当下心安理得；它也可以是一朵隐藏在既往岁月迷雾中的玫瑰，以其幽缈的暗香引诱你“回归”某一“黄金时代”，而这样的时代早已一去不返，或许压根儿就没有存在过；它同样可以是一片在头顶聚散不定的乌云，从阵阵威胁性的雷鸣中不断筛下“危机”的阴影，以诱发某种类似受迫害狂式的焦虑，这样的焦虑会使你无意识地倾向于寻求某种庇护。奇怪的是，在主流诗歌界，至少就近十多年而言，与“今”相对的“昔”和终将成“昔”的“今”之间似乎完全不存在界限。事实上，自八十年代初以来，关于“危机”的警告或抱怨一直不绝于耳，即便在表面看上去最红火的时候也没有停止过（尽管是另一套说法）。所谓“朦胧诗”面世时如此，所谓“第三代诗”当潮时也是如此。只是在时过境迁之后，“危机论”持有者们才变得稍稍平和些，以至可以流露出一丝怀旧的温情。这种使危机常态化的、单向度的、几近一成不变的今昔对比又是怎么回事？

让诗和人相互比附是危险的。但诗确实和人一样，有一半是（经由具体的诗人和诗歌舆论）活在记忆里。二十世纪中国诗歌（所谓“新诗”）的特征之一就是切断了与三千年自我记忆的联系，开始新的自我记忆。在这种新的自我记忆中，“革命”的经验无疑是其坚硬的核心部分。新诗的诞生本身就是一场革命；而这场革命又是更大范围内的社会政治—文化革命的一部分。历史上还没有哪一时期像二十世纪这样，使诗在大部分时间内和革命如此直接、紧密地结合在一起。“革命”是诗最重要的灵感和活力源头；反过来，诗也是“革命”最忠实的鞍前马后。诗从“革命”那里认取了它崭新的信念和使命；而“革命”也赋予了诗以前所未有的价值和光荣。诗和革命的这种亲密关系同时也决定了诗和大众的亲密关系。因为革命同样是二十世纪大众的上帝。革命—大众—诗，圣父—圣子—圣灵式的三位一体；而既然“革命是千百万人民大众的事业”，诗当然也是千百万人民大众的事业。革命要求诗首先做到的就是——套用兰波的一句话——“大众化！必须绝对地大众化”，而诗确实做到了：和1958年“大跃进”民歌的奇观比起来，白居易问诗于老妪算得了什么呢？诗在历史上曾经有过如此深入人心的时刻吗？没有！

诗和革命在二十世纪所经历的这场浪漫史在新诗的自我记忆中留下的自然不仅仅是浪漫；正如这场浪漫史本身一样，其中也充满了龃龉、错位、对抗、冲突、游离、出走、迷失，乃至清算、斗争、苦难、屈辱，如此等等。然而所有这些不但没有削弱、消解，反而强调、凸出了“革命”的经验在新诗自我记忆中的地位——让我再重复一遍：前者无疑是后者坚硬的核心部分。需要补充的只有一点，即必须充分估计这种经验的复杂性。

记忆在任何情况下都比事件本身活得更长久；不但如此，它也活得比我们想象的更积极。它既不止是岁月的遗迹，像博物馆里的风景画；也不只是固定的参照，像史家所说的“镜子”；它还作为我们思想、行为、评价的某种内在依据和尺度，有效地参与着当下的生活。更能表明记忆有效性的是它（通过文化教育和集体无意识）具有可遗传和可复制的特质，据此记忆能轻易地穿越时间和观念之墙；尽管在这一过程中，记忆本身也一再变形，成为纳博科夫所说的“关于记忆的记忆”。

在文章开头摘引的那段话中，我们至少可以辨认出三重“关于记忆的记忆”：革命的（在诸如“生命的意义和使命”、“因苦难的磨砺而坚韧”、“民族振兴的伟大事业”、“成熟的理想主义”等用语中留下的痕迹）、外国诗论的（T.S.艾略特关于传统和个人才能的论述留下的痕迹）和传统士大夫的（由引用的《论语》语录及引用这一行为本身所体现）；但关于革命的“记忆的记忆”无疑起着主导作用。它统摄性地把所有这一切综合成“我们这一代的幸福”。这段话的语气也更像是一位革命前辈的遗言或在某次誓师大会上的发言；除了全景式的语言视野外，还体现了不在场的“大众”所具有的分量。

或许一段话不足以说明什么问题，但它肯定不是一个偶然的特例。我们也可以在一个大得多的范围内作某种整体性的回顾。例如，关于革命的“记忆的记忆”在所谓“第三代”诗歌运动中显然就扮演了重要的角色。正如“第三代”这一意味深长的命名本身所表明的那样，这场运动从一开始即以一种看似谐谑的方式，自我确认了它与革命的血缘关系。说“自我确认”是因为缺少称职的洗礼牧师。但这非但不影响，反而有助于证明其革命血缘的纯粹性。确实，在经典的社会—文化革命似乎已经走进了死胡同，而作为一种意识形态的“革命”也早已被从内部耗尽了生机的情况下，还有什么能比这场诗歌运动更能反映“革命”在二十世纪所具有的特殊魔力呢？开天辟地的宣言、惊世骇俗的壮举、反传统、对权威不屑一顾、密谋、串联、审时度势、唯我独尊、（在纸上）拉山头、搞飞行集会，诸如此类，举凡人们熟悉的种种革命的常规意识、方式和手段，这里大多不缺。在某种程度上，甚至可以说这场运动像是一面记忆的凹镜，容涵着形形色色的革命风云并把它们混而为一：农民起义的、城市暴动的、红卫兵的；达达主义的、“拉普”的、“波普”的，如此等等。当然，所有这些都应该被严格限制在心理学—审美范围内，既尽可能按其本义去理解，又充分考虑到新的历史语境；换句话说，这里关于革命的“记忆的记忆”与对革命的戏拟和表演之间并没有一条不可逾越的界限。

一位青年诗人把他撰写的回忆录命名为《左边：毛泽东时代的抒情诗人》。他至少表现出了对自我经验的洞察力。另一位相比之下则似乎尚未摆脱自发阶段：出于对他的一部长诗未能受到他所认为的公正评价的不满，他警告说：“不要用以前所有关于诗的成见来阅读这部作品”。他的振振有词体现了众多“先锋”诗人乐于暗中遵循的逻辑；按照这种逻辑，关于革命的“记忆的记忆”可以被私下兑换成绝对的艺术独创性。

我无法指望通过这样一篇杂感式的文字厘清诗和革命之间近一个世纪以来的复杂纠结，而只想提示人们注意，这一纠结并没有随着社会—文化语境的变化而自行消失。我的提示与其说意在回答文章开头所提的问题，不如说意在对所提问题的经验和逻辑前提进行必要的追问。事实上，对这一前提的觉察一直是当代诗歌焦虑的根源之一。早在七十年代末，北岛就曾面对“大海”和“落日”写下过这样的诗句：“不，渴望燃烧／就是渴望化为灰烬／而我们只想静静地航行”；然而，近二十年过去了，刘翔仍然不得不沮丧多于激愤地质问：“我们究竟需要多少风暴来保证／这地狱般的庄严与安宁？”

刘翔的质问对阅读也同样适用。不过这一质问很可能最终还是会落实到诗人头上。在这一具有讽刺性的情境中，当代诗歌的经验读者、标准读者和隐涵读者（按艾柯的区分）似乎各自生活在完全不同的审美时空。在大多数情况下，诗人不得不自己同时兼任标准读者和隐涵读者；结果反而是占阅读人口绝大多数的经验读者（也包括这一意义上的批评家）显得更为超然。说“超然”是因为他们的阅读期待受制于另一条中枢神经，其最敏感的部分奇妙地混合着对“革命”的模模糊糊的记忆、怀旧的需要和文化—审美主体的幻觉。由于有那么多被压抑的内在激情需要被占有、被煽动、被挥霍，他们最大的心愿就是看到源源不断地出现具有“轰动效应”的诗，或诗能源源不断地制造出“轰动效应”。遗憾的是诗一直没有满足，以至越来越远离他们的美好心愿。在这种情况下，某种类似恋情一再受挫的悲伤，或被迫长期使用代用品的屈辱感几乎是不可避免的；而为了排遣和平衡这种消极的心理，不失时机地将其转化成诗的“危机”的渊薮大概是最有效的做法。当然他们随时准备与诗和解，条件是还给他们一场迹近“天安门诗歌”那样的盛举，或让他们看到新的郭沫若、马凡陀、郭小川和贺敬之。

诗歌在公众舆论中的衰败构成了世纪末一个小小的文化景观；然而，立足诗歌自身的立场看，情况也可能相反：正在衰败的不是诗，而恰恰是那种认为诗每况愈下的公众舆论，是这种舆论看待诗的一贯眼光，是形成这种眼光的内在逻辑以及将其与诗联系在一起的共同记忆。

这里的“衰败”并不相对于“新生”。它仅仅意味着无效和言不及义。

我无意据此为诗当前所面临的窘境强作辩护：一方面，这种窘境是由诗的本性与一个越来越受制于赤裸裸的利益原则的权力—商业现实关系不适以至格格不入所决定的，除非将其视为一种挑战，否则既不值得，也无从进行辩护；另一方面，真正自主自律的诗歌写作多年来已成熟到不需要任何辩护的程度。从七十年代末的“回到诗本身”，到贯穿着整个八十年代的“多元化”追求，再到九十年代的“个人写作”，当代诗歌对其独特依据、独特价值、独特使命的逐步意识和深入过程，同时也是应对和超越自身的持续困境的过程。在这一过程中诗人们早已积累了足够多的有关经验。事情很简单：除非放弃写作，否则诸如“非中心”、“边缘化”等等，所有这些被公众舆论和某些批评家看作诗之不幸的，对真正自主自律的诗歌写作来说却是题中应有之义。这不是说诗人们必须忍受并习惯于这种“不幸”，而是说它恰好是恪守本义的写作或写作的本义之所在，恰好为诗保持其内在的活力、难度和不可消解性之所需。作为反证，我注意到八十年代热衷于诗歌运动的诗人后来大多陆续停止了写作。由此得出的一个推论是，诗歌运动在九十年代的终结并不仅仅如其看上去的那样，是一种被强行遏止的现象，它还体现了诗歌自身发展的某种趋势。它在现代诗歌运动似乎已经接近尾声时重申了现代诗歌的一个重要特征，即吉姆费雷尔所说的“少数派的坚强意志”。

在这个意义上，所谓诗的“窘境”正是它的常态。

困惑于诗歌“今昔对比的巨大反差”的人们，偏执于诗歌“危机”的迷宫游戏而找不到出口的人们，一切关注诗歌发展的前景而又对此感到心灰意冷的人们，为什么不从你们耽溺的记忆暮色中回过头来，用你们残存的热情听一听这成熟的、常态的诗的声音呢：

我的工作是望着墙壁
直到它透明

我看见世界
在玻璃之间自燃
红色的火比蝴蝶受到扑打还要灵活。
而海从来不为别人工作
它只是呼吸和想。

……
那些被炎热扑打的人
将再摸不到我
细密如柞丝的暗光

我在光亮穿透的地方
预知了四周
最微小的风吹草动。
那是没人描述过的世界
我正在那里
无声地做一个诗人。

王小妮这首诗的标题是《重新做一个诗人》。相应地，让我们重新做一个读者如何？

1996.9，劲松

不断重临的起点

——关于近十年新诗的基本思考

一

无论如何，近十年是新诗自创生以来最重要的发展阶段之一。诗歌观念的巨大流变和创作上的各行其素的相互呼应，近两年竟到了繁花照眼、目不暇接的程度。在这种情况下，从整体上进行总观式的评价谈何易事？有时我甚至怀疑，是否还存在从一个固定的视点和高度进行这种评价的可能和必要？尽管如此，类似的尝试总是可堪嘉许的。它至少可以造成一种对话的氛围，而“对话”也许是我们这个时代的理论和批评所可能采取的最好方式。

但是，这篇文章的主旨却不是意在进行这种尝试。我甚至不打算进行一般的现象描述，而只是试图阐明一个有关的现实和逻辑的起点而已。这个起点就是我曾一再说到的个体的主体性的全面确立。我想，无论是对近十年来的新诗发展进行总体描述还是评价，这一起点都具有绝对的意义。需要强调的是，它不是，也不可能被一次性地、一劳永逸地达成，而是在一个不可逆的过程中被反复重临。这里，“个体”和“主体”是两个相互制约的因素：缺乏主体性的个体只是某种微不足道的自我中心，而缺少个体的主体性则是空洞无谓的主体性。使这种相互制约得以成立的则是开放——不仅仅是我们通常所谓的文化开放，而首先是诗人生命和才能的洞开。

毋庸讳言，近十年的新诗是在一个相当低的层次上获得上述起点的。大部分诗人当年写下的东西今天已不忍卒读。这也部分地解释了近十年来的新诗发展何以如此迅捷、如此激烈的原因。另一方面，这一起点的获得又比人们通常认为的要早得多——我这里主要指的是一批青年诗人。北岛、芒克、舒婷、江河、顾城等人的创作活动可以一直追溯到七十年代初；而在他们之前，食指（郭路生）等人甚至早在六十年代末就写下了一些与当时的规范格格不入的诗。我不是在一般意义上指明这一事实，而是企图借此表明，机械地、亦步亦趋地用社会政治、经济的发展来说明艺术的发展具有怎样的危害性，它使我们往往违背了最起码的历史事实。马克思早就指出过二者之间发展的不平衡关系，遗憾的是这一点并未引起人们足够的重视。

许多论者用人道主义来把握近十年新诗最主要的思想特色。此一类说法大致不错。但是，假如这种把握不是基于个体独特的生命经验和创造才能并与之紧密结合，那么，它们就不是一种真正的把握。正如封建的传统文化对人的贬低、禁锢、窒息乃至扼杀不是抽象的、观念的，而是具体的、活生生的；不是针对字典上“人”的定义，而是针对现实存在的个人一样，现代文化对人的高扬、对人性的解放也不是抽象的、观念的，而是具体的、活生生的；不是立足于哪一个现成的思想体系，而是立足于每一个生活着、感受着、经历着苦难又心怀着憧憬的个人。生命的存在乃是一种比思想更本真、更深刻的存在。思想，在其现实性上，只是一种生命的形式，一种生命寻求自我生长、自我辩护、自我感悟和自我超越的形式。

我很清楚我所使用的眼光、所强调的基点不是什么新东西。五四时期的许多文化先驱，尤其是鲁迅先生，早已鲜明地表达了类似的立场（参见《文化偏至论》、《摩罗诗力说》等）。然而，由于中国近代历史发展的特殊形态和特殊需要，这一立场一直未从根本上得以贯彻（参阅李泽厚《近代思想史论·后记》、《启蒙和救亡的双重变奏》等）。至于建国后的一段时期内，我们是怎样越来越丧失了重建这一立场的可能性，以致最终造成新诗发展的重大危机，已经是众所周知的事实，而新的生机也正是从中产生的。在这个意义上，近十年的新诗确实是对五四新文化传统的有力呼应和激活。但是，这种呼应和激活并不意味着简单的回归和重复，而是表现为在新的历史条件下，以新的姿态探寻新的可能性。从这里出发，个人独特的生命经验和创造才能开始建立起与文化传统的致命联系。我说“致命”，是因为个体的独特性只有置身于文化传统的背景下才得以凸现，而文化传统只是由于个体的独特加入，才得以获得生生不息的活力。

问题在于，在上述的双向关联中，谁更具有根本性？回答不能不是辩证的。但太辩证了就等于什么也没有说。艾略特曾就传统和个人才能的关系打过一个将白金丝放到贮有二氧化硫和氧气的瓶子里生成亚硫酸的著名譬喻，他更多的是基于对传统的强调打这个譬喻。对于他和他所意识到的诗歌使命来说，这是完全合理的；而假如我反其意而用之，更多地强调个体的独特经验和创造才能的话，那么我想也同样合理。这和赞成或者反对诗歌中的浪漫主义无关。一般地说，我反对传统意义上的浪漫主义；但是，如果说诗的本质如埃利蒂斯所说，在于探索未知、超越自我的话，其中难道没有包含永恒的浪漫主义因素吗？

思想的解放、传统的恢复和发扬不是自然而然地发生的，正如以前思想的禁锢、传统的流失不是自然而然地发生的一样。只有抓住个体的主体性这一关键，我们才能确切地谈论所谓“思想解放”的重要性、所谓“人的复归”和“诗的复归”；才能理解为什么在这种“复归”中，每一代以至每一个诗人之间会表现出那么巨大的差异性，并且这种差异性会愈趋扩大；也才能在东、西文明冲突这一近代以来总的文化背景下，指明近十年新诗所具有的独特地位。

二

前面我已经指出在一批青年诗人那里，个体的主体性的获得较通常人们所认为的要早这一事实；而这里我想再次指出的是，他们的诗歌创作与其说开始于对封建法西斯的不满和反抗，不如说开始于生命意识的觉醒和伸张；与其说是出于对社会正义或永恒真理的追求，不如说出于和青春期一起到来的寻求生命价值的自我实现，要求基本的人格尊严、独立和完整，渴望知识、爱情、理解和自由意志的天性。正因为如此，他们才比常人更早和更深切地敏感到在革命的名义下所进行的那场暴乱的反动性质；才能以此为契机，率先对传统的价值观念表示根本的怀疑，并试图作出自己的回答；也才能在一片荒漠般的文化氛围中，奇迹般地创造出一块诗的绿洲。

这批青年诗人的早期创作首先应该从社会学或心理学，或社会心理学的角度来认识。在这个意义上我们看到，“个人”是怎样在历史的断层上，从“人民”这一群体概念中分化出来，从而不是依据某种普泛的、在频繁的使用中已经充分钝化甚至具有欺骗性的思想观念，而是依据个体的生命经验和创造才能重建诗的可能性。这种“个人化”现象的发生所具有的革命性，是在与传统诗歌意识的剧烈冲突中呈现出来的，它同时划出了二者之间的明确分野。但是没有理由认为“个人化”的现象是脱离人民或反人民的，恰恰相反，它只是把“人民”的涵义内化了。个人不再被认为是外在于人民，因而必须接受有关的训导，而从来就是内在于人民的一分子，并且是高于鲁迅所谓的“平均数”，更敏感、更富于创造性的一分子。我实在不能想象，还有什么比用“人民”的名义扼杀个人的创造性更加反人道的精神暴行；而细究起来，这不过是中国长期的小农经济所造成的貌似民主的平均主义意识在诗歌领域内的反映而已。

因此，在“个人化”这一现象中蕴涵着真正的艺术民主倾向。“个人化”使深入探索和表现人类的生命领域和创造潜能成为可能。正如在一个个体生命的成长发育中体现着“类”的生长发育，在一个个体生命的自我探索中，也体现着“类”的自我探索。这一切都把我们导向存在的未知领域；而此时我们看到，这“未知领域”是多么辽阔，又是多么荒凉！我们已经习惯了让诗的触角仅仅停留在社会和道德领域（我还不说有些人已经习惯于让诗服从于社会和道德的需要）；这些领域当然应该得到探索，但如果仅限于此，我们就是在画地自狱。一切社会、一切道德都是人创造出来的，并且一切社会、一切道德的需要首先都是人的需要。如果说这里存在着什么冲突的话，那么这种冲突正是人面对被异化了的外部现实（我在词源学的意义上使用“异化”一词，它是中性的），而要求返回自身的冲突。这种冲突在某种意义上是永恒的，其永恒性同样系于人自身，系于他内在的矛盾性。弗洛姆在人的“生”与“死”这两种本能冲动的矛盾中看到了一切矛盾的根源，而更为深刻的是，这两种本能冲突之间并没有一条明确的界限（正如在诸如善与恶、是与非、高尚与卑下、真诚与虚伪之间没有一条明确的界限一样），它们往往是混合共生，我中有你，你中有我，并且在实现的过程中相互转化。人的生命形态就其可能性而言，绝不是一个用“普罗克拉斯蒂铁床”式的模式可以规范的东西。它无限丰富、广阔、复杂和多变（正因为如此，我们自称是“小宇宙”）。遗憾的是，在大多情况下，这种丰富、广阔、复杂和多变并不为我们所意识。它们或者是被业已凝固化了的意识所抑制，或者是隐身在黑暗之中，以其自发性支配着我们。我们依恃理性而凝聚和升华自身，但相对之下，我们的理性又是多么的因负载过重而贫弱无力；更不用说，在理性和无理性之间同样不存在一条明确的界限。我们在理性的名义下给自身生命造成的戕害还少吗？反过来说，这样的“理性”还能称之为理性吗？

“个人化”更深刻的意义就在于此。它使我们真正回到了自身，回到了那个使一切矛盾冲突得以发生，在探求矛盾冲突的解决过程中不断被异化，又不断地寻找归程；为生命的自发性而苦恼困惑，又不懈地试图将其转化成自觉状态的自身。“个人化”意味着自我的解放！另一方面，它又使个人的负荷成几何级数地增加了。他现在比以往任何时候都更加明确地意识到，他和自然、社会、历史、文化、他人和自我处于怎样的一个机体之中，它们又是怎样地彼此对峙而又彼此渗透，彼此冲突而又彼此补充，彼此分裂而又彼此包容。这里选择和放弃只有一步之遥，而自由和责任必须同时承担。所有这一切都自明着一种无法回避的困境——开放的必然性出现了。因为只有在一种开放状态中，在开放所带来的多方面的参照中，我们才可能尝试一条突围之路。尽管突围的过程往往同时也是自我围困的过程，但突围是绝对必要的，否则就意味着立地自毙。我们带着在突围过程中所获得的全部体验突围，使生命形态的丰富、广阔、复杂和多变得以呈现。而每一次突围都是一次启示；最后，当我们中止这一行为时（个体的生命毕竟有限），我们就最后完成了这种启示。作为一个人，我们已经享受过了本然意义上的生命权利：在不断的选择中，自由按其本义被转化为创造。

从服从于、服务于某种统一的创作规范，到个体主体性的普遍确立，近十年来新诗的发展极其鲜明地体现出这一历史进程。“回到人本身”、“回到诗本身”早已成为公认的创作原则，它同时提供了一种新的艺术道德规范。这种道德规范不同于普遍的社会道德规范，它把创造性提到了首要位置，从而使诗在人类生活中的独特意义凸现出来。诗的指归不再是社会生活的被动的反映，而是通过一个独特的语言世界的创造，使人们在审美活动中意识到新的生活方式的可能性。只有在这一前提下，诗才最终摆脱了其依附地位，基于自身而成为一种独立自足的精神实体。但是，诗人只能在其现实性上回到自身，过去的经验和方法不可能不在暗中掣肘、制约着眼前的创作；而由于反思是经由现实的个人实现的，它也不可能不打上这现实的个人的烙印。因此，新的诗歌意识的形成和确立不可能不是一个充满矛盾、冲突、曲折和反复的过程。在一部分中、老年诗人那里，这种理智和情感的纠葛表现得尤为突出，有的人甚至从根本上丧失了重新成为“新”诗人的可能。这和是否坚持传统的现实主义无关。事实上，无论是标榜什么“主义”，都必须面临诗和非诗的检验；而这种检验的标准是同一的，即它是否提供了新的审美经验和表现方式，是否表现出了起码的精神上的自足性。在这方面，近十年新诗中的一些重大现象不能不是意味深长的。所谓“朦胧诗”之所以引起了那么大的反响，之所以在不同的读者那里获得了迥然相异的评价，不能不说是上述诗歌意识发生根本转移的反映。以此为契机，“朦胧诗”的一些基本原则，例如“表现自我”的原则，大胆借鉴国外现代诗歌以探索新的表现方式的原则等等，一方面遭到了连续不断的猛烈抨击，一方面却为越来越多的诗人所首肯、所接受，并试图加以发展。对一部分坚持传统追求的诗人来说，借鉴所谓“现代”表现技巧和方法无疑有助于强化他们的追求；而对于继起的一代更年轻的诗人来说，“表现自我”已经成为一个赖以进入诗歌、介入世界的不言而喻的楔子；另一些诗人（包括一些曾经置身“朦胧诗”行列中的诗人，例如江河和杨炼）则或者试图于“朦胧诗”外另辟蹊径，或者试图循其内在逻辑进行新的突破。作为在“现代”和“传统”之间进行某种折中和妥协的结果，我们看到了所谓“新边塞诗”和“生活流诗”的出现。前者对地域特征的强调有时到了悖乎诗理的程度，但他们正是据此而独树一帜；后者则寻求重新沟通单独的个人与整体的社会生活之间的联系，它诉诸小小的幽默、反讽之类以取消二者之间的对抗，同时引进现代生活的强烈节奏，希望通过语感的强化而达到某种“现代性”。与上述两种追求相反，所谓“现代史诗”（整体主义）和“非非主义”在“传统”和“现代”的冲突中表现出另一种姿态，前者致力于探讨用现代包容传统的可能性，这种包容是经由“文化”的纽带实现的；后者却带有强烈的非文化色彩，他们更关心的是所谓“前文化”、“前理性”，要达到所谓“感觉还原”、“意识还原”、“语言还原”。

以上分述并不是一种审美评价，事实上也无法据此进行价值判断。真正的价值判断只能相对个别的诗人，相对于他在现实的诗歌行为中所表现出来的创造性。正是经由这种创造，个体开始成为主体。毫无疑问，真正的主体性是在美学的高度上达到的；而在此之前，无所例外地有一个心理学的过程。在这篇文章中我之所以一再把个体的主体性作为一个起点予以强调，正是基于这一过程的考虑。与此同时，每一个新起点的获得，都具有双重的涵义：美学的和心理学的、创造的和摹仿的、独创的和借鉴的，如此等等。在所有上述的诗歌现象中，我们都看到了某种寻求新起点的努力。这种种努力当然不可能予以同等估计，但作为新的诗歌格局在对传统格局的偏离运动中赖以形成的种种“合力”因素，又确实是彼此无可替代的。它们之间的相互反对亦属正常。真正重要的是，新的格局正在造成一种新的文化氛围。这种氛围鼓励诗人立足现代与传统、生命与文化、个人与社会的矛盾冲突进行自由的创造，去探索诗的新的可能性。就青年诗人的创作而言，从“朦胧诗”对“自我”的强调到“非非主义”对“前文化”、“前理性”的强调，其意识上深化的轨迹是一眼可辨的。而这些年来新诗的发展之所以不顾社会的呼吁而表现出持续的“内倾化”趋向也非属偶然，它正好折射出“个人化”之不可逆转的过程。生命的意识一旦觉醒，就形成了“黑洞”般的凹陷和“白洞”般的喷发这两种互补的诗歌现象；在它们的极致上，将出现新的综合的可能。真正伟大的诗人的出现必须有赖于这种新的综合，它是对个体生命力和创造的更大考验。但目前总的状况还是各执一端。为数极少的诗人所表现出来的综合意向和有关实验无疑是值得称赞的，但是否成功则还需拭目以待。说到底，这种综合不是以个人的主观愿望，而是以现实的能力为转移的。我愿意再重复一遍，我们的起点很低。至于一些更致命的因素，我将在下面谈到。

三

我们不是在一般意义上讨论近十年的新诗。这里，“文化大革命”所造成的历史断裂、理想幻灭和价值混乱的危机始终是一个最重要的精神背景。考虑到这场“革命”并非如某些人们所愿望的，是一场偶然的“噩梦”，而是蕴涵着深刻的历史必然，问题的严重性就更加突出了。当北岛在写于1973年的一首诗中宣称“牛顿死了”的时候，他是否及时发现了一位爱因斯坦？或者说，他是否有意在诗中充任这位爱因斯坦呢？看来对这两个问题的回答都不能不是否定的。而如果说这里确实需要一位爱因斯坦的话，那么这将同样是一位充满怀疑和批判精神的爱因斯坦，一位敢于反抗任何外部权威和个人崇拜（包括自我崇拜）的爱因斯坦，一位善于使用相对的眼光观察人与自然、社会、历史及其自身关系的爱因斯坦；而经由著名的$E=mc^2$的公式所揭示的物质能量与质量之间的置换关系，于此也同样富于启示性。它使我们不能不集中思考这样一个问题，即我们的生命质量究竟如何？诗作为一种人类精神能量的辐射，是以诗人的生命质量为前提的，回避这一前提将使所谓“走向世界”成为一句空谈。

“伤痕文学”和“反思文学”在今天似乎已成为历史。多数人们只是在过去时的意义上使用这一概念。某些更年轻的诗人们甚至试图拒绝这曾经有过的事实，正如一些诗人们只是将其保留在记忆中一样。确实，执着于苦难不是一件舒心的事情，生命就其本质而言总是趋利避害的（弗洛伊德指出，潜意识的“本我”遵循的乃是“快乐原则”）。苦难就这样被认定是一种偶然，或者一种宿命。

当然我们已经进行过反思，并且不仅仅限于对“文革”进行反思。我们的思想触角甚至一直伸进了历史深处，从那里我们带回了封建社会的超稳定结构和“民族劣根性”的结论。这些都是必要的和重要的；但是，所有这一切又都是以受害者的名义进行的（我们确实是受害者），因此都具有控诉的意味（我们当然有这个权利）。然而我想问的是，我们是否对自身、对自身的质量进行过深入的反思？如果曾经进行过的话，又得出了什么样的教训？我一直为一个非常矛盾的事实深感困惑。在我看来，近代以来国家、民族和个人在东、西方文明剧烈冲突的背景下所经历的极其复杂的经验和情感历程；这种历程在大起大落、大悲大喜中所具有的深广度及强烈的戏剧性；最后，一个总的说来不断走向开放的今日世界所提供的种种可能，所有这些，都使我们拥有当代世界最丰厚的文学土壤，在这块土壤中无疑可以，也应该产生第一流的诗人和诗。但是迄今为止我们并没有看到这样的诗人和诗，甚至没有看到明显的有关迹象。我相信许多人对由于期待和收获之间的落差以及这种落差所导致的失望有深切的感受。比较其他有着类似精神历程的民族的文学发展，例如二战后德国文学的发展，这种感受就更加深切了。

在试图对上述矛盾现象进行解释时我们不可能不作多方面的分析；但曾经有过的分析却总是忽视和回避了一些最重要的方面。迁怨、迁怒于历史环境和某些个人已经成了我们的一条习惯思路。按照这一思路，人们用长期的荒凉乃至空白，用损失了十年、二十年的时间来描述“文革”的浩劫给当代新诗造成的恶果。然而很少有人意识到，比所有这些更致命的是个体生命本身所受到的严重伤害。只是在这一前提下，我们才能把时间和诗的损失作为一个结果而加以确认。个体生命受到伤害的严重性并没有为“伤痕文学”和“反思文学”所充分揭露，它们所触及的，只是一些较浅层次的伤创而已；而正是在我们自以为创口已经愈合，并且最好不要对此耿耿于怀时，在我们终于清理了那一片触目的精神废墟而开始新的工程建设时，这种严重性开始真正呈现出来，并且时间越长，就呈现得越清楚。这不是阴雨天老伤式的隐隐作痛，而是一种内在的溃疡。病灶不是在短期内形成的，因此也不会在短期内消失。在这个意义上，“文革”不仅仅是一个原因，同时也是一个结果。它只是这种溃疡的一次大爆发并使之充分恶化而已。

历史从来没有，也不可能被割断。但是这并不妨碍它表现出某种循环的形态，正如不会妨碍它产生断裂式的突变一样。从人种上对自己表示怀疑是荒谬的，否则我们就不能解释诸如先秦、盛唐这样一些辉煌的历史时刻。李约瑟已经证明，至少在十三、十四世纪前后，中国的科技水平在当时的世界上还居于领先地位，而这一切都是源于同一种系的先人所创造的。当然我们没有权利沉浸在昔日的光荣里。近代中国在政治、经济、文化上的全面落后是一个事实。为了改变这一状况，无数前辈已经进行了艰苦卓绝的探索和努力；在这一过程中，对封建传统文化进行猛烈的抨击和深刻的反省，一直是一个最重要的组成部分。五四新文化运动最突出的特征和最伟大的功绩就在于此。但是我们显然低估了封建传统文化在长期的形成过程中所建立的稳固而顽强的生命力，低估了它的生命力不是一种抽象的存在，而是经由每一个活生生的个人，经由他的思想和行为方式而体现的具体、现实的存在。历史遗留给现代中国最大的苦果不仅是一个政治、经济上的烂摊子，不仅是连续不断的生存危机，更是被持续的压抑、扭曲、剥夺所充分**异化**、**贫困化了的个人**——无论在物质生活还是在精神生活中都是如此。从这里产生了革命的需要和动力；然而革命的巨大成功和由此产生的喜悦又反过来掩盖了它背后的基本事实。曾经牢牢抓住了一两代人的“新纪元意识”因此而不能不在很大程度上沦为虚幻。“文化大革命”的发生和持续对此作了最无情而有力的揭露。认为凭借某一个人或某一些人的力量就发起了这场运动是旧神话破产后制造的一个新神话；而说到它赖以进行的普遍的无知、愚昧和黑暗时，我们难道不应该首先反省自己，反省每一个具体的个人吗？不是别人，正是我们自己，是这种无知、黑暗和愚昧的主体，而我们的后代将历史性地承担我们所留下的一切。

这条思路足以把我们引向悲观和虚无。但是从根本上说，导致悲观和虚无的理由并不是来自我们的反思，而是来自我们贫弱苍白的生命本身。它甚至成为进行深入反思的障碍。在充当了多年莫须有的"历史动力"和"社会主人"后，我们如梦初醒，发现自己一无所有，置身于物质和精神的双重荒原。我们拒绝这一残酷的事实，而拒绝是以接受为前提的。从这里产生了近十年新诗根本的内在冲突和二难困境。如果说在经历过毁灭性的打击之后，重建现实和精神的家园已成为一个最迫切的历史要求，而我们在前一方面确已取得长足进展的话，那么在后一方面，情况却要复杂得多。这里我们又一次看到了马克思所指出的那种政治、经济和艺术发展的不平衡关系。毫无疑问，在重建的过程中最需要的是坚强的信念；然而在某种意义上可以说，正是在最需要信念的时候，人们失去了信念（似乎是对以前过剩得廉价的一种报复）。信念从来就不是什么抽象的东西，它和一定的文化背景、历史经验以及个人的价值判断有着深刻的内在联系。在所有这些方面，我们似乎都缺少足够的自信依据，却有足够的怀疑理由：我们的传统文化在现代背景下显得如此陈腐和破旧，它曾经的辉煌只是在博物馆中才具有某种魅力，而在现实中却往往更多地使我们蒙受羞辱；而五四以来的新文化传统又是显得那样软弱，令人担忧它在短期内能否真正成为现实的，而不是期许中的主流。这种担忧由于"文革"后普遍存在的精神上的巨大失败感，和沿此上溯所发现的操控中国知识分子，包括五四新文化运动前后一代大师的类似经验（请想一想严复、章太炎和鲁迅）而得到强化。最后，上述失败感所导致的对以社会为本位的传统价值观念的深刻动摇几乎是不可避免的。

问题的悲剧性在于，一方面，所有上述的怀疑都是正当的、无可厚非的；另一方面，希冀立即对此作出令人满意的应对和解答是困难的。一方面，应对和解答必须以对传统文化、传统价值观念的充分怀疑为前提，个人因此不得不呈现为一种游离状态（在这里我们看到了“个人化”更深刻的现实—心理依据）；另一方面，游离的个人又很难仅仅依靠自身的力量进行应对和解答。尤其是，这里所说的个人是历史地形成的、在意识到的扭曲和矫正中内蕴着种种矛盾冲突乃至病态的个人（前面说到“个人化”使个人的负荷成几何级数地增加了时，我强调了其积极的一面，现在我们则看到了消极的一面）。在这种情况下，长期的精神危机和价值悬浮是不可避免的，由此而带来持续的混乱也是不可避免的。因为文化关禁的重开所带来的选择的众多可能不但没有消除，反而以其困难大大延宕和强化了这一状态。这正是近十年新诗发展的最一般的特点。相对于复出的老一代诗人和在精神上与之有更多维系的中年诗人而言，这一特点在青年诗人们那里表现得更为明显。前者至少在表面上没有失去信念的力量；与此同时，其真实性（不止是真诚性）对相当一部分人来说是颇值得怀疑的——这些人对信念往往表现出一种过分的热情，并急急忙忙地皈依于新的现实，其生命内部曾经发生过和可能发生的矛盾冲突却遭到了回避或者忽略。他们在诗中所表现出来的那种乐观和坚定是可堪羡慕的，然而，其精神层次的单一和浮泛又使之缺少起码的说服力。作为对既定追求的完成，我们对此不宜说得过多；但如果不指出其中所蕴涵的失血的病态成分，又显得失去了一般的判断力。对这种病态的成因需要作多方面的细致分析，但对外部条件的过分依赖不能不是主要的因素。这些诗表面上具有开放的客观性，然而却没有一个自足的主观世界与之相应。它与以前由于强调“为政治服务”所导致的非个人的、绝对功能化的诗歌传统之间，不能不说存在着千丝万缕的联系。相比之下，在绝大多数青年诗人那里所表现出来的持续的苦闷、幻灭、痉挛、分裂乃至无所适从反而显得更加真实。如果说在所谓第一代青年诗人（北岛、舒婷等）那里，这种情况更多地表现为焦灼、激愤和感伤的话，那么在继起的新一代诗人那里，就更多地表现为荒诞、反讽和在静观中寻求超脱。前者在承担历史时更多地倾向于崇高的风格，后者则标举“平民意识”而走向非崇高化。当然这种表面上的区分并不能说明什么，倒是隐藏在背后的某种生存和创作姿态的转变更加令人深思和回味。正如某些论者所指的，在这种转变中前景和背景发生了新的置换；但不是那种“各领风骚××年”式的置换，而是创作中个人与传统、主观与客观、生命与文化关系的重新调整。在新一代较为优秀的诗人（例如韩东、于坚、欧阳江河、翟永明、廖亦武等）那里，个人的独特经验和创造才能、生命存在的合理性和可能方式等得到了更多的尊重，其结果是在个人的精神活动（尤其是直觉和潜意识）和诗的语言世界之间建立了更为直接的联系。

在这种深入的转变中蕴涵着解决上述冲突和二难困境的真正可能？也许这种冲突和困境仍将持续一个相当长的时期？不管怎么说，谈论这些要有一个根本的前提，这就是**精神的生长性**。只有在生长着的精神之上才会有真正的创造，个体也才能真正获得主体性。我们现在是否已能毫无愧色地谈论这一点？抑或是仅仅在为此准备必要的条件？我想这里需要的不是非此即彼的回答。在某种意义上，新的精神因素确实一直在生长着，但这种生长更多地是取内敛和分化之势，而尚未出现新的扩张和综合的可能。从社会到个人，从理性的自我到自在的生命，从深层体验到前文化还原，诗仿佛在步步退守、层层剥离中越来越远离现实，从各方面切断与外部的联系。简单地用经由“现代主义”到“后现代主义”来概括这一过程未免显得过于注重表面效果，事实上中国尚未具备与此相应的历史条件；而在缺少文化的前提下张扬反文化，不能不说隐涵着一种生命无力承担的恐惧。毋宁说这是诗人置身于精神危机和价值悬浮中企及生命内核的持续探索，是意识到现实的贫瘠软弱的个人试图在精神中保持真实的深入实验。不能排除这里出现目的和手段倒置的情况，但作为一段必要的精神历程，其意义是不容低估的，为此而失去大批读者也并非是不值得的代价。眼前新诗的状况肯定不是理想的状况，却是到达理想状况的一个中介环节。我们期待的是生命丰盈的诗歌，为此我们必须首先揭露和填补历史的匮乏。在这个意义上，它确实又是在为新的生长准备着条件。

当代新诗注定还要在悲剧性的历程上行走一段时间，以便最后告别昔日的喜剧，无论如何，通过个体主体性的确立，我们已经获得了并将不断获得新的真实的起点。这是一个拥有无限可能性的起点。精神危机和价值悬浮的阴影很难即刻消散，但生长着的个体生命将作出越来越有力的选择，通过多元格局的建立对其实行超越，从而在失重中达到平衡，于混乱中建立新的秩序。生命在充分的对内开掘后将重新反身向外，基于人类精神结构的完整性而重构诗的现实。在这种重构中诗将真正成为对生存和价值的双重探索，而不是生存困厄中的某种代偿；在此过程中诗将如一位智者所说，把现代文明“连皮带骨地消化掉”，成为独特的新文化的创造，而不只是站在文化的对立面，或依据某一种文化反对另一种文化；最后，诗，从而人，将成为从内部光耀我们的信念本身，而不是在自身之外，别求一个先入为主的信念。

1987年7月8日—16日，初稿

1988年4月5日删定

纯诗：虚妄与真实之间

——与公刘先生商榷兼论当代诗歌的价值取向

公刘先生是当代极具影响，且为我所十分敬重的诗人。正因为如此，他对纯诗的看法才格外值得商榷。在不涉及个人选择和创作实绩的情况下，我的商榷仅仅集中于如下一点，即诗与政治的关系能否作为纯诗真实性的试金石？

严格说来，这个问题本身就不能成立。因为诗与政治的关系所涉及的是诗的社会功能，并且仅仅是一方面的功能；而纯诗作为一个诗歌美学命题，所涉及的乃是诗歌这一古老的艺术如何得以存在，并将继续存在下去的本体依据。二者不仅处于不同级别、不同层次，而且具有完全不同的指向。我们只能因其设置的不同理论目标予以不同对待，而不应让它们在同一平面上彼此对峙，相互取消；更不应将功能的考虑置于本体的追问之上。苹果可以用来解渴，亦可以在必要的情况下充作进攻或自卫的武器；但这和探讨其内部分子构成或自身品种改良永远是两码事。至于它何以会在人类创世神话中成为食之而知善恶、识廉耻的“禁果”，就更不是一切有关苹果的功能考虑所能企及的了。尽管如此，考虑到公刘先生在这一问题上令人吃惊的失误及其可能具有的现实意义，我还是愿意赘言几句。

公刘先生指斥纯诗为“虚妄”基于这样一个逻辑前提，即政治不但是诗歌创作无法回避的客观规范，而且是后者有无价值的天然衡器。我注意到，为了使这一原则立场与历来“为政治服务”和“政治标准第一”的陋习划清界限，他作出了两方面的努力：一方面，他对“那种高呼为无产阶级政治服务，实际上不过是为各个时期各个领导人的或者彼此承续或者互相矛盾的（还有自相矛盾的）政策条文乃至言论、批语服务的诗歌”再次进行了严厉谴责，并将其作为“反诗”而划出“诗与政治这一命题之外”，从而严格限制了他的观点所适用的范围；另一方面，则通过对访问西德过程中所发现的政治概念在“语义学上的重大演变”，即无边的泛化倾向的着意介绍，试图提供一种对政治的灵活、多样的理解。不过，他的原则立场本身并未因此有丝毫改变。对政治的灵活态度不但没有削弱，反而更加突出了“诗与政治”这一命题所具有的严重性。在为我们勾勒了一幅“政治的渗透度越来越得到了强化”的当代图景之后，他断然认定，“明明生活在政治氛围中，却偏偏要去创造真空，那只能是徒劳无功的白费劲而已”。他进一步警告说：“其结果恐怕正中政治的下怀——帮了它的忙，为它涂脂抹粉不算，而且陷自身于称为对手实则盟友的可笑位置。”

没有理由认为公刘先生是在耸人听闻或虚声恫吓。他在以他过去的全部（其中大半是惨痛的）经验对我们说话，其真诚程度不容置疑。在必须对政治的严峻性有所充分估计这一点上，我想我们也不会有太大的分歧。关键在于：置身于过去与未来之间，现实与超越之间，诗人和诗究竟应该，或可能作出什么样的选择？“淡化政治”是否就意味着“创造真空”？诗中是否存在这样的真空？诗人的政治态度果然就只有或为对手或为盟友两种形态吗？其独特性又体现在哪里？

在所有类似的问题上，公刘先生都表现得像一个单向的“反映论”者和“历史决定论”者（这和他在创作中一以贯之的果敢能动和独立不依的精神形象看起来很不协调，实际上却互为补充。和大多数诗人一样，他也是一个矛盾复合体——此处不论）。他似乎忽视了，诗和诗人的本性正在于其超越性。对政治过于持久而集中的注意已经凝定成他的某种内在眼光，并使他无意中陷入了理论上的困境：其一，从道德的角度抨击那种低劣的“政治诗”是不能令人信服的；将其摒弃于“诗与政治”这一命题之外尽管是明智之举，但不应忘记，这种诗在思想渊源上与那种道德上并不“邪淫下贱”，甚至非常高尚完满的“为政治服务”其实有着千丝万缕的联系，前者不过是后者在特定条件下发展到极端的丑陋形式而已。不从这一根本上进行清算，无异于“只反贪官不反皇帝”。其二，无论把政治内涵扩大到什么程度，也不会增加或减少一分它对于诗的吸引力和有效性；恰恰相反，当它某种程度上已经可以和“现实”、“人生”、“历史”等概念互换时，它自身，从而“诗与政治”这一命题也就失去了意义——当然，这只是一个小小的形式逻辑的错误。

说到底，诗和政治是两个根本不同的领域，前者包容了后者而绝不被后者所包容。在中国，讨论诗与政治的关系历来都有特定的背景和涵义。十余年来中国诗歌界都发生了些什么事？其中最重要的之一，不就是逐步消除了政治对诗的强权控制，确立起诗人的主体地位，从而初步达成了诗的独立吗？此前政治与诗的关系是充分一体化，且前者处于垂直支配地位的；现在则经由倾斜、偏离而渐趋平行。这实在是值得庆贺的事。在这种情况下，重新将政治作为诗的客观规范和价值尺度来加以强调，不能不令人困惑。当然，我理解公刘先生的本意是希望诗人们积极介入现实生活，悉心关注国是民瘼，但这和前者属于两个范畴。诗在这方面自有自己的尺度。先生在解释诗歌史上的“淡化政治”现象时表现出了足够的理解和同情，为什么一旦面向当代，就显得那么隔膜和苛责呢？

当代诗歌注定要走上淡化、疏离政治的道路，以便彻底告别昔日的奴隶和附庸地位。这并非如公刘先生所说，是因为有一派人存在着

"洁癖"，也不是一时被迫的、策略性的权宜之计，而是一种带根本性的战略转移。在一般意义上，它是诗人们用以维护和表达目前尚很脆弱的诗的主权和尊严的特殊方式；在超越的意义上，则是充分意识到诗的独特领域和独特使命的体现。无论如何，这是相当一部分诗人主动、自律的选择；相对于强权状态下被动、他律的别无选择，本身就充满民主的政治意味。

强权状态下的政治—诗歌一体化使诗不得不陷入长期的意识形态对抗之中。当占绝对支配地位的政治竭力要求诗成为供其驱策、愚弄人民的工具和赞美合唱队时，被支配的诗则竭力充当人民的代言人，并执行对现实的揭露和批判。这还是在最好的情况下，例如1979年前后的中国。当时诗歌创作出现的繁荣局面——这种局面主要由隐而复显的所谓"归来诗"和迅猛崛起的所谓"朦胧诗"构成，至于它们之间的区别和冲突，显然与我们正在讨论的问题不无关系——表明，诗在这种意识形态对抗中开始占据上风。需要解释的是那种局面何以会转瞬即逝，以至迷恋于此的部分诗人、评论家和读者不耐梅开二度的期待焦渴，竞相发出不绝于耳的"不景气"的指责？

原因非常复杂。但一个简单的回答就是众多诗人们迅速放弃了上述意识形态对抗。可以说一些人很快识破了这种对抗不过是政治—诗歌一体化的产物，而并非诗的真正理想状态；也可以说这种高强度的对抗需要极大的政治热情，而远非每一个诗人都具有这样的热情；甚至可以说，对抗本身所潜伏的危机（并非仅仅相对于现实生存，也包括无穷的精神耗损）使一些人暗中恐惧，因此立意逃避。但所有这些都不能抹杀一个显而易见的事实，即随着社会—文化越来越走向相对开放，诗也越来越表明自己是一个充满可能性的自由王国，而不是直接受制于现实的必然领域。不是别的，正是新的可能性从不同角度、以不同方式抓住了不同的诗人，诱惑以至迫使他们作出不同的选择。经由这种选择，表面看来是消极的政治退避被转化成积极的诗歌自身建设，后一方面的要求较之诗所应承担的社会政治责任决不是无足轻重的，某种程度上甚至更为迫切。

弃置意识形态对抗使诗越来越成为一种“个人化”的行为；随之而来的是个人生命情感领域的巨大发现和新的诗歌表达方式的探寻。在逐步失去统一的精神背景和目标的情况下，语言就取代观念而日益占据诗人们的意识中心，换句话说，诗成了它自己的意识形态。在青年诗人的创作中，这种变化表现得更为明显。“朦胧诗”基于“自我表现”的需要而大量使用意象和私立象征还只是端倪初现；随后，“寻根诗歌”（姑从俗名之）以反思所激发的非同寻常的生命—文化热情，开辟了一个与传统诗歌迥然有别的表现领域，并显示了复杂得多的表达考虑；到了所谓“第三代诗人”，继续深入的必要和困难甚至导致了生命—文化—语言领域内更趋极端的反叛以至暴乱。传统诗歌观念和诗歌形式受到全面挑战。在不同方向开展的、各行其是的语言和文体实验已经使得一般的概括变得非常困难。所有这些不过是当代诗歌偏离政治、集中关注自身的先锋体现而已，事实上它的规模和阵容还要大得多。在很大一部分中老年诗人那里，以及在近年来迅即成熟的“女性诗歌”中，同样可以看到类似的变化。它们表面上的漠不相干并不妨碍我们对这一时代特征的辨认。

上述种种努力并非总是成功，或者说失败的程度更大。但正如公刘先生所认可的：“一切探索，包括失败的探索，都是必要的”。不过，这一认可同时也就自我反驳了他认为纯诗“纯属虚妄”的说法，因为这些探索的价值取向恰好指向纯诗（无论按照公刘先生的定义，或是按照我在下面将要提到的定义，都是如此）。不管其成败得失怎样一目了然或是有待具体勘定，它显然也没有致力创造什么“真空”；恰恰相反，正是在持续偏离政治的过程中，当代诗歌初步形成了与之对称的多元化格局。公刘先生所希望、所倡导、所身体力行的广义政治抒情诗（如果我理解得不错的话）无疑是，并将继续是其构成部分，但也仅此而已。它无法，也无力把它自己的局部价值推广为全局的评判尺度。

我说“目前”，是因为考虑到了当代诗歌局面进一步变化的可能。广义政治抒情诗存在的必要性和重要程度取决于诗歌意识形态对抗的强弱。“工具论”的破产显然已从内部削弱了其势头，但对抗仍将继续下去。我不认为这种诗是所谓“意识形态幻觉”的产物，它有它的真实领域。它曾经是诗的光荣，在今天也仍然值得向它表示敬意。不过，随着政治公开性和透明度的增加和大众传播媒介的进一步普及，特别是经济逐步取代政治成为意识形态领域内的“上帝”，它也越来越需要警惕陷入堂·吉诃德大战风车式的悲哀境地。面临商品化洪流的冲击，它将或者进一步削弱下去，或者转换对抗阵地和对抗方式。同时，诗歌自身的进一步发展将迫使它越来越在更大程度上接受美学的检验，而不是社会舆论的检验。这里我们看到，公刘先生的逻辑前提恰恰需要颠倒过来：不是政治（无论是狭义的还是广义的）或其他什么东西，而是纯诗，**将越来越成为诗所无法回避的客观规范和价值尺度**。

行文至此我甚至还没有就“纯诗”这一命题作出多少正面的表述，而只是致力于某种有关的驳论和澄清。这个缺陷几乎是不可避免的。我想凡是读过瓦雷里《纯诗》一文的人都能体会到，我对这一命题不会有太多的话要说。以下摘录数节，以表明我的认同。

> 我们所说的“诗”，实际上是由纯诗的片断嵌在一篇讲话材料中构成的。一句很美的诗乃是诗的一个很纯的部分。

> 纯诗是从观察推断出来的一种虚构，它应有助于我们弄清诗的一般概念，应能指导我们研究语言与它给人的效果之间的多种多样的关系……也许，说“纯诗”不如说“绝对的

诗”好；似乎应当这样理解，即把它看作一种探索，探索词与词之间的关系所产生的效果，或者说得确切一点，探索词与词之间的共鸣关系所产生的效果；一言以蔽之，这是对语言所支配的整个感觉领域的探索。

独立的诗情……与人类其它情感的区别在于一种独一无二的性质，一种十分奇妙的特性：它倾向于使我们感到一种幻象，或一个世界的幻象（这个世界中的事件、形象、生灵、事物，虽然很像充斥于普通世界的那些东西，却与我们整个感觉有一种说不出的密切关系）。……我们的身上包容了这个世界，而这个世界也包容了我们——这就是说，我们拿它没法，我们不能对它施加作用以改变它；反之，它也不能同我们对外部世界的巨大作用力并存。它变幻莫测地出现和消失……

纯诗概念是一种达不到的类型，是诗人的愿望、努力和力量的理想极限……

（以上均引自《纯诗》，重点系原文所有）

这里，关于什么是纯诗、纯诗作为诗歌理想和具体诗作的关系、作为独立诗情和日常情感的关系、以及它在诗歌领域内具有最高真实和终极价值的地位等问题都被一一涉及，并得到精辟和透彻的阐明。此外，例如罗伯特·潘·沃伦的《论纯诗和不纯的诗》也有非常出色的有关论述。这类纯诗理论作为诗歌真理大都普遍适用。困难的是如何在创作中领悟、坚持这一美学原则和在批评中具体、灵活地运用这一价值尺度。

不言而喻，尽管对纯诗的关注远不自今日始，但对于当代诗歌来说，似乎只是到了今天才显得特别真实。这种真实性得到了下列外部和内部条件的支持：

——现实中和思想上偶像崇拜的破灭；

——实行强权控制的政治—意识形态中心的解体，社会—文化走向对内对外开放；

——传统社会、文化、思想、艺术价值受到全面质疑和重估；

——放弃简单、僵硬的意识形态对抗而返回自身的诗歌自我意识；

——“个人化”和多元化相互生成的总体诗歌格局的初步达成；

——相当数量的较为合格和优秀的诗歌文本；

——等等。

其中有些我于前已有所论及，限于篇幅，余下的已无法一一展开。出于同样的原因，我也不能对确认纯诗命题所具有的现实和普遍意义作出更具体的阐明，而只能提纲挈领式地表达我的如下认识：

——为多年来在生存、价值、自由和语言的困境中沉浮的当代诗歌提供一个自身相关的信念（参见拙作《目前新诗的困境》，载《星星》诗刊1988年第8期）；

——为多元化所造成的相对主义价值观盛行提供一个绝对的价值指向，使“多元化”不致沦为一个空洞的价值躯壳和低能者自我实证的遁词；

——在鼓励深入进行诗歌领域内的各种探索和实验的前提下，使创作和批评进一步向文本和语言集中，以便澄清目前诗坛的全面混乱，使之具有在上升中形成新秩序的可能；

——促进超语言的诗歌形而上学（诗歌神学或灵魂学）和以语言（包括语词结构、语义和超语义、音律、音义协同等等）为中心的诗歌科学的发展，以建构真正本体论意义上的新诗学；

——进一步改变、改善偏重政治伦理、经世致用的民族文化—审美习惯，在审美惰性和商品化大潮的双重夹击下，吸引和继续创造出真正合格的诗歌读者；

——等等。

或许这些考虑不免有些好高骛远，但并非不切实可行。它们当然也能够征引历史（不是一般的历史，而是诗歌自身的历史）以为依据。但我宁愿不这样做，因为更重要的是重建和超越。

最后我想强调的是，对纯诗的追求既不会妨碍诗人们在不同领域内对素材的占有和对不同创作方法的选择（既然它是“对语言支配下的整个感觉领域的探索”），也不应导致与现实（包括政治）无关的现象（我们的语言和感觉领域只能是现实的）；同样，它也不和诸如“非诗”成分的大量渗透和“反诗”的实验倾向根本牴牾。真正的纯诗，乃是那种无论在最传统或最“反传统”、最习以为常或最出人意表的情况下，也能体现出诗的尊严和魅力的活的诗歌因素。

1989年元月6—12日，北京劲松

心的变换："朦胧诗"的使命*

当代文学史，正如当代史本身一样，充满了戏剧性；而最能体现这一特征的文学现象，大概就数"朦胧诗"了。这首先反映在它的命名上。所谓"朦胧诗"，最早是1979年由一位"读不懂"的困惑者针对几首具体作品提出来的描述性概念，尽管毫无恶意，但具有显而易见的贬抑和否定的倾向。也算他提得恰逢其时：在随后展开的有关论争及其绵延、引申的理论风波中，这个词作为双方唯一的共通点，不但迅速流行，出尽了风头，而且无论内涵还是外延都得到了大大扩展、深化，如同C·詹克斯所说，"在事件进程中成为既是鞭笞又是挑战，既是侮辱又是战斗反驳的口号"①。当然这不但没有妨碍，反而有助于双方得出性质截然相反的结论：在攻讦者看来，从"朦胧"到"晦涩"、"古怪"，再到违反国情、脱离人民、数典忘祖、全盘西化乃至资产阶级自由化，存在着一条必然的因果链；而辩护者则从中看到了一个诗群乃至一种新的美学原则的"崛起"，它乃是一个堪比二三十年代的伟大的新诗繁荣时代即将和正在到来的报春的燕子，随后则成为这个业已到来的时代的有机组成。

---

* 该文系为谢冕、唐晓渡主编的《当代诗歌潮流回顾丛书·朦胧诗卷》（北京师范大学出版社，1993）所写的序言。

① 《什么是后现代主义》，中译本第3页。

同样，这两种截然相反的结论不但没有妨碍，反而有助于“朦胧诗”作为一种特殊的诗歌现象最终确立其实体性。不管是否名实相符，时至今日，已经没有谁再去费神重新考察或重新审定这一命名。“朦胧诗”成了一种中性的、大家都乐于使用的标识。或许攻讦者对此起的作用更大，因为“标识，与它所描述的运动一样，常常具有这种似是而非的力量：经由诋毁者的口舌有成效地流行起来”（贡布里奇语）。或许未来的批评家和文学史家会有新的想法，但至少在目前，尤其是在诗潮回顾的范围内，一个即便本身同样“朦胧”的集合性概念已经足够了。

一

对我来说，所谓“朦胧诗”，是指**以一代青年为主体的当代早期先锋诗歌运动**。其先锋性经由对“正统”诗歌的反叛，以及获得大批后来者的认同、追随乃至新的变革而得以成立。依其发生、发展的脉络和对当代诗坛秩序的参与姿态，可以大致分为三个时期：1）滥觞期；2）涌流期；3）发散期。

滥觞期可以一直追溯到七十年代初以至六十年代末，其特征是分散、隐蔽状态下“人”与诗的初步觉醒。“文化大革命”所造成的持续动乱和人性的普遍沦丧为这种觉醒提供了一个异常灰暗的背景。这场“革命”的实质是“以太阳的名义／黑暗在公开地掠夺”。在天旋地转、身不由己的全民性疯狂中，青年当然不是单方面的受害者；但早期理想主义教育和眼前现实的巨大冲突，尤其是切身命运在他们心灵上投下的浓重阴影，却因其单纯、敏感而格外触目，并孕育出一系列痛苦的裂变。所有这些都以地震仪记录震波的方式，被记录在食指的《这是四点零八分的北京》、《愤怒》、《疯狗》，黄翔的《野兽》、《火神交响曲》，方含的《在路上》，依群的《你好，哀愁》，以及根子的《三月与末日》，多多的《回忆与思考》、《万象》，芒克的《天空》、《太阳落了》，北岛的《冷酷的希望》、《回答》，舒婷的《致大海》，以至顾城的《生命幻想曲》中了：

一个阶级的血流尽了
一个阶级的箭手仍在发射
那空漠的没有灵感的天空
那阴魂萦绕的古旧中国的梦
当那枚灰色的变盾的月亮
从荒漠的历史边际升起
从这座漆黑的空空的城市中
又传来红色恐怖急促的敲击声……

——多多：《回忆与思考·无题》

卑鄙是卑鄙者的通行证，
高尚是高尚者的墓志铭，
看吧，在那镀金的天空中，
飘满了死者的弯曲的倒影。

——北岛：《回答》

一群红色的鸡满院子扑腾
咯咯地叫个不停

——芒克：《葡萄园》

受够无情的戏弄之后，
我不再把自己当成人看，
仿佛我成了一条疯狗，

漫无目的地游荡人间。

——食指：《疯狗》

诗人（还可以列出一个长得多的名单）属于被现实放逐，同时也自我放逐的一代。他们和那个封闭、虚伪、充满暴力和死亡的现实彼此不能容忍；而除了一颗布满疮痍的心外他们一无所有，除了倾听自己灵魂深处的声音之外他们一无足恃，因为理想、青春、爱情、梦幻，所有美好的东西，都已经被一只称孤道寡的黑皮靴统统踏成了齑粉。面对废墟，他们痛感家园不再；他们被连根拔起，沦为精神上的漂泊者。但觉醒的契机也就是在这黑暗的时刻到来的：经由幻灭、怀疑、决裂、求索，它由人及诗地一步步导致了奥顿所说的"心的变换"。

所谓"觉醒"，是说"人"的觉醒。这种觉醒首先并非来自外部的启蒙，而是来自自身创痛和血泪的升华：来自食指那"已化为一片可怕的沉默的愤怒"；来自多多和芒克那"如一个哑默的剧场"或"血淋淋的盾牌"的天空；来自舒婷那"唱不出歌声的古井"。于是，当北岛面对百花山猛喊了一声"你好，百——花——山"时，百花山所报以的亲切回答就不仅仅是一种幻觉，而且是一种真实，因为这种与自然的相互呼应必以一个人确认自己作为人而存在为条件。彼情彼景很容易令人想起18世纪英国的某一位湖畔诗人；所不同的是，后者超然行吟湖畔，而前者却悚然下临深渊：

脆弱的芦苇在呼吁
我们怎么来制止
这场疯狂的屠杀

——北岛：《冷酷的希望》

“脆弱的芦苇”可能来自17世纪法国思想家帕斯卡尔的著名论断“人是会思想的芦苇”。这一隐喻突出了“人”的觉醒所具有的双重性，即同时意识到自由和软弱。这正是一种新诗风赖以形成的前提。

所谓“心的变换”，一言以蔽之，就是向内转。向内转是“脆弱的芦苇”面临深渊或在无根的漂泊中试图把握住自身命运的唯一选择；它不是一个在现实面前转过身去的简单动作，而是一种冒险，一种在黑暗中和向着黑暗强行迸发的冒险。向内转！——因为只有在那里，才有青春孜孜以求的希望和美的寓所；向内转！——因为只有在那里，才能体验或重新体验那像季节河一般消失在沙漠里的丰富人性；向内转！——因为只有在那里，才能对以加速度的方式日益倾斜的心理失重进行某种平衡；向内转！——因为只有在那里，才能对一代人曾投以巨大的热情和期待，而眼下只是充满腥秽和恐怖的现实执行反省和批判。因此，这种“向内转”和消极的遁世逃避毫无共同之处，恰恰相反，它注定导致炼狱般的精神煎迫。这方面的一个突出象征是舒婷。当红卫兵们在窗外猛烈对射时，她却躲在楼里大读《九三年》，沉浸在文学作品展开的另一世界里，与此同时她暗暗立誓，“要写一部像艾芜的《南行记》那样的东西，为被牺牲的整整一代人作证”。

在滥觞期，一代青年诗人很少有交流的可能。分散在外省的自不必说了，即便是在可以通过“地下沙龙”营造某种“小气候”的北京，彼此间的交流也是极为有限的。精神—肉体迫害的达摩克利斯之剑无所不在。孤立地看，他们像是一个个沉浮在现实浊流中的精神据点；但他们的作品却暗中组成了一个独特的精神社区。这个社区存在于现实的反面。在这里，被践踏和粉碎的青春，连同无处落脚的生命激情，获得了一一救赎的可能。他们不仅留下了可供分析的一代人精神—命运的档案或光谱，更重要的是，经由他们，一度被中断了的中华民族优秀分子代代相传的“忧患意识”和五四形成的文化反抗和批判传统重新得到了接续。青年和诗于此又一次成为时代的自觉或自觉的时代的前卫。从诗的角度说，“人”的觉醒和“向内转”所必然带来的个人话语地位的上升、巨大心理时空的开启和寻找相应形式的探索，对1949年以来逐渐形成，而在“文革”中被发展到极致的意识形态大一统的僵硬诗歌模式，构成了强烈的颠覆和否定。像依群的《巴黎公社》或根子的《三月与末日》那样，用高度个人化的方式处理意识形态题材或青春主题，在当初几乎是难以想象的。尽管处于“地下”或“潜流”的状态，但他们的追求却显示了正深陷危机的当代新诗所可能具有的生机和活力，并为其进一步的发展开辟了道路。

二

“朦胧诗”的涌流期可以1978年底《今天》的创刊为标志，前后经历了近四年的时间；其背景是广泛开展的思想解放运动，其主要特征是经由对“文革”和民族命运的反思，高扬诗人的个体主体性，并据此确立诗的本体意识。

思想解放运动一方面标志着现代迷信的正式破产，一方面导致了人道主义思潮的普遍兴起。作为当代思想史上相互对称的两个重大事件，其产生的冲击和影响是怎么估计也不过分的。总的说来，前者在造成了深刻的社会性精神和价值危机的同时又提出了重建的要求，后者则致力于危机的克服和重建的可能。这里，思想文化的开放与变革如同政治、经济一样，具有事关民族存亡的严重性。尖锐的矛盾和冲突也因之不可避免。“朦胧诗”之所以从升出地平线之日起就成为新时期诗歌，乃至新时期文学的敏感区和反复不已的震荡源，其命运之途之所以那么崎岖坎坷而又充满戏剧性，正因为它所置身的，是这样一个危机与生机、衰亡与新兴，诸多因素既相互对峙又相互渗透，既相互挤兑又相互激宕的命定时刻。

主要集合在《今天》旗帜下的“朦胧诗”最初是作为一场伟大诗歌复兴运动的组成部分登上诗坛的。北岛的《回答》，舒婷的《致橡树》，顾城的《一代人》，江河的《纪念碑》，梁小斌的《雪白的墙》、《中国，我的钥匙丢了》等一经见诸报刊，就理所当然地立即引起了广泛的关注、反响和赞誉。因为它们的风格与运动的指向和节奏完全合拍——在这场运动中，“讲真话”成为诗的共同主题，而恢复诗的抒情传统则成为诗人们致力达成的首要目标。这种表面的一致掩盖了骨子里的分歧；但随着青年诗人们更多的作品面世，分歧就变得越来越明显，终于引发了1979年底开始的有关论争。

这场“当事人”缺席的“代理官司”即便今天看来也并不多余，虽然在诗学层次上仅仅，也只能涉及到一些“ABC”的问题。它的意义在诗歌之外，或者说超出了诗歌。对那些攻其一点，不及其余的人来说，“不懂”只是一种借口，其潜在心理是恢复意识形态大一统的旧秩序（当然要稍稍文明一些）。从这一立场出发，他们本能地从“朦胧诗”所揭示的一代青年惨遭毁灭的废墟感中嗅出了“异己”的味道。他们因此而大张挞伐乃属正常。可叹的是，即便是那些热心为“朦胧诗”的生存权利辩护的人们，多数也没有意识到，至少是没有明确意识到这一新的诗歌现象的革命性所在。在他们看来，多一朵“花”总比少一朵好。把这种善心稍稍理论化一点，就得出了后来的“朦胧诗”＝现代主义，传统诗＝现实主义，二者同样合理的似是而非的结论。

而在论争之外，“朦胧诗”仍然循其自滥觞期开始形成的内在逻辑，半公开、半地下地蓬勃开展着。“心的变换”比一切“主义”的标签更加有力。当北岛说“我们做好了数十年的准备，就这样封闭地写下去”时，他不仅表明了与黑暗势力誓不两立的决心，同时也表明了对于诗的某种独特信念；而封闭状态的结束不但没有动摇或改变，相反进一步刺激和强化了这种信念。人的觉醒和诗的觉醒，人的解放和诗的解放，正好构成了这种信念不可分割的两面。如果说在“朦胧诗”的滥觞期，这一切是以生命的全面压抑，以内部世界与外部世界的无情分裂为代价的话，那么，在新的历史条件下，它所要求的则是“人”的主体性的全面高扬及其本质的现实占有和实现。这正是《今天》成立之初所宣言的“过去的已经过去，未来尚且遥远，今天，只有今天”的真实涵义。

因此，对“自我”的意识成为“朦胧诗人”的自我意识绝非偶然。这种自我意识积淀着沉痛的历史教训，有着丰厚的现实内涵：正如现代迷信的推行是以人民的普遍自我放弃为条件，极“左”路线对诗坛的垂直支配以对“自我”的批判为先导，诗在六七十年代的空前衰落，也是以诗人们“自我”意识的完全丧失为前提的；而“新的自我”即基于这样的反思，在昔日的“一片瓦砾上”诞生：“他打碎了迫使他异化的模壳，在并没有多少花香的风中伸展着自己的躯体，他相信自己的伤疤，相信自己的大脑和神经，相信自己应作为自己的主人走来走去”（顾城语）。

如此被描述的“新的自我”，其意义不但远远超出了“伤痕文学”单纯揭露和控诉的旨趣，也远远超出了历来所谓“诗中有我还是无我”的浅薄命题。后者涉及的，只是“自我”的功能性，前者呈现的，却是“自我”的主体性。功能性的“自我”把诗人降低为工具，主体性的“自我”则拒绝成为工具。两种不同的“自我”对应着两种不同的价值观。从后者中顺理成章地引申出了这样的诗歌观念：

> 诗人应该通过作品建立一个自己的世界，这是一个真诚而独特的世界，正直的世界，正义和人性的世界。
>
> （北岛语，重点系引者所加。）

> 艺术家按照自己的意图和渴望造型，他所建立的东西，

自成一个世界，与现实世界发生抗衡，又遥相呼应。

（江河语，重点系引者所加。）

所谓“自己的世界”是一种张力很大的提法。它把传统观念中两个截然对立的概念通过诗人的创造行为有机地整合在一起。在这种情况下，我们就是我，我就是我们；诗人既从感性的缤纷的假象，又从超感官的彼岸世界的空洞黑夜里走出来，进入到现实世界的精神的光天化日之下。作为“自己的世界”，它是获具了个体形式的世界；而作为“自己的世界”，它是显示了世界内容的个体。这一提法进一层的本然含义是独立不依和不证自明，就是说，它把诗人的创造行为和创造结果作为一个无可辩驳的精神现实加以肯定。这种肯定并不以否定现实的真实性为前提（相互抗衡），然而却以此为前提指向更高的真实（遥相呼应）。真诚与独特，正义与人性，在这里与其说是形容词，不如说是名词。它们不是外在于这一世界的道德要求，而就是它的自然本性。

这种在今天看来已属常识的诗歌本体观，在当时却是一种“全新的”价值维系。它从内部支持、鼓舞着“朦胧诗”在涌流期的全部实践。作为对滥觞期“向内转”的更高层次上的肯定，对“自己的世界”的发现与开掘标志着“人”与诗的再觉醒。这就直接解释了，为什么在此一时期共同的社会主题面前，“朦胧诗”会表现出对人本身的特别关注？为什么这种关注以对人的存在的复杂性（包括其潜意识领域）的揭示为指归，而同一指归的追求不但没有削弱，反而强化了他们各自的艺术个性？这里，无论是北岛那严峻到阴沉、充满怀疑精神的“我”，舒婷那执著到痴迷、追求美善的“我”，还是顾城那轻灵透明、捉摸不定的幻想的“我”，江河、杨炼那横越古今、烛照生死的历史的“我”，抑或多多由于突然意识到生活成了“鳄鱼市场”，而对毁坏的生命道德执行清理的“我”，芒克开敞的那不穿衣服的、肉感的、野性的、超道德的“我”，都具有超出其作品之外的象征意味。如果说，在所有这些“我”的背后，都站着一个大写的“人”，而这一点更多地来自时代精神的浸漫和光耀的话，那么，真正赋予其以艺术魅力，使人们为之震撼、惊喜或者疑惧、困惑的，却是那个小写的“人”，那个充分行使个体话语权力，行使自由探索和创造意志的活生生的个人。正是它使北岛在经历了《结局或开始》那样的沉痛反思后，毅然决然地扭转身躯，在一片春天的欢呼中“走向冬天”，以“吾与汝偕亡”的超然勇气，重新打入他早“已习惯了”的黑暗；使江河在对人民真实命运的追索中，一方面从那“垒满了石头”的历史深处，听到“就从这里开始／从我的历史开始，从亿万个／死去的和活着的普通人的愿望开始”的生命呐喊，一方面又从留在英雄身上那“像空空的眼窝”的弹坑里，从那似乎仍在“一涌一涌的”流着鲜血的伤口里，看到了一首“没有写完的诗”；使舒婷忽而感到自己是“一片绿叶”，“在黑暗的泥土里”，“安详地等待／那绿茸茸的梦／从我身上取得第一生机”，忽而在流水线造成的单调重复中，看到“自己的存在”的丧失，体验到“对本身已成的定局／再没有力量关怀”的悲哀；使芒克在对“旧梦”的追溯中，“面对一个人字”，“就如同面对着一片废墟”，“如同儿女看到了／那被残害的母亲”；使多多明知徒劳，仍一再发出“再给我们一点羞耻吧！／再给我们一点无用的羞耻吧”的吁求；使骆耕野在车过秦岭，出入隧道的忽明忽暗中，听到“生命／起落在生命的黑键和白键上／轰鸣起人的旋律”；使王家新在一块石头中“认出了／一个民族、一个人／格格作响的骨头”……

在我看来，确立这种基于个体主体性的诗歌本体观，乃是“朦胧诗”相对于当代诗歌发展的全部革命性之所在。它理所当然地包括形式和技巧革命的方面。反过来，也只有在“人”与诗的觉醒所造成的精神的各个层面被广泛开发，巨大的创造力被从内部唤醒的前提下，所谓“形式与技巧革命”才能得到真正合理的解释。庞德那句“技巧是对一个人真诚的考验”的名言，在这里可以稍稍扩大一下，并按一种朴素的逻辑颠倒过来，变成“一个真诚的诗人必然重视形式和技巧的考验”，因为这种考验发生在生命—语言的临界点上。极端一点说，这里形式就是内容，而技巧不复是技巧。诸如广泛的私立象征、流动的意象、通感、隐喻、变形、矛盾语、形而上视角、抽象与具象的复合等等，既不是简单的传统手法的复活，也不能被片面归结为对西方现代派诗歌的借鉴；在和诗本身同样古老又同样年轻的意义上，它们乃是“心的变换”寻求自我表达和自我揭示所必须诉诸的方式，而蒙太奇式的瞬间组接、音画互补、跳跃交叉的立体结构等等，则成了业已“变换”之“心”的直接表征。

涌流期是“朦胧诗”发展过程中最重要的时期。就其本身而言，它表明一代青年诗人作为一支现实的诗歌力量已然生成；就当代诗歌而言，它表明一个不可逆的变构过程由此开始。由于“朦胧诗”的介入和参与，恢复意识形态大一统旧秩序的企图已被注定为不可能；但它真正划时代的意义却在于它所提供的新的可能：既然诗人的“自我”是具有主体性的自我，探索和发现就成了他的内在使命和律令；而既然“自己的世界”是诗歌本体意义上的真实世界，那种既定的、一成不变的、只需要通过“形象化”来获具形式的先验真实就变得毫无意义。在这种对当时仍占主流地位的意识形态诗歌观念的根本变革中，蕴涵着诗的个性、风格、流派形成的动力学依据。它一旦落地生根，诗的全方位开放和多元化就是势不可免的了。

三

到了1983年前后，“朦胧诗”就进入了其发散期。

所谓“发散期”，可以在这样三个层面上理解：其一，在经历了涌流期的集体命运之后，“朦胧诗”的内部开始分化；其二，“朦胧诗”所体现的新的价值观和方法已显示出相当的凝聚力，其创作通过大批的追随和摹仿者，或成为明里暗里的参照而具有“范式”意义；其三，由于获得广泛认可，它正从旧秩序的异端慢慢转变为新的“传统”，从而酝酿着新的变革。作为一个不可或缺的注脚，旧秩序的卫道士们喋喋不休的诉告尽管仍盈盈于耳，甚至借助行政的力量在某一时期具有“大批判”的规模和声势，却日显空洞无力；它再不可能得到认真对待，成了一种不无讽刺意味的自娱或自虐。

“朦胧诗”分化的必然性不是来自外部的压力——外部的压力只是使之更像是一个集体——而是来自内部的裂变，换句话说，是它自身发展的逻辑结果。即便《今天》（以及后来的《“今天”文学研究会内部交流资料》）没有被迫停刊，作为集体的“朦胧诗”也将不复存在。

“朦胧诗”滥觞于自发的生命和青春反抗。它不可能长久地保持这种自发性和青春特性。随着时日的推移和经验的积累，一种被杨炼称之为“成熟的智慧”的重要性日益凸现出来。在写于1982年的一篇题为《传统与我们》的文章中，杨炼把所谓“成熟的智慧”阐释为“怀疑和批判的精神，重新发现传统内在因素的意识和综合的能力”。在他看来，这是“真正加入传统”的必备条件。把问题提得更明确些，即“一个诗人是否重要，取决于他的作品相对于历史和世界双向上的独立价值——能否同时成为‘中国的’和‘现代的’”。

传统——与传统的关系——加入传统（“传统”在这里主要是一个共时性的空间概念，它构成了诗一以贯之的精神血脉和精神坐标，用杨炼的话说，“它融解在我们的血液中、细胞中和心灵的每一次颤动中，无形，然而有力”。更重要的是“成为今天的传统”，即成为“反抗和活力的双重源头”）在这一根本性的考虑中显然占据着豁目的中心位置。相对于继起的更年轻的一代诗人热衷于“反传统”的激烈态度，“朦胧诗人”于此要表现得克制和审慎得多。这和他们对旧秩序的毫不妥协似乎有点矛盾，其实正互相补充。因为在始自童年的思想文化禁锢的背景下，是没有什么真正的“传统”可言的：

在箭猪般丛生的年代里
谁又能看清地平线
日日夜夜，风铃
如纹身的男人那样
阴沉，听不到祖先的语言
搬动石头的愿望是
山，在历史课本中起伏

——北岛：《关于传统》

其结果就是诗开头写到的，一边是“野山羊站在峭壁上”，一边是“拱桥自建成之日／就已经衰老”的两不相干的局面。这种令人尴尬的错位感连同与世界文化的长期阻绝，突出表明了“朦胧诗”最初缺乏文化后援的严重先天缺陷，其残酷程度足以使考利在其名著《流放者的归来》中对一代美国青年所经历的“除根过程”的详细描述和大肆挞伐，成为小布尔乔亚的无病呻吟（想想看，如果他们在那一时期被禁止阅读——事实上也读不到——一切与偏狭的意识形态相左的书，充其量只能读到几本“供批判用”的“黄皮书”或“白皮书”，他会怎么说）。在这种情况下，反传统或者不反传统有什么意义？

涌流期内外两方面文化关禁的突破改变了这一局面。它提供了新的契机，同时也带来了前所未有的压力。杨炼在《传统与我们》中提出的问题即是有关信息的综合传达。这不仅是“朦胧诗”开始摆脱最初的自发性，走向自觉和成熟的信息，同时也是其内部业已分化的信息——确实，在经历了涌流期较为充分的“个人化”发展阶段之后，在文化的内外开放已提供了足够的参照和选择可能，尤其是传统的内在因素已得到充分重视的新情势下，再用集体的纽带把原本就存在着不同差异的个体维系在一起，就显得多余了。相濡以沫固然令人感动，但相忘于江湖不是一种更自由的境界吗？而对意识到主体性的个体来说，还有什么比加入传统——那更高的、真正的主体——更激动人心的事呢？

显示“朦胧诗”分化的特出例证是杨炼和江河。如果说杨炼在前一时期写下的那些诗尽管才华横溢，却和江河在旨趣和风格上过于接近，以至有时难以区分的话，那么，他1983年发表，随即遭到批判的《诺日朗》，恰好明确标示了二者的分野。从这里出发，虽然他们共同致力于从传统精脉中发现和汲取诗的永恒活力，然而前者更多看到的是精神构成和语言方式的原型，后者更多看到的却是精神气质和境界的原型。两年后江河发表了组诗《太阳和他的反光》，对比同一时期杨炼的《与死亡对称》，其区别已不可以道里计，尽管普遍认为他们同是当时正在风行的所谓“寻根诗”或“现代史诗”的始作俑者。

其他的“朦胧诗人”此一时期虽然没有表现出像杨炼、江河那样明显可辨的文化选择痕迹，或表露“成为今天的传统”的雄心，但并不意味着他们没有这方面的考虑。当然，对一个诗人来说，更有说服力的是他的作品，而不是他的思考，并且这种“说服力”首先体现于对当代诗歌的实际影响力。“朦胧诗”之所以能在屡遭遏制和打击的情况下立于不败之地，尽管取决于多方面的因素，但最根本的一条，就在于其代表人物在各自营构和呈现“自己的世界”的过程中，富于创造性地为当代新诗提供了一系列话语范式，其中每一种都意味着一种新的可能性。

所谓“范式”，即示范（启示和范导）模式。它一方面和诗人话语的特征及其魅力（即风格）的构成方式有关，一方面和这种话语方式与读者审美期待的相应联系有关。充分阐释和评价“朦胧诗”诸范式是另一篇文章的事，这里只作某种轮廓性的提示：

1）北岛：在历史、现实、自我三个层面上强烈的怀疑和批判精神。源于理性而超越了理性。他的诗因此而具有一种深邃、警觉、锋利的战斗人格力量。结构紧凑而富于质感，精确的意象流动、跳跃在现实和超现实的区间。

2）芒克：天才型的自然气质，与生俱来的个人话语立场。他所做的主要工作是把自己的生命历程像剥橘子一样由里翻向外，并享受此一过程中全部的痛楚和快意。

3）多多：较之芒克更极端的个人话语立场，由此他发展出最早的"自白"风格。他的诗在反道德、超道德的表象下有一种自觉的道德承诺，因而带来了极度的内心紧张、令人头晕目眩的速度和边缘性的反讽表达。他对语言操作的重视在"朦胧诗人"中可能是首屈一指的。

4）杨炼：他的诗生长于与浪漫主义决裂的创口之上。野性、凌厉的原始生命流涌与文化意识的觉悟彼此制约和平衡。他把这两极之间的张力场变成了一座巨大的语言实验场，一座智力和狂想的精神迷宫。

5）江河：一直在诗歌中寻找"综合"之道，并致力将其提升到"静静萌动"的古典美学境界。他在诗中追求和谐、"大气"更多地来自意识到的人格和内心分裂；他试图把文化和语言的修养作为一副黏合剂，并至少成功地在文本中造成了这一神话般的幻象。

6）舒婷：以细腻的女性笔触企及传统人文主义的理想核心，具有一种无可替代的心灵抚慰功效。她的诗本质上是感伤的，但表达的单纯和明快提高了其美学品格。

7）顾城：他的诗显示了，在浪漫的童话和黑洞般的神秘之间只有一步之遥。他令人不易觉察地、蹑手蹑脚地抵近并滑过了这一界限。他幻想成为一个兼有天真童趣和恶毒智慧的精灵，结果就真的变成了这样的精灵。

类似的概括总难免以偏概全，其稳定性（这是"范式"之所以成为范式的必要条件）也只能是相对的。重要的在于，这些在不同程度上追求个人风格和魅力的努力，其意义远远超出了个人风格和魅力形成的本身；而形成的过程也就是发散的过程。这一过程并未因为地平线上出现了新的变革者而趋于结束，恰恰相反，正是这些新的变革者，才提供了“朦胧诗”的存在及其价值的真正证明。及至此时，当代新诗的多元化局面，已经是不可逆转的了。

这篇序文的主要观点以至若干段落都是六七年以前形成的；而从1979年初第一次读到《今天》上的诗迄今，已过去了整整十四个年头。使我惊奇的是，尽管回首已有隔世之感，我仍然无法真正客观、冷静地对待这一代诗人和他们的作品。但愿这种基于共同命运和精神血缘联系的情感偏执没有过多地影响我的鉴赏和判断力。作为一个回顾性的选本（它不得不设置选择的时限），它较之已有的类似选本很难有太多的新颖独特之处；令我欣慰的是，在这个选本中第一次收入了黄翔的诗。我把他和食指一起，归入“朦胧诗”先行者的行列。他写于六十年代末的《火神交响曲》等作品表明，他于此当之无愧，尽管十多年来诗坛的喧哗与骚动淹没了他最早发出的声音。同时归入这一行列的还有贵州的诗人哑默；此外，依群（齐云）、方含、根子、晓青、林莽、严力等长期以来也都遭到了不同程度的忽视，能让他们在“朦胧诗”的名义下重新结为一体也让我感到高兴。其中我想特别请读者注意晓青的诗。他的简洁、睿智、深刻和对语言出色的领悟力，足以使他跻身最优秀的“朦胧诗人”行列而毫不逊色。最后需要说明的是，和已有的类似选本比起来，这个选本入选的诗人范围要小得多；这一方面是出于丛书编选体例的整体考虑，一方面也自有其道理，尽管同时也留下了不得已的缺憾。

1993年3月，劲松

“朦胧诗”之后：二次变构和“第三代诗”*

所谓“朦胧诗”的面世是近十年中国新诗发生的第一件大事。毫不夸张地说，其意义是划时代的：这陌生的“蒙面人”一经出现在诗的地平线上，就使读者的审美意识和审美视野发生了根本的改观。尖锐的楔子楔入习惯惰性的深处，任其流血、剧痛而终不能复元。但更重要的还是被归入“朦胧诗”名下的一批青年诗人在创作中所坚持的个体主体性的原则立场和诗歌本体的指向（参见拙作《实验诗：生长着的可能性》）：它不仅使业已获得生机的诗坛再也无法恢复到它所无意识趋向的大一统格局，而且开辟了进一步分化、发展的众多新的可能。

无论历经了怎样的曲折坎坷，“朦胧诗”还是实现了对当代新诗的有力变构。1980年左右，一种二元分立的局面事实上已经形成。随后围绕“朦胧诗”爆发的论争只是把这一局面凸现出来。然而这一局面很快就受到了新的冲击——快得甚至有点令人无所措置。冲击来自更年轻的一代诗人，他们被集体命名为“第三代”诗人。无论如何这是当代新诗的又一件大事。这不仅因为其人数之多、声势之大、冲

* 本文系为“八十年代新潮丛书”（北京师范大学出版社，1992）之诗歌卷《灯芯绒幸福的舞蹈》（唐晓渡编选）撰写的序言。由于可以理解的原因，本丛书在出版社搁置了三年多后才于1992年出版。

击之激烈广泛，足以造成某种“全方位的喧哗与骚动”，而且因为它的介入——这种介入完全称得上是一次“入侵”——带来了当代诗坛一系列新的、某种程度上更为深刻的变化，从而同时发展了其困境和生机。

如同“朦胧诗”一样，所谓“第三代诗”也是一个非常含混的后设指称。由于有关的界说大多来自“个中人”，就显得格外梳理不清。不过这并不重要。就笔者而言，它乃是指继“朦胧诗”之后又一次探索新诗变革的青年诗歌现象。需要补充的是：第一，应该把作为诗歌运动的“第三代诗”和作为诗歌实体的“第三代诗”区别开；第二，应该把笼统的指称和单个的诗人区别开来。后一点相对于那些一直以游离的态度置之度外，而又具有鲜明探索意向并实绩卓著的诗人尤为重要。

“第三代诗”作为一个整体的形象，是经由1985年四川的《大学生诗报》、《现代诗内部参考资料》到《诗歌报》、《深圳青年报》主办的“'1986中国现代诗群体大展”而逐步树立起来的，其树立方式具有明显的运动特征，即经过了组织的广泛而自发的群众性。这是它有别于“朦胧诗”的第一点触目所在，并立即为反对者提供了指控的理由：它看起来确实像是人为造成的。但这类指控很难成立。且不说存在于运动对面的现实诗歌秩序的压力——它刚刚以“宽容”的姿态默许了“朦胧诗”的“合法”地位，对更新一代的诗歌却仍然熟视无睹，拒不接纳——是导致运动产生的直接动因（虽然也只是表层的动因）之一，仅就运动本身而言，却远非任何人力所能企及。在这样一个偶像破灭的时代，设想一个高居运动之上的号令操纵者是不可思议的。事实上，组织者在这里只是充当了穿针引线的角色，以至在运动过程中更多地隐而不显，真正被凸出的是过程本身。此外，运动构成的复杂性也很能说明问题。据统计参加“大展”的“群体”多达八十四家，尽管去除了那些玩世不恭者和被胁裹进来的泡沫成分，具有实体性（较明确的理论主张和相应的创作实力）的不过数家而已，然而这并不重要，重要的是这些在诗歌观念和美学追求上如此不同，以至截然相悖（突出的如“他们”之相对于“非非”；“莽汉”之相对于“整体”）的群体何以会走到了一起？它仅仅是一种追逐功利的现实联合吗？

假如这就是答案，那么这场运动就如某些人所说的，是一场纯粹的“痞子运动”；而假如我们觉得这样说有哪里不对头（倒不是不忍心）的话，那么就有理由追问：是否有某种更内在的动因在背后支配着这场运动，赋予其以实质内容，从而使那些放肆的叫骂，炫目的旗帜，夸张不实的宣言口号、广告张贴，厚颜无耻的自吹自擂、自恋自爱，诸如此类，相比之下即便不是它的附加成分，也只是它的手段，病态而不无合理性的手段？而如果说手段的病态必然意味着过程和目标的病态（它们确实是病态的——这么多人狂热地投身同一诗歌运动，不能不是一场“病”）的话，那么，透过所有这些病态，粉碎运动造成的集体幻象，清除掉它自我涂抹的油彩，最后，经由还原而消解和抛弃运动本身，就是揭示出上述动因的必要前提。

作为运动的“第三代诗”选择“朦胧诗”当成主要的攻击目标肯定有其策略上的考虑；但这种明眼人一看即穿的把戏并不能说明什么。在诸如“pass”、“打倒”一类的激烈言辞后面，显然隐藏着一个重要的心理—艺术事实，即被明确意识到的与“朦胧诗”的差异和分野。韩东早在1982年就最先对此作出了清醒表达；周伦佑则在最近的《论“第三代”诗歌》一文中进一步将其系统化了。

然而我们却必须从二者的一脉相承性出发来论及于此。“第三代诗”在许多方面沿用了“朦胧诗”当初的一套做法，例如组织社团、自办刊物等等。这些都还在其次；更主要的是美学立场的内在一致。我曾经把从“美”的主体意识（大写的“人”）的觉醒，到个体主体性（小写的“人”）的确立，作为十年来中国诗界，乃至文学界所发生的第一精神事件来加以肯定；廖亦武的一行诗句表达了大致相同的意思（重点系引者所加）：

我们扑倒在**自己这个传统里**

“朦胧诗”所接续，或者说激活的，正是这样一种诗的传统，这样一种立足自身，并经由自身发现，反抗、超越、重建传统的传统。“第三代诗”直接受惠于这历史性的成果，而将其作为创作的现实前提。另一方面，差异和分野也就由此发生。

这里首先涉及的是个体状态和自我意识的问题。这个问题和单个人的性格无关，恰恰相反，它突出的是具有不同创造禀赋的个人在社会—文化境遇和相应心态上的某种一致性。“第三代诗”和“朦胧诗”在这方面的区别可由以下一系列对比（它只能是主要的和相对的）见出：

	“朦胧诗”	**“第三代诗”**
社会—文化境遇	大一统背景下的意识形态对抗；文化关禁下的有限选择；价值的紧张危机；道德的人格化、心灵化。	多元趋势中的意识形态解体；文化开放中的多种选择可能；价值的松散悬浮；道德的商品化、物化。
心态	更多诉诸人道、人性的思辨和抒情力量；追求自由的崇高感；普遍怀疑中的积极维系；反抗异化的悲剧意识。	更多强调个体生命的原生状态；承受自由的失重感；自我中心造成的责任脱节；悬置异化的“中空”意识。

如果说“朦胧诗”和“第三代诗”同样经历了某种隐蔽的、“地下”（即在公共视野之外）的“个人化”阶段的话，那么前者是被时

代拘囿的，后者则是被时代解散的。被解散的个人乃是更纯粹、更彻底的个人。无论出于自觉抑或被迫，在远离时代中心的地方他都成了“局外人”。这与“朦胧诗”不由自主地置身“局内”，是一个综合性的对照。

对这种“局外人”境况的意识在于坚的一句戏语中被比喻为“站在餐桌旁的一代”。它令人窘迫，同时也必将成为一种动因。它使生命同时获得了更多的创造或破坏的可能。在前一种情况下，诗人成了孤临一切的“造物主”；在后一种情况下，则如“莽汉主义”所宣言的，成了“腰间挂着诗篇的豪猪”。它从根本上说是一种幻觉（谁能跳出这世界的“局”外？），然而却可以成为新的精神漫游的出发地。

首先，漫游者据此而自我确认了其自由的身份和姿态。这几乎可以立即解释“第三代诗”内部的诗歌观念和主张何以如此分离以至对立（在“平民化”之外有“王者化”、“先知化”；在“口语化”之外有“高蹈化”、“隐逸化”；在“纯诗”之外有“非诗”、“反诗”，如此等等），而总体上却又表现出对“朦胧诗”的针对和反叛。在“第三代”诗人眼中，后者无疑已凝定为某种固定的身份和姿态（例如“思想者”、“英雄”、“崇高的人格化身”等等）。时间的魔术从背后支持着他们作出这一确认，并促使他们去占有那些被时间圈定了的“领地”之外的广阔空间，尽管在这一过程中他们同样面临被凝固的危险。

其次，无论对“朦胧诗”所作的派定和置换游戏（将其特有的时代特征派定为一些相应的概念符号，然后置换进“反……”的现代公式中）有多么幼稚和粗暴，自由的新一代漫游者都适时地将精神漫游变成了精神冒险。毫不奇怪，在这种用语言对抗语言的冒险中，现有“权威”的神圣性或“神圣”的权威性一无例外都遭到了亵渎（此前“朦胧诗”已经在有限范围内进行过这样的亵渎，不幸的是它如此之快地被纳入一场更大范围的亵渎之中）。这即便不是冒险者的使命，也是他的特权，尽管有时他会情不自禁地滥用这种特权。一些简单的或不那么简单的“造反者”及其附庸的混迹者的加入，使“第三代”诗歌运动像是在进行一场单方面的、不宣而战的、通过饱和的地毯式“轰炸”而平地创造废墟的语言战争，但盲目否定的“废墟癖”并不是它真正的灵魂，鱼龙混杂、泥沙俱下的局面也不能掩盖其中的佼佼者在厉行由“朦胧诗”所开始的诗歌实验过程中迸射出的异彩。

“第三代诗”的实验倾向突出地表现为生命领域的开掘和语言意识的强化这诗歌艺术的两端上。它经由对“泛文本”和“绝对文本”的反向追求而得以同一。一方面世界之所存者皆可入诗：从琐屑的日常景观到神秘的巫术玄思；从现代人的孤独荒诞到初民般的浑然不察；从得自民间的脏话俚语到置身天国的人神感应；从稍纵即逝的原始性欲到永恒追慕的大化宇宙，如此等等，不一而足。另一方面，是所有这一切都被要求提升到诗的文本高度加以对待，经由一个相对自足的语言一符号系统而获得自在的生命。“他们”之“诗到语言为止”的明确主张，“非非主义”之“诗从语言开始”的着意强调，“整体主义”之意欲把语言“处理成一个实体，处理成整体系统中的一个层次”的勃勃野心，诸如此类，无不折射着与此有关的自觉努力。这种努力有时到了某种临渊履薄走钢丝的程度。例如在一部分诗人那里，对无明确指向的“歧义”、“复义”、“多重象征”等语义层次的一般重视被发展成对超越一切语义指向的“语感”、“语晕”等“纯粹”诗歌文本特性的强烈追求，反逻辑的大规模语言“出格”（偏离）被导向反修辞乃至反对语言本身的不可思议的深处，等等。

“第三代”诗人多半乐于在探索的每一向度上走极端。他们毫无忌惮地毁坏一切自认为应该毁坏的，标榜一切自认为应该标榜的，以致有时根本不能分清，这里哪些是彻底的义无反顾，哪些是庸俗的哗众取宠；哪些是诗意的任性率真，哪些是练达的时尚利用；哪些来自追求艺术的献身冲动，哪些根源非得即失的聚赌精神。或许在所谓

"生命的原生状态"中这些本来就互相渗透，彼此会合，所以他们才如此纵横捭阖，不管不顾。这不可能是理想的诗歌状态，然而在一个习惯倾向于单一、保守、封闭、僵硬的传统—现实格局的背景下，却是新的诗歌理想诞生的激烈前奏和必要中介，其自身同样包含着不可忽视的生长因素。

无论如何，迄今为止"第三代诗"已经提供了足够多的值得研究的东西。它冲破了许多禁区，同时也标定了若干极限；实现了一些意料之外的诗歌可能，同时也跌进了一些事先设置的语言陷阱；制造了大量的文字垃圾，同时也呈现了众多的转化契机。它给诗坛带来了极大的混乱，同时也带来了新的秩序。认为混乱本身就是秩序是一种过于简单的讴歌理由；喝下这剂苦药，超越混乱，秩序才会臻于形成。

"像市民一样生活，像上帝一样思考"曾经是一个流传在许多"第三代"诗人中的口号。无论这个口号自身矛盾和虚妄到了什么程度，某些"第三代"诗人似乎确实成了他们自己的上帝。他们的"造物"构成了"第三代诗"的实体。这个实体究竟有几多价值需要置于一个逐级扩大的诗歌序列（从中国现、当代诗歌到古代诗歌，再到世界诗歌）中予以不同层次的细估和评定。它完全可能被淹没，但肯定不会归于虚无。匆匆忙忙地给出结论，特别是根据他们自己的宣言或理论给出结论是不必要的。以至关重要的文化态度为例，"第三代诗"的真正姿态就远非"反文化"可以涵盖。除"反文化"外，尚有"非文化"、"唯文化"、"泛文化"等倾向，且存在相互间转化的可能。

不管怎样，由于"第三代诗"的介入，当代新诗已经发生了继"朦胧诗"之后的二次变构。它不仅导致了诗歌格局在持续分化中进一步趋于多元，而且以全面毁坏—重建的探索方式，昭示了新诗变革经由个体创造力的进一步解放而迂回深入的内部活力和历史进程。另一方面，作为运动的"第三代诗"从它惊世之日起就已解体，在这一运动中达成的群体联合也将逐步失去意义。凌驾于一切具体运动和现实秩序之上的，是永不满足的诗歌本身的运动。选择诗者必被诗所选择，而它只选择、接纳单个的诗人和作品，并通过他们显示出，只有它才是最后的支配者，才是那最内在的动因。

1988年11月，劲松

从死亡的方向看*

活着或者死去，这是一个问题。

——莎士比亚：《哈姆雷特》

1

每个时代都有自己的标志。每个时代的诗歌也是如此。从典型的文体角度说，或许没有比长诗更适合作为一个时代的诗歌标志的了；因为它存在的依据及其意义就在于，较之短诗，它更能完整地揭示诗自成一个世界的独立本性，更能充分地发挥诗歌语言的种种可能，更能综合地体现诗歌写作作为一种创造性精神劳动所具有的难度和价值。

我没有进行过正式统计，手头也缺乏可比的资料；但我可以很有把握地说，在刚刚过去的十多年中投入长诗创作的诗人和作品的收获，其数量和质量的密度，是中国新诗史乃至整个诗歌史上任何一个相等的时间区间所不可比拟的。

但长诗在这些年间所取得的成果迄未得到，或者说还来不及得到认真的关注和对待。这反映了这个时代精神上捉襟见肘的一面。它与

* 本文系为“当代诗歌潮流回顾丛书”（谢冕、唐晓渡主编，北京师范大学出版社，1993）之长诗、组诗卷《与死亡对称》（唐晓渡编选）撰写的序文。

其说有意无意地忽视了长诗，不如说某种程度上无从消受长诗。长诗：巨大的精神奢侈品。看来它不得不忍受长期孤独的命运。

我希望上述看法既表达了这个选本的编选意图，又有助于说明其编选尺度。没有这种必要的尺度，长诗的文化内涵将被抽空；而仅仅着眼于规模或篇制是没有意义的。

基于这一考虑，我略过了那些虽然曾经引起过一时轰动，但意识形态色彩过于强烈的长诗。回头看去，这些诗确实也已无多可道。这又一次表明，片面诉诸意识形态热情（无论是依附还是反抗意义上的）尽管在所有的诗歌道路中最为快捷，但也最容易短路。同样，我也略过了传统意义上的叙事长诗；因为按照我对长诗文体内涵的理解，它的局限性过于明显（叙事对诗可能抵达的精神浓度、复杂性、广袤性的妨碍与遮蔽，以及对语言—结构的灵活运用的限制），算不上典范的长诗。顺便说一句，随着现代诗越来越转向人类精神自身，随着更占优势的叙事文体（小说、影视）的日趋发达，传统叙事诗的衰落早已是必然之势。我希望这仅仅是我个人的偏见。

如果说在上述两点上我力图坚持必要的文体纯洁性的话，那么把长诗和组诗混编则表明，我其实并不在乎同一文体内部种类的区分。对诗进行类似的区分本来就是一种不得已的、有时近乎愚蠢和无聊的做法；而我们只能关注诗本身，关注诗的可能性的充分实现。在这个意义上，不妨说这些组诗也统统可以称为长诗。

2

长诗是诗人不会轻易动用的体式，就通常的表现需要而言，短诗所具有的弹性已经足够了。换句话说，一旦诗人决定诉诸长诗，就立即表明了某种严重性。

已故海子在为自己以疯狂的热情致力于长诗创作进行辩解时写

道："我写长诗总是迫不得已，出于某种巨大的元素对我召唤，也是因为我有太多的话要说，这些元素和伟大材料的东西总会涨破我的诗歌外壳"（《诗学：一份提纲》）。

海子说到了迫使他写作长诗的两个基本要素，即"巨大的元素"的"召唤"和"伟大材料的东西"。按照我的理解，二者之间前者更为根本。因为材料本身很难说有伟大和渺小之分。预先准备好的材料只有在被组织起来的过程中以及被组织起来之后，才作为一个整体的有机肌质呈现意义，尽管此时由于实现了艺术转换，它们已经变成了完全不同的东西。

而所谓"巨大的元素"，尽管可以有更为根本的解释（例如诗与世界的同构元素），但具体到一首长诗，我想是指其原始或深层的动机。长诗的动机相对于短诗显然更为重大（同时更为复杂或更具有超个人性），这也是二者相区别的首要一点。

但是并不存在什么抽象的"重大"动机，它也不可能孤立地涌身于诗人的意念之中。所谓"重大"的动机是诗人相关经验和思考的结晶，它与其说扎根在个别诗人心中，不如说扎根在他的命运，他所置身的时代，以及他的全部历史和文化视野之中。因为只有后者才是他意识和判断某一动机是否"重大"的真正依据，并构成促使动机发展的压力。这也就是海子之所以会把所谓"巨大的元素"说成似乎是外在于他（他只是"迫不得已"听从了其"召唤"）的原因。

假如我们不是把海子的辩白仅仅当成他个人的声音，而是想象成众多的声音、集体的声音，想象成一个经历了太多的苦难，曾在深重的压抑下噤语，或在意识形态的喧嚣中失语的民族和它的诗歌不得不通过诗人发出的声音，那么，就不难理解这十多年来长诗为什么会出现勃兴的局面。这里我的意思不是说这些诗人还在有意无意地试图充当"民族的代言人"，或福柯所谓"普遍性的发言人"——不！这种过时的神话对今天的诗人早已没有任何吸引力了；我的意思仅仅是说，那些在诗人们的意识—无意识深处涌动的语流确实具有非同寻常的严重性，而他们“迫不得已”的个人表达无论采用什么方式，都和一个民族及其诗歌的历史命运和现实境遇，包括其隐痛、疾病、追求、困扰、思考、梦幻、哭泣和雄心有关。

3

我想特别分析一下几首以死亡为动机或主题的长诗。这类诗在这个选本中占有突出的比例并非是出自个人的嗜好。这一古老的诗歌母题之所以对今天的诗人们显示出特别的重要性，是因为无论就民族及其文化的命运还是就个人的经历，无论就集体记忆还是个人记忆而言，死亡都是他们一直亲历，因而过于熟悉的东西。它不可能不成为一种被共同辨认出的“巨大元素”，并且无人能抗拒它的“召唤”，尽管在不同的诗人那里，它会呈现出不同的涵义。

郑敏的悼亡组诗《诗人与死》劈头问道：“是谁，是谁／是谁的有力的手指／折断这冬日的水仙／让白色的汁液溢出？”这强烈的指控肯定不仅仅指向没有到场的死神，而诗中写到的死亡实际上在降临之前早就开始了，或者说一直在“这里”、在日常生活中进行。这组诗没有过多的哀婉和温情，整饬的十四行恰如死亡行进本身一样，严厉、冷静、必然，但暗中却布满了愤怒、悲伤、叹息、诅咒，种种情感的涡旋和潜流。诗中轮流出现的“你”、“我”、“我们”由于“诗人”一词而具有相互指涉和自我指涉的性质，因此对一个亡故诗人的命运总结同时也是对所有在世诗人的命运陈述。在诗的结尾，生死的界限在一个极点上突然消失，或者说发生了转化：

诗人，你的最后沉寂
像无声的极光

诗人的死亡被表现得如此灿烂夺目而充满生机，更加反衬出他生时或生者的黯淡窘困。

郑敏对死亡的把握在生死之间进行，邵燕祥的《最后的独白》则在死亡和拯救之间进行。诗中的主人公、斯大林的妻子阿利卢耶娃的命运整个儿是一个巨大的悖谬和嘲讽：那最初拯救她的人，就是最后促成她走向死亡的人。这是怎么回事？其间发生了什么？又意味着什么？所谓“最后的独白”是否包含了一个无可避免的结局？如果不是，主人公为什么会毅然选择死亡？如果是，那么使之变得无可避免的界限又在哪里？是什么力量使主人公产生了不可遏止的自我毁灭冲动？那迫使她产生这种冲动的毁灭性力量又是什么？……尽管诗人对主人公内心世界进行了细致而周密的探索，但这首诗还是留下了足够多的谜团和纠结。它们显然不仅仅关系到一个人的生命和情感，还关系到她（他）的信念。由于造成了主人公命运悖谬的不是一个普通人，而是一个“睿智的”革命者和历史性的“大人物”，所以她的死亡远远超出了个人悲剧的范畴，而那把他们联系在一起的婚姻之索也因此成为权力的象征或隐喻。当然，这里说的是一个异邦故事。但它真是一个异邦故事吗？把这首长诗称为“剧诗片断”在我看来同样是意味深长的：既是“片断”，就另有上下文，包括本文中的断裂和空白。就这样，一个人行将赴死，却在身后留下了巨大的联想和思索的空间。

在芒克的《没有时间的时间》里，死亡的体验突出地表现为时间死亡的体验。死亡不是通过终止时间的进程，而是通过抽空其生命内涵得以呈现。它意味着“不再有记忆，也不再有思想／不再期待／也不再希望”（《序篇》），因而既不会像在郑敏诗中那样，有可能在归于沉寂时化作绚烂的“极光”，也不会像在邵燕祥诗中那样，具有激动人心的悲剧力量。它苍白、空洞、委顿、暧昧、无精打采、模棱两可，比死亡更像死亡。在这种独特的死亡体验中隐藏着对时间和生命有效性的双重质疑。从这个角度看过去，既没有历史，也没有现实，既没有过去，也没有未来，同样没有开始和结束；而生命也只剩下了迟早被耗尽的欲望和本能。这似乎也确实是诗中唯一的激情和意识源头。可怕的是这不是任何意义上的“先行到死亡中去”（海德格尔语），而就是一种当下的生命状态。那么，我们能指望从这看上去麻木不仁、一片虚无的死亡体验中得到什么呢？这是一个需要被焚毁的森林从灰烬中站起来才能回答的问题。而这就是生命失败既伟大，又渺小的微妙之处。它最终和死亡打了个平手，甚至可以高傲地宣布：“我活着的时候充实而富有／我死去的时候两手空空”（第十六篇）。

对像芒克这样经历过激烈的内心反抗（请想一想他的《阳光中的向日葵》）的诗人来说，个体生命的衰变其实是作为时间的结果而被意识和体验的，因此在时间死亡的背后，有着和《最后的独白》一样丰富的社会和现实内涵。而吕德安的《死亡组诗》则从时间的一点出发并迅速抛弃了时间，以直接抵达死亡再从那里返回，构成了一个纯粹的智性空间。在这首诗中，死亡既是一个一步即可迈进的、尖锐的、深渊般的感受中心，又绵延广布，无所不在。它在个体的切肤之痛和形而上的冥思之间逡行，在肯定和否定之间摇摆不定，最终在生命的暂时性上达成平衡。此时“有生第一次再没有了死亡”，或死亡的压力自我消解，成了一种可以被平静接受的东西。但生命也因此更显促迫：

> 我们非常脆弱，像树皮，我们
> 无法选择一种坚实的持久的直叙方式
> 我们将陆续脱落，而从长远的目光看
> 现在几乎就是一种逃避，梦是属于泥土的。

然而孟浪似乎持一种不同的“长远的目光”。在他看来“对话没有结束”。在《凶年之畔》中，他一边大规模地记录他所身历或目睹的种种死亡和死亡征候，一边进行着激烈的内心争辩。他使我们看到，在现实的“沉船”之上，还有一颗“沉船般坚决的头颅”。他说：“我的双手是两只锚／投向天空的最深处”；他说：“我不能够，成为这间屋子的／冷藏的人质”。他以同等的酒神式的迷醉表现一个双重的、如同一枚银币正反面的主题，即死亡和拒绝死亡；以半是出于沉痛，半是予以强调的、分断的“我，不想，改变，妄想的，性质”这样的诗句，来呼应题记中引用的加缪的那段话，从而向“最后的悲惨景象”提供了人性的证明。

4

远不是这几首诗涉及到了死亡。翟永明的《静安庄》具备生活的一切表象特征，却通篇弥漫着一种神秘死亡的腐败气息。在这种气息中生存成了一种疾病，或一件可疑之事。欧阳江河的《最后的幻象》也是如此。当诗人的手依次掠过草莓、花瓶、月亮、落日、黑鸦、玫瑰、雏菊、秋天、初雪、老人和书卷时，一个时代正绝望地从他的指缝间流逝。他与其说在点化，不如说在告别，并且是在向一个旧梦，一个唯美的、感伤的、有着瓷器般的精致和颓废色彩的旧梦告别。在廖亦武的《巨匠》中，巨匠的“苏醒”恰逢白昼的“圆寂”，这首诗因而非但没有成为英雄的颂歌，反而成了他的挽歌。同样，死亡构成了牛波的《图书馆》的地基，否则那些字、词、词产生的词以及空白，就不足以成为一种“纯粹的开合”，不足以显示出那自在的、非人或超人的生命力。杨炼的《[illegible]》和海子的《土地》就更不必说了——前者正是从“空空荡荡的我”开始了其宏大的语言建构，而后者则体现了无限的欲望企图抓住那业已丧失了的大地的决绝努力。

我希望类似的分析不致造成这样的错觉，即死亡是这些长诗唯一关注的问题。同时我想特别指出，关注死亡和关注生命在这里是一回事。如果说，过多的死亡使之不能不在累积中凝聚成"巨大的元素"，不能不成为这个时代的诗人最重要的灵感源头之一的话，那么，在这片腐殖质的泥土中肯定还混合着另一些同样巨大的"元素"；并且，尽管诗人对死亡的观察和表现可以像史蒂文斯在言说那只在他笔下出没的乌鸫一样，有多种角度和方式，但一无例外地都包含着它的对立面，包含着对死亡的体恤、拒绝和超越。因为言说死亡毕竟是活人的事。这里，死亡的经验一如T.S.艾略特所说，是被植入一个"更大的经验整体"之中的。在通常的情况下，对死亡的深入程度和对它的超越成正比。后者同样可以有多种角度和方式。

这种对立的统一无疑是使一首长诗得以存在的始基。我把这称为死亡—超越原型。事实上，无论就人类生活还是就诗歌而言，这都是最根本、最重要的原型。从这一原型中派生出其他原型。长诗的特殊性仅仅在于：一方面，它以反身把握的自觉区别于生活的自发；一方面，它的反身把握较之短诗更为积极、主动和广阔。这一原则理解或许普遍适用，只不过我们这个时代使之更为赤裸、触目而已。从这一角度看，只存在一首长诗，那些被不同的诗人写下的只是它的某一单元或片断。因此，我们用不着把例如昌耀的《慈航》、西川的《远游》、陈东东的《明净的部分》、耿占春的《时间的土壤》，或骆一禾的《世界的血》、江河的《太阳和他的反光》看作另一类长诗，尽管它们侧重的是死亡—超越原型中超越的方面。透过昌耀诗中"爱的繁衍和生殖／比死亡的戕残更古老／更勇武百倍"的感恩式的反复强调，或陈东东一再指陈的"光明"和"宁静"的瞬间，我们不难发现一个凶狠的、吞噬灵魂的死亡地狱；而作为西川那在北极星照耀下的天国旅程、骆一禾那以“世界的血”为燃料的光明飞行，或耿占春那“把火储存在自己的身上／不燃烧，也不熄灭”的“神秘方式”背景的，我相信正是死亡焦虑的巨大阴影；我们当然也会想到，笼罩着《太阳和他的反光》的那一派静穆庄严之下可能隐藏着什么。廖亦武曾经在一篇文章中针对《补天》一诗戏谑地问道：究竟从什么时候开始，女娲的蛇尾变成了双脚，并在陶罐里“闲暇地搅动”呢？

有基于此，我借用杨炼长诗《[illegible]》第二部的诗题，把这本诗选命名为《与死亡对称》。这一命名除了表明长诗写作本身就是一种卓越的超越行为以外，还隐含着另一层用意，即这一行为同时也处于死亡的威胁和困扰之下。这是另一种死亡的威胁和困扰：既不是言说者终有一死意义上的死亡，也不是他所言说的死亡，而是他的言说所面临的死亡。前引吕德安“……我们／无法选择一种坚实的持久的直叙方式”的诗句就具有这种自我相关的性质。把当下的写作和对死亡的体验与思考紧密地结合在一起，标志着更高程度上的诗的自觉。

5

我很小就知道莎士比亚借哈姆雷特之口说出的那句名言，但一直到有了足够的阅历之后，才自认为对其内涵有所领悟。它之所以震烁古今，就在于它始终是个问题：过去是，现在是，将来也永远是；并且它的意义远不止于道出了一个人在面临生死关头的激烈内心矛盾和冲突，更重要的是如米兰·昆德拉所说，“表明了活着与存在的区别”。昆德拉尖锐地指出：“如果死后我们继续做梦，如果死后依然存有什么东西，那么死（无生命）就不会使我们从存在的恐惧中解脱出来”。因此，“哈姆雷特提出了存在的问题，而不是活着的问题”。他进而给所谓“存在的恐惧”下了个定义：“死有两张面孔，一张是非存在，另一张是令人恐怖的尸体的物质存在。”（引文均见《小说的

艺术》，唐晓渡译，作家出版社，1992）

这是一种双重的恐惧。而对诗人来说，前一重较之后一重更令人恐惧。在后一重恐惧面前他和所有的人一样无能为力，只好到时把自己交出去完事；他真正需要对付的是前一种恐惧，因为它意味着活生生地看着自己成为"非存在"，成为一具精神的尸体。只要他指望死后能在诗中"继续做梦"，只要他意识到诗不但在他生前就已存有，而且在他死后"依然存有"，这种恐惧就不可避免。

然而他却"无法选择一种坚实的持久的直叙方式"来克服这种恐惧，获取存在。换句话说，他必须寻找和不断寻找一种非直叙的方式，来表达他对生存和语言的双重关注。这就是诗人毕其一生要做的事。其中蕴涵了诗歌语言的全部可能性。

由于长诗写作较之短诗是一种更加深思熟虑的诗歌行为，由于长诗的写作动机或多或少具有整体把握的倾向，并且它处理的，是"更大的经验整体"，它在这方面的实践难度就更大，面临的考验更严峻。一首短诗可以像是一场遭遇战的结果，一首长诗却只能是一场精心组织的战役的结果。这意味着除了种种语言策略的具体运用，诗人还必须更多地考虑到诗的建筑学，即结构的重要性。我相信这些年的长诗于此已经积累了足够的经验，虽然并非总是成功的经验。

但结构的问题相当复杂和微妙，这里只能触及其大的和直观的方面。例如在翟永明的《静安庄》和海子的《土地》中，结构的考虑主要是通过使诗人内心的节奏和律动、诗的节奏和律动与自然的节奏和律动彼此呼应来实现的。对翟永明来说，十二个月份的设置既不是物理学意义上的时序划分，也不是一个供诗句凭附的外在框架，而是意味着一个心理上完整的来去入出过程。这是一个具有浓重的宿命色彩而又似乎与己无干的过程，一个"以虚幻的风度"进入虚幻，却又因穿行其间而显得至为现实的过程。由于这一过程，一个莫须有的、"鸦雀无声"的村庄变成了一个巨大的空间隐喻，而一个蒙面而过的女性在内心分裂的痛楚中体验并揭示了它不可测的“沉默的深度”。在海子那里，十二个月份连同四季的设置则根源于“循环”这一古老的生命信念；用他自己的话说：“四季循环不仅是一种外在景色、土地景色或故乡景色，更主要是一种内心冲突、对话与和解”，“四季就是火在土中生存、呼吸、血液循环、生殖化为灰烬和再生的节奏”。尽管丧土之痛使他对这种节奏的把握始终带有某种狂暴色彩，尽管他在深入探测生命的黑暗底蕴过程中释放出来的原创力过于旺盛，以至在爆发出种种绚烂奇想的同时，又造成过于严重的能指—所指相互脱离和能指大规模过剩的现象，他还是充分显示了这一结构方式所可能具有的弹性、力度，并据此完成了一个庞大的象征体系。

无论是否意识到，《静安庄》和《土地》的结构考虑都和一种雄心勃勃的诗歌本体观有关。这种本体观把宇宙、自然、人类（包括人类社会和人类文化）和个别的诗人看作同构的存在，把达成这种同构——当然只能是象征性地达成——作为诗的最高目标。这方面更为典型的是杨炼的《□》。这部耗时五年写成的长诗在结构上直接利用了《易经》。全诗共四部，分别以八卦的天与风（《自在者说》）、地与山（《与死亡对称》）、水与泽（《幽居》）、火与雷（《降临节》）统领，以对应于中国古典哲学中的四大元素：气、土、水、火；每部十六节，共六十四节（包括十六节散文），对应于《易经》的六十四卦，这样的结构很容易给人以机械搬用《易经》的错觉，但产生这种错觉的前提是把《易经》当作一部死的经典；而在杨炼看来，《易》的真义从未死去，就像它所体现的“天人合一”境界就其本义而言从未过时一样。作为在变化中保持动态平衡的空间结构，它是一个自然象征体系，具有永恒的活力和启示性，并且就“活在自然和人类不断分裂又重新达成的‘变化的统一’这一现实里”；这当然也就提供了一种可能，即利用这种结构反身包容所谓“自然和人类不断分裂又重新达成的‘变化的统一’这一现实”；在这种反身包容中，“自然、历史、文化背景统统被打碎，被充满现实感受的诗人重新组合”，“整个世界经由诗人之手变成语言（仅仅是语言），向诗升起，注入那个横越千古的绝对空间，从而加入一切时代一切人的世界”（《诗的自觉》）。这实际上意味着给世界命名或重新命名。按照海德格尔的说法，这正是诗的源起和使命。

问题在于，指望一首长诗完成这一宏大构想是过于不可思议了。但杨炼自有谋略。他借用古代造字法创造了篆字“[illegible]”，以作为全诗结构的总体象征。此字人日相贯，象形义为天人合一；其读音即为yi，与“易”、“诗”同韵。这一大胆的仓颉之举一方面暗示了返回诗歌源头的企图，一方面又隐涵了对中国传统文化（其最高命题即为“天人合一”）独特的现代阐释：“人”“日”相贯意味着人天同在，人变天亦变；他越是深入地体验自己，也就越深入地体验一个更丰富的世界。反之亦然。这个意义上的“天人合一”，和传统文化中使人从属于天、服从于天的“天人合一”无疑有着本质的区别（古文字中有“吴”字而无“旲”字，于此可作为反证）。在作品的具体展开过程中，“天人合一”是通过诗人分别面对自然（第一部）、历史（第二部）、自我（第三部）和未来（第四部）的不同生存一语言体验来得以实现的。他在这些不同的层次上，从不同角度进入生命现实，同时发现“更彻底的”与世界对话的语言。其贯通线索是外在的超越——外在的困境——内在的困境——内在的超越，而最终又归于“一”，即人的存在。杨炼自己把这一过程称为“形而下下——形而上之路”，意思是，正如但丁自下地狱而返归天堂一样，人通过在自身和世界中的不断陨落反而包容了自身和世界。

这是一个不折不扣的人—世界—诗的现代神话！要对它作出评估，通常诗的尺度已经不够用，甚至不适用了。海子的《土地》某种程度上也是如此。无论就文体的内涵还是形式而言，它们都已经“涨破了诗的外壳”。另一方面，这种“涨破”又是与诗的可能性的充分发挥相辅相成的。杨炼在结构（包括排列格式这样的细节）上的用心良苦使其形式本身就充满复杂的意味；而海子对各种诗体的运用亦如骆一禾所说，“切合不同的内涵冲腾”，或“就是内涵的自身生长”。由于“无法选择一种坚实的持久的直叙方式”，他们只好选择了更极端、更危险，同时也更波澜壮阔的方式。

6

中国汉语诗歌史上最早的长诗是屈原的《离骚》和《天问》（同样，他的《九歌》、《九章》是最早的组诗）。在缺少史诗，长诗也远不够发达的传统背景上，屈原显得像是一个奇迹。

屈原之前是《诗经》。那是一片生长着繁茂的野生花草，间以乔木和蒺藜的延绵起伏的丘陵。但是突然，一座山峰拔地而起，既没有任何过渡和征兆，也没有留下多少余势。从两千多年后的今天看过去，屈原的消失和他的出现同样突然。

清人王夫之在《楚辞通释·卷一》中论及《离骚》时写道：“……若夫荡情约志，浏漓曲折，光焰瑰玮，赋心警灵，不在一宫一羽之间，为词赋之祖，万年不祧。汉人求肖而逾乖，是所谓奔逸绝尘，瞠乎其后矣。”

王夫之说的是“词赋”，但在我看来也同样适用于长诗。确实，古典长诗在屈原之后就再没有达到过他那样的精神和语言高度，以至在某种程度上竟可以说，这种体式一经确立，就开始了漫长的衰退和萎缩过程。

屈原之后古典长诗所发展起来的是另一种传统。其主体文本是叙事诗，更准确地说，是在叙事的框架内致力于达成叙述—抒情的平衡。这类长诗大都有一两个特定人物和较完整的故事情节，以自然时序作为展开的内在线索，以抒情和想象作为获得诗意和深化主题的两翼。典型的如《孔雀东南飞》和《长恨歌》。像张若虚的《春江花月夜》那样的纯粹而带有形而上思辨意味的抒情长诗只是凤毛麟角。考虑到古典抒情诗的发达，这一点颇令人奇怪。

这一格局在新诗史既往的长诗类别中有所变化，但叙事诗仍占有突出的重要地位。事实上，回头看去，新诗史上迄今还能站得住脚的长诗大多是叙事诗，如三十年代末孙毓棠的《宝马》、四十年代李季的《王贵与李香香》等。由于内在观念、叙事—抒情角度和语言风格都发生了深刻变化，这些诗不能简单地视为古典长诗传统的延续；但就语言—结构方式和美学品质而言，确又可以说是一脉相承。另一方面，由郭沫若的《凤凰涅槃》所开创，而在艾青的《向太阳》中达到了相当成熟程度的、具有精神实体性的现代长诗却一直发育不良，直至后来遭到可悲的夭折。

之所以会形成上述局面，自有其相当复杂的历史和文化原因。其中最根本的一条，是个体—主体精神的贫困。这里我的意思不是说前人应该对这种局面负责（谁也负不了这个责！），也不是说短诗和叙事诗的创作就不需或不能体现个体—主体精神，而仅仅是说，所谓“具有精神实体性”的长诗在这方面的要求更高，更致命。

《离骚》、《天问》产生于这样一个特定的历史瞬间：一方面社会处于激烈而持续的动荡和战乱之中，另一方面精神文化和意识形态却异常活跃。我们不能说那恰好是一个自由的时代，然而却可以说，那恰好是一个精神个体可以充分进行自由创造的时代。从这样的时代中既产生了诸子百家绚丽夺目的思想成果，又产生了像屈原那样轰轰烈烈的自我表达。但此后，尤其是汉代“罢黜百家，独尊儒术”之后，语言环境（包括政治、思想和文化—心理环境）总的说来对长诗不利。T.S.艾略特在谈到但丁何以能创作出像《神曲》那样的伟大作品时认为，这“不是因为但丁有更大的天才，而是因为那时欧洲多多少少还是一个整体”（《但丁》）。可以说，在完全不同的文化传统背景下，存在于中国诗人那里的是恰恰相反的情形。

因此，尽管《离骚》、《天问》不可能再是这个时代大多数诗人，尤其是青年诗人心中的长诗“蓝本”（对后者来说，这种可堪参照的“蓝本”毋宁说更多地来自但丁的《神曲》、歌德的《浮士德》、艾略特的《荒原》、庞德的《诗章》、埃利蒂斯的《理所当然》，或是基督教的《圣经》、印度的“大诗”等等），而屈原也不可能成为这个时代的诗歌偶像，我仍然愿意认为，这些年来的长诗是在历经坎坷曲折之后，又回到了屈原的同一地平线上。这条地平线有可能为长诗带来新的发展前景，正如本诗选业已显示的那样。

1984年前后，诗坛上曾经出现过一阵追求和呼吁所谓“现代史诗”的小小热潮，但并没有得到真正认真的对待。正如这十数年间我们已经习惯了的那样，它转眼就被淹没在无边的喧哗与骚动之中，成了若干“诗歌事件”中的一件。然而事情也并非那么简单，不如说它以更为深潜或转入内心的方式一直进行着。毕竟，对一个历经苦难，而又有着悠久的历史文化和诗歌传统的民族来说，这并不是什么过分的追求。时至今日，或许我们还不能说已经看到了真正意义的“现代史诗”，却可以有充分的理由相信，这个目标并非不可企及。海子说过：“我的诗歌理想是在中国成就一种民族和人类结合、诗歌和真理合一的大诗”。我不知道应该如何确切地评价他的这一诗歌理想；我同样不知道，假如他活到今天，是否还能在四周一片喧嚣的市声中继续保持这种内心的超人气概；但我愿意把这段话视为对中国诗歌未来的祝福，这就够了。

1993.4，劲松

实验诗：生长着的可能性*

在一定程度上，可以说“实验”是诗的本质属性之一，就是说，可以把诗理解为人类通过语言进行的生生不息的精神实验。这一点可以由迄今为止有关诗的无数不定的定义来加以反证。作为人类自由创造天性的最高实现，诗较之其他精神生产总是显得格外活跃，格外无常，格外难以羁束，而每每令训诫者尴尬，规范者难堪。“实验”一词在这里无论是作为形容词还是作为动词，作为一种创作态度还是一种创作方法，都意味着诗的可能性，而与那种受到严格规范的，据说是体现了创作客观规律的诗的必然性相对。毫不奇怪，青年诗人们于此充当着某种前卫的角色，他们的生命和存在状态几乎直接决定了这一点：敏感、多思、灵魂骚动、渴望探险却又困阻重重、未及的成功以至可能获得的更大成功，如此等等，使得他们成为保守者的天敌。而对于后者而言，大概没有比把自己托付给一个“客观规律”、一种必然性更为可靠的了。

不言而喻，“实验诗”之所以成为可能，以诗人主体意识的觉醒和高扬为前提。在这方面，以北岛等为代表的一代青年诗人被公正地

---

* 此文系为《中国当代实验诗选》（唐晓渡、王家新编，春风文艺出版社，1987）所撰写的序文。

认为是开先河者。这是他们对当代诗歌最重要的贡献之一。在他们的早期——这一时期可以一直追溯到七十年代初，甚至六十年代末——创作中我们不难看出，社会历史意义上的“人”的觉醒怎样与艺术独创意义上的“诗”的更新同步发生，并且在一个过程中被不断引向深入。因此，和某些批评家的逻辑结论相反，“实验诗”的产生从一开始就既不是出于对西文现代诗的摹仿，也不是出于一般借鉴意义上的“横的移植”（尽管这两种现象都不同程度地存在），其最深刻的根源始终存在于立足现实生存而寻求精神上的自我超越（或揭示）的孜孜不倦的努力之中。所谓“现代抒情手法和技巧”的运用，因此也绝非是孤立的技术问题，它们实在不过是结构化了的人之觉醒的生命表征而已。当然，这些都是一种相当原则，甚至相当理想的表述，具体到个别的诗人，情况就要复杂得多。

不无讽刺意味的是，由“不懂”为发端而围绕所谓“朦胧诗”展开的论争余波未消，“北岛之后”已经成为一个新的热门话题。认为“朦胧诗”已经成为传统还是一种相当温和的提法，更极端的，则有“pass北岛”、“打倒北岛”云云。一方面，对诸如此类的激烈言论可以不必过于当真，因为艺术上永远不存在谁pass谁、谁打倒谁的问题；另一方面，透过这些所折射的，不正是诗的主体意识不可逆的深入进程吗？只要不是出于狭隘的自我标榜，或者基于自卑的自我戏剧化，向北岛们进行挑战就是题中应有之义。事实上，这一原则已经暗含在北岛们的创作实践和诗歌主张中了。在今天，任何尝试建立新的诗歌偶像的企图都是不可思议的。这几乎是把握当代新诗（思）潮的一个绝对起点。怀疑主义只是其否定的提法，肯定的提法则是个体主体性的全面确立。

从类的主体意识（大写的“人”）的觉醒，到个体主体性（小写的“人”）的确立，十年来中国诗界，乃至文学界所发生的第一义的精神事件莫过于此。和历来某些人们致力于强调“大我”与“小我”的形而上学的对立不同，我们看到，作为一个连续发生的现实过程，它们是不可分割、彼此包容的。前者逻辑地指向后者，后者则扬弃了前者的某种抽象和空洞，成为其血肉丰满的体现，一如弥漫蒙沌的星云在急速旋转中凝聚成无数坚实的天体。若干年来“实验诗”之所以显示出别样蓬勃的生机和活力，其秘密盖在于此。同时也应看到，这种个体主体性的确立既不是无条件的，也不可能立即创造出什么奇迹；恰恰相反，由于重新估价一切所带来的价值危机从一开始就投下了紧张浓重的阴影。这种危机自从北岛宣称“牛顿死了”以后就一直没有中断过。诗人，尤其是青年诗人们普遍为某种悬浮感所攫持：那种不容分说的、强制性的大一统信念固然已如逝川，但随着对外开放而纷至沓来的五光十色、各具其妙的思想和价值学说是否就能提供足够强大的内在支持？那种浅薄甚至虚假的乐观主义和入世态度固然已是苍白如纸，但循此而走向悲观主义，甚至遁入虚无是否又意味着另一方向上的浅薄和虚假？偏狭的民族化、大众化固然已使诗人们痛尝苦果，但转而隐进象牙之塔，或者步向世界主义是否就是一条无可选择的出路？一味拘守传统的传统固然使突破僵硬的理性主义桎梏成为必要，但毫不节制、泛滥无疆的反理性所带来的，是否就是真正的解放？如此等等，无一不具有某种二难的性质，并构成所谓生存和文化的双重压力。在新诗史上，也许诗和诗人从来没有像今天这样承受着超量的负荷。事实上，我们已经一再看到有人不堪其苦，而以种种方式寻求逃避，更多的人则辗转在不可言说的困惑和混乱中难以自拔。

很难一般地说这种状况是诗歌发展的一大幸事，抑或是不幸。关键在于，正是通过上述二难困境，诗人们较前远为接近和深入了诗的本体。所谓“本体”，在这里与“功能”相对。正如大家所熟悉的，二者的不平衡一直是新诗发展中带有悲剧色彩的纠结之一。对后者的过分强调（在许多情况下不得不然）使诗一再悖离自身，最严重的情况下甚至走向反面。因而毫不奇怪，对功能主义传统的反省和反抗，构成了新的历史条件下诗歌自我解放的必要前提和重大特色。所谓“内倾化”，所谓“表现自我”，所谓“生命意识”、“文化意识”，包括“懂”与“不懂”的论争，统统记录着这种反省和反抗的轨迹。它们同时以不同方式，从不同角度阐释着诗向本体回归这一具有涵盖性的时代主题。在这种回归中功能性的考虑肯定没有消失，却不得不降为第二性的因素。

但是，说到底并没有一个外在的、现成的诗之本体可供我们归附。艾略特说诗是既往所有诗的总体，他不过是把诗的传统换了一种说法而已；而对于一个真正的诗人来说，所谓诗的本体，却必须有待他的创造性加入方得以显现。在这种创造性的加入中，历史传统、现实经验（直接的和间接的，意识的和潜意识的）和个人才能相互触发，并融铸成一个新的整体。这一经过修正的说法仍然是艾略特的，但用在此处却意在指明，诗的本体是一种在诗人的创造中被不断重新面临，而又在不断的面临中被重新创造的活生生的动态存在。

“实验诗”的真义就在于此。一方面，它极大地突出了个人在创作中不可替代的独特地位；另一方面，由于始终置身于上述活生生的动态存在中，个人创作的独特性将不断在诗的本体意义上受到审视和评判。这里，诗的可能性是经由诗人生命和才能的洞开来提供基本保证的，任何自我封闭以及随之而来的模式化倾向都将意味着诗的泯灭和诗人的死亡。尽管我们不是就“实验诗”的现实成就展开讨论，然而，由此反观前述的种种二难困境，难道不正可以看出洞开的个人在面临充满矛盾和冲突的现实、文化和自我世界时所拥有的最真实的创造契机吗？没有什么良方妙药能够平衡、消解这巨大的失重和压迫，唯有通过诗的创造，在一个连续不断的感悟过程中楔入、揭示乃至包容、超越所有这一切。正是在这一意义上，“实验诗”使作为个人的诗人成为一种存在的启示，使诗的可能性同时显示为人的可能性。

一则阿拉伯神话说，先知穆罕默德拥有神奇的语言魔力。他喝道："山，过来"，山就过来。在某种程度上，诗人也是穆罕默德；但是他从不站在原地进行那种只有在神话中才可能的语言操纵。当世界迎着他走来时，他也迎着世界走去。反之亦然。通过这种持续的相遇，他与世界彼此进入，彼此成为对方最深刻的本质所在。而语言，就是这种本质的显现。对世界的进入就是对自我的进入。向上的路和向下的路，同是一条路。还有什么比这生命的探险更值得神往呢？理性与感性、灵魂与肉体、道德与自然、文化与本能、历史与现实、个人与社会，所有这一切既相互对峙又相互渗透，既相互冲突又相互补充，既相互分裂又相互包容；而在埃利蒂斯所谓"这个小小的，这个伟大的世界"之上，是"那个真正是我的人"，是

> 那个许多世纪以前的人
> 那个在烈火中仍然稚嫩仍然固定在天空的人
>
> （《理所当然》，重点系引者所加）

我们距离"那个"人还很远，也许可以说刚刚开始向他启程。但重要的是已经启程。我们接近他，以各种姿势，通过多种途径，穿越各个层次……在这一过程中，诗的实验或实验的诗所不断呈献的，将是生命的全景。

我愿意以上述一段话作为对这本诗集特色的一个总体概括。由于主题需要，也由于篇幅所限，在这篇序文中我未及对集中收入的诗人和作品进行具体分析和评价。这肯定称得上是一个缺陷，但它同时也带来了一个好处，就是可以使读者更为自由地通过阅读参与其间，从而作出自己的判断。一个合格的读者从来不会被动地鉴赏；而对于真正的鉴赏来说，先入为主的东西越少就越好。正如本集作者牛波在"作者的话"中所引用的那位大师所说："尽力忘掉你自以为了解的关

于艺术的一切东西……带着从零开始的和不做定论的想法从头到尾重读这些诗，当你第二遍阅读时，你一定会感到惊讶，这些诗是多么容易地使你接受了我的观点”。自然，这段引语的后一部分只代表他个人的愿望；而在我看来，是否同意某一观点并不重要，因为观点如何从来不是一首诗的生命所在。真正重要的是，作为诗人内在经验和感悟的结晶，它们是否足以成为前面所说的生命和存在的启示？于此之下，阅读可以说也是一种实验，而不是通常人们所认为的检验。

1987年5月，劲松

女性诗歌：从黑夜到白昼

——读翟永明的组诗《女人》

当我想就这部长达二十首的组诗说些什么的时候，我意识到我正在试图谈论所谓“女性诗歌”。

男女肯定不止是一种性别之分。因此，“女性诗歌”所涉及的也绝非单纯是性别问题。并不是女性诗人所写的诗歌便是“女性诗歌”；恰恰相反，在一个远非公正而又更多地由男性主宰的世界上，女性诗人似乎更不容易找到自我，或者说，更容易丧失自我。我们已经一再看到这样的女诗人：她们或者固守传统美学为她们划定的某些表面风格，诸如温柔、细腻、委婉、感伤之类；或者竭力摹仿某些已经成名的男诗人；或者在一种激烈的自我反抗中，追逐某种与自己的本性并不契合的男性气质。在所有这些情况下，她们都自觉不自觉地按照某种男性设计的价值法则行事，从而表明自己不能摆脱现实和文化的历史性附庸地位。

女性诗人所先天居于的这种劣势构成了其命运的一部分；而真正的“女性诗歌”正是在反抗和应对这种命运的过程中形成的。追求个性解放以打破传统的女性道德规范，摈弃社会所长期分派的某种既定角色，只是其初步的意识形态；回到和深入女性自身，基于独特的生命体验所获具的人性深度而建立起全面的自主自律意识，才是其充分实现。真正的“女性诗歌”不仅意味着对被男性成见所长期遮蔽的别一世界的揭示，而且意味着已成的世界秩序被重新阐释和重新创造的可能。在我国，形成“女性诗歌”的可能性是随着“五四”前后民主主义运动的开展而获得的；尽管如此，迄今为止我们很少看到充分意义上的“女性诗歌”。此一现象当然不构成对现实生活中女性的政治和经济地位业已得到广泛改善这一基本事实的否定，却反映出她们在精神上获取真正独立的艰难。这里的原因是多方面的，然而归根结底，“女性诗歌”的形成不是一两个人可以孤立创造的文化奇迹，而是一种历史现象。翟永明的这个组诗出现于“文革”后又历经动荡而终于稳步走向开放的1984—1985年间，正透露出某种深远的消息。

《女人》中很少那种通常的女性诗人的温情和感伤。而造成这一特色的，与其说是作者的个人性格，不如说是某种命运感的渗透：

穿黑裙的女人夤夜而来
她秘密的一瞥使我精疲力竭

（《预感》）

温情产生于认同世界的时刻，感伤则出自对理想的软弱的偏执，二者皆烟散于命运的黑衣使者那“秘密的一瞥”。这意味深长的一瞥是如此地富于威慑力，以至“我”刹那间完全被某种毁灭的预感所充满，丧失了一切意志而“精疲力竭”。这里似乎存在着某种残酷的默契。在这种默契中结局已经被事先设定，可供选择的只是达到结局的方式和途径而已。

可以从一个方面把这种现象称之为女性特有的变态心理；另一方面，作者正是经由它折射出女性所曾历史地面临，并仍在不断面临的现实命运，尤其是精神上的现实命运。《女人》从一开始就抛开了一切有关自身和命运的美丽幻觉和谎言。这一点使得它几乎是径直切进了女性的内心深处，并且在那里寻求与命运抗争的支点。因此，“精疲力竭”之下决不是无言的恐惧和怯懦，恰恰相反，正因为意识到自己是自身命运的独立的承担者，“我”才“精疲力竭”。而尖锐的对峙和紧张的反抗即已蕴涵其中：

默默冷笑、承受鞭打似地
承受这片天空，
比肉体更光滑
比金属更冰冷……

（《瞬间》）

这里，无论是对峙还是反抗的方式都足以令人颤栗。这是一种典型的施虐—受虐方式。“天空”这一在全诗中反复出现的意象，弥漫性地象征着那无从摆脱又高高凌驾的命运压迫（类似的意象还有“一只手”，它作为暗中操纵和定夺的最终主宰给全诗带来了一种强烈的不安全和不稳定感）。于此之下，“承受”似乎成了唯一可能的选择，而“默默冷笑”成了唯一可能的表达。但是，这一笑却赋予了双方的位置以某种微妙的相对性。倾斜的命运天平由于这致命的机枢触动而趋于某种平衡。作者因而有可能获得一个“瞬间”。这是一个被以往“所有岁月劫持”的瞬间，同时又是一个足以挽回所有被劫持的以往岁月的瞬间。

于是有所谓“黑夜”的创造。使我们诧异的是，在这场独特的东方式的以柔克刚的命运之战中，从一开始就“精疲力竭”的“我”，此时竟变得如此自信和强大，以至不但宣称“唯有我／在濒临破晓时听到滴答声”（《瞬间》），而且宣称“我目睹了世界／因此，我创造黑夜使人类幸免于难”（《世界》）。在这种神秘的先知、崇高的母性和妄诞的救世思想混合创造的奇迹之下，是否还隐藏着更深一层的悲哀，不得不诉诸臆想的悲哀？尽管如此，与作者所创造的“黑夜”一起到来的不是虚无，而是充实，有这一点也就足够了。

但事实上作者的本意远为宏大。她并不想仅仅停留于与现实命运做上述微妙的精神游戏。在为组诗撰写的类似自序的短文中，她把所谓“黑夜意识”称之为“一个个人与宇宙的内在意识”；她接着从女性独特的角度阐释道：“每个女人都面对自己的深渊——不断泯灭和不断认可的私心痛楚与经验……这是最初的黑夜，它升起时带领我们进入全新的、一个有着特殊布局和角度的、只属于女性的世界”；“它是黑暗，也是无声地燃烧着的欲念。它是人类最初也是最后的本性。就是它，周身体现出整个世界的女性美，最终成为全体生命的一个契合”。

因此，“创造黑夜”意味着在更深刻的意义上达到对宇宙和人类本体的亲近，意味着女性在人类永恒的精神历程中可能做出的独特贡献。“以柔克刚”的东方辩证法在这里得到了更高的体现：

我是软得象水的白色羽毛体
你把我捧在手上，我就容纳这个世界
穿着肉体凡胎，在阳光下
我是如此眩目，使你难以置信

（《独白》）

在这篇短文中我不打算对作者的上述意图以及《女人》在多大程度上实现了这一意图进行全面的评价，而只希望提请读者注意到意图本身。如果说作为与外部现实命运相抗衡的支点，它不可能不是虚幻的话，那么，在一个远为深邃复杂的内部精神现实中，它却依靠自身建立起了真正的主体性。而在我看来，这正是充分意义上的“女性诗歌”所具有的重要标志。

作为一个完整的精神历程的呈现，《女人》事实上致力于创造一个现代东方女性的神话：以反抗命运始，以包容命运终。“黑夜”的真义亦即在此。黑夜使白昼那过于明晰因而被无情切割和抑制的一切回复到混沌状态，却又不会遗漏任何一个真实的环节，因而更具有整体性；况且对敏感到多少有点神经质的女性来说，黑夜无疑是更适合于她们灵魂飞翔的所在。毫不奇怪，这黑夜中诞生的有关黑夜的神话更多地是以预感、臆想、渴望、夜境、憧憬乃至噩梦等等作为集合经验的契机和依托的：

……我在梦中目空一切
　　　轻轻地走来，受孕于天空
……就这样
世界闯进了我的身体
使我惊慌，使我迷惑，
使我感到某种程度的狂喜

（《世界》）

在《母亲》中，作者再次借用有关女性受孕的原始神话，以表达对所来无由的迷茫困惑并暗示命运的代代相袭：

那使你受孕的光芒，来得多么遥远，多么可疑，站在生与死之间，你的眼睛拥有黑暗而进入脚底的阴影何等沉重

而新的女性神话就从这“黑暗”和“阴影”中诞生！《女人》中反复使用某种创世和先知者的口吻并非出于狂妄和虚荣，而正是出于对这一使命的深刻自觉；某种巫术氛围的笼罩也并非意在故弄玄虚，而正是创造神话的自然产物。

所有这些都不仅造成了这组诗强烈的超现实效果，而且带来了浓

重的东方色彩。作者的艺术追求显然很大程度上受到例如塞尔维亚·普拉斯等西方女诗人的启发和影响。诸如《母亲》中那种深挚的沉痛、《独白》中那种刻骨的疯狂和《沉默》中那种不动声色、近乎残忍的死亡礼赞，确也表明女性诗歌作为一种世界现象所可能产生的内在沟通和普遍联系。但从根本上说，每一个女诗人只能依据于她独特的生存状况和文化背景写作。正因为如此，她们彼此无可替代。《噩梦》中的“你整个是充满了堕落颜色的梦／你在早上出现，使天空生了锈／使大地在你脚下卑微地转动”明显参照了普拉斯“我整个是一朵巨大的茶花／生长，来了，去了，红晕衬托着红晕”的诗意和句式，但是，还有比这两节诗更能彰著地标明两种根本不同的生存感受和语言姿态的区别吗？另一首《边缘》与普拉斯那首著名的《边缘》同名，我很怀疑前者是故意参照了后者，以期造成强烈的对比效果写成的。有兴趣的读者不妨找来参看。

需要经过细读对《女人》进行更具体的文本分析；而作为总体评价，毋宁说它更多地启示了一种新的诗歌意识。随着时间的推移，《女人》将越来越表明它是一个不可忽视的精神事件。如果说翟永明是通过“创造黑夜”而参与了“女性诗歌”的话，那么可以期待，“女性诗歌”将通过她而进一步从黑夜走向白昼。

1986年岁末，小羊宜宾

内在于现代诗的公共性

——在第八十一回“京都论坛”的发言（提纲）

时间：2007年12月8日

地点：日本京都 Righa Royel Hotel

一、质询和疑虑

一个感觉有点奇怪的题目：看起来像正题，读出来像反题，仔细想想更像一个悖谬。之所以有这样的感觉，当然和中国的特定历史语境有关，首先和某种集体的“创伤记忆”有关：由于长期受大一统意识形态的支配，由于这种意识形态恰恰是假“人民”和全社会之名，由于以这样的名义实行垂直支配曾经给全社会，包括诗人和诗歌造成灾难性的后果，当代中国诗人，尤其是先锋诗人，对“公共（性）”一词往往持有某种特别的警惕，以至过敏——它太容易令人想起曾经像紧箍咒一样具有强制力，但内涵和活力早已被消耗殆尽的“社会/人民（性）”，并与自上世纪八十年代以来一直推动着中国当代诗歌变革的几个关键词，诸如“主体性”、“诗歌本体”、“个人写作”等相龃龉。此外则缘于当代中国人文公共空间的发育和拓展，在无从摆脱的受控条件下一直步履维艰，而且往往采取被扭曲的方式（上世纪七十至九十年代处于“地下”、“半地下”状态的民间诗歌正是其中最触目的一个奇观）；九十年代以来更是被权力、财富和急剧膨胀的大众消费文化合谋造就的，以“娱乐至死”为特征的“平面化”潮流所挤迫，精神生态严重失衡。正像人们在日常生活中常常无视“权力”（power）和“权利”（right）的界限一样，在当下的中国语境中，“公共空间”（public space）和“公众空间”（popular space）也往往被混为一谈。这样的空间有时也会向诗人发出邀请，前提是作为点缀或陪衬，以更加突出那些长袖善舞的作秀政客、脑筋灵活的商界精英，以及企业巨子、体育明星、影视大腕、超级男女，总而言之，那些真正的“大众情人”。在这种情况下，即使是头脑最清醒的诗人也有理由对“公共人”的说法感到犹豫不决，因为他无法判断，这到底是一种褒奖呢，还是一种贬损？

或许首先应该厘清“公共人”的本义？但即便如此，疑虑大概也不会归于消失。按照笔者的理解，所谓“公共人”，是指具有公共精神，能基于敏锐的问题意识，超出个人或所属社团的利益思考和行动，并在公共空间内得到普遍认同，被社会共享共用的人。这一理解综合了“公共”一词的两个古希腊词源（即pubesormturity和koinon，分别相当于现代英语中的public和common）及当代的有关观点，虽然较之一些更为谨慎的说法，例如罗尔斯的“交叠共识观”或“最低限度的最大可能性规划”多出一点理想色彩，但想必不离左右。问题在于，诗人和“公共人”之间究竟是一种怎样的关系（尤其是在同一个生命个体内部）？或者换一种问法：一个诗人究竟在什么情况下会被视为一个现实的，而不只是意欲中的“公共人”？几乎所有的诗人都会同意（或乐于同意），自己既是一个“为人类工作的人”，同时又是一个“永远的孤独者”，这二者之间难道没有存在一道深渊，一道似乎是不可逾越的鸿沟吗？如果答案是肯定的，那么就需要进一步追问：他是怎么越过这道深渊或鸿沟的？他真的越过了这道深渊或鸿沟了吗？

二、传统诗歌中的公共性

中国诗人对诗歌中的公共性问题从来就不会感到陌生。因为中国不但有着伟大的诗歌传统，而且有着悠久的“诗教”传统。所谓“诗言志”，所谓“《诗》三百，一言以蔽之，曰：思无邪”，所谓“诗可以兴，可以观，可以群，可以怨”，都体现了某种内在的公共视角。主导中国传统社会的是儒家文化，儒家文化的理想人格是致力于道德完善（所谓“修、齐、治、平”）的“君子”；世界上恐怕还没有哪一个民族，哪一种文化，曾经像中国传统文化那样，把诗置于造就“君子”的六门功课，即“六艺”（《诗》、《书》、《礼》、《乐》、《易》、《春秋》）的首位，并且把包括诗在内的人文之道，作为一种“大德”，在本体论的意义上提到“与天地并生”的“自然之道”的高度（《文心雕龙·原道》）。对传统诗人来说，公共性大概不会成为问题，就像诗的合法性、诗人的身份不会成为问题一样。所有这些作为背景和资源，都提示了诗歌中公共空间的可能阈限和纵深。

三、新的地平线

然而我们却必须立足一条新的地平线，重新探讨内在于诗歌的公共性问题。这条新的地平线就是对现代性的追求。

至少存在着两种性质完全不同的对现代性的追求。一种是指从工业革命以来，伴随着工业化、都市化，一直到现在所谓“全球化”进程的现代性，用奥克塔维奥·帕斯的话说，那是一种世界性的追求。在中国，这样的追求以成为现代民族国家为首要历史目标。三个阶段：实现国家统一过程中对权力的角逐；计划经济模式下的工业化和社会工程论意义上的管理理念所导致的政治垂直支配；以经济建设为中心所导致的“新丛林法则”及商业主义、消费主义的盛行。迷失和幻灭：跟着“现代性”屁股的诗。然而无论怎样迷失，怎样幻灭，对这种“现代性”的追求都是，至少目前仍然是一股似乎不可抗拒的潮流。现代人的同一处境：现代性的打工仔；“人”的抽象化、贫乏化、“单维”化。

另一种现代性与前一种现代性既彼此平行又相互龃龉，更准确地说，是建立在批判前者的基础上，其要旨在于对被前一种“现代性”的追求所遮蔽、所遗忘的更广阔的“生活世界”（胡塞尔）或“亲在之在”（海德格尔）的揭示和守护，重建人与自然、世界和自我的有机联系。我们可以一般地说这是一种追思、追问存在的“现代性”，也可以在极端意义上称之为“反现代性的现代性”。西方自浪漫主义以来，中国自五四以来，尤其是自上世纪八十年代以来，对这种现代性的追求同样形成了一个自身的传统。由此定义了诗歌自身的“现代性”，并导致了现代诗相对于传统诗在诗的本体、功能、诗人身份，包括内在的公共性等一系列问题上的分野。换句话说，现代诗的公共性问题从一开始就内在地包含了对前一种现代性的质疑和批判。和传统诗歌不同，现代诗的公共性问题是一个开放的概念。

四、个体发生：探讨现代诗公共性的独特角度

探讨公共性的前提之一是文化和价值的多元化和多样化，但是，往往正是在相对封闭和单一的历史语境中，更能体现出诗歌的公共价值。另一方面，如果说公共哲学所要探讨的是某种“交叠共识观”，是“最低限度的最大可能性规划”，那么，大多数诗人可能会对之退避三舍。因为诗人更看重的是个体的主体性、语言的独创性，是发出个人无以替代的声音。由于历史的原因，在当代中国，“公共”对一个诗人来说更近于一个贬义词。

但正是从类似的悖谬或误解入手，可以径直切入有关现代诗公共性问题的讨论。在某种意义上，诗人是从追求现代性的历史进程中分离出来的最早的“个人”，而诗一再被边缘化意味着诗人越来越成为启示性的“个人”。社会政治和伦理意义上的公共性重在建立理性、健康、公正的公民社会和国际秩序，现代诗的公共性则重在锻炼敏感、丰富而活跃的个体心灵。正如没有合格的公民，就谈不上公民社会的建设一样，没有一颗情思丰沛的心灵，就不会有真正合格的公民。现代诗的公共性本不待于公共哲学的发育，事实上它一直在作为个体的诗人或诗歌读者内部发生；而之所以说现代诗的公共性是内在的，是因为它始终以先于而又不同于一切公共语言的方式，发生并作用于个体的心灵。西默斯·希尼的一句话在我看来恰好在美学和伦理两个层面上同时触及了问题的核心，那就是“在一念之间抓住真实和正义”。这是现代诗存在的自身理由，也是诗人不可让渡的自由；是他唯一应该遵从的内心律令，也是他作为公民行使其合法权利的最高体现。

五、破除权力的符咒

关于现代诗的公共性有着广阔的探讨空间，但如何破除权力的符咒仍然是最重要的支点或枢机。哪里有霸权，哪里就有公共性。“人和权力的斗争就是记忆和遗忘的斗争”（米兰·昆德拉）。“权利”和“权力”。“公民社团”和“事业社团”（奥尔肖特）。中国近三十年来的历史语境发生了巨大的变化，但“权力之眼的逼视”（或诱惑）仍然是横亘在个人和社会之间的一个不可回避的问题。“权利”和“权力”在汉语中发音相同，现实中也每每混而不分。一方面是权力的泛滥，另一方面存在着大量“匿名的大众”。权力话语：被权力施加了符咒的公共话语。基本的问题情境可从语言层面上归结为发话／受话的结构和发话者／受话者的关系。极权社会特有的权力结构：受话方必须或直接或间接、或被迫或有选择地回答Yes或No（拒绝回答也是一种回答），由此决定了发话者／受话者的关系是垂直、任意支配（前极权社会）或弹性、终端支配（后极权社会）的控制／受控关系。“体制内或体制外（非体制化）写作”的分水岭：能否破解这种由权势所规定的关系（能否战胜由其所训练出来的恐惧和怯懦心理）。更复杂的问题情境：强权和商业主义、消费主义混而不分的“联合专政”。真正的自由写作则是从根本上超越这种单向的权力支配关系，使发话／受话的结构和发话者／受话者的关系成为一种多向互动的过程，由此不断扩大诗的公共空间。

六、问题和可能

中国当代诗歌，尤其是先锋诗歌一直在以自己的方式拓展其公共性空间。“精神自治”：一场语言中与权力和现实的双重博弈。形式或轨迹：由“地下”而“民间”而“个人写作”。只身深入中孤独的成熟：今天已不再会有哪一位诗人宣称要“给公众趣味一记响亮的耳光”，而更多的是“只为自己的阅读期待而写作”，“以亡灵的声音发言”，并希望用“影子作者、前读者、批评家、理想主义者、‘语词造成的人’”这样一种“多重角色”构成的“自己”，确认其作为诗人的“真实身份”（诗人欧阳江河语）。现代诗必然疏离那种既在、了然、自明的“现实”，这早已不是什么秘密；某种程度上尚属秘密的是它所“追寻”的现实——体现为文本的、可由创造性阅读的不断参与而不断得以自我揭示的现实。这样的现实既是其独特的公共空间，也是公共性的生长之地。一般地指责现代诗“脱离时代”、“脱离现实”是没有根据的，真正值得重视的是如何建立与读者的创造性互动关系。新的“诗教”：一种以对话和潜对话的方式，由作者和读者（包括批评）共同完成的相互教育和自我教育，自我拯救和彼此拯救。这里的“对话”同时包括和特定语境中的“他者”对话，和内部分裂、冲突的自我对话，以及和渗透在这二者中的历史和传统对话。对话不仅意味着面对共同的问题，应对共同的挑战，建设共存的精神生态，而且意味着相互尊重个性和差异，意味着活力与能量的彼此交换和汲取。

不同于一般的公共知识分子，现代诗人本质上是一个个人主义者。然而，正如“真正的个人主义是一种关于社会存在的哲学”（哈耶克语），真正的个人主义者也以触摸、揭示和守护被遮蔽、被遗忘、被异化的“生活世界”（一个看不见的世界），探索把日益彼此疏离的生命个体、社会文化和自然环境重新结为一个整体的可能性为己任。这是自由和使命的辩证。内在于现代诗的公共性意指：诗歌从一开始就不只是一种个体经验或想象力的表达，或一门古老的语言技艺，它还是人类文明一个不可或缺的精神维度。

一场迟到的及时雨*

本书1956年初版，至1966年出修订版，十年内印次竟达九版之多；从版权页可以得知，其后仅就德文而言，就又有1985、1996两版（印次不论）；至于其他语种的译介即在世界范围内的传播情况，虽一时没有确切的统计数字，但从接受美学创始人姚斯（Hans Robert Jauss）在其《审美经验与文学解释学》（Aesthetic experience and literary Hermeneutics）一书中曾辟专章讨论“围绕胡戈·弗里德里希现代抒情诗理论的论争”来看，其受推重的程度当在四星级以上。一本往往被读者视为畏途的诗学专著，能以如此方式产生和保持如此广泛而持续的影响，大约是可以担“经典”之名而无所愧的了，但也使其中译本迟至今日方得出版，在值得庆贺的同时，又成为一件堪可叹息之事。设若此书能于1980年代初——再早则断无可能——即被译介到中国，该是怎样的一场“及时雨”！其时文化关禁渐开，大批国外，主要是欧美的现代主义文学作品络绎涌入，与中国当代文学自身压抑已久的变革要求相互激荡，由点及面，由暗流而潮涌，终于据其不可阻遏的澎湃活力，演化出既与“五四”时代一脉相承，又较之后者远

* 此文系为胡戈·弗里德里希（Hugo Friedrich）著《现代诗歌的结构》中文版（李汉志译，译林出版社，2010）撰写的序言。

为深刻复杂的当代文学大变局。然大变局必具戏剧性，喜剧更是少不了的调剂。比如，当有人以典型的欣快症口吻宣称“中国当代文学仅仅用了十余年的时间，就走完了西方近二百年的文学历程”时，他们或许就正在忍受因为大吃夹生饭而导致的消化不良症的折磨（其后遗的影响很可能一直延续至今）。稍稍探究一下如此情状的缘由，本以历时方式生成的资源突然以共时的方式展开是一方面，因受困日久而向往“先进”，恐惧“落后”，急于缩小、抹平二者的意识反差以致心浮气躁又是一方面，但甚少像胡戈·弗里德里希这样来自其文明系统内部而又目光深邃，能直探诗学精要的“第一手”高人提供的通透参照，恐怕也是一个重要的因素。

我无意夸大一个人、一本书可能起到的作用。严沧浪论诗强调“从最上乘，具正法眼，悟第一义”，三者虽互相拥济，不可或缺，但相较之下，居统摄地位的无疑还是“悟第一义”；其参证道途对卓具悟性的诗人或读者来说，正可谓天地人神，古今东西，无分内外，在在都是，又岂有系于一人、一书之理？话又说回来，书自有书的命运，《现代诗歌的结构》延至今日方得中文译介，或是有待于某种浮华过后的沉静也未尝可知。据此两条再言“叹息”，对其未能及早进入中文视界的惋惜之意，就更多地让位于一读之下痛快淋漓、欣喜莫名、相见恨晚的心情了。在我的阅读记忆中，曾激发起同样心情的相类译品并不多，可以一气举出的，似乎只有赫伯特·里德的《现代绘画简史》（上海人民美术出版社，1979），丹尼尔·霍夫曼的《美国当代文学》（上下卷，中国文艺联合出版公司，1984），马尔科姆·考利的《流放者的归来》（上海外语教育出版社，1986），高友工、梅祖麟的《唐诗的魅力》（上海古籍出版社，1989），哈罗德·布鲁姆的《影响的焦虑》（三联书店，1989），奥克塔维奥·帕斯的《批评的激情》（云南人民出版社，1995）等寥寥数部。这当然不是在标榜自己的孤陋，而是基于读书相得之不易，换一种方式再次向胡戈·弗里德里希致敬。

全面评价这样一部博大精深的小书（如作者所言，它建立在对欧美现代诗历时三十余年，从无方向中建立方向的考察基础上）非我所能，何况已有于尔根·施塔尔贝格言简意赅的“后记”在前。以下只集中谈一点粗读之下的体会。

本书所论列的诗人均为欧美现代诗或开山，或里程碑，或关键性的“网上纽结”式的人物，其显赫的声名自不必说，其主要作品及诗学观点，孤立地看，一个大致合格的中国读者（艾柯所谓的“范式读者”）即便说不上耳熟能详，大多也早已不再陌生。然而奇怪的是，所有这些都非但没有削弱，某种程度上反而强化了我似乎是第一次读到他们的感觉。我不得不凝视这一感觉，并确定它只能是拜作者所赐。那么为什么会有这种感觉呢？显然，通过某种独特的体例安排，将所谓“现代诗”作为一个有着内在关联的整体予以集中考察和论述是一个重要的原因——包括以“不谐和音与反常性”为切口，中经“否定性范畴”，在发生学意义上对现代诗理论先驱的探究；包括以一系列关键词为纲要，以离心的宏观扩展和向心的微观分析相交织，对现代诗美学谱系及其代表人物之独特贡献的概括描述；也包括理论阐发、名篇精读和更广泛的作品选译，三者之间构成的互文关系。关于这一点，甚至只要浏览一下本书的目录，相信就会给大多数读者，尤其是那些习惯于“主义诗学”的读者留下深刻的印象。事实上，思虑如此周密、结构如此严整、形式和内容如此相得益彰，且集专业性和普及性于一身的现代诗学论著，我还真的是第一次读到。它必然从整体视野上刷新我的眼光。

但同样明显的是，此“第一次”并不能决定，至少不能完全决定彼“第一次”；在更大程度上并且是从内部刷新我眼光的，恐怕还是使本书之所以成为本书的诗学立场。这一意义上的刷新甚至在堪堪读完初版序第一节时就被我意识到了。尽管诗无关乎物理时间和历史进化早已不是什么新鲜的观点，尽管其辞锋所指是半个多世纪以前的异域诗坛，但以下锐利到尖刻的文字仍足以令我眼前一亮：

> 对当代诗歌的评价几乎总会犯这个错误，即仅仅关注某个国家，仅仅关注最近的二三十年。这样一来，一首诗看起来就是无与伦比的“突破”，1945年的诗歌和1955年的诗歌之间的差别就受到了赞叹，而这些差别甚至都不如两秒钟之间的差别那么大。

有心的读者会注意到，作者在两版序中都言及他无意于写一部现代诗歌史，可见他对此问题极为上心。不难理解，如果说初版时指明这一点是为了预先抵制某种阅读期待的话，那么，出修订版时再次予以强调，事情就不那么简单了。我们完全可以想象，这十年间的读者反馈一再印证了他当初的担忧，以至他必须重申初衷以图某种纠正。可是，他的初衷真的就那么重要吗？把本书读成一部现代诗歌史实在是一个稍不留神就会犯下的错误，因为无论副题是“从波德莱尔到当代”还是“从1850到1950”，甚至不设副题，它都内含了一个现代诗的历时框架。或许这才是作者真正要提请读者警惕的？我们不太清楚他据以“对现代诗歌超个人、超国家、超越短短几十年的征候予以考察”的独特视点——“结构”的理论渊源（没有迹象表明他使用这一概念与其时已隐然兴起的结构主义思潮有什么关系；另一方面，他更多赋予这一概念的本体内涵，也使之在用法上判然有别于近期流行的所谓“结构诗学”——在后者那里，“结构”更多是用于文本分析的工具），但辨识它主要是一个共时概念，辨识这一概念对上述历时框架的持续消解和制衡，却并非什么难事；而更重要的，是渗透其中并决定了其视点、方法和风格的对诗之“第一义”的领悟。“波德莱尔将诗歌和艺术理解为时代命运的塑形式领会”——这似乎也正是作者的根本立场。在我看来，恰恰是未经道明的根本立场的区别，而不是作者一再指出的方法（包括材料编排）上的差异，使得本书不应该也不可能被混同于一部现代诗歌史。这不是说作者所发现并持守的“结构法则”满载着现代诗的真理，而是说它与其研究对象更匹配相称，是说它在向我们提供了足够多的、即便相对于一部最好的诗歌史也毫不逊色的有关现代诗的知识的同时，又始终吁请我们把更大的注意力集中于诗的创造本性。这种意向是如此热切坚定，以至必要时作者可以毫不顾惜常规的学理：

> 在他们和我们今日的诗人之间存在着共同之处，这些共同之处无法以影响（Einfouss）来解释，即使在明显可以看到影响之处也不需要将其解释为影响。这是出于同一种结构，也即同一种基本构架的共同之处，这一结构在现代诗歌变幻莫测的表象中以引人注目的韧性一再出现。

其武断的性质，可与书中反复论及的“专制性幻想”这一现代诗最显著的特质互为参注，故不妨称为“诗性的武断”。值得注意的是，这样的武断并没有使“结构法则”变得神秘或僵硬，相反为作者施展其杰出的理论才华拓展出了巨大的空间，进而使后者同样成了吁请的一部分。于尔根·施塔尔贝格的一段话道破了其间的奥妙：

> 让这一历史认识得以被把握而显现的概念……既不复杂，也不模式化。作者的艺术才能在这里得以保留，他掌握了平衡的技巧，在不可转移的、紧贴个体现象的语词和系统化的范畴之间找到了中间的道路，这条道路与事实相符，同时也满足了我们对秩序的需求。

而当他由衷慨叹“人们读这样的文字，不是在读语文学者的作品，而是在读诗人的作品”时，我不仅听到了对一部诗学论著的最高赞誉，而且听到了它在一个既有着悠久的自身传统，又经历着全球化背景下现代转型的伟大诗歌国度里可能激起的新的反思和创造的心声。

2010年盛夏，天通西苑

我所理解的“新诗潮”

到了1986年底，甚至最保守的人们也不能不承认，当代诗歌的格局已经发生了某种根本性的变革。“多元化”成为出现频率最高的批评术语之一。二十二家诗报诗刊和两千多个诗歌社团还只是一种“量”的显示；更重要的，是产生了一批艺术追求的分野日趋明显的创作群落——我避开了“流派”这个大字眼——和具有程度不同的鲜明个性的诗人。在11月间《诗歌报》和《深圳青年报》联合举办的“'1986中国现代诗群体大展”中宣言“注册”的流派多达八十四个。这种掺杂了极大的浮夸乃至虚假成分的现象当然不足以成为当代诗歌繁荣的真正标志，却足以提醒人们注意其内部所蕴藏的活力。不管怎么说，自五四时期新诗诞生以来，如此活跃的局面是前所未有的——今后或许也不会再有。

不可能把这种局面的形成片面地归结为哪一种社会或美学力量使然。它只能是一种历史合力的结果。这里，考虑到十年来整个国家在社会、经济、文化等方面所发生的巨大变革是一方面，以此为背景而发生的诗坛内部的不同力量之间的相互冲突、渗透和影响是另一方面。尽管如此，注意到在这一过程中起主导或主要作用的一些因素仍然是必要的。就这一点而言，“新诗潮”的发生和发展确实是这十年间最重大的诗歌事件。事实上，它是上述彼此冲突、渗透和影响的一个焦点，其形式则是多种多样的，包括它所受到的反对和批判。

所谓“新诗潮”是一个相当含混的说法，一如所谓“朦胧诗”。关键在于，它不应被视为一个统一的诗歌流派，而应视为一种有特定的社会历史内涵的诗歌现象。至于外延，则毋宁说是极其模糊的。如果定义是不可避免的话，那么不妨说，它是一场以青年为主体的先锋诗歌运动。显而易见，这里成为参照的首先是既定的诗歌意识和诗歌格局，尽管对后者需要进行具体分析，并且不应忽视在总体变革的情势下，传统追求所同样具有的自我更新的能力。

说“新诗潮”不是一个统一的诗歌流派，并不是说其中就没有任何一以贯之的东西，没有某种内在的沿革衍化的生长逻辑。对于某一个别诗人来说，这种生长逻辑始终是存在的，一种诗歌现象也不例外；当然情况要复杂得多。这里并不存在一般意义上的“进化”或“进步”。生长的必然性通过不同追求的偶然性得以呈现。至于这种追求是否成功，是否提供了独特的审美价值，以及在多大程度上构成当代诗歌发展的“网上纽结”，则是另一回事。在这一方面，唯一能说明问题的，只能是单个的诗人及其作品，而不是其他。但是，至少是生长于同一历史断层这一点，使我们仍然能够把“新诗潮”作为一个整体的诗歌运动来加以把握。只是在这一历史的断层上，作为个人的诗人才开始得以出现，而“个人化”则成为一种普遍的追求。从这里出发，“新诗潮”对所有遮蔽诗歌的成见进行了勇猛的爆破，同时把自己作为一个不可逆的、具有无限生长的可能性的过程显示出来。而一旦新的格局得以形成，它的使命也就结束了。

“使命”这个词听起来有点过于一本正经，但就“新诗潮”在当代诗歌发展中所起的特殊作用而言，或许是恰当的。如果把参照标准定得稍高一些，那么可以说“新诗潮”并没有带来多少真正是“新”的东西。它迄今的全部努力，只不过是力图使诗重新成为诗而已。“太阳底下无新事”，这一古老箴言对艺术的发展往往显得特别有力。

“达达主义”式的颠覆之于艺术的变革有时是不可避免的，但破坏只是为了更好的建设。中国当代诗歌曾经濒临毁绝的边缘；古老的诗歌王国所蒙受的这种耻辱使我们格外意识到建设的重要性。另一方面，由于这种建设几乎是在废墟上进行的，我们在估计其现实成就时又必须格外谨慎。昔日的光荣既不足恃，也不会自然而然地转化成后来者的财富。近代以来飞速发展的世界及其以同样的速度生长着的人类精神，使我们日益明确地意识到我们在文化上的偏狭和匮乏，而摆脱这一困境既需要坚韧不拔的持恒努力，也需要时间。

尽管如此，我们没有理由自轻自贱。这里，信念的力量首先来自我们自身存在的独特性和无可替代性。同时，那即便在最危困的时刻也没有消失的理想也仍然在深处光耀着我们。注意到“新诗潮”是一种普遍而深刻的危机的产物始终是极为重要的。这不仅是因为所谓“危机”总是与生机联袂而至；更重要的是，正是在危机的时刻，我们开始获得自己。它像一道闪电，使我们比任何时候都更加清晰地看到我们的过去、今天和未来。它不仅照亮了我们所悚然下临的深渊，同时也照亮了深渊彼岸的道路；而只要我们不甘于沉沦于黑暗之中，我们就必须设法越过（当然不可能飞过）深渊，一次次重新开始作为一个诗人所必须走过的精神历程。

“新诗潮”自发轫迄今已将近二十个年头了。一个人对历史不能要求得太多，但他有理由渴望收获。有一段时间，我们颇为“思考的一代”的共名而自豪；曾几何时，却更多地品尝出其中的悲凉乃至嘲讽意味。当然我们不会停止思考，但生命的品格天然地高于思考。帕斯捷尔纳克曾用“要活，只是要活，只是要活到底”来表达他对生命、爱和被爱的信念；而谁又能说，他没有在更大的程度上，道出了生命不可战胜的微妙之处呢？

1987年4月，建内

多元化意味着什么

“多元化”在今天已成为一条普遍认可的艺术原则。然而，我们是否认真思考过它的基本涵义？所谓“多元”究竟意味着什么？如果说它确实在不证自明的意义上首肯了诗和诗人的独立地位及其彼此个性的无可替代的话，那么，其本身是否足以构成一种真正的价值判断？某些被迫接受这一原则的人当然无需就此作出回答。对于他们来说，问题只在于怎样不仅仅在记忆中重温那些“失去的好日子”，那种以各种方式向奴隶鸣鞭的快感。正因为如此，上述命题对一切有良知的诗人就更显得无以回避。

不言而喻，“多元化”原则的确立从一开始就不仅仅是一种美学的追求。在很大程度上，它标志着艺术民主化、从而折射着政治民主化的历史进程。多元化格局的形成绝非哪个上帝的恩典，而是人的胜利，是人的自由创造本性的胜利。但是，如果以为这一格局能够为我们所一直神往的艺术自由提供某种自然而然的保证的话，那么，这只是一种错觉。事实也许恰恰相反：正是由于置身其中，我们才如此深刻地感到我们的不自由。创作意志长期被种种外部压力扭曲的苦难造成了某种集体的幻觉，仿佛只要这种压力一旦解除，我们就能像赫拉克利特一样强大，从心所欲地创造出所谓诗的“黄金时代”。这种自我神话现在已经不攻自破了。当我们真正有可能侧耳细听如屠格涅夫所说的那种“自己的声音”时，我们发现我们的声带是如此薄脆紧涩；而试图发出反抗的号叫只是使事情变得更加滑稽。与此相关，曾经在我们的梦中反复出现并为我们所一再大言不惭论及的所谓“辐射状的诗歌发展道路”，也同样被证明是一种幻觉和谵语。真实的状况是：我们仍然固守在一个四围群峰耸峙的盆地里。大师们和虽不那么大师，却也占据着其独特创造高度的前贤们从各个方位、各个角度所投来的逼人俯视，使我们在走向开放后面临着真正的“封锁”。当然你可以装作看不见那些在空中交织的目光，但它们并不会因此而归于消逝。

我们就是这样前所未有地从内部承受着诗的双向压力（压力由外而内，已体现出某种历史的进步）。认识到这一点会使我们以一种审慎得多的态度来谈论所谓“多元化”，而不致使其成为又一个空洞的时代戳记。“元”者，始也，圆也，完整充实、自为创构之谓也。问题在于，我们是否能够和据何证明自己作为个人自成一“元”——不仅仅是在社会学和心理学的意义上，而且是在美学的意义上？当代文学走向世界只是个时间问题，但过早地讨论其现实性只能表明某种盲目。当个性的软弱还是一种普遍现象——只是人为地建立形形式式的“流派”，“群体”成了某种标志——而个性的追求却又每每走入偏执的歧途（无论是追求深刻和疯狂、文化性和原始性、生活本身和形而上境界，如此等等，我们都是那么善于画地自狱以至自我迷失）时，也许更应该强调的是对于“元”的意识，亦即对于个体的承载、包容和超越的可能性的意识。说到底“多元化”不是以那种表面的喧哗与骚动，而是以一大批充分显示了上述可能性的个体的成熟为标志的。这使我们不得不始终面对自身，面对一个永远的困境和起点。

1986年9月，北京建内

目前新诗的困境

我无力，也不想具体测定新诗的未来走向。但可以肯定的是，这种走向即孕育于目下的现状发展中。以前三十年，以至五四以来的新诗发展为考照，以一般的进化规律为内在视角，认为近年来的诗歌创作普遍繁荣，甚至空前繁荣，是可以成立的；然而，若将参照置换为世界当代诗歌，将内在视角置换为诗歌本体，则会描述出别一种景观，给出别一种评价。这种景观和评价，我称之为“困境”。它同样是普遍的，以至是空前的。

在另一篇文章中，我曾将所谓“困境”概括为四对二难选择（参见拙文《实验诗：生长着的可能性》）。这里想就诗歌创作的基本因素，谈谈它的四个内在方面。

1）生命的困境。由“回到人本身”而“回到诗本身”，记录着近年来新诗发展的主导轨迹。前者是后者的前提。但“回到人本身”不是抽象的。从强调“自我”的重要到生命意识的持续高涨，与之相伴随的是那种先入为主又不容分说的大一统诗歌观念的不断解体，个体的主体性不断得以确立的过程。它带来了个人独特经验和创造才能的双重洞开（这正是所谓“开放”相对于诗的基本涵义），但同时也带来了深刻而持续的价值危机。

生命的困境即以此为背景呈现，其情形与尼采宣称“上帝死了”

之后西方的境况约略相似。偶像不复存在，说教遭到鄙弃。一方面，昔日价值标准的虚伪性由于怀疑主义的盛行而被一再强化；另一方面，新的价值标准又尚未来得及发挥凝聚功能。一方面，未经审视和反思的信念从来就不是真正的信念；另一方面，在最需要信念的时刻我们却失去了信念。个体因此而被置于某种无所凭据的游离、孤悬和分裂状态。不止是一代诗人“情不知所钟，魂不知所系”。软弱无力和骚动不宁成了最常见的两种精神状态。一部分人转向传统的“静观”以求超脱，但未必求得了一条真正的超脱之途；另一部分人则借诗转移长期的生命压抑，使之成为纯粹个人情绪的宣泄和投射。旗帜林立，“主义”泛滥。诗继被作为政治、社会的工具后又被作为个人的工具。

对传统文化和民族精神的反思造成了更深刻的“荒原感”，在此基础上产生了普遍的“脱节”、“断裂”以至严重的对立情绪。最极端的甚至将这种困境归咎于人种的质量。这些诗人的真诚不容置疑。它尖锐地提示着一个问题，即我们究竟依靠什么维系自身的生命，从而维系诗？

2）文化的困境。这个问题首先必须置于近代以来，尤其是五四以来一直存在的东西方文化冲突的大背景下来认识。困境从未消除，但长期的闭关自守掩盖了这一点，同时又激化了它。随着对外开放所带来的视野的日渐扩大，对自身停滞和贫乏的意识也逐步增加。僵硬保守或竞相摹仿固属可悲可笑，但创新的可能性似乎又确实微乎其微。文化进程的时间性以复杂的空间并存形式横陈在我们面前。巨大的差距感使最初的热情继耀目的晕眩后被转化成一种沉重的压迫，以至精神死亡的恐惧。固然，现代西方文化的发展有其特定的历史条件和精神内蕴，我们很难“错认他乡作故乡”；但是，既然其中超前地包含了人类文明一般进程的共同处境和共同问题，我们将何以回避？又据何超越？我们文化上的真正故乡又在哪里？困境于此不是表现为缺少选择的可能，而是表现为某种程度上失去了选择的能力。由此而反观近年来较为突出的两种诗歌现象，即所谓“寻根”和所谓“反文化”，不能不发人深省，前者除少数人外，大都流于浮夸虚玄，它又一次证明传统文化就整体而言，已无从作为真正强有力的文化—心理依据；后者的情况较为复杂，但至少对相当一部分人来说，近于某种自我再剥夺。它不但没有取消文化之于诗的重要性，恰恰相反，是突出了诗人广泛汲取人类文明精华的必要，否则我们就只能在贫乏的内容和粗陋的形式中了此一生。

3）自由的困境。这种困境颇具反讽意味：一方面，争取一个自由的创作条件和氛围仍是一个迄今未得解决的问题，它并不片面取决于个人的意志；另一方面，禁锢的缓解和个人选择的可能，又确实使一些诗人，尤其是青年诗人在某种程度上拥有了现实的自由（当然是相对的和有限的）。然而这种自由究竟在多大程度上被转化成了真正的诗的创造？这里我无意对那些或陷于苦闷彷徨而感到难有作为，或拼命“生活”以充塞难耐的空虚和寂寞时刻的现象进行泛泛的评价，而只想指出，并非所有的人都具有承诺自由的能力这一事实。在这种情况下，自由成了某种负担，成了逃避现实、逃避自我的借口，正如在那些对诗或把玩不恭，或随心所欲的人那里，自由成了一种奢侈一样。

不言而喻，这三种困境是共处一体、互为条件和彼此渗透的。在它们的结合点上，则是诗本身的困境，即4）语言的困境。我无意贬低近年新诗发展所取得的突出成就；但说到底，究竟有多少人，在多大程度上真正以诗的名义开口说话（这种“话”不但有其不可抗拒的艺术魅力，而且深刻揭示了我们的现实处境和存在本质；不但有着强烈的个性色彩，而且对更新民族语言作出了突出贡献）？究竟有多少人，在多大程度上回到了这个意义上的“诗本身”，而不是使之成为一个徒具其表的口号，甚至满足在这一口号掩护下非诗的功利需求？这里是采用口语还是采用书面语，是诉诸非意象的直接性还是诉诸充分意象化的间接性，只是第二义的问题，关键在于：一方面，已有越来越多的人意识到，语言就是语言，它在生命和灵魂的临界点上自身具足；另一方面，偏狭的功利和情感需要却又一再把它降为仅仅是个人表达的工具。非个人化和自我中心相互冲突。语言既不甘做傀儡却又成不了主角。

以上分析肯定是，并且不能不是基于一种苛求。尽管如此，我所说的“困境”远不是一个消极的、仅仅令人悲观的事实。正如危机是和生机一起到来的，在困境中也隐含着出路。事实上，许多诗人也一直在为此进行种种探寻和实验。困境是对诗人的生命和创造力的激发和考验。真正的诗人不仅不回避困境，恰恰相反，他自觉地突入困境，并通过坚韧不拔的努力，获得新的综合和超越的可能。在这个意义上，“困境”是诗在回到自身的过程中所必然面临，并将不断面临的现象，它构成了，并将不断构成新诗走向真正繁荣的重要条件和中介环节。就总的趋势而言，通过个体主体性的深入而走向多元化将是很长一段时间内新诗发展的内在目标；但是，只有当它不再如目前这样，更多地还只是一种美好的愿望，而成为生生不息的动态平衡机制；不再如目前这样，更多地还只是品种、数量的迅速增殖，而成为品位、质量的至上追求；不再如目前这样，更多地还只是拘泥于自身格局的纵向演进，而成为无愧于诗的光荣的当代世界诗歌秩序的有机组成——只有到那个时候，我们才能献上我们由衷而谨慎的赞词。

1987年11月，北京建内

什么是“幸存者”

“幸存者”指那些有能力拒绝和超越死亡的人。幸存的必要和可能与死亡本于同一渊源。这种死亡每时每刻都在发生。面对肉体的死亡我们无话可说，这里说的是另一种死亡：现实和精神的发展，就其趋于“熵”的运动态势而言，均具有死亡的指向，而这正是人类生活最一般的状况。两堵宿命之墙彼此呼应，内外夹击；打破这种夹击，顽强地呈现生命和语言的新的可能，这就是“幸存者”的真义。

“幸存者”不同于苟活者，这无需论证；但也不同于反抗者。反抗者“是一个说不的人”（加缪语），然而“幸存者”却不想停留在这种姿态的造型上；而如果说反抗者在另一意义上又“是个说是的人”（同上），那么，“幸存者”对此却宁肯付阙。可以说：“幸存者”是从反抗者止步的地方起步。他预先说出了“不”或者“是”，然后就弃之不顾。对于“幸存者”来说，生命的过程远不止是，或根本不是一场是非纷争，而是一次存在的启示。正因为如此，他不可能沾滞于任何一种先入为主或形而上学的结论。他于此一无例外地嗅到死亡的气息。

如同字面所显示的，“幸存者”自认是一种偶然的存在。这一人类学的基本事实同时也成为他精神上安身立命的理由。意识到这一点使他对存在的空间性表现出更多的敏感和关注，并以此统摄他对时间的经验。这种基本态度适用于与他相关的各个方面：自然、社会、历史、文化、他人和自身，如此等等，而不管它们彼此分裂和自我分裂到什么程度。但是所有这一切都必须被转化、凝聚成个体生命形式的新的创造，只有在那里他才能幸存下来。“幸存者”不是一个自然主义的概念，而是个体不断地自我选择和自我创造的结果。

诗人就是那些通过语言进行自我选择和自我创造的“幸存者”。他幸存的可能存在于创造性进入和把握住语言的瞬间。这种进入和把握既不是对已存的简单复制，也不是对将存的浪漫召唤，而是把这二者统统悬置后对个体独特经验的挖掘、综合和升华。据此他不断在某一点上突入生命的未知领域，赋予其形式，并在那里启示存在。一首诗的诞生因此象征着世界的一次重创。语言就这样成为诗人幸存的唯一方式。

“幸存者”对诗和艺术的选择是别无选择的选择，因而是至高的选择。但真正的、唯一的幸存者只能是诗和艺术本身。在这个意义上，“幸存”意味着，也仅仅意味着奉献。这就是诗人如此偶然地被抛入这个世界，却如此必然地在诗中歌唱的原因。

“幸存者”是孤独的。换句话说，他是独立不依的。他既不是众神的后裔也不是历史的人质，甚至不是通常意义上的自我。他并无什么固定的“本质”或“身份”。在这样一个充满了喧哗和骚动的世界上，他更愿意经常处于沉默无名的状态。他就隐身其中与死亡对弈，从而把苦难转化成自由，把宿命转化成使命，把羞辱转化成高贵，把贫困转化成富足，把创造和幸存作为同一的精神盛典加以享受。在某种程度上他和所有的人们一样，已经熟悉了死亡并对此见惯不惊，然而他拒绝被动的死亡，就像福克纳拒绝末日审判一样。

所以帕斯捷尔纳克才说：“只是要活，只是要活下去，活到底”；王维才长吟：“行到水穷处，坐看云起时”。而这正是“幸存者”。

1988年5月，劲松

结束或开始

作为写作者，我们一直置身于精神和经济的双重暴力。这一语境使写作者的应对姿态成为一个尖锐的问题。现在是真正结束那种刺激—反应式的自发、被动的写作态度的时候了。这种写作态度隐涵的心理机制是社会价值和诗歌自身价值的二元对立。它导致了，并只能导致非此即彼的现实选择。

必须由历史解决的问题，只能由历史去解决。诗歌创作与理论批评尽管不应放弃这方面参与的可能性，但更应注意那些必须和只能经由其自身实践才能解决的问题。历史无论怎样发展，都不会自动给诗歌带来什么。因此，有必要强调这样一种写作立场，即坚决摆脱一切寄生性，专注于诗歌自身可能性的自觉和自主的立场。

自“新诗潮”发轫以来，诗人们，尤其是先锋诗人们在这方面已经做出了巨大努力。但这一立场的获得既不能仅仅看作近期的追求目标，更不能指望毕其功于一役。在进一步发展的意义上，它是诗歌必然不断重临，因而需要不懈坚持的起点。这里，需要警惕的不仅仅是那种重温大一统旧梦的企图（在放弃了创作领域内重温旧梦的可能之后，这种企图近年来集中转向了评论领域），那种听凭历史惯性制导的倾向（它使一部分诗人和评论家宿命般地陷在意识形态对抗的窠臼中难以自拔），还有出于我们自身软弱所导致的偏离乃至背弃的可能（例如刻意强调所谓“后工业时代”和“后现代文化”所体现的某种新历史决定论的观点）。

诗歌存在的唯一理由，或诗的唯一使命——假如它确实负有使命的话——就在于探索生存、情感经验和话语方式的可能性，发现那些只能经由诗所发现的东西。我赞成这个意义上的“为艺术而艺术”、“为诗而诗”，并据此确认真正的诗歌理论、批评与创作之间的平行或对称关系。这意味着诗歌理论和批评不但要发现和阐释诗歌文本中的可能性，而且同时要使自身成为一种相应的可能性；意味着理论和批评多元化的势不可免；意味着不同范式之间展开广泛对话和综合运用各种范式将上升为新一轮诗歌理论和批评建设的中心课题。

十多年来诗歌理论和批评的发展是否已蕴涵了这方面的足够势能？对此很难作出乐观的回答。相对于其他领域，例如小说和美术，当代诗歌理论和批评的贫困和瘦弱是一眼可辨的。我曾用“失语症”一词来概括这种贫困和瘦弱的状态。这里的“失语”，并非单指面对新的诗歌现象找不到恰当的分析、综合语言的张口结舌，或由于痛感丰富、复杂的西方现代诗学之探索的深度和广度所导致的无话可说，也包括死抱着传统诗学，食古不化，或一味在社会学、历史学视角的惯性轨道上滑行的喋喋不休，同样包括只是玩弄某些“引进”的“新方法”、“新概念”，食洋不化的不知所云。在这种情况下，所谓“建立有中国特色的东方诗学体系”只能是某种良好而又奢侈的愿望。没有一套既与诗歌的发展密切相关，又具有自身可操作性的严密而有机的话语系统（包括一系列范畴、概念、术语），任何“体系”都是不可能或无意义的。

别指望奇迹，正如别指望什么“轰动效应”一样。在这个与诗越来越格格不入的时代，能创造奇迹、引起轰动的只有可以互相交换的权力和商品。而诗无论是以变制变，或以不变应万变，都只能做自己该做的事。布莱尔说得好：“诗人是商品时代苦苦坚持赠送礼品的人。”意识到这一点使我们心安，使我们得以始终面对诗和我们自己，默默地，然而不断地结束和开始。

1992年8月，劲松

挺住就是一切

关于现代诗的命运和前途是一个听起来有点悲壮，甚至过于悲壮的命题。我想它的真实语义应该是：在当代社会中，诗究竟能脆弱到什么程度？或者相反，强韧到什么程度？而如果说所谓的现代诗目前确实如人们所感到的那样，处于某种低潮的话，那么，我们应该，或能够做些什么？

诗有自己的命运，包括不能掌握自己命运的命运。我们无法就此抽象地表示悲观或乐观，真正值得思考的是那些必须记取的历史教训。前几年我们曾一再听到现代诗已成为新诗主流的断言，但转眼之间又陷入了对其命运的深深忧虑之中，这究竟说明了什么？现代中国的历史迄今是向现代社会转型的历史。这是一个漫长的过程。在这一过程中，政治、经济、文化的发展必然充满了戏剧性。这种戏剧性有时是一种诱惑，有时则是一种威迫；而无论是出于自觉，或是盲目，或是迫不得已，正是对这种戏剧性的顺应成了现代诗命运悲剧的渊薮。那种其兴也勃焉，其亡也速焉的现象，恰恰暴露了现代诗的脆弱性。前些年现代诗的畸形繁荣，不能不说很大程度上也带有这种病态。

现代诗不是诗的一个特殊分支。它仅仅是现代的诗而已。在表达对存在和人的灵魂的关切这一点上，它与历来的诗或未来的诗并没有什么不同。把握住了这一点，也就把握住了它原发的生命力，把握住了它赖以存在、生长和发展的本体依据。诗是一个生命／语言事实，是精神在生命和语言的临界点独特的发散和抛射。只要坚守住这一最深刻的人类本能，就没有什么外部力量能够从根本上遏制、窒息现代诗歌。

现代诗必须依其诗的天性建立一种与直接现实的平行关系。这只能取决于诗人自己，取决于建设现代诗的决心和全神贯注的程度。建立这种平行关系并不意味着脱离现实，恰恰相反，是为了更灵活、更自由、更深入地介入和守护那看不见的，或被刻意遮蔽的，或可能的精神现实。这是现代诗不可阉割的根，是它呈现自身现实性的安身立命之所。现代诗，就是以现代的语言方示揭示现代灵魂的普遍境遇的诗。

我曾把当代新诗的景观表述为“困境”，并分析了其四个内在方面，即①生命的困境；②文化的困境；③自由的困境；④语言的困境。这种困境在今天甚至更普遍、更突出了。但是，也正如我在那篇文章中所说的：“困境是对诗人的生命和创造力的激发和考验。真正的诗人不但不回避困境，相反，他自觉地突入困境，并通过坚韧不拔的努力，获得新的综合和超越的可能”。要实现这一点，关键仍在于坚持个人的话语方式，致力协调个体经验与时代、文化境遇的关系，以发掘存在和语言的双重可能性。事实证明这二者是互相激发的。当海子把“麦子”作为他诗歌的前景凸现出来时，他同时也就澄清了诗与大地、太阳、劳动、爱和激情的致命关联；而在一些朋友以及我自己的近期创作中，“铁”的意象又被从各方面赋予了不同的独特涵义。诗就这样成为存在和心灵的见证。

经验一再证明，所谓“低潮”正是现代诗深入自身的契机。里尔克早就说过，“并无胜利可言，挺住意味着一切”；今天甚至可以更决绝些：挺住就是一切！

1991年5月

当前诗坛："低谷"的梦魇

曾经在世纪初充当了新文化运动先声的诗歌，临近世纪末，却似乎呈现出某种"英雄末路"的暗淡情景。诗歌自身不会说话，是有关诗歌的舆论这么认为。最极端的说法是"诗坛已风流云散"，"诗歌已全军覆没"，云云。或以为把话说得太绝便不足与论；圈内比较普遍的看法是诗正深陷"低谷"。"谷"，按《现代汉语词典》，是指"两山或两块高地中间的狭长而有出口的地带"；"低谷"者，"谷"中之低也，听来意味也十分不妙。好在低谷不是深渊，因为低谷不管有多低，怎么个低法，总算"有出口"；这是"低谷论"者尚不致对诗感到绝望的所在，当然同时也可以激发他们指点"出口"的热情。

首先应该肯定，"低谷论"者大多是诗歌队伍里的好同志，其中有些差不多是系诗以身家性命。大概正因为如此，这才有点"恨铁不成钢"。问题是他们的结论下得恐怕有些草率。无论面对的是什么物事，也不管用心有多么良苦，草率得出的结论都只能令人生疑，尤其是在学术意义上，更不必说所谈论的是像诗这样精微而脆弱的艺术了。

接着我们来讨论一下"低谷论"的前提。由前引《现代汉语词典》的释义可知，"低谷"处于"两山"或"两块高地"之间；那么，当前诗歌相对的"两山"或"两块高地"所指为何呢？其中之一显然是指期许中未来的"高山"或"高地"。作为一种祝愿和祈福这无可厚非；但若引来作为参证，那就是另一回事了。诗的未来和未来本身一样充满了不确定性，我们怎么知道要“来”的就一定是“高山”或“高地”，而不是更低的“低谷”呢？谁曾，谁又能对此作出论证？从概率论的角度说，后者同样具有百分之五十的可能。除非从逻辑上事先设定未来必然高于、优于当下，否则征引一种假想的、或然的、充满变数变量的、未经论证且无法论证的“未来”，以当作现实的参证的做法，就只能归于荒谬；而更荒谬的或许还是对未来进行独断的逻辑设定本身。在这方面我们正可谓“殷鉴不远”。就诗而言，百花凋敝的“文革”时期相对郭沫若写《百花齐放》时的五十年代是“未来”；郭沫若写《百花齐放》的五十年代相对他写《女神》的二十年代是“未来”；请问这里被称作“未来”的，较之它们的“过去”高在哪里，又优于何处呢？

不过，让我们于此且放“低谷论”者一马吧——让我们谨存其祝愿和祈福，转而谈谈另一侧的“高山”或“高地”。这里的“高山”或“高地”无疑是指七十年代末到八十年代末的诗歌，即所谓“新时期诗歌”。尽管所去不远，但这一时期的诗歌经由自我复兴到多元开放格局的重建，而形成了堪可与群星争辉的三四十年代媲美的新诗“第二高峰期”，在史家笔下差不多已成了定论。需要追问的是，说相比之下当前诗歌深陷“低谷”到底是什么意思？换言之，七十年代末到八十年代末的诗究竟是在什么意义上被称为“高山”或“高地”？设若举办一场“诗歌知识竞赛”（恕笔者不恭），请“低谷论”者在如下几种可能的答案中平心选择：

A. 前一时期的诗歌状态更加活跃；

B. 前一时期的诗歌在社会文化生活中更具影响力；

C. 前一时期的诗歌造就了更多的杰出诗人；

D. 前一时期的诗歌提供了更成熟、更有价值的文本。

则选择A、B项的肯定占绝大多数。事实上，迄今为止我们看到的几乎所有断言诗陷于“低谷”的文章都是据以A、B立论，并主要是在这一向度上展开的。这也是为什么论者的美学立场可以各各不同，对具体诗歌现象的评价可以各各不同，却不妨碍他们得出一致结论的原因。

仅就A、B两项而言，笔者亦无异议。这本不需要任何判断力，只要略具诗歌史的常识就行。进入九十年代以来，诗坛有过类似为“天安门诗歌运动”平反那样的爆炸性事件吗？没有；有过类似某人登台一诵，台下万人即掌声雷动、泪雨滂沱那样激动人心的时刻吗？没有；有过类似围绕所谓“朦胧诗”进行的、历时数载仍讼词不断那样的热烈论争吗？也没有；有过类似“’1986现代诗群体大展”，或“第三代诗歌运动”那样风起云涌、狂奔暴突的群众盛举吗？同样没有！岂但这些没有，就连“清除精神污染”、“批判资产阶级自由化”那样造势提神的插曲也已久不见闻——诗坛似乎真的是龙不吟、虎不啸、鸡不飞、狗不跳，一派承平，或一片低迷了。

“低谷论”者还可以列举出一系列更具体的“滑坡”证据，包括：相当一部分在前一时期活跃的诗人停止了诗歌写作，其中一些加入了“全民经商”的行列，另一些则醉心于小说、影视或其他更见“经济效益”的文体；专业的诗歌刊物订数或一路看跌，或居低不上，经营状况则大多左支右绌；其他文学报刊为诗提供的版面越来越少，尚能提供的则越来越小；读者的队伍在进一步萎缩，他们对诗日益感到隔膜，如此等等。

假如A、B两项确实是诗之“高山”或“高地”的充分条件，那么，说当前诗歌正深陷“低谷”就未尝不可。问题是它们作为充分条件是否成立？诗在七十年代末到八十年代末这一时期的活跃程度及其在社会文化生活中的影响固非当前可比，然而，若和例如“大跃进民歌”时期相比又如何？那一时期不单是“六亿神州尽舜尧”，而且是“六亿神州尽李杜”：地不分东南西北，人不分男女老幼，出则长吟，入则援笔，“诗歌卫星”此起彼伏，短短几个月内产出的“诗人”可达数万，“诗作”可十数倍于《全唐诗》。仅就诗的“活跃程度”和“在社会文化生活中的影响”而言，当真是前无古人，后无来者。如若上述充分条件可以成立，那岂不意味着，“大跃进民歌”是诗歌史上空前绝后的“高山”或“高地”吗？

不要以为我这是在把问题漫画化；就算有点漫画化，那也是对“低谷论”者把问题简单化的一个必要的平衡。关注这十几年来诗歌发展的明眼人大概都会注意到，对相当一部分“低谷论”者来说，所谓“低谷”并非只是对当前诗歌状况的某种特定描述，它还反映了某种有关“诗歌危机”的习惯思路或曰思维定势，在很大程度上不过是后者的变形或变调而已。假如我们的记忆没有出错的话，那么这些“低谷论”者即便在八十年代也不是什么“高山论”者。事实上，自八十年代初以降，他们发出的种种关于“危机”的警告和抱怨一直不绝于耳，纵然在诗坛表面看上去最红火的时候也没有停止过（尽管是另一套说法）：所谓“朦胧诗”面世时如此，所谓“第三代诗”当潮时也是如此。只是在时过境迁之后，他们才变得稍稍平和些，以至可以流露出几缕怀旧的温情。

这种使“危机”常态化的做法显然被某些论者当成了行使其话语权力的捷径，据此他们可以满足操控诗坛的自我幻觉；另一些则把它当成了掩盖其懒惰或无能的遁词。然而，在更普遍和更深层的意义上，这种做法所牵动的，乃是新诗自身的历史记忆以及形成其记忆特质的文化心理。关于这一点，笔者在《时间神话的终结》（载《文艺争鸣》1995年第2期）、《五四新诗的现代性问题》（载《文艺争鸣》1997年第2期），和《重新做一个读者》（载《天涯》1997年第3期）诸文中已有详细论析，这里不再赘述，有兴趣且不见弃我之自我推销行为的读者或可自行参看。

而对无暇、不便觅得拙作，却又亟欲对当前诗歌的境况作个人交流的读者，我想应该着重申明一点，即尽管我对“低谷论”进行了种种驳难如上，但这既不表明我讳言“低谷”，更不表明我持相反的观点，是一个“高山论”者。诗歌发展如万物行状，有“高”就有“低”，有“峰”必有“谷”，何讳之有？我的驳难与其说是反对“低谷论”，不如说是反对那种不是依据诗歌文本，而是依据诗的社会文化际遇，不是以诗歌循其自身存在的独特理由而发展变化为出发点和归宿，而是以关于诗的种种成见为出发点和归宿，轻言率断，又尤喜从整体上轻言率断的思想方法，是反对使“危机”或“低谷”成为一片在诗坛上空聚散无定、挥之不去的人造乌云，或诗歌自己诅咒自己、自己压迫自己的漫长梦魇！

若要正面表达个人对当前诗歌境况的看法，我则宁取“正常”二字。这里所谓“正常”主要是相对写作状态而言。它听上去有点平庸，缺少新闻的“含金量”，却可能更接近诗歌真理。在一个总的说来和诗格格不入的权力—商业合谋的历史语境中，在大众媒介和大牌明星互相爆炒正越来越成为时代风尚的背景下，要保持一种“正常”的写作状态，如果不是出自对诗的迹近本能的热爱，不是出自与诗之间如同有机体一样不可分割的致命关联，不是出自非诗而不能的内在表达需要，宁可得乎？诗的社会文化际遇是不会以任何“用心良苦”的人们的意志为转移的，正如要改变“低谷论”者们为之痛心疾首的种种“滑坡”现象，非诗自身的力量所能独致一样。唐代以诗取仕，诗的社会文化地位自然较之其他高出一头；然而，在以科技为主导的现代社会中，还能设想“以诗取仕”这样的事吗？说到底，诗有诗的命运，而诗人最本分的选择是把命运掌握在自己手中。守本分谓之“正常”，反之则谓“不正常”。向政府呼吁重视、请社会各界支持自无不可，然均不足恃，更不必失望之余报以怨怼。毕竟诗只能关注和致力解决它所应当、所必须关注和解决的问题；而对诗人们来说，如果这些问题不是首先意味着“怎样把诗写好”，不是意味着怎样保持住诗歌自身的活力，以不断向未知的可能领域敞开和探取，又意味着什么呢？正是在这个意义上，我高度评价所谓的“正常”状态——尽管诗人们不得不为之付出未必正常，甚至很不正常的代价。

这样的“正常”状态出现在“事件”或“事故”太多，而有说服力的文本太少的新诗史上很可能是第一次。它为新诗这一迄今还显得甚为年轻的文体进一步趋向成熟提供了必要的保证，故弥足爱护珍惜，又奈何以“低谷”云云摧逼之？我这样说自然主要依据的是文本比较。因篇幅关系无法展开，只向读者推荐两种在我看来颇具说服力的文本。其一是老诗人彭燕郊的长诗《混沌初开》，其二是改革出版社刚刚推出的“坚守现在诗丛”第一辑，包括欧阳江河、西川、翟永明、陈东东、肖开愚、孙文波等青年诗人的近期作品结集六种。我曾在《中国当代实验诗选·序》中引用过一位大师的话，现在不妨再引用一次。他说：“尽力忘掉你自以为了解的关于艺术的一切东西……带着从零开始的和不做定论的想法从头到尾重读这些诗，当你第二遍阅读时，你一定会感到惊讶，这些诗是多么容易地使你接受了我的观点”。

你不必接受我的观点；但愿你能得出自己的结论。

1997.4.7，北京劲松

末世和新纪元

半个多世纪以前，一位英国人写了一本书，题为《中国震撼世界》（*China Shakes the World*）。事实上，二十世纪的中国一再震撼着世界——从“辛亥”、“五四”，到1949年共产党革命的胜利，到“文化大革命”，再到大陆始于七十年代末的“改革开放”。然而，在任何情况下，中国首先震撼的都是自己！值得注意的是，这一系列震撼明显表现出某种历史循环的特征：每次都宣称开始了一个“新纪元”，而回头看去却更像某个末世，以至最终二者可以混而不分。这是现代中国在追求民族国家的现代化这一从一开始就被设定的历史目标过程中所必然经历的吗？这一次又将如何？只要不抱偏见，任何人都会看到八十年代以来，尤其是九十年代中国发生了巨大的、在某种意义上是不可逆转的变化；其中被人们谈论得最多的，是伴随着经济的持续高速增长而迅速融入全球一体化秩序的进程，也包括初步形成了自发的利益冲动、市场化的趋势、国家／意识形态的干预和知识分子主导的公共空间（尽管有时还不得不诉诸隐喻的方式）彼此制衡这样一种前所未有的结构性社会关系；但要据此得出乐观的结论显然还为时过早。当一些老式的“马屁文人”大声慨叹“欣逢盛世”时，一些敏感的学者已经指出了“权力市场化”和“市场意识形态化”等“现代化的陷阱”，其中隐涵着大量为世界所熟悉的、有关中国前景的不确定因素。

面对一个不确定的前景我们只能说“好”。这半是因为活力和生机总是体现于“不确定”之中，半是因为我们早已明白，那种确定的、社会工程意义上的、似乎能以“按图施工”方式实现的乌托邦究竟是怎么回事。从思想史的角度看，这种乌托邦可能是二十世纪留给我们的最沉重的精神遗产。依其内在的悖谬，米兰·昆德拉曾极为精辟地将其命名为“现代末世学”；它乃是造成上述种种历史循环现象的“陀螺仪”或“摆杆”，其本身也经历了运动中能量的耗散和衰变：最初作为一种致力于现实变革的信念和未来学资源，接着成为现代极权的意识形态基础，而当“末世”不再是历史的“末世”，而是个人的“末世”，不再是任何乌托邦意义上的“末世”，而是必须当下兑现的“末世”时，我们就看到了有关它的一幅幅讽刺画：“全民经商”、数千万股民蜂拥入市、屡禁不止以至愈演愈烈的政府官员腐败，以及眼下正揭批得如火如荼的“‘法轮大法’案”，如此等等。

所谓“世纪末”只是人为的虚拟时间，但确实存在着某种并非不普遍的“末世”心态，某种混合着恐惧（我们都清楚什么是其中的主要成分）、激愤（对社会公正的阙如、个体生命反复受挫的屈辱经验、精神幻灭和道德上的不洁感的反弹）、欣快症（现代化远景的诱惑和强迫性遗忘机制交互作用促成的身心亢进）和现世主义（一种诉诸反面表达方式的虚无主义，即由于无法，或无力相信什么而笃信能马上抓到手的、如同物质般可靠的一切）的末世心态。它并非宿酒残醉，会随着新世纪钟声的敲响而烟消云散；倒不如说这是我们在世纪之交必须首先面对，并只能诉诸长期坚韧不拔的努力寻求解决的问题。这里也存在某种震撼，它仅仅来自两句相互补充的古老箴言。其一曰：太阳下面无新事；其二曰：太阳每天都是新的。

1999年8月

千年人类文艺：谁主沉浮*

西历1001年相当于中国北宋的咸平四年。把其时中国和欧洲的文学艺术发展水平作一比较，后者必定黯然失色。那时欧洲尚处于所谓“黑暗的中世纪”，公元410年西哥特人劫掠罗马所造成的古希腊罗马传统的毁灭性中断还有待接续；教会垄断着文化；尽管英雄史诗和骑士传奇在为日后叙事文学的发达进行着准备，但骑士抒情诗却相当乏味；艺术家们更多关注的是怎样叙述宗教故事：建筑师们在忙于寻找体现人间天国的形式，画家们则忙于为《圣经》写本作插图。他们社会地位低下，被看作机械的体力劳动者而受到歧视。用现代人的眼光看，那时的欧洲文艺近乎一潭死水。

中国这边却是另一番景象：辉煌的唐代艺术，尤其是唐诗仍在天边放射着余晖，新的艺术创造却早已呼之欲出了。且不说以欧阳修为代表的诗文革新运动为诗歌和散文拓展出的新境界；有宋几代诗人最了不起的成就是选择了“词”这种更为灵活多变的文体，集中探索了中唐以来追求更为细腻的官能感受和情感色彩的语言路向，其结果是使“宋词”和“唐诗”一起，成了后世眼中同样难以企及的并峙双峰。在此过程中涌现出来的一批语言巨匠，至今还被视为中国诗人的

---

* 此文系为《南方周末》“千年回顾特刊”撰写的专文。

典范：柳永、苏轼、李清照、陆游、辛弃疾等等。与此相呼应的是，早在唐代就已摆脱了宗教羁束的绘画，主要是山水花鸟画，也在北宋臻于成熟并很快达到了高峰。李成、关仝、范宽、马远等人的作品，在随后近千年的时间里都是同行们仰之弥高的摹本；而世界将会记住，正如是中国诗人最早揭示了自然的美学奥秘一样，也是中国画家，使自然第一次在人类美术史上获具了独立的审美品格。

这种对照强烈的局面持续了差不多三百年，然后情况开始发生变化。更准确地说，是欧洲的文学艺术开始启动，并很快获得了飞跃所需要的加速度。这种加速度来自伟大的意大利文艺复兴运动。这场运动的精要，按照J.布克哈特的说法，是对世界和人的发现。诗人但丁最先透露了个中消息。他既是中世纪的终结者，也是新时代第一只报春的燕子。巨著《神曲》用梦幻的寓言方式，综合处理了个人身世、现实经验、中古知识和人文主义激情，其伟力所及，现代世界仍为之震撼不已。和但丁一起揭开新篇章的是天才画家乔托。通过发明在平面上造成景深错觉的艺术，他使西方绘画彻底摆脱了作为文字代用品的中世纪困境，并使艺术史自此成为伟大艺术家的历史。

文艺复兴的一个重要契机是对古希腊罗马艺术的重新发现，摹仿古代作品也确实是当时的风尚。但从根本上说，不是由于艺术家研究了古典而要复兴古典艺术，而是他们盼望艺术复兴才去研究古典。正是这种从内部被激发起来的创造欲，在持续三个世纪的时间里，像原子裂变一样，于全欧范围内催开了层层叠叠、竞相怒放的天才之花。从彼特拉克、薄伽丘、拉伯雷，到乔叟、塞万提斯、莎士比亚；从布鲁内莱斯基、多纳太罗、凡·艾克、曼坦尼亚、皮萨罗、波蒂切利，到达·芬奇、米开朗基罗、拉斐尔、提香、乔尔乔内、丢勒、霍尔拜因……似乎奥林匹斯山上的众神，纷纷相约来到人间。达·芬奇和米开朗基罗令人惊惧的创造力，为人类留下了永恒的《蒙娜丽莎》和气冲牛斗的西斯廷教堂天顶壁画；而作为诗人／剧作家的莎士比亚，用大仲马的话说，无疑是继上帝之后创造最多的人。哈姆莱特、李尔王、麦克白、奥瑟罗、夏洛克、罗密欧和朱丽叶等，直到今天仍然是我们探讨人性和人的命运时最常使用的原型或共名。

文艺复兴时期欧洲所取得的伟大成就不仅在于收获了众多的天才，更重要的是更新了人们，首先是艺术家自己看待艺术的眼光。正是在这一时期，艺术在西方确立了作为一门独立的自由学科的地位，“创新”则成为艺术家所共同遵循的内心道德律令。大师们近乎完美的作品固然造成了所谓“影响的焦虑”，但也启示了一种新传统；其基本精神，是对艺术自身在发展过程中不断面临的问题及其相关因素，即波普尔后来总结的“问题情境”保持着高度敏感，并以充分开放的、实验性的态度谋求可能的解决之道。这一既承续着古典命脉，又与近代科学理性互相接引的新传统很快就显示了它巨大的活力。这种活力一方面来自其内部快速的裂变、自觉的差异和在不同领域、不同向度上的精进不已，另一方面来自朝向不断变化的世界，包括异质文化的敞开。它崇尚个性而又兼容并蓄，以至把最极端的反传统挑战也视为自身不可或缺的组成部分。文艺复兴后的欧洲文学艺术也曾屡屡陷入危机，却总能一再摆脱困境，重开波澜壮阔、群峰耸峙的局面，应该说主要得力于这一既超越了种族、国家、文化和战争的藩篱，也在不断超越自身的伟大传统。T.S.艾略特曾经由衷赞美作为“文化整体”的欧洲，他实际赞美的是这一传统；而由此孕育出的整体的欧洲，同时又是一个时空辽远、差异巨大、个性鲜明的欧洲：是莫里哀、伏尔泰、卢梭、雨果、巴尔扎克、福楼拜、波德莱尔、马拉美……的欧洲；弥尔顿、理查生、拜伦、雪莱、狄更斯、夏绿蒂·勃朗特、萧伯纳……的欧洲；莱辛、歌德、席勒、托马斯·曼、易卜生……的欧洲；普希金、果戈理、陀斯妥耶夫斯基、托尔斯泰……的欧洲；布吕瓦尔、鲁本斯、伦勃朗、戈雅、特纳、安格尔、德拉克洛瓦、库尔贝、罗塞蒂……的欧洲；马内、莫奈、雷诺阿、毕沙罗、德加、罗丹、塞尚、凡·高、高更……的欧洲；当然也是叶芝、乔伊斯、普鲁斯特、卡夫卡、毕加索、达利、杜尚……和艾略特自己的欧洲。

和欧洲文学艺术始自文艺复兴时期，数百年连绵不断的风起云涌、长波浩荡的情景相比，宋以后的中国传统文学艺术更像是一座气血渐失、日见苍茫的秋山。这里并非没有出现新的生长点：元杂剧就是文人士大夫创作与民间文学相结合的产物，由此标明的新路向，在明清小说中得到了进一步的拓展。这里也不缺少优秀的作家艺术家：有杂剧“元四家”（关汉卿、王实甫、白朴、马致远）；有绘画“元四家”（黄公望、王蒙、倪瓒、吴镇）、“明四家”（沈周、文征明、唐寅、仇英）；有汤显祖、洪昇、孔尚任……有赵孟頫、董其昌、石涛、八大山人……有罗贯中、施耐庵、吴承恩、蒲松龄、兰陵笑笑生……还有伟大的曹雪芹。这里同样不缺少杰出的作品：《窦娥冤》、《西厢记》、《牡丹亭》、《桃花扇》、《长生殿》、《三国演义》、《水浒》、《西游记》、《金瓶梅》、《聊斋志异》……巨著《红楼梦》更是堪与迄今世界上最伟大的小说比肩而毫不逊色。然而，在总体上，宋以后的中国传统文艺却未能再现汉唐时的恢宏气象乃至北宋时的丰沛神韵。就在传统单元内所能达到的艺术高度而言，无论是相对于西方还是自身内部，宋以后的传统文艺都可以说各擅胜场；它所真正缺少的，是那种浮士德式的勇猛精进精神和一个开放的系统必然具有的虎虎生机。早在北宋即已高度成熟的传统绘画，此后随着所谓“文人画”的盛行越来越转向追求笔墨意趣的主观领地。这一方面使得本以“气韵生动”的“线的艺术”见长的传统绘画更趋精致微妙，一方面也带来了过分趣味化的后果，致使近千年的时间内，绘画在题材格局上大多局促于山水花鸟，基本风格也变化不大。这种过分趣味化的倾向同样渗透在诗文乃至戏曲、小说的创作中，而不论其“范式读者”是士大夫还是市民。

中国的作家艺术家和西方的一样富于创造力，他们在面对自己的“问题情境”时也一样敏感，一样充满智慧；然而，当这种“问题情境”大大超出了个人力量所及，敏感和智慧就变成了局限。中国传统哲学除禅宗外，唐宋以后即与文艺分道扬镳；精于“儒道互补”和“进退之道”的封建士大夫在缺少新的动力和资源的情况下，思想上也很难有大的进境。这和西方文艺家不断受到新的哲学和人文思潮的激荡拥济，形成了一个鲜明的对照。明中叶后李贽公开以“异端”自居，大倡“童心说”，确实沟通了当时的下层市民文学和上层浪漫倾向，呈现出启蒙的别样生机，但并不能从根本上改变传统文艺活力式微的趋势。到了清代，随着市民文学的突然萎缩、上层普遍陷入孤愤感伤和复古主义盛行，这种趋势就更加严重。得风气先的《红楼梦》既是一部封建社会的百科全书，又是一曲“悲凉之雾，遍被华林”（鲁迅语）的挽歌，于此正好成为一个双重的象征。

文学艺术是一个特殊的领域，但毕竟与某一社会的意识形态和生活整体息息相关。回首千年，我们与其把目光聚焦于那些声名显赫的巨星，不如更多地关注他们背后的传统。一个强有力的天才可以深刻影响传统的格局，一个强有力的传统却能成就无数天才。伟大的歌德1825年设想的“世界文学”概念极大地改变了“传统”一词的内涵。1008年，一位名叫紫式部的日本妇女在深宫大院里独力创作了世界上的第一部长篇小说《源氏物语》；然而在今天，多样性和开放的综合创造已差不多成了“传统”的同义语。本世纪初俄罗斯辉煌的“白银时代”、战后美国文学的崛起和60年代的拉美“爆炸文学”表明，单元传统的活力一旦和世界眼光相结合，就会孕育出意想不到的广阔前景。据此庞德重新发明了中国的古典意象诗，而毕加索使非洲的面具艺术成了欧洲艺术的有机因素。

在中国，自清末倡行“诗界革命”、“小说界革命”以来，又尤其是自狂飙突进的五四新文化运动以来，几代文艺家的一项主要使命，就是呼应社会、文化由传统向现代的转型，创造性地构建新的传统。这项使命历经艰难曲折，将一直延伸到21世纪和新的千禧年中去。这不仅是在说未来，也是在说昔日——正如一位异邦哲人所教导的：只要我们努力工作，就能生出我们的父亲。

1999年岁末

当代先锋诗：薪火和沧桑*

——2007年冬与张清华的对话

一、命名和源头

唐： 按委托者最初的考虑，这个选本是要对近二十年的当代诗歌作一个总结，既要体现其历史的发展，又要冠以“经典”之名。前一条已经不太好办，后一条就更让人为难了。谁都喜欢经典，谁都喜欢被列入经典；问题是一大堆人，数百首诗，统统经典，这“经典”还有意义吗？人民币在不断升值，经典却在不断贬值，不太对头嘛。真要做一个经典选本的话，入选的诗人也许不会超出二十个。

张： 不论是从经典化的规律看，还是从实际可操作的角度看，我们目前这样做也许是比较符合实际的，大概也基本符合策划者的初衷和预期。

唐： 所以后来改了名字，编选范围也限定为“先锋诗”。老实说是不想额外增加难度。

张： 《当代先锋诗二十年：谱系与典藏》，这个书名比较好。“典藏”，

---

* 2007年冬，唐晓渡、张清华应广东《佛山文艺》之约编选《当代先锋诗二十年：谱系与典藏》，2010年5月该刊以诗专号的形式推出。本文系两位对话者根据录音整理修改定稿。张清华，诗歌评论家，北京师范大学教授。

比“经典”的说法来得有弹性。“谱系”，则有历史梳理的意思。

唐：考虑到已经有过一些更早的选本，所以重点放在九十年代以来；而为了显示其空间而不只是时间上的纵深，又选了一部分相关的诗论和评论。这大概是大家都比较能接受的形式，也比较完整。但也存在问题。“先锋”本来指的是写作意识和方式具有实验性质，和年龄没什么关系；即使在特定的历史语境中有关系，也不应该是一个尺度。老诗人中也有先锋写作，比如彭燕郊先生的“衰年变法”；也包括一些既不够老，又足够老的诗人，例如昌耀。他晚年的创作实验性很强，尤其是对文体界限的打破——不只是一般意义上打破散文与诗的界限，而是意识和语言方式交相融合的新突破。类似的情况还有一些，但都没有入选。

张：这样做是照顾到了“先锋诗歌”的历史概念，它大体的边界。我觉得类似昌耀那样的诗歌，可以说具有恒久的先锋精神，但是，习惯上没有将他列入“先锋诗”，我们也就不得不尊重这个既成的说法。

唐：“先锋诗”对当代诗歌来说是个新说法，其实也是个历史概念。胡适的诗现在基本没法读了，但作为新诗的草创者，他在当时却是非常“先锋”的。在传统诗歌的背景下，他那种写法前无古人，完全是实验性的。这样来看，其后郭沫若的《女神》、冯至的十四行、三十年代的“现代派”、李金发的“象征主义”，如此等等，都具有程度不同的先锋性。但我们也要注意，不要让“先锋”这一概念在泛化中被稀释掉。“先锋诗”之所以在八十年代成为一种耀眼的诗歌现象，有其特定的、不可化约的历史内涵。“先锋”相对于主流和保守，往往和某种激进的社会和艺术思潮相关联，并伴随着大规模的形式实验，其灵魂是开放的自主性和批判的实验精神。先锋意味着对既定秩序和相关成见的不断突破，同时通过自我批判呈现自身的成熟。

张：“先锋”就是这样，与传统有一种既对立又融合的关系。不断对传统予以“胀破”，同时在“经典化”的过程中又成为“传统”的一部分。

唐：对于这种与传统的辩证关系，我更多还是从精神上理解。八十年代中期《诗刊》曾举办过一次青年诗论家研讨会，那天会开到一半，唐湜先生进来了，听说正在讨论“朦胧诗”，就说：你们讨论“朦胧诗”，怎么不邀请我们这些“老朦胧派”啊？要说朦胧，我们可是朦胧在先呢。也确实有论家将所谓“朦胧诗”和包括“九叶”在内的新诗现代主义传统挂钩的。从精神上这样说自无不可，但并不意味着朦胧诗人的写作直接受过后者多大影响。据我所知，直到1983年前后，一些年轻诗人才开始注意到穆旦；而此前他们的写作，若从布鲁姆所谓类家族亲缘的角度看，与中国新诗谱系的关系较为疏淡，与国外现代诗人反倒更为亲近。当然不能一概而论。例如，黄翔当初的写作与艾青就有比较明显的承继关系。

张：从1978年北岛给哑默的信中看，好像“贵州诗人群”和北岛他们，与艾青之间都是有私人交往的。

唐：其他的诗人，例如食指作为先锋诗的先驱者，与何其芳、贺敬之都有传承关系。但是，北岛、杨炼、顾城这些诗人的情况就大不一样，他们更多地从西方诗歌传统中汲取营养。早期的顾城、北岛之于洛尔迦，芒克之于莱蒙托夫，都是可以辨认的。多多、杨炼在一段时间内则更多受到普拉斯、狄兰·托马斯、桑戈尔等诗人的影响。1980年代初文化关禁打开以后，许多外国诗人被介绍进来。新诗每一次大的繁荣总是伴随着大规模的译介，其背景则是文化由传统向现代的转型、多元文化的交汇。杨炼试图在传统／现代、东方／西方的一脉相通和彼此辩证的意义上重返古老的文化源头。澳大利亚汉学家白杰明曾说他的诗是新的“汉大赋”，主要指《敦煌》、《半坡》这样的诗，包括《诺日朗》。据我所知，杨炼并没有有意识地这样写。他和江河的早期写作都曾受惠特曼、聂鲁达等“革命民主主义”诗人的影响，追求气势、排场，基本属于宏大抒情的风格。

张：这可能跟当时写作环境的限度有关系。早期这些人与外国某个诗人作品的“相遇”，可能具有某种偶然性，因为那时只能提供这样一些有限的外来资源。更多的、更新的外来资源是在八十年代中期以后译介的。这几乎决定了早期朦胧诗人和他们作品的思想性质，他们恰恰是和你所说的“革命民主主义诗歌”、浪漫主义诗歌更为接近。而随着现代派诗歌在八十年代之后的集中译介，后来更年轻的一代诗人就受“现代派”的影响更多了。

唐：很少有人谈到这批诗人和中国古典诗歌之间的关系，也许普遍认为没什么关系吧。但史蒂芬·欧文似乎慧眼独具。在《何谓世界诗歌》一文中他认为北岛诗歌的意象和风格很容易使人想起中国古典诗歌里透明的灯笼。作为一个精通中国古典文学的学者，他通过北岛的作品发现了新一代诗人与传统的呼应和传承关系，尽管不是以一种直接的、脉络清晰的、可描述的方式，所谓精神血缘……

张：我想也许没有汉学家说的那么复杂。北岛创造了与“红色编码系统”不同的另外一种编码，带有“秘密”性质的。例如，黑夜、礁石、星星、海洋……这些冷色调的词语组合，组成了一个另类的表意符号系统。实际上，舒婷、顾城他们与北岛使用的是同一个符号系统。还有更早的“贵州诗人群”，例如哑默的《海鸥》，还有你编的《在黎明的铜镜中》所选的他的诗。哑默等人的表达方式与北岛、舒婷、顾城也是同一个符号系统。简单地说，他们使用了一套与“红色编码系统”相区别的编码系统，形成秘密的话语空间，使它传达的审美思想、信息具有异类性和叛逆性。这也许和中国古代诗歌中比较讲究“意象”、“意境”、“含蓄”的传统有不谋而合之处吧。我倒不认为他们的诗歌中有多少真正的古典传统，如果有，应该是在“无意识”的层面上。

唐：欧文的说法也许过于皮相了。但我的意思是，传统是可以不断被再生的。所谓“再生”首先是指精神实质和内在元素的再生，在此过程中必定会融入一系列新的异质因素。至于风格，包括书写方式等等，那是第二义的问题。很多人觉得北岛之所以成为中国当代诗歌的代表人物，成为朦胧诗以及后来的先锋诗最具象征性的人物，一方面得益于当时的历史语境尤其是意识形态对抗，另一方面得益于汉学家的翻译。然而，为什么是他，而不是别人呢？况且还要经过时间的检验。一定有更加深刻的，包括诗本身的道理。

张：这个问题我的理解可能比较浅：可能是因为他的“话语方式”，正好介于当时社会各种话语对接交汇的某个点上。比如，顾城可能过于个人化了，语言太弱；江河又过于社会历史化，太硬。恰恰是北岛的诗歌里，社会话语的含量、先锋话语的含量以及区别于红色话语的、具有陌生化效果的秘密话语的含量，还有公共理解能力所能达到的可能性，这些因素刚好在一个“合适的结合点”上。倒并不是说北岛的诗歌成就有多么高。我比较相信你编的《在黎明的铜镜中》，这本书重新编排了先锋诗的谱系，可以说“先锋诗歌谱系学”的建立是从这本书开始的。它改变了八十年代初，由辽宁几个大学生利用有限的资料和视野范围编选的《朦胧诗选》所形成的成见。《朦胧诗选》虽然也是朦胧诗最初经典化时期出现的标志性读本，但它遗漏了最重要的“前朦胧诗”先驱们，局限性是先天的；而《在黎明的铜镜中》则开始从朦胧诗源头上来梳理先锋写作的谱系，特别是黄翔和哑默所代表的“贵州诗人群”、“白洋淀诗群”，还有食指等一些早期北京

“地下沙龙”的诗人的作品，都收进来了。从入选的诗歌文本看——如果你也相信你选择的这些文本的出处和确切年代的话——那么，根子是其中表现出最夺目才华的一个，还有更早的黄翔、食指。论思想也许黄翔更到位；论艺术则也许根子最现代。他1971年前后写的诗歌，《致生活》、《三月与末日》，至今我看也未有出其右者。

唐：是的，是最灿烂的一个。

张：他的《三月与末日》那首诗，在我看来，不论是从技术还是从思想的复杂性、高度上来看，完全可以“覆盖”所有的朦胧诗写作，任何一首朦胧诗都不能与它相比。

唐：覆盖未必，但肯定独一无二、领袖群伦。多多说过，当他最初读到这首诗时完全被惊呆了。以前他认为最好的新诗是艾青的诗，现在突然冒出了《三月与末日》，完全在他的阅读期待和既定尺度之外，他无法评判，只好判定这不是诗。多多的品位是足够苛刻的，但根子的诗还是给他造成了如此的冲击。我第一次读到这首诗时同样有点“蒙”：有人那么早就写出了如此纯粹而又如此强有力的作品，太不可思议了。我一直认为根子是最早的“个人写作”的典范，在那批诗人中是最有天才的；遗憾的是他作品太少，因为他其后不久就放弃了写作。据芒克说，他之所以罢笔，是因为和他一起听《天鹅湖》唱片，遭人举报，被派出所办了“学习班”的缘故。就这么简单。天才大多是脆弱的，更有天才的就更脆弱。

张：后来我又看到过他的《致生活》，完全可以与《三月与末日》媲美，只是风格是诙谐的，它有效地补充了我们对根子的理解。根子的诗歌经验不但是先锋的，而且是复杂的、丰富的、日常的。在革命的年代，他的思想实际已经到了“后革命时代”，因此才能写出《致生活》这样诙谐反讽、幻灭感极强的诗歌。

唐：《三月与末日》也可以这么看。

张：可以说，他与以现代主义与启蒙主义精神为主导的先锋写作“主流”并不一样。这就带来一个问题：原来我们把“朦胧诗”看作是先锋诗歌经典文本的核心和起点，那么，经过这样一个历史追溯，是否应该重新调整这个历史概念？由于这批更早的诗人的出现，先锋写作的历史概念是否需要重新梳理和定位？

唐：当然可以，也应该不断地重新梳理和定位。这里实际上涉及诗歌发生、传播、影响和评价的复杂性。说得大一点，关涉到如何看待、如何呈现诗歌史的方法问题。重要的或许是：放弃那种从一个只能是虚构的“原点”或核心生发开去的一元的、线性的、本质主义的眼光和思路，而尝试一种多元的、交叉复合的，从根本上反“历时性”的眼光和思路，以把人为设定形成的成见及其影响减至尽可能小。这是个大问题，此处只能原则性地说到。当代先锋诗的谱系如同艾略特所说的“秩序”一样，是一个动态的概念，处在不断的变化和调整之中，其契机是创新，但也包括人们的重新认识，而重新认识往往根源于前在的写作作为范型对后起者所产生的影响、启示，甚至激起的反抗。从这个角度看，根子的问题在于出现得太早，其文本在传播方面受到了各种限制，对当代诗歌的影响远没有像北岛、芒克那么大；而食指对新一代诗人在写法上几乎没有什么影响，他的影响主要是在思想和人格上的。食指的写法是比较保守的，基本上是半格律的一路，从闻一多到贺敬之、何其芳所采用的那种诗歌形式。大家更多是把他作为一个精神上的先驱者来认同的。当然，这是说到眼下为止的情况，至于将来，谁也说不好。

张：一个先驱者活到了“今天”……我是这么看这个问题的：食指和时代的关系是他成为一个重要诗人的基础，就是你所说的“个人性写作”。在合唱的年代，他采用了个人抒情，个人化的写作。

并且，以这种写作姿态与时代保持一种分离和紧张的关系。这奠定了他作为一个精神异类、一个英雄和先驱形象的基础。关于“贵州诗人群”，如果单提黄翔和哑默，可能会忽略掉他们与周围环境之间的关系；如果用“贵州诗人群”的提法，就会涵盖一批诗人。但是，这批人的文本可验证的太少了，除了黄翔和哑默，其他人的文本可验证的太少。这会使我们“建立新谱系”的想法受到限制。

唐： 六十年代末到七十年代末至少曾经存在三个“隐性诗人群”：北京、贵州和上海。当时像是三个各自漂浮的诗歌孤岛，现在则可进行同质的分析比较。三者中，“北京诗人群”迄今引起的关注最多，资料收集和相关的研究也最充分；“贵州诗人群”要差得多，但不管怎么说，已经有人做了相当数量的文本收集并展开了初步的研究工作；唯有“上海诗人群”，各方面几乎可以说还是空白。之所以形成这种局面有多方面的原因，其中很重要的一条系于对当代诗歌的影响力。上海那批诗人基本没有什么影响；“贵州诗人群”的影响主要体现于黄翔，但和后来被归入“今天派”的“北京诗人群”相比，就要弱得多。八十年代的总体氛围是启蒙主义精神的高扬，诗歌领域内的大事则是个体主体性和诗歌本体意识的自觉。“今天”之所以影响卓著，固然和那场持续两年的“朦胧诗”论争有关，但也离不开他们的作品和有关的诗歌主张。比如，北岛早在八十年代初就提出了诗歌形式的危机问题，应该是当代从诗歌本体角度提出这个问题的第一人。他的作品在这方面也做了很多相应的尝试。再比如江河、杨炼的“史诗”实验，不仅尖锐突出了传统和现代的关系，同时也提出了本土“寻根”和创作资源多元化的问题，实际上开了“寻根文学”的先河。

张： 是的，从影响力来看，从继往开来的意义上看，把各种先锋性的资源创生、整合，对整个时代、社会、写作产生广泛影响的焦点人物，无疑是北岛他们。

唐： 历史有很大的偶然性。按黄翔的说法，当初，他们带着自己创办的《启蒙》诗歌杂志来北京，时间上要早于《今天》。

张： 是啊，我看到过北岛写给哑默的信，大意说："看到你们寄来的《启蒙》很受启发，我们也正在想创办一个诗歌杂志，希望你们给一些稿子"。还说："你们已经震撼了北京，就让北京再震撼一次吧"。

唐： 黄一直想澄清这个事实：《启蒙》在先，《今天》在后。

张： 作为文学史、诗歌史问题，这应该澄清。

唐： 按照他的说法，当年他们在王府井贴诗歌大字报的时候，北京的诗人们都还在观众群里。

张： 这一点很多人可以见证。上次我访谈林莽，林莽也说到他当年看到黄他们在北京，站在很高的地方张贴诗歌大字报，朗诵他们的诗歌。

唐： 当时我在南大，也是先读到校园里被传抄的诗歌大字报，黄翔的《致卡特总统》等，后读到《今天》的。但要说在心理上引起的震撼，后者更强于前者。当时思想解放运动的中心在北京；"今天"之所以成为诗歌重心，有地缘政治的原因。不过，黄翔的诗，也包括同时期的像叶文福的《将军，不能这样做》那样的诗，主要是在社会观念的层面上令人产生强烈的共鸣，引起传抄和朗诵；要说诗歌本身引起的震撼，还是《今天》上的诗，尤其是北岛和芒克的诗。回头去看，前者为诗歌本身所提供的东西不那么突出，更多诉诸的是社会政治层面的意识形态对抗。当然，北岛他们也是反抗者，但不是直接把诗歌作为一种工具去对抗。用江河的话说，是既对抗又对称，在对抗的同时致力于诗歌本身、诗歌本体。"今天"诗人之所以更多地被关注，被文学史叙述，除了地缘政治的原因外，这也是一个重要的方面。现在回头可以看得很清楚，这批人之所以能被“经典化”，不仅在于从整体上提供了一个可资讨论的诗歌现象，而且在于每个人都在不同方向上实现并发展了一种诗歌写作的可能性，一种足以对当代写作产生深刻影响的诗歌范式。对此不服也没办法，可以说是一种“命运”吧。

张：这种“命运”，也是诗歌和文学的一部分吧。

二、谱系与流脉

唐：等到“第三代”诗歌出来，上面这种关系就比较清楚了。实际上，朦胧诗的经典化更多地是通过第三代诗人来确立的。如果没有第三代诗人的回应和挑战，包括pass一类的激烈主张，只凭与主流诗歌对抗的一面，他们还不能成为经典。

张：第三代诗人对它的反叛，从反面强化、确立了它的经典地位。

唐：正反两方面。包括被赞美、被仰视、被摹仿；被质疑、被挑战、被反叛。

张：我想再说几句文化地缘的因素。朦胧诗的确立主要是在北京，作为文化传播中心，北京为它提供了文化背景。第三代诗人对朦胧诗的超越，似乎也带有“外省诗人”对“北京权威”挑战的因素。

唐：也许吧。不过在所谓“盘峰论争”前，好像没有谁公开从这一角度提出问题。

张：可否这样认为：朦胧诗在思想上和启蒙主义是一致的——虽然他们强调的是现代主义的艺术理念；而第三代诗则表现了对具有颠覆性的现代主义文化精神的向往和认同，反映了对启蒙主义思想的不满足。这有似五四时期的鲁迅，既写了《呐喊》、《彷徨》，又写了《野草》，既强调启蒙与疗救国民，但同时也更想表达个人的绝望与愤懑。这种矛盾既是内心化的，同时也是时代病。就中国文化与西方、世界文化交流的步伐、节奏来说，在八十年代中期有一个交汇、融合的时期，而第三代诗正是在这个时候出现，有文化上的必然性。

唐：情况也许要更复杂一些。因为在西方以历时方式展开的问题，在现代中国往往是以共时方式展开的。这就使先锋写作的思想资源、艺术来源，在成分上变得更加驳杂。例如说到北岛的诗歌，我们往往首先想到《回答》、《宣告》，实际上他同时也写过像《青年诗人的肖像》、《日子》这样的诗。后两首说它是“意识流”、“生活流”也可以，说它是“后现代”也可以。

张：还有一个问题，第三代的崛起，似乎也预示着正在成长和兴起的“大众意识形态”同诗歌之间有了一个结合点，或者也可以说，是对前者的“精英意识形态”的一种否定。他们对市民化的社会生活与价值观的推崇，对诗歌在社会公共空间——而不只是心灵与私密状态中——的传播的渴求，也体现着对朦胧诗“贵族化”身份与情调的不满。这也许不纯然是正面的，但又是一种不可避免的趋势。

唐：先锋诗歌最初是作为精英文化，在与主流诗歌的对抗和分野中来确立自身的，但后来它与大众文化的关系变得重要了，与主流意识形态的关系变得不重要了。因为这似乎已经不成为问题。然而，与大众文化的关系一直困扰着先锋诗歌。

张：一直延续到现在。上世纪末，所谓“民间”与“知识分子”的论争，也还是原来第三代与朦胧诗之间分野与对立的延伸：与大众文化更近，还是坚持精英化姿态？似乎还是原来那个格局。

唐：是先锋诗歌内部的矛盾。我们不妨取个“样”。比如，就那一代四川诗人而言，所谓“五君”，尤其是欧阳江河，就更多代表着朦胧诗之后进一步的“小众化”、精英化倾向，典型的现代主义的趣味和观点，如果你愿意，也可以说是具有“贵族化”取向；而“莽汉”诗人群则更多代表（诗歌）与大众文化的亲和力。“非非”或许可以说介于两者之间。

张：“非非”因为更具有哲学化的诉求，所以有“中性化”的倾向，它是建立在语言哲学这样一个认识论基础上的，它近乎一个特例。

唐：对。这样的内部矛盾从一个侧面折射了中国当代社会文化演变的历史进程。八十年代末曾经有过一个相当戏剧化的说法，就是中国当代文学只用十年时间，就走完了西方二百年的历程。一方面是原先的价值系统分崩离析，一方面是新的文化和价值系统伴随着译介和开放大量涌入，这样一种双重的爆炸性局面必然导致分化和“碎片化”。废墟和工地并存，有时甚至混而不分，由此产生了当代中国社会文化的复杂性，生存状况的复杂性，人的情感、思想世界的复杂性。所有这些在第三代人的诗中都有充分的反映。例如胡冬的《我想乘上一艘慢船到巴黎去》，就非常奇怪地混杂着许多意识形态和文化的碎片：既有红色经典教育的残留，又有对西方的想象、崇拜……

张：革命小将式的暴力情结、对西方的盲目膜拜、对“资产阶级生活”的向往等等，乱七八糟的东西，绑在了一起，很有点“后革命”时代的意味。

唐：这首诗的风格会让人马上想到金斯堡的《嚎叫》，那种宣叙的调子、强化的语气、混合排比的句式、不择地而流的势头，只不过要弱一些。当时不少人都倾心于类似的风格及其变体，而更多的人在从事各种新的风格实验，探讨新的可能性。比如“整体主义”诗歌，据称从最新、最前沿的“全息论”中找到了理论根据，同时又整合了杨炼、江河有关“现代史诗”的设想和向传统“寻根”的实践。杨炼现在不承认他是“寻根”的始作俑者，江河的态度不清楚，但实际上他们起到了这个作用，至少在拓展新诗的文化资源方面是这样。

张：无意中，他们充当了整个文化寻根思潮的引领者。

唐：“寻根”关系到对传统的态度。在这方面，廖亦武的一句话很有意思，他说：“我们扑倒在自己这个传统里”。

张：他称之为“新传统主义”。

唐：杨炼现在自我阐释他的《半坡》、《敦煌》，尤其是长诗《[illegible]》，是试图用个人的方式、诗歌的形式重写，或者说发明个人的中国历史。

张：这也是一种焦虑，不仅要担负诗人在当代的使命，而且要建构一个属于自己的诗歌写作的谱系，给当下自己的写作寻找一个精神背景和合法基础。

唐：朦胧诗人这一代也不能一概而论。比如严力，就可以说是一个风格上的异数。他后来被伊沙等人重新发现并认同，与他当初的写作带有解构性质有关，与中国社会文化形态的加速度变化也有关。杨炼现在不会再谈他的《大雁塔》。《大雁塔》的基本结构、构思方式、修辞方式基本还是属于“革命民主主义”的抒情传统。

张：历史本质主义、历史必然论或进步论的一个变种。

唐：杨炼也经历了很大的发展变化，以《敦煌》、《半坡》为标志。《[illegible]》虽说试图用个人化的方式重写历史，但是里面充满了矛盾、悖谬和自我冲突。这一点非常明显。

张：《[illegible]》是一个伟大诗歌的构想，但是，杨炼个人的文化能力、时代给他提供的文化可能性不够充足。因为一个伟大诗人的诞生不是在废墟上，而是在众多优秀诗人创作的基础上建立起来的。写作《[illegible]》的时代还不具备使它成为一个完整的、内部无可挑剔的、统一的、完善的作品。它是一个由各种要素堆积起来的“未完成”的作品。

唐：你的结论也许更适用于海子。不管怎么说，八十年代整个的人文气候极大地激励着诗人们的雄心。杨炼的《[illegible]》是一个雄心勃勃的作品，海子的“太阳七书”也是雄心勃勃的作品。

张：海子想要创造“伟大的诗歌”。

唐：这种现象除了反映个人的梦想之外，也体现了普遍的“现代性”焦虑。一方面是要追上现代的世界潮流，另一方面，又要不断地确立自身。这里有一个自我身份界定的问题，要求既是世界的，又是中国的、民族的、本土的。这种雄心和五四精神有某种内在的相通，其中包含着对历史传统的现代想象。对一个诗人来说，这既是一种强大的精神资源，又可能是一种迷途，一种虚妄。杨炼是直接返回到《易经》里去寻找原理、灵感和结构，理念上可能借鉴了但丁的《神曲》。《神曲》借用了地狱、炼狱、天堂这样一个基督教的原始结构，而杨炼则为自己发明了“同心圆”的概念，内部有一个生生不息的太极图。海子的“太阳七书”也受到《圣经》和《神曲》的影响，但运思和结构的考虑更宏大，综合了东西方的史诗概念。

张：海子写作的空间感很强，他是采用了“将历史空间化”的方法，来构建他超越历史的整体化的伟大诗歌框架。

唐：他试图汲取世界范围内的诗歌资源，话语方式也是世界主义的，尽管根还是扎在个体的痛苦和孤独之中。他对中国传统文化似乎兴趣不大，这一点与杨炼形成了鲜明的对比。

张：他是力图穿透这个东西——传统，以个人的“反语言”的方式，编织一个新的文化结构，以完成“重新创世”的神话。

唐：海子辞世前的一批短诗堪称当代的巅峰之作，但读他的长诗，感觉更像是一个大工地。

张：对，一个巨大的工地，一个有待完成的工程。

唐：工程师最后身心交瘁，无法完成如此庞大的工程。

张：某种程度上，这也是限度和命运，不止属于海子自己的，也是属于我们这个民族的文化命运。

三、个案和精神原型

唐：很多观点和结论是后设的。朦胧诗人们并非事先形成了一种共识才去写，才采取一种集体反抗的姿态。文本的产生根植于每天的日常体验，反抗的意绪源于追求自由的天性。还有偶然的因素。比如多多，如果不是看到了《三月与末日》，很可能就走上了另一条路，用老芒克的话说，“多多那时候写什么诗啊？他整天在那儿啃哲学和政治经济学。”他是因为不服气，“凭什么你能写那样的一首诗啊？”

张：所以说多多后天的东西——知性和智性多，芒克和根子先天的东西——感性与体验多。芒克是比较自然平和的那种，而根子是才华出众的、爆发力特别强的一个，否则也不会写出那么震撼人心的一首诗。多多说，他之所以成为一个诗人，和家庭影响没有任何关系，开始也没有这个志向。但他确实是最坚定执着的一个。

唐：1996年我在美国碰到过根子，当时他还在给中文台解说NBA。他说他正在写一首长诗，一部长篇。又是十多年过去了，也不知他写得怎么样了。以根子的才华和学养，是值得期待的。据说他的阅读量在同代人中是首屈一指的，当年他们家的藏书也非常多……

张：《三月与末日》几乎就是那个年代中国版的《荒原》。无论思想的含量还是艺术上的质量，也许都可以说是一个世纪里难以逾越的高峰。一百年后我们时代留下的大量文本都会被淘汰，而我相信这首诗仍旧会屹立不倒。

唐：而且他的作品很难摹仿，因为与个人的全部生命状态有关。那样的诗是一个大心理场的结晶，经历了长时间无意识状态下的积累，仅这一点，就无法摹仿。

张：也就是那句话，“一个真诗人的出现，是因为他的文本对他自己人格的完成。”他用他的文本来建立了他的人格，当然也可以反过来说，他用自己人格上的修为支持了他的文本的那种构建和延伸。

唐：如果对诗人人格本身有比较复杂的理解，这句话大致是成立的。我是说诗人并没有一种固定的人格需要通过诗来表现，诗人的人格和文本之间是一种互动关系。实际上写作对人格的影响也是很大的。

张：是的。根子可以说是这代人中的一个具有原型意义的诗人。他自发而又自觉，有外来影响同时又是基于自身的觉悟。他的诗处于自己的时代之中同时又超越了自己的时代，其他人可能会和时代的关系更紧密些……

唐：前面你说我编《在黎明的铜镜中》是在自觉地梳理先锋诗的谱系，当时也确实注意到了这一点。因为这里面包括着和“红色文本”的关系。食指的诗、依群的诗，都比较明显。芒克的诗表面上看和主流意识形态没有什么关系，但他的大多数作品，如果不考虑到紧张的对抗语境，就不可能得到充分解读，特别是像《阳光下的向日葵》那样的诗。但是根子的诗和主流意识形态之间就不存在直接对抗的关系。它在另一端横空出世，或者说更能体现江河所说的既对抗又对称。其实江河和杨炼也是这样过来的。江河写过《献给一个人》、《纪念碑》等；杨炼写过《火把节》、《大雁塔》，都未脱宏大抒情的窠臼。

张：在他们的早期作品中，与红色年代原有的文化和诗歌母体之间的生长关系是很明显的。

唐：还有依群的诗，是一种奇怪的“双重文本”，像《巴黎公社》那样，把普遍的革命题材浸泡在青春意绪中，把早已“茧化”了的意识形态话语还原成个人话语，很有意思。“向戴金冠的骑士，举起孤独的剑”，多么本质又多么豪华，而且带有某种异国情调。我不认为诗人和文本的关系是种子和果实的关系，类似的比喻太简单化。在许多情况下，这种关系更像谷川俊太郎所说，是一棵拥有众多“假根”的榕树，你说不准哪一根就能长成粗壮的枝干，比主根更粗壮，却不一定和主干有什么关系，甚至主干本身反而有可能慢慢地萎缩掉。还有一些更复杂的比喻，比如寄生和嫁接。所有这些对于理解诗歌这种复杂的精神现象都是必须的。可以从这样的角度，而不必拘泥于“朦胧诗”、“第三代”这样的概念，来梳理先锋诗的谱系，这样许多问题可能看得更清楚。那些为了评论的方便或进入文学史的需要发明出来的归类概念遮蔽了太多的东西。许多诗人习惯上也被归入朦胧诗，比如梁小斌、王小妮、王家新，但他们当时的写作，相对于北岛、芒克等人，其实是两种不同时空中的写作，无论是现实时空还是文化心理时空，都是如此。

张：如果将他们看作“朦胧诗人”，那么他们的文本大概属于一种“次生性写作”，他们成为重要的诗人其实是因为他们后来持续和不断深化的能力决定的，他们后来的意义要大于初始的意义。

唐：所以欧阳江河曾开玩笑说他是个“二代半诗人”，因为他自认为不属于第三代诗人，又不可能被界定为朦胧诗人。我问：“那还有谁也是二代半啊？”他说：“王小妮、王家新都是。你也是。你不要以为你挤进了朦胧诗人。”我说：“我什么代也不是。”他真正想说的是，他是个不愿意被归类，也无法被归类的诗人。这样的诗人还有一批。

张：这个与八十年代初期朦胧诗的论争有关系，那时还没有人对这个诗歌谱系作认真的梳理，只是把不同时期诞生的东西放到一个平面上来对待，而真正属于朦胧诗这一代的理论家又没有出现。徐敬亚属于稍微“晚生”的一个，他急于解释包括他自己在内的这一批人写作的合法性，所以便一锅烩了。你说的这几位，他们早期的东西确实无法确立他们的地位，还是通过九十年代的一些作品。

唐：柏桦也是一个突出的例子。他也是八十年代中期才出来的，但更早就写出了《表达》这种带有“元诗”性质的作品，而他所表达的，其实是一种无可替代的高度个人化的诗歌立场。他个人的诗歌美学和毛泽东时代保持着一种奇怪的联系，但风格上绝对独树一帜；同时，他的写作作为一种转变期的范式，影响了许多人。在这方面他和食指很不一样。都说食指是一个承前启后的诗人，但前面已经说到，他在诗艺上“启后”的一面比较弱，主要是作为一种精神人格象征，作为一种写作范式则没有多大的影响。多多是另外一种现象，很多年中似乎被忽略了，他的影响力需要一个更加深远的时空。北岛，包括杨炼和江河当时的影响是非常直接的。柏桦的影响也非常直接，主要影响了一批倾向于抒情性写作的诗人，尽管柏桦比他们更锋利、更极端、更“酷”。重庆有一批这样的诗人。黄翔的周围也有一批人。《大骚动》，别的地方的诗人大概不会用这个概念，只有贵州的才会。办这个刊物，王强大概是最得力的。

张：王强也是贵州的?

唐：是。这里说的是贵州的王强。他最初也是黄翔身边的人。黄翔周围有一批信徒。九十年代中期我去那边，对此感受很深。

张：黄这个人大概具有一种“教主”的气质吧?

唐：有一点。我们也说“诗歌江湖”，但更多的是强调一种“四海之内皆兄弟”的气氛；真正的诗歌江湖我看在贵州，简直像一个教派，人际间似乎有一种不成文的规矩。黄翔在贵州的地位是很高的。

张： 他的文本也是别人无法企及的。

唐： 也包括人格魅力。所以这次还是把黄翔和食指一起给选进来了。

张： 当然。他们是先锋诗两个不同的重要源头，两个不可动摇的先驱。食指性格很平易，甚至有很“弱”的一面，但在北京这批诗人中仍然具有老大的气质，一种不可替代的人格魅力。

唐： 食指的情况要复杂一些。他作为当代诗歌先驱者的地位，他的精神人格力量，他当初的耀眼才华，是绝大多数人都认同的，但对他作品的价值也存在一些争议……

张： 好像有人写文章，对前些年食指的再发现表示怀疑、质疑。

唐： 认为是“媒体炒作的结果”。

张： 包括“白洋淀诗歌”的说法，我也听到了质疑的声音。

唐： 说对食指的重新发现是媒体炒作的结果是没有说服力的；但怀疑、质疑很正常，无可厚非。情况恐怕也确实比我们想象的要复杂一些，许多事现在说不清楚，甚至已不可能说清楚。

张： 从做文学史研究的角度讲，“前朦胧诗”或者“白洋淀”，甚至“贵州诗人群”确实都有可质疑之处，因为文本的诞生时间和实际影响无法确认。比如，有没有产生实际的社会传播和影响？有多大范围和多大程度的影响？文本后来有没有大幅度的修改？这些确实都是可质疑和难考证的。

唐： 还有一个问题，就是诗歌文本和作者意图的关系。×××在《十月》上发表文章，认为食指的早期作品完全被误读了。作者跟食指很熟，也是老红卫兵。他认为现在食指被谈论得最多的几个文本，包括《鱼群三部曲》，基本上是政治失意以后寻求一种宣泄，同时寄托了一种更大的虚幻。他认为食指是有“红卫兵情结”的……

张：食指确实有一些“红色文本”，与他那些“个人化的抒情”很不一样。

唐：但食指本人对自己作品的认识几乎是无差别的。他可以把《南京长江大桥》朗诵得和《这是四点零八分的北京》一样激情澎湃。他并不像许多人那样，把部分容易招致诟病的“少作”看成某种禁忌。

张：是的，他自己在这方面没有什么界限。另外，《疯狗》据说也不是人们想象中的一个关于人权悲愤的见证，而只是针对当年听闻美国卡特总统要来中国访问写的。

唐：因为写作时间在传播中被搞混了，与食指本人无关。一些选本上标的是1974年，实际上是1978年写的，我曾就此专门做过考证。

张：这是个巨大的误会。

唐：他这首诗和黄翔的《致卡特总统》差不多写于同时，出发点、意味却大不一样。当然，在一个特定的语境中，那样去误读也未尝不可。

张：从精神现象学的角度看，食指的所谓“精神分裂”或许有假性的成分。可能他更多地是一个“自我强迫症”患者，是当年的政治高压与他个人的敏感和恐惧交互作用的结果。这跟哈姆莱特相似，是一种“佯疯”。他现在的太太寒乐就对我说，路生并不是一个真正的病人，因为即便在“犯病”状态下他也是个有羞耻感的人。真正的疯子是没有羞耻感的。我觉得她说的是有道理的。

唐：你跟他聊诗，会觉得他挺正常，从八十年代中期结识他起就是这样。但如果涉及到政治话题，就很容易在不知不觉中发生错乱。

张：这一点很奇怪。

唐：似乎他内部有一种机制，一个开关。有个“频道”不能打开，一打开就会出问题，关着的时候呢，就足够安全。但还是有问题。他对诗歌的看法基本上不出以群的《文学的基本原理》，再加上“黄皮书”、“灰皮书”的一些影响，之后的知识信息便很少，在某种意义上可以说被时间“雪藏”了。

张： 后来的社会信息对他是一种干扰，一种很危险的干扰。但这也很奇怪，他九十年代那些诗写得很棒，悲情意味那么浓厚，悲剧命运的认同，与时代之间的冲突，被命运捉弄的自我形象……感人极了。我想如果没有九十年代这些作品反过来印证他早期的才华，他大家的地位还是没法确立。互相见证啊，有时候我读他九十年代那些作品，读得热泪盈眶。

四、从“第三代”到“70后”

唐： 前些年一次和牛汉先生聊天，他认为新诗有史以来最终能站得住的诗人不会超过三十个，其中半数以上产生于上世纪七十年代末到九十年代末，而被归入朦胧诗和第三代的又占了后者中的绝大多数。我完全同意他的看法。在商业主义和消费主义盛行的今天，说到这些人更有一种“硕果仅存”的沧桑感。从这个角度探讨作为诗歌史概念的“第三代诗”恐怕更结实些。在作为诗歌运动名噪一时之后，它是怎么走过来的？在美学上提供了哪些成果和启示？一般认为徐敬亚他们搞“’1986中国现代诗群体大展”是“第三代”大规模登场的标志，当时登录在册的据统计有八十四个群体数百个诗人，但一直坚持下来并持续产生影响的如今已屈指可数，真是“硕果仅存”呢。当然，这个意义上的“第三代”概念，很大程度上已是一种借用了。

张： “硕果仅存”，很恰当啊。谈到“第三代”，有很多歧见，其间花样繁多，确实很难概括。总体上，或许可以认为它是当代中国的一场迟来的诗歌“现代主义运动”吧？

唐：或者说，使在中国一再被延误了的现代主义意识变得更加完整和充分，由此进一步拓展了多元多样的当代诗歌格局。所谓“现代主义意识”，很重要的一点就是强调诗人的个体主体性和诗歌自身的自主自律。五四以来的前辈诗人并非没有考虑过这个问题，穆木天、王独清、梁宗岱他们最初从法国后期象征主义引进“纯诗”概念，即着眼于此。但类似的努力一再被启蒙救亡的时代要求所压倒，到五六十年代就更谈不上了。从朦胧诗到第三代，算是补上了这一课，这以后才谈得上个体诗学的发育，也才谈得上真正的风格差异。

张：我注意到你在那篇关于九十年代诗歌若干问题的文章中提出了“个体诗学”和“个人诗歌谱系”这两个概念，这是两个很重要的概念。

唐：“个体诗学”有相对的独立性，但不可能孤立地形成和发展，其中探索意向和现实的互动及其在文本中的相互指涉是关键。我们可以从这个角度来看第三代是怎样走过来的。比如韩东和于坚，当初同属“他们”，都主张“诗到语言为止”，但九十年代后风格的差异却越来越大。《0档案》或许是一个标志性的案例。这首诗的写作动机之一可能与罗兰·巴尔特所谓的“零度写作”有关，把所有和语言无关的归零，把意识形态的因素归零，不带先入为主的审美立场进入，虽然实际上做不到，却是一个内在的努力向度……

张：你觉得《0档案》是一部完成了的作品吗？他试图展现个人历史和社会历史之间的对应性或同构性，将这个历史又呈现为杂乱无章的记忆废墟——“当代历史与文化的废墟”。这个“主题”当然是很大的。但这是从观念意义上看；如果从“诗歌艺术”的角度看，它是一个自足的“完成性的艺术作品”吗？还是必须依据于解释的一个“实验性文本”?

唐：我比较倾向于后者。我大概是《0档案》最早的读者之一，当时连看三遍，一时说不出什么。于坚很失望，说：“晓渡，你不要用任何成见来看我这个作品，它和以前所有的诗都不一样。”对此我部分同意，部分不以为然。部分同意，是因为对它确实不能使用一般意义上的诗歌尺度；部分不以为然，是因为我早已厌倦了那种盘古开天辟地式的自诩。因此我的回答是：“它肯定是一个重要的文本；至于它是不是一首好诗，我还没有想好。”用行话说，这是一个“超级文本”，其对档案制度的强烈批判和“零度写作”的要求正好相悖。它密不透风的叙述基调、枯燥沉闷的风格，富于讽刺性地处理了柏拉图有关原型的“影子”理论。在柏拉图看来，作品是生活的影子，生活是理念的影子；而在《0档案》中，档案是实体，我们的肉身存在反而是它的一个副产品，是影子。语言在行使反讽功能的同时，自身也成了反讽的对象，因为档案是用语言写成的。然而，如果没有曾经像唯物主义一样实在的档案制度作为参照，没有在这种制度下人的肉身命运作为参照，仅仅作为一个纯粹的语言事件，这个文本就不可能保持住自身的锋芒和张力。显然，这里存在着语言和现实之间复杂的相互指涉和纠结。

张：我想我们谈论《0档案》这个作品，与评价于坚本人的写作成就无关，我是把《0档案》作为这一代诗人的一个“观念写作的案例”来理解的，它可能有某种代表性。我不知道你的阅读感受是什么，我觉得阅读一段就够了，它的观念意义已经被呈现出来了，它的“长度”是靠量的平行增加来实现的。

唐：恐怕也有某种追求和历史对称的形式意味吧。他就是要“堆”，以词的无意义增殖喻示档案自身的繁殖过程及其统治地位，就是要这样来凸显档案制度和历史本身的荒诞。本来“档案”是我们的一个参照物，但现在倒过来，它成了主体。

张：那一定程度上是不是可以说，第三代诗很多情况下是处在“从理念到文本的路上”，尚未抵达最终真正的写作？

唐：臧棣的《后朦胧诗：作为一种写作的诗歌》可能概括了很多第三代诗人的写作理念。它和传统写作最大的差异就是“写”字当头，评价在后，现象先于本质。

张：不首先服膺于观念的支配。

唐：先把所有有关诗歌和诗歌写作的理论悬置，打进括号。这样的写作同样基于语言本体立场，但似乎更极端，更接近罗兰·巴尔特所谓“只指向自身的写作”，更利于呈现，也更容易丧失活力和有效性。关键恐怕还是在于文本与现实相互指涉的力量。朦胧诗之前写作与现实的关系是单向决定论意义上的关系，而所谓“现实”，是经过了意识形态本质化处理过的现实，被权力支配的现实，妄称现实的现实，工农兵“火热的战斗生活”之类。朦胧诗打破了这种对现实的独霸，将其还原为个体的日常生活，尤其是内心生活。前面曾说到北岛如《日子》、《青年诗人的肖像》这一路诗，所呈现的就是这个意义上的当下瞬间。八十年代曾风行一时的所谓“生活流”诗，也可以在这儿找到根源。当然那是一种等而下之的写法。注重文本和现实的相互指涉，其实是说，一个越是个人化的诗人，文本越具有现实的包容力。

张：也就是说，诗人进入个人生命的深度有多大，介入现实和普遍性的深度就有多大？

唐：是的。但应该强调，这里的现实不是指作为素材的现实，而是指文本的现实，被写作抓住，或发明出来的现实。作为素材的现实是无差别的，可以，也应该被悬置，被打进括号。因为每个人所经验的都是现实的一部分，你不能说哪个部分更重要一些，不能说只有工农兵的生活才是真正的生活。这也是当年胡风试图和毛泽东争辩的主要所在。被写作抓住，或发明出来的现实才是关键，才意味着难度和挑战，否则帕斯就不会说“现实是最遥远的”。第三代刚开始时很大程度上可以说是观念写作，似乎每个人都急于抓住一个观念或主义，就像布鲁姆说的。但那时恐怕还谈不上有多大的焦虑，更多的是兴奋。因为新诗并没有提供一个像英语诗歌中弥尔顿那样的“大人物”，让后来者绕不过去，不得不使用各种策略去消解他。话又说回来，没有各种新观念的刺激，也就没有八十年代当代诗歌的复兴；真正有意思的是，无论什么观念，似乎都能派上用场。此前当代诗歌实在是太贫瘠，而诗歌土壤又实在是太丰厚了。

张：还有“青春写作”的成分，因为六十年代出生的这批人那时才刚刚二十多岁，带有最初的青春叛逆性。而刚刚引入的西方艺术观念又是以“现代派”为核心的，类似“达达”、“未来主义”、“超现实主义”、“垮掉派”等等，为中国诗人和国内知识界提供的想象既是多元的，又是不确定的。所以大家多是试图摹仿现代派的一些古怪、叛逆而陌生的特点……

唐：叛逆意味着“我不能这么写”。反叛在先，要另辟蹊径。这似乎无意识地符合了布鲁姆的理论，虽然那时他还没有被介绍进来。还有更复杂的情况。像“非非”，尽管与达达主义有先天的联系，但其核心是语言哲学。不过这种情况不算太多。“莽汉主义”就没有明确的语言和哲学基础。这里还有经验的对应性。比如“女性诗歌”所突显的女性经验，其实从与意识形态的关系来说，大家都处在“类女性”的地位，被动的、消极的、被支配的地位，这可以说是超越了性别的女性经验，它需要表达。

张：这类似于“五四”时期，“女性解放”的命题包含在“人的解放”这个大命题之中。“人的解放”是主要矛盾，“女性解放”隐而不显，但优秀作家能意识到这个问题。

唐：对。比如萧红。

张：我在1986年前后读到翟永明组诗《女人》，但九十年代初才读到她1984年写的《黑夜的意识》，感到非常震惊。实际上十年以后，在小说领域才出现了真正的“女性写作”。就像你刚才说的，“女性诗歌”的意义与第三代的其他派系比非常不一般，它长远地影响了后来的诗歌。“非非”对于思想界、学术界的启示作用也不可忽视。因为八十年代中期，学术界结构主义的思想还比较稀薄，“非非”在这方面的讨论具有超前性。但从观念到写作实践，“非非”好像没有找到特别成功的对应。九十年代，周伦佑提出“红色写作”，可能意识到语言本体论的观念会陷入玄学的困境，真正的诗歌写作应该回到人本，但也没有维持很久。

唐：诗歌是观念、经验和创造三者综合的结果，在某个平衡点上会产生杰作。周伦佑从写《带猫头鹰的男人》开始才进入状态，具有存在主义色彩；提出“非非主义”之后，他的代表作是《自由方块》，标题本身已经暗示出语言本体的立场，兼有游戏和表演；写《刀锋》组诗时，可以说是牢狱之灾重新发动了他的内在经验，直抒胸臆，同时带进了《自由方块》的语言探索，锋利而饱满，堪称力作；但或许前几年的《变形蛋》更是一种综合表达。我认为，有了《变形蛋》，周伦佑才真正不枉“非非”一场。《变形蛋》和《0档案》一样，有很强的指涉现实的力量。《0档案》试图为档案制度和作为个体的“人”之间的关系做一个总结，带有终结意味；《变形蛋》则试图用一个意象概括集权主义体制和个人生存的语言关系，可以不断地唤起后来读者的体认，具有开放性。这种意图与其说与《非非主义小词典》的有关主张相悖，不如说胀破了这些主张，是写作和现实及个人命运遭际相互作用的结果。那些从一开始就不愿，也不能被归类的诗人或许更值得注意。比如西川，当他以“西川体”进入“大展”时，所持的基本上是古典意味强烈的象征主义立场。但是经过海子、骆一禾之死和八九之后，他觉得自己的美学立场有不道德的成分，已经不可能再写像《远游》那种高蹈明亮的诗了。这种道德上的不洁感当时很普遍，当它和现实的无力感混合在一起时相当致命，足以使一部分诗人远离以至放弃写作，却也刺激、促成了另一些诗人从中汲取新的创作能量，并使之成为风格转变的重大契机。阿多诺认为“奥斯维辛之后再写诗是野蛮的”，如果说中国当代先锋诗以自己的方式将其重新还原成了一个问题的话，那么，西川堪称这方面一个最突出的例子。他九十年代以后的写作表明，一种在风格和质地上足以与生活和历史相对称、相较量的诗不但必要，而且必须，前提是有能力使大规模的解构和建构成为同一过程。当然，所有的解构都是自我解构，其根据在其内部的矛盾冲突。我们甚至能够在《起风》、《在哈尔盖仰望星空》那样至为纯粹的西川早期作品中发现这样的内部矛盾冲突，只不过受不同的现实感引导罢了。

张：他可能正好成功于这一点。“温和的反叛”，智性的自我认同，使他在躁动的氛围中沉了下来。

唐：他和一批同仁最早提出“知识分子精神”，在当时过于喧嚣的氛围中强调节制的专业态度和方式，八九后的情况可以说是一种考验……

张：欧阳江河所阐释的“知识分子写作”可能更全面，更能体现对时代的回应。不光是强调专业性，同时要求与现实之间保持合适的关联与距离。

唐：张曙光、肖开愚、孙文波等人曾经试图突出叙述的因素，也是意在突出语言和现实之间的互相指涉关系。但做过了头就会流于琐碎，失去张力。西川希望用各种因素“互破”，他在很多词前面都加上了“伪”字，比如伪哲学、伪宗教、伪先知，等等，还应该加一个“伪叙述”。叙述从来就不是诗的真正目标，而是为了解决文本内部语言与现实相互指涉的矛盾而可资调动的元素之一。即便作为阶段性的重要语言策略，也还有一个叙述什么、怎样叙述的问题。从《致敬》、《厄运》到《鹰的话语》等等，西川九十年代后的作品中充满了大量“非诗”的异质因素：“恶”的、狂野的、黑暗而不可名状的、像梦魇一样具有压迫性的因素。文体也变了。

张：可以说是散文化了。

唐：但仍然较好地把握住了散文和诗之间，或者说，各种元素之间的平衡和张力，一方面是语境远为复杂阔大，一方面在专业的技艺层面上不但没有降格以求，反而更加精进。欧阳江河可能是当代最善变、风格最丰富的诗人。他可以写得非常华丽，非常唯美，如《天鹅之死》、《一夜肖邦》等，也可以化沉重为轻盈，如《乌托邦》、《肖斯塔科维奇：等待枪杀》等；《悬棺》中充满了玄思，是一座真正的语言迷宫，而《手枪》尽管写得足够早，却称得上是一首后现代主义的典范之作。

张：而《汉英之间》、《玻璃工厂》，则类似于“元诗歌”——关于诗歌的诗歌。

唐：特别是《玻璃工厂》，一方面是“元诗”，一方面是“拆元诗的诗”，这首诗的地位以后恐怕还会上升。但他最重要的文本照我看是《傍晚穿过广场》。

张：我也这么认为。

唐：一首随时可能触动政治道德神经的诗，却没有表现出任何诉诸道德优势的企图。

张：这正是他高出一筹的地方。他更多的是用历史的长度、更长远的眼光，用历史中的感受者，用感受者的心灵体验，而不是用“道德界面”去对准这个时代。

唐：一代人逐渐形成了自己的个体诗学，这也是“硕果仅存”的表现。欧阳江河强调“异质混成”，他的审美态度迹近苏东坡所谓“空故纳万境”的“空”，在这个意义上指向“零度写作”，但并不试图抵达“零度写作”，而是通过追问不断悬置，不断生成。他专注的是词与物的关系，而不是外在于写作的诸如道德的、哲学的制高点。

张：他不只是面对历史和悲剧、对那些面对这一切的人的内心世界进行反映，还对参与其间的自我内心世界的反映进行清理，这是比较杰出的。我认为这是九十年代最重要的、不可忽视的文本，可说是一个时代的总结。

唐：不仅总结了一个时代，还总结了穿越时代的人。在写于九十年代的《关于市场经济时代的虚构笔记》、《电梯》、《咖啡馆》、《快餐店》等一系列作品中，他试图进一步指涉急剧变化的现实，但同样没有赋之以美学上的优先权。这是欧阳江河最值得重视的地方。到这个时候，可以说诗歌成熟了：一方面，自足性变成了前提，它不依附于时间、潮流和时尚；另一方面，现实不分等级地作为诗歌素材被使用，并被转化为内在的活力。在语言和文本的相互指涉问题上一直有两个极端，一是纯文本化，现实的分量和内蕴被抽空，没有生命内涵；一是平面化，完全被现实的碎片吸附。基于当代诗歌的上下文，欧阳江河提出“异质混成”，西川提出“互破”，这是两个很重要的诗学理念，都有其根据和针对性。

张：这可以看作是他们的本土性诗歌理念的建构吧，是基于中国的诗歌现实和社会历史，结合诗人自身的精神背景而进行的本土化建构。只是这两个观念的内涵还没有得到更多诠释和更多人的理解。

唐：这也是作为个体的第三代人再往前走必然要遭遇的“难度”，标志着新一轮的挑战和应战。有些在读者看来是莫名其妙，在诗人的经验中却必须如此。比如《厄运》，西川为什么要这样写？各种编码是什么意思？人称的不断变化有必要吗？但他自己很清楚为什么要进行这样的设计。

张：难度不应该牺牲“最大限度的可沟通性”，以及他人进入文本通道的多样性。如果说西川更个人化的话，欧阳江河在个人化和社会化的关系上也许把握得更好，更能得到认同。

唐：可能是向度不一样。欧阳江河的“异质混成”既离不开他总是出人意表的悖谬句式，也离不开他的玄学向度。有时候，他好像是在一个完全虚空的地方写作。

张：我发现在这批诗人中，论理论表述和逻辑组织上，才能最突出的是你和欧阳江河。

唐：欧阳江河属于那种无限热爱生活的人，兴趣广泛，打通不同领域，尤其是玄学和世俗空间的能力也很强。《计划经济时代的爱情》中有很多转换，尤其是政治和色情的关系。能够发现这二者之间的关系，并且出色地把意识形态的话语轻松地转化为诗歌话语，把沉重的主题写得轻逸，这需要大才华。才华、抱负、胆识、视野，风云际会中的历练，特别是严格的自我训练，据此结晶成独特的“个体诗学”——照我看，这一代人中的硕果仅存者在若干年内很难被超越。

张：不仅是“中间环节”，也是他们自身。从观念和运动开始，到人和“硕果仅存”而止，同时还呈现了更久远影响的可能性——这些人现在其实也还足够年轻。但是欧阳江河近年为什么写得很少呢？

唐：这个问题应该由他本人来回答，但可以肯定不会是因为江郎才尽，不值得大惊小怪。诗歌史上不乏类似的例子。里尔克曾经驻笔十年，瓦雷里更长，十九年。芒克从1987年到1999年，整整十二年间没有写一行诗，2000年又开始写。“盘峰诗会”以后，鉴于诗坛的现状，欧阳江河认为不写也是一种态度，“不写也是一种写”。他也有才子气，不想做“诗歌秘书”。据我所知他其实还在写，只是很少拿出来。我对欧阳江河从来没有失去期待。他思维活跃，感官开放，能抓住当代生活的急剧变化给诗歌带来的多种可能性，且擅长悖谬式的表达。“把存入银行的钱再花一次，就会比原来多出一倍”，“一个人向东方开枪，另一个人在西方倒下”——你一开始可能反应不过来，但细细一想就觉得妙不可言。

张：“有人用一小时穿越广场，有的人是用一生。”

唐：向现实和语言同时敞开，欧阳江河是一个突出的例子。这种人应该还可以往前走很远。另外，“女性诗歌”与“第三代诗”差不多同时兴起，但不能被纳入其中，应该说是提供了一个对称的局面。所谓“女性诗歌”当然有其特定的历史文化内涵，这里且不作分析，只说数量。据周瓒的研究，八十年代以来涌现的女诗人数倍于新诗有史以来女诗人的总和，真是蔚为大观。其中最杰出的，在我看来是翟永明和王小妮。

张：首届“中坤国际诗歌奖”授给翟永明，我认为是非常智慧的选择，当然也是名至实归。

唐：像《女人》那样的诗，既像熔岩一样喷发，又有所节制，既表达了长期被压抑的独特的女性经验，又超越了性别，同时形式上又多有创意，这样的诗在诗歌史上是属于可遇不可求的。

张：确实，尽管有来自西方女性诗人的启示，但真正转化成汉语诗歌写作，基本上是另一种语言的创生。翟永明构造了一种完全不同于先前的诗歌话语和形式，这也可以说是具有原创性的诗歌。我觉得她和伍尔芙、普拉斯比，只有依稀可辨的思想原型的关系，就诗歌文本来说，完全是另外的东西。

唐： 翟永明早期确实受过普拉斯的影响，但第一她不能阅读原文，第二当时普拉斯译过来的作品极为有限，赵琼、岛子之前，好像只有孟猛译过几首，所以这种影响更多是精神上的，包括诗歌方式上的点化。也许只是某几个意象或句子，一下子就把她给点着了。这个意义上的写作大不同于你前面说到的"次生性写作"，即抓住某一元素、某个意象，进行平面的无穷展开，其原创性是经得起分析的。伊蕾的《独身女人的卧室》也是女性诗歌的重要文本。

张： 伊蕾的其他诗歌可以旁证她的才华。她是一个汹涌澎湃的诗人，比起翟永明，她释放的程度可能更强，但好像没有翟永明那么充满智性和恰如其分的控制。

唐： 也就是通常所说的结构能力吧。从《静安庄》、《人生在世》、《死亡的图案》、《称之为一切》等一系列大组诗和长诗看，翟永明驾驭结构的能力在女诗人中确实是首屈一指的。

张： 但我感觉到她近年作品中似乎有衰退的迹象。

唐： 从九十年代初的《咖啡馆之歌》开始，翟永明也面临着转向的问题，她很难再保持那种激情状态，持续地写大作品。她最初热衷于写大组诗、长诗，可能也和这一代人中普遍的"迟滞的青春"有关。

张： 如果自身趋于封闭化，诗就会衰退。

唐： 写作是一种精神突围，可也像是在砌墙，往往写着写着就把自己砌在围墙里了。翟永明写出《静安庄》后的一段时间里，写法风格的变化不是那么明显，语境也有点封闭；到写《咖啡馆之歌》、《小酒馆的现场主题》时她试图"拆墙"，然后一路往下拆，突出的意向是处理当下和写作本身的经验，让现实和各种元素在文本中互动互生。她似乎放弃了大结构的做法，但还是写出了一些相当不错的中等长度的诗，如《盲人按摩师的几种方式》、

《献给母亲的素歌》等。《献给母亲的素歌》试图从不同的角度，用不同的方式处理早期的女性题材，包括和前辈女性经验的关系。近期的《关于雏妓的一次报道》、《轻伤的人，重伤的城市》、《鱼玄机》等，语言更白，风格更开阔，不像以前那么看重表面的文学性，但多出一重返璞归真的味道。一方面是不断拆“墙”，向现实敞开，另一方面语言愈趋放松，不再“绷”着写，内部张力更微妙，在这么一种状态中达成与现实的相互指涉，难度很大，需要用“细读法”去检验。

张： 是的，我们可以用这个方法来总结和检验过去这个时代的作品。

唐： 从八十年代末到九十年代，有哪些作品经得起细读，现在可以看得比较清楚。周伦佑的《自由方块》是经不起细读的，但是《刀锋》可以；欧阳江河的《玻璃工厂》、《手枪》经得起细读，《悬棺》则未必……

张： 是否可以这样理解，观念化的色彩越重，文本能够经得起细读的质感就越差？

唐： 我同意。

张： 我觉得《0档案》经不起细读。

唐： 它首先是对耐心的一个考验。海子后期的短诗是经得起细读的。

张： 确实，海子的短诗中有五分之一左右是非常精美的，称得上是抒情性和文学性的典范了。他个别的短诗中确有一些“不和谐音”，但局部的残缺反而成就了整体的完美。可以说他是具有自我增殖能力的诗人。

唐： 小妮的诗，单首许多都经得起细读，但放在一起，风格似不够丰富。

张： 对于王小妮，我无从把握。有两次朋友约稿让我评论她，我考虑了很长时间，最后还是放弃了。

唐： 我也一直想系统地评一评王小妮，但总是拖着。昌耀的情况也是这样。小妮写作勤奋而不刻意，触角敏锐，但频道较窄，属于非常集中且有节制地使用才华的那类诗人。她对人性的体察很深，包括她写萧红的传记体小说《人鸟低飞》。

张：稍晚于第三代的诗人中，臧棣应该是一个很重要的个案，你怎么看呢？

唐：他的《燕园纪事》很重要，尤其是叙事的张力把握得很好。我很赞成欧阳江河的一个说法，即诗歌中的叙事，是一种使叙事成为不可能而进行的叙事。

张：最近几年的"协会"、"丛书"系列呢？

唐：前面说过他"写字当头"的理念。实践这一理念可以充分享受语言的欢乐，但也可能有副作用，就是会削弱"作品"意识。当然，这也许是某种值得的代价。有人认为臧棣技艺没的说，同时有技术至上的倾向，恐怕不太对。写作中技、艺不两分，但技艺精湛和技术精湛并不是一回事。过于强调技术，是对诗的"小化"。现在人们大多把诗歌当作一种文类来谈论，这是本末倒置。诗是一种母体，是文学之所以作为文学存在的根据，它不应与小说、散文，而应与宗教、哲学相提并论。

张：诗歌确实是"艺术之母"。

唐：本义的诗歌一定会越出我们通常谈论的诗歌。像庞德《诗章》那样的作品，才真正当得起"技艺精湛"。好像是埃利蒂斯说过，更了不起的诗人是在更了不起的程度上说话的人；这里所谓的"了不起"，照我的理解，首先是说情怀、智慧和胆识的了不起，是这三者和语言技巧水乳交融的了不起。

张：在这个意义上，诗歌是"结晶"，而不是"产品"。

唐：所以说真正的写作是有难度的写作，而且越写越难。难在何处呢？难就难在怎样能如西蒙斯·希尼所说的那样，"在一念间抓住真实和正义"。当代生活如此复杂而又如此变化多端，要在一念间抓住真实和正义，就更难了。

张： 是的，我以为诗人应该通过心灵表达现实，个人境遇进入文本必须经过处理。

唐： 关于“第三代”我们就先聊到这儿。“70后”我关注得比较少，还是请你多谈谈吧。

张： 我对“70后”也拿不太准，只能简单地说一点看法。其实与第三代及其同代诗人比，70后诗人成名已经“太晚”。2000年左右他们才开始汇聚，而成气候大概还要晚一些。我比较系统地读到他们的作品大概是在2001年，当时收到了一本广东诗人黄礼孩编的《70后诗人诗选》，据说这是第一本70后的诗歌选集。成名晚必有原因，我想重要的一点是因为60年代出生的这批诗人观念占有太丰富多元，“挤占”了更年轻一代的资源，让他们不得不在艺术上有更多的迟疑感。他们拿不准自己和第三代之间的界限在哪里，拿不准怎样才算超越了前者。

唐： 九十年代曾有一批诗人自称是“第四代”，但终于没有叫响，应了古语所谓“事不过三”。“70后”是一个更中性的概念，没有多少特别要标新立异的意味。

张： 因此从美学上，70后有含混和模糊的一面，不像第三代针对他们的前人那样清晰。也许是被这种焦虑所攫持吧，他们渴望先出场，然后再确认身份。所以有种说法是，“盘峰论争真正成就了70后”。是论争之后的热闹与混乱局面，使他们有机会从历史的缝隙中出场，或者说是在“乘乱”、乘60年代出生者的内讧而获得了自己的身份。我看到过安石榴的一个谈论，题目大致叫做《70后：诗人身份的退隐与诗歌的出场》，这个谈论是在1999年，其中一些说法给我很深印象，他承认70后与第三代比，是“缺乏激情”的一代，是“没有背景和意义”的一代，但这个时代的复杂和多元使他们有了更多的选择。我大致也持这个看法，即，写作的自由与悬浮、个性的多样与散漫，应该是这一代最普遍的特点，当然也是他们的问题。

唐：但具体到写作，还是有很大差异的吧？

张：“70后”的“内部图景”，有人曾划成了“四个板块”，一部分是“口语写作”，这些人受过高等教育，但做出“很民间”的姿态，主要是口语化和“泛下半身”的一批，代表人物是沈浩波、尹丽川一伙。再者是一些虽然没有高校背景，但实在是非常机智的解构性写作者，代表人物像轩辕轼轲，比伊沙九十年代初期那些解构意味的诗歌来的要更细致、智慧和有意思。还有一批是比较接近“知识分子写作”的诗人，像刘春、孙磊等，但他们似乎也有多面性。孙磊曾尝试写过一些比较带有原型或者形而上意味的长诗，像《演奏》、《谈话》；刘春则喜欢处理一些关键词，或者有时代感与文化悖谬性质的意象。还有一类，是比较带有网络性质的写作，比较随意，追求一次性感受，这类诗人我说不上名字，总之人数比较多。

唐：如果让你用一句话来概括这一代诗人的总体特征，你会怎么说？

张：我发现70后一代，更注重瞬间性的感受，尤其对无意识世界的瞬间活动有兴趣。这应该与我们时代的文化有关，与他们青春期所受教育及九十年代的成长环境有关。对意义的追求，已不像第三代等六十年代出生的诗人那么执着，他们更注重感受本身，注重对漂浮、缺乏稳定感的生存状况的故意轻描淡写的反应。另外，网络文化与传播方式的变化对他们的影响也很大。他们作品中的“伦理状况”似乎在改变的同时，有所下降，所谓“下半身”写作、“低状态写作”等都与此有关。在文本的意义上，他们比较喜欢追求“一次性”的效果——这个一次性不是“不可摹仿与复制”，而是说“无须重复阅读”，只需“一眼扫过”而已。因此在技术上他们并不崇尚复杂。但可以这么说，这一代人是不缺少才华的，缺少的可能就是六十年代人的那种激情。我曾经十分推崇河南诗人简单的一首叙事长诗叫做《胡美丽的故事》，是我所见的当代叙事中十分漂亮和令人难忘的，它对一个当代女性人物的命运的把握非常富有时代感。另外一点非常简单，就是“青春叛逆”的成分，这对每一代人来说大概都差不多，都是难免的。

五、关于经典化工作

张：当代诗歌的经典化过程已经持续了若干年，这个过程中你是见证者，也是参与者。被经典化的一批诗人，特别是“第三代”，基本上可以说和你、陈超、程光炜等几位的工作有很大关系，当然，也和你们几位的趣味有很大关系。在后来的持续工作中，比如说九十年代的文本编选工作当中，导致了某些人的不满。我本人也见证了“盘峰诗会”，现在想想其中的分歧实际上带有“讨伐”的性质——外省的诗人觉得自己被忽略了，在经典化的过程中被弱化了，或者被放到次要地位上了，觉得愤愤不平。可能这是一个肇始的原因。你对九十年代自己亲身经历的经典化的工作过程怎么看？

唐：所谓“经典化”的工作是众人之事，读者和时间是真正的主体。选本是经典化的一种途径，但远不是唯一的途径。就某一选本而言，肯定会受到编选者的美学立场、阅读视野、判断能力、个人趣味和其他因素，包括人际关系的影响，有不可避免的局限性。平衡这种局限性的方式不应是求全责备，而应是更多的编选者提供更多的选本，读者和时间自会作出选择。类似的看法，我早在《现代汉诗年鉴·1998》的“前言”就已充分表达过。其时还没有开“盘峰诗会”，也还没见到杨克主编的《年鉴》，但已经听说了，所以还专门以一段文字致意。仅此一点，就足以说明在后来的论争中，有人编造我斥责杨克没有资格编年鉴，是多么无理和荒谬。我的“前言”确实是有感而发的，因为八九以后几乎所有的年选都停掉了，包括社科院文学所的年选和《诗刊》的年选。

张：经典化的工作是各种因素共同参与的，个人趣味很难超越，也没有必要完全改变，因此出现了“盘峰论争”。这大概是对之前的经典化工作的一次“总结”，所谓“秋后算账”。之后局面也确实变了。

唐：后来出现了各种各样的选本，包括年选，这是大好事。说到我个人，虽然做了一些编选工作，但始终说不上有什么特别的“经典化”企图。至于客观上是否起到了这样的作用，那是另一个问题。1986年和家新合作编选《中国当代实验诗选》，1988年编选《灯芯绒幸福的舞蹈》，都还属于争取生存权的努力；1993年和谢冕先生一起主编“当代诗歌潮流回顾丛书”多卷本，1997年在“九十年代文学潮流大系”的名下主编《先锋诗卷》，应该说有那么点意思，但都和文献、文本的考虑混而不分。你知道，三者远不是一回事。对我来说，“经典化”不应是一小撮人刻意的行为，而应是传播和影响的某种“终端效应”，因此后者不唯首要，在特定的历史语境中甚至更加重要。九十年代初我之所以和一帮朋友一起创办民刊《现代汉诗》，无非是基于这样一种共识，即：我们不能由于大气候的突然变化就发不出声音，更不能消极等待，所有的可能性都取决于我们自己，为此必须创造自己的小气候、小环境，建立自己的气氛和平台，包括自己的工作方式。这里面的故事非常多。到1994年共编了九期十六卷，当时的环境已经相对宽松，很多作品都可以在刊物上公开发表，而我们的出版周期较长，无法要求首发权，于是就产生了一个想法：停掉《现代汉诗》，转编《现代汉诗年鉴》，并且谋求公开出版。当然要继续坚持民间立场，但作为正式出版物，有可能获得更多的读者。这也是我一贯的想法：只要有可能，就应该诉诸一种更有力、更有效的传播和影响方式。之后又做了很多工作，这才有了那本《现代汉诗年鉴·1998》。

张：你也编了1998年的“年鉴”吗？我怎么没见着？

唐：那是因为刚出来就被封掉了。1999年3月中旬交的稿，5月4日出的书，书前脚进库，后脚就被封了。当时刚参加完“盘峰诗会”回来不久，心情本来就不好，这下就更不好了。

张：是哪个出版社出版的？

唐：中国文联出版社。

张：为什么会被封？

唐：老实说到现在还是个谜。当然给了说法，主要是说选了一些不恰当的诗人——注意，是诗人而不是作品——但只要比较一下其他选本，就可以知道这完全是一个托词。所以说是个谜。而且时间上把握得那么精准。

张：你当时的想法，是要把一份民间的“同人诗刊”，变成一个文化地理意义上的、开放性的诗歌选本吗？

唐：也可以这么说。

张：后来我回忆，“盘峰诗会”上发难的人意图也许并没有冲着你。你和于坚之间一直是有密切联系的吧？

唐：我是在毫无思想准备的情况下，临时被卷入这场冲突中去的，当时你也在场。当时我连《岁月的遗照》都没读过，许多“猫腻”是事后才知道的。发难的人确实没有冲着我，但这并不能成为我应该置之度外的理由。诗是公器，不应被舆论化，学术研讨会也不应成为“讨伐”的场合。说到那场论争，“地缘政治”只是一方面的原因，个人的因素同样重要，二者合成了一股“恶气”。人人都有恶气，这不难理解，但最好不要把这样的恶气带到公共空间里来，更不要把地缘政治因素意识形态化，把个人的歧见放大、固化成什么“民间/知识分子”，尤其是“外省/北京”的对立。把民间和知识分子对立起来在逻辑上就不通；而同是对举概念，换个说法，是可以有丰富的诗学内涵的。比如南方/北方，也包括方言/普通话。钟鸣曾有文章讨论“南方诗歌”和“北方诗歌”的差异，陈东东他们还曾创办过民刊《南方诗歌》。这样的对举和传统上艺术界、学术界的“京派”、“海派”之分相类，牵涉到地理、地域文化对个人气质，包括写作方式和风格的影响，是值得注意和探究的。

张：中国古代也是这样的。南北朝诗歌、唐诗宋词里，都有很明显的“文化地理”的影响，景物、风格、语言、审美气质，南北差异本来都是很大的。

唐：关键是不要把差异变成一种意识形态上发难的口实。从反对“工具论”到“摆脱意识形态对抗”、“非意识形态化”，多少年了，我们一直在说，在进行种种努力，为什么一旦内部论争，就要再次落入这个窠臼呢？当然，我也在内。

张：我们来重新回顾九十年代经典化的工作，这是一个普遍命题，不是说反思你个人怎样。我觉得像你做的工作是太优秀和重要了。

唐：我自认不过是一个为诗服务的人，做了一点工作，但微不足道。至于经典化，我还是那句话，读者和时间是真正的主体。有出息的诗人有理由自信。中国是个权力化的社会，在权力，包括臆想的权力和权力的臆想面前，许多东西都会变形。看到“盘峰论争”在媒体上被归结为“话语权之争”，我唯有苦笑。一种折射了好几重的幻觉而已，争什么争？真说争，也就是争些意气、恶气而已。诗人彼此之间互有看法本来很正常，能提升到诗学层面上争是本事，搞“政治正确”就无聊了。趁火打劫就更无聊。有些事真是没法说，也无从评价。比如，国际间的交流本来无可厚非，地缘政治因素也可以理解，但一旦二者搅在一起，就要发酵，并演化出一套说辞，什么“和国际接轨”啦，“殖民地写作”啦。那酵母肯定和诗歌没什么关系。

张：这个跟九十年代后期以来的中外诗歌交流、中外学术交流活动的制度化有关。北京的诗人当然占据了好多先机，比如说他们外语比较好，像西川，他有专业的英语水平，谁也没有办法，西方人请中国诗人交流的首选。再加上八九事件也赋予了北京诗人在政治上一个比较有意味的身份、某种特殊的处境，他们有可能获得更多的政治同情。

唐：好多因素混杂在一起，也包括对西方汉学家的不满。这方面此前我就听到过许多议论，大意是说这些人弄来弄去，就是那几个朦胧诗人，不但不能真实地反映，反而遮蔽了中国当代诗歌的发展，枉担了“桥梁”之名。有趣的是，这类议论尽管和所谓“盘峰论争”没有直接关系，但在经验心理上却近于同构，逻辑上也未必没有潜在的影响，你只需把外省／北京的对举置换成朦胧诗／朦胧后就可以看得清楚。朦胧诗的几个主要代表人物，北岛啦，芒克啦，多多、杨炼啦，还有顾城，都是北京人嘛。把地缘政治的因素放大一下，你完全可以说，由于汉学家们的作用，他们占尽了中国当代诗歌在国际交流中的风光，或者据有了一个过大的份额，享受了太多的“免税”优惠。哎呀，这已经不像是在谈论诗歌，而像是在讨论全球化市场了……从地缘政治的角度，可以说所谓“知识分子诗人”部分地是在代朦胧诗受过，因为以受压制者身份出场的一方在突出外省／北京的对立时故意忽略了一个明显的事实，就是这些人绝大多数其实都是“外省人”，只不过后来因为各种原因居住在了北京。我本人也从不认为自己是一个北京人，相反乐于承认来自“外省”，虽然缺少这方面的自我意识……

张：地理因素大概是一个客观的存在，谁也不是有意，当然也毫无办法。特别是也与九十年代以来的国家政治的变化有关——比如原来你要是有“海外关系”那是很危险的，但如今你有这样的关系那就不得了。这方面单纯的“获益论”实际上是有问题的，事后说什么都有失厚道。当然，在这个“到底是谁被选择”的过程中，你是一个重要的中介。朦胧诗这些人已然是经典化了的，后面仍然要有个继续经典化的过程，那谁来把他们推出来呢？实际上你是一个非常重要的角色。

唐：我是说，无论是编纂还是研究，我从未立足地缘政治对待过我的工作。如果说有什么原则的话，那就是《中国当代实验诗选·序》中提出的“个体的主体性”。由于当时的情势使然，这本诗选中还是有一些地缘的考虑，其后的几个选本就要更彻底一些，至少主观上是这样。在《“朦胧诗”之后：二次变构和“第三代诗”》一文中，我通过对“第三代诗”这一概念的质疑和解构，事实上重申了这一立场。

张：从这个“地缘政治”方面来讲，第三代诗歌运动本身就是从外省开展起来的，北京当时只有“圆明园诗派”和西川等少数个人参与其中，他们在当时也没有形成很大的影响。当时最有影响的是“非非”、“莽汉”及“他们”等一批人。

唐：同时期最有影响的北京诗人还是被归入朦胧诗的那几位，但多多除外，尽管他在《开拓》杂志上发表的《被埋葬的中国诗人》反响很大，但他真正受关注是在1989年上半年获得首届“今天”诗歌奖以后，之前知道他的只限于一个不大的圈子。外面的人可能知道黑大春，但未必知道多多。

张：他们这批诗人也是在九十年代前期才被重新挖掘出来的。

唐：外省／北京的说法似乎更多是从法国人那里套用的，他们喜欢强调外省／巴黎的对立，其中不仅更尖锐地突出了地缘政治的因素，而且更多地折射出个人的处境。在我们都熟悉的《红与黑》

中，“外省”几乎成了于连的某种心理疾病和隐痛……外省／北京，这种命名本身就是一个文化现象。

张：这是最近几年的说法，过去我们没有“外省”这么一个概念。

唐：过去只有作为艺术或学术流派、风格的分别，突出的是地域文化的差异，如前面说到的“京派”、“海派”之类。在意识形态处于垂直支配的时代，甚至连这样的区分都失去了意义，因为在那样的时代，个性几乎成了一种原罪，一概处于被压制、被抹杀、被泯灭的状态，你是谁，置身何处，又有什么意义呢？改革开放以后，地域文化的影响重新成为一个问题，而地缘政治也成为一个值得思考的因素。所谓地缘政治，说到底是一个社会文化结构问题，中央集权嘛，所有政治、经济、文化信息，包括事件的传播和反馈都被纳入某种先在的中心／边缘模式，所有“来自北京的声音”都被赋予了某种先验的重要性。这种先天的、结构性的不合理、不公正不仅以官方形式存在，也渗透在民间交往中；不仅反映在意识层面上，也渗透到无意识层面上。对此应该正视，应该分析，但也不必夸大其事，当作一个可以利用的口实。大家的文化命运相去不远，更多些彼此理解、谅解才是。近些年大批来自外地的艺术家、文化人迁居北京，形成所谓“北漂”现象，其中的一些人甚至以此确认自我身份，背后肯定也有地缘政治因素的影响，但我还没有看到谁因此制造外省／北京的二元对立并大做文章。

张：现在关于外省的说法好像已经很常见了，对诗歌的影响确实存在。

唐：是吗？我不认为这样的集体命名有什么建设性的诗学意义，除非它为当代诗歌注入了新的活力，提供了更积极的元素。“第三代诗”也是一种集体命名，但它是有所指的，有那么多各自不同的诗歌主张、那么多风格迥异的文本作为依据，且极大地影响了朦胧诗之后诗坛秩序的变革；而“外省”的命名能为诗歌带来什么呢？我实在想不出来，一个空洞的能指罢了。如果说编选工作确实是“经典化”的一部分，那么我们要做的第一件事就是：抛弃形形色色的集体命名，回到作为个体的诗人及其作品。所有的争论最终都将烟消云散，而好作品会留下来，这就是一切，这才是一切。至于什么是好作品，当然可以见仁见智。批评也是如此。当然，如果有人更相信吹捧和自我吹捧，那是他的权利。

张：还是应该越出这样那样的界限的拘囿，按照“诗歌的标准”而不是其他的任何标准来进行经典化工作。

唐：清华，不知道你的脑子里是不是也有一个“绝对诗歌”的意象？我是说，不管诗歌现象本身是多么繁复多变、价值标准是多么相对和游移不定，我们的内心还是会有一个只可意会，不可言传的绝对尺度。多年前我曾摘抄过《梨俱吠陀》中写“风”的一段给一平看，然后问他怎么样，他说很棒；又问他是谁写的，什么时候写的？他觉得很奇怪，说：“不就是你最近写的吗？”当我说这出自公元前一千多年印度的一部史诗时，他大感震惊，一时无言。实际上我是在做一个小测试，因为一般情况下我们读经典作品时是有很多附加信息的，据此会在时间意识的支配下自动使用相对的评价尺度；我想知道，当一个“标准读者”在对附加信息一无所知的情况下，独自面对一个从时间中孤立出来的文本时，会是什么反应？因为是译本，所以更有说服力；而所谓“绝对尺度”，其实就隐藏在这样的反应中。这是诗歌能够超越文化、语言和个人的差异，直抵人心的原因，是不同年代的诗人和读者能够穿透时间之墙，彼此认同的原因，也应该是诗歌史写作，包括选本编纂的根据。当然，这里的“绝对尺度”是一种有针对性的说法，针对的是多年来盛行的“绝对相对主义”流弊，其本身则仍然是，也不可能不是相对的。我不敢说我做选本时完全遵循了这样的内心尺度，勉力而为罢了。我知道有些人做选本其实是做名单学，特别是年选，上了名单的，不管作品质量如何，都拉进来凑数。也包括工作方法：接下选题后，集中数十天大量阅读，很快审美疲劳，感觉全钝了，哪里还谈得上判断力！

张：这种情况真的是“常态”。我承认自己编年选也基本是这样，虽然我试图尽量排除人的因素，但短期集中阅读几乎没办法改变。

唐：所以日常的阅读和积累更加重要。不过，在连续编选的情况下还是很容易形成自己的框架或成见，这时就容易产生“按人索诗”的现象，就更需要和自己的软弱作斗争。最难的是排除人际关系的影响，不一定是面对面的影响……

张：每次都面临这样一种斗争。

唐：但反过来，即便在最理想的情况下，也不能说凡入选的诗都符合内心的绝对尺度。有些就诗本身而言不怎么样，但具有文献意义的重要性，对断代史的描述和分析有益，也会收进来。好的诗歌选本多多少少具有范本的功能，它能启发读者更深地进入诗歌，而不是提供一条捷径。时间的参与也很重要，一些当初似乎足够重要的诗人及其作品，现在看来已经不那么重要了。反之亦然。这里的“时间”当然不是指物理时间，而是心理时间，更准确地说，是写作、阅读和阐释持续互动和彼此选择的审美时间。

张：记得你在1995年写过一篇很重要的文章——《时间神话的终结》，这应该是当代文学批评对现代性反思最早的一篇文章。从现代派文学产生之后，时间因素介入了文学运动，大家纷纷在与时间赛跑的意义层面上展开自己的写作，而不是在永恒标准面前进行文学探求，诗歌的这种绝对尺度被破坏了。九十年代的中国诗歌可能是因为时间上某一个时期的“停滞感”，反而使得文本有了一个接近成熟的发育过程，这是坏事变成了好事。九十年代末期似乎又重新陷入了一个运动式的困境中。“盘峰诗会”之后的诗坛由于网络、大众文化的介入和各种现实利益的牵制和影响，“赛跑”的局面再一次出现。

唐：愿意赛跑的就赛吧，跑吧。当代中国或许是目前世界上唯一还有人愿意把诗歌搞成运动会的国度，至于这到底是活力和能量的抛射，还是消费主义的一个副产品，我也说不好，也许是二者兼而有之吧。我有一个感觉也不知对不对，就是作为运动的先锋诗歌，早在九十年代之初就结束了。如果此前更多的是正剧，那么此后更多的就是喜剧，有的甚至可以说是闹剧。闹剧是为那些喜欢热闹和看热闹的人准备的。我们就此打住。

诗永远属于“无限的少数人”

——答《南方周末》记者问

采访人：张健

时间：2007年2月4日

记者：最近我采访了七十六岁的老诗人流沙河。十八年来，他不写新诗，也不看新诗。他说：“新诗到1980年代末已经完成它的任务了。”我问其言下之意是否是说新诗可以没有了，他笑而不答。对此，您如何看？

唐晓渡（以下简称唐）：对你的问题我是不是最好也“笑而不答”？如果一定要答，是否可以以问代答？比如：新诗的“任务”是什么？从谁那里领取的任务？所谓“完成”又是什么意思？流沙河先生是我非常尊敬的老诗人，无论他现在是否还写新诗和看新诗，我不相信他会认为新诗已寿终正寝。即便他真说过如你所转述的那些话，也一定有具体的上下文。或许只是不满于当前诗歌状况的激愤或调侃之语？或许只是相对于他本人意识到的“任务”的自嘲？我知道有人说过“新诗可以没有”，对此我的看法是不妨一笑了之。你不能和无知较劲。

诗本不以“新”“旧”论；但“新诗”之所以取代“旧诗”成为主流诗歌文体自有其道理：既有诗自身发展的道理，也有更广阔的历史文化语境和审美心理变化的道理。有关新诗的“身份”或“出身”，学界一直有不同看法：或以西方现代诗为“父本”，中国传统诗为“母本”；或相反，以中国传统诗为“父本”，西方现代诗为“母本”。我不认为就此争论不休是一件很有趣的事，这里说到，无非是想借用它所暗含的那个比喻，即新诗不但双亲齐全，而且二老依然健在。如果这一比喻不算太牵强，所谓“已经完成了任务”、“可以没有”云云，岂不更加无趣？若以1918年《新青年》四卷一号首次刊出胡适等人的尝试性作品为起点计，新诗今年九十岁，比流沙河先生也就大了一代人；但若相对于绵延了两千多年的“旧诗”，则充其量只是一个毛头小伙子。当然毛头小伙子也可以夭折，但是，想想新诗这九十年所走过的路吧，恐怕也没有那么孱弱。

记者： 据我所知，胡适早在1915年就写出了他的第一首白话诗也即新诗。那时他在美国，和同在美国的留学生梅光迪等争论“中国古文到底是否是半死或全死的文字”。胡适的答案为“是”，与梅相左。胡针对梅，用白话写了一首嘲讽诗，用的是欧洲同行的“嘲讽诗体”（Satire）：“‘人闲天又凉’，老梅上战场。拍桌骂胡适，说话太荒唐！说什么‘中国有活文学’！说什么‘须用白话做文章’！……老梅牢骚发了，老胡呵呵大笑。”好像不怎么样嘛。

唐： 胡适在他的《四十自述》中说到过这件事。只不过文学史通常以所谓重大事件为标志，那首Satire尚不足以构成一个事件而已。至于“不怎么样”，何止这首诗，整本《尝试集》都不怎么样；何止是胡适一人的诗“不怎么样”，即便是朱自清精心编成于1935年的《中国新文学大系·诗集》，其中的大多数作品，今天看来也都不怎么样，有的简直可以说是不忍卒读。然而，这并没有影响新诗取代称雄千年的古典诗歌，确立其主流地位的历史进程。纯粹从诗质的角度看，这几乎是一个小小的奇迹，甚至是个悖谬；只有着眼追求“现代性”的世纪潮流，把握住民族国家和民族文化实行现代转型的历史大势，才能破解这一悖谬。“大势”影响着人心的向背，是可以超越个体的美学趣味的。一位家学渊源深厚的老诗人曾和我说过，他最初接触到新诗时早已背熟了《唐诗三百首》，尽管新诗在艺术上远不及古典诗词有魅力，但由于作者、读者共处同时代的大生态环境，容易产生心灵的相通和共鸣，所以他反而更多地喜爱新诗。

记者：理性和趣味的冲突导致了趣味的自我冲突，这应该是当时的一种普遍的心态吧？

唐：至少在新文化运动内部是这样，包括那些倡导者在内。这里也有两种情况。一种初衷就不在于，或不限于新诗，以胡适为代表。对胡适来说，“白话是否可以做诗”属于一个更大的战略目标，即“文学革命”的一部分，且具有最后一役、决战决胜的严重性，用他的话说就是：“待到白话征服了这个诗国时，白话文学的胜利就是十足的了”。正因为如此，起初他才表现出那么大的热情，从观念到方法到具体写作，可谓不遗余力。但也正因为如此，一旦在他看来既定的战略目标已经实现，这位“新诗之父”也就和新诗Byebye，潜心研究他的思想史去了。当然此后他还是写了不少诗，只不过所写多为他所曾竭力反对的“旧体”。这种具有讽刺性的矛盾现象固然和他的新诗才具有限有关，但也未必没有折射出他骨子里，或潜意识中对新诗的不以为然。

还有一种以鲁迅为代表，也投身于新诗的变革，但从一开始就持怀疑和批判的态度。鲁迅在这方面的矛盾较之胡适显然更加深刻：一方面，他胆识超群、才高八斗，且不说旧体诗的成就世所公认，就新诗而言，其力作《野草》，恐怕迄今也罕有出其右者；另一方面，他从不自认是个诗人，也很少说新诗的好话。在《集外集·序言》中他写道："我其实是不喜欢做新诗的……待到称为诗人的一出现，就洗手不作了。"这种看似自谦，实则自傲，总之不与为伍的态度，和他的一个著名观点，即中国的好诗到了唐代差不多已被做完，大概也不无关系。除《野草》外，他的几首"新体"——《梦》啦，《爱之神》啦，《桃花》啦，《我的失恋》啦，都是戏拟嘲讽之作，而嘲讽的对象多是当时诗界的"闻人"。比如《我的失恋》，就是讽刺他曾明确表示"更不喜欢"的徐志摩的。他的这种矛盾性不仅表现在其否定的意向上，也表现在其肯定的意向上。他曾盛赞冯至是"中国最为杰出的抒情诗人"，同时也高度评价过殷夫、蒋光慈、柯仲平等人的诗，而前者和后者在美学向度上相去甚远……

记者：我知道鲁迅的那几首诗，什么"很多的梦，趁着黄昏起哄"，什么"一个小娃子，展开翅子在空中"，什么"花有花道理，我不懂"……那首《我的失恋》戏仿的是东汉张衡的《四愁诗》吧？"我的所爱在山腰；想去寻她山太高，低头无法泪沾袍……"哎，我怎么觉得有点"梨花体"的味道呢？前面说到的胡适的那首也是。

唐：对不起，我看不出我们所谈的和"梨花体"有什么关系，也没有这方面的兴趣。

记者：为什么？不都是随心所欲，高度口语化，甚至有点口水化吗？那首在网上流传甚广的"梨花体"代表作据说也是一首戏仿之作呢，而且戏仿的是美国大诗人史蒂文斯的作品，好像叫《坛子的轶事》吧？

唐：哈哈，你这是在给"梨花体"找历史根据呢。照这么推下去，胡适和鲁迅就该对“梨花体”负责啦。网上有人引用俄罗斯谚语“鹰有时飞得比鸡还低，但鸡永远飞不了鹰那样高”来评价“梨花体”的戏仿，我看也能顺便破掉你的逻辑。你肯定会注意到，有关“梨花体”的消息在新浪网上都被归入了“娱乐”栏目，这还不足以说明问题吗……这个小花絮就“花”到这儿吧。

记者：不管怎么说，胡适等人当年所写的诗是够差劲的，难道他们没有恐惧这样的文本会毁了将来的中国诗歌吗？

唐：为什么要有这样的恐惧？作为一种新诗体的开创者，心中应该是充满了巨大的快乐才是。要说恐惧，当时最大的恐惧是“亡种灭族”，因此，倡行白话文、传播新思想以启蒙发凡、救亡图存，是新文化运动的首要考虑。至于文本“够差劲”，那是由多种因素决定的，犹如一个人的写作需要一个成熟过程一样，一种新诗体的成熟也需要一个过程，或者说有待于一批天才的出现。总之我们不必，也无法苛求前人。你想啊，这些人的古典文学素养都相当好，又多通外文，会意识不到自己作品的幼稚和粗陋吗？然而形格势禁，大概也顾不得那么多了。那一代人大都信奉“进化论”，有理由相信时间和后来者会解决他们来不及解决的问题。

真正值得重视的是，过分强调以新文学为“新思想和新精神的运输品”，必然导致将启蒙理性降低为工具理性。事实上这成了功能主义在新诗史上长期居于支配地位的重要肇因，其影响至今不可忽视，只不过已被纳入消费主义的时尚轨道而已。

记者：当“救亡图存”已不是中心问题时，新诗美质上的缺陷就暴露出来了；而且，新诗对中国人来说，是突如其来的，没有任何理论根基，它有存在的合法性吗？

唐： 我想，从回答你的第一个问题起，我们其实一直在谈论新诗的合法性。我们不能脱离近代以来东西方文明围绕现代性的冲突和交融来讨论这一问题。“合法”并非是说古已有之，否则连我们今天的发型和衣着都不合法。“突如其来”的说法也太夸张，给人以一种受了强暴的感觉；而事实上，不算此前夏曾佑、谭嗣同等人的尝试，从1899年梁启超提出“诗界革命”起，新诗的诞生也酝酿了将近二十年，时间够长的吧？

说到新诗美质上的缺陷，其实很快就被意识到了。周作人、俞平伯等早在二十年代初就一再发出抱怨，穆木天甚至就此尖锐地指责胡适是新诗运动“最大的罪人”；但他们同样未能提供令人信服的文本，可见说到底这是个实践问题，需要天才和过程。这当然没有降低理论的重要性，而新诗在这方面确实不仅先天严重不足，后天也一时乏善可陈。黄遵宪所倡导的“我手写我口”，对促成后来的“诗体大解放”固然功不可没，但作为诗歌理论本身，可以说什么都不是。胡适提出新文学的“八不主义”，又写了《谈新诗》，有所具体主张，应该说进了一步，却更像是在“救急”，门槛也太低。这种情况，似乎直到《望舒诗论》发表，王独清、穆木天引进法国后期象征主义的“纯诗”理论以后，才算有所改善。具有讽刺意味的是，无论是胡适的“八不主义”，还是《望舒诗论》，都明显借鉴了稍前美国“意象派”魁首庞德提出的“意象派三原则”，或艾米·洛威尔从中发展出的“六原则”，而这些原则的一个主要立论依据，却是中国的古典诗歌。更有讽刺意味的是，庞德曾感叹“用象形构成的中文永远是诗的，情不自禁地是诗的，相反，一大行的英文词却不易成为诗”，而与此同时，五四新文化运动的干将们，包括鲁迅在内，却正在主张废除汉字改用罗马拼音文字呢。

记者：我们是要“救亡图存”，庞德又不必，他对中文和中国古典诗歌那么深情是什么道理？人家那么看重我们祖宗的遗产，我们自己却不买账，错位到如此程度，那又是什么道理？

唐：你这问题太大。简单地说，是因为“问题情境”不同。每一个诗人都首先生活在其母语诗歌，广而言之，其母语文化的特定情境中，并依据其“问题意识”试图解决自身所面临的问题。中国的新诗运动缘此而生，庞德的“意象派”革命也不例外。当时英语诗歌中充斥着维多利亚后期浪漫抒情诗那种感伤、软弱、颓废和低靡的气息，庞德正是要“革”这种诗风的“命”。他之所以激赏中国古典诗歌，首先看中的，就是其“思想和感觉在刹那间凝聚”所具有的“硬朗”品质。

但仅仅指出这一点是不够的，还必须看到不同的母语诗歌或母语文化近代以来所具有的共同情境，这就是和追求“现代性”相伴随的“世界性”；夸张一点说，就是今天所谓的“全球化”。歌德早在近两个世纪前就把握住了其初现的端倪，并据此提出了“世界文学”的概念；其后这一趋势愈演愈烈，以至越来越难于设想，某一民族的文学和文化，可以脱离这一趋势孤立存在和发展。事实上，“意象派”本身就是一个国际性的诗歌运动，它和中国古典诗歌的因缘，正像与新诗的因缘一样，是既偶然又必然。而所谓“错位”，可以在极端的意义上视为一个反证。顺便说一句，据我所知，中国新诗人——如果他够格称为一位“诗人”的话——没有谁对古典诗歌“不买账”，更多的倒是互相不买账。

记者：我读过庞德的名作《地铁车站》。“人群中这些面孔幽灵般显现；湿漉漉的黑色枝条上的许多花瓣”。有评论认为这首诗深受中国唐代诗人崔护的《题都城南庄》一诗的影响。崔护的原诗是：“去年今日此门中，人面桃花相映红。人面不知何处去，桃花依旧笑春风。”稍加比较就会发现，二者都以“人面”和“桃花”的刹那间凝聚和叠加为旨趣，可以说异曲同工。看来倒是这位老外得了唐诗的真传。

唐： 远不止这位老外，也远不止意象派诗歌啦。二十世纪初，苏联导演爱森斯坦发明了电影蒙太奇手法，成为电影这门新艺术确立自身的标志；而这项伟大的发明，同样是受了中国古典诗词中类似“人面桃花”这种瞬间意象叠加的启发。唐诗中的许多作品，似乎早于电影的发明就深谙了电影之道，比如柳宗元的《江雪》，“千山鸟飞绝，万径人踪灭。孤舟蓑笠翁，独钓寒江雪。”短短四行，电影的基本技法都在其中了：远景、中景、近景、特写、推拉摇移、瞬间切换镜头……

记者： 真让人兴奋：原来有些西方人津津乐道、引以为豪的东西，咱们祖先早就玩过。

唐： 那又如何呢？关键是咱们自己玩得怎么样。阿Q最爱说的一句话就是：咱们先前，可比这阔多啦！然而这只是反证了他的穷酸潦倒。我们当然可以为祖先自豪，自慰就不必了，那样首先对不住的就是咱们的祖先。这里还有个怎么看别人玩的问题。我曾和一个画家聊天，他说毕加索有什么了不起，不就是偷了非洲的原始面具艺术，搞出了他的立体主义，再借助西方文化的强势，就成了什么“大师”，狗屁！一个艺术上走到了穷途末路的窃贼和掠夺者而已！我不同意他的看法。毕加索是立足自身的传统向非洲原始面具艺术汲取的，正如说庞德“发明了中国诗”一样，也可以说他“发明”了非洲原始面具。发明和偷窃是两回事，其本义是“重新擦亮”，同时又融注了自己的东西。能有所发明不是穷途末路的标志，相反是自信和创造力强大的标志，其结果是使得发明者及其所属的传统变得更为丰富和强壮。至于“借助西方文化的强势”，那部分是实情，但也不应成为一句托词，更不应成为试图在艺术上霸住“上游资源”的口实。艺术资源不同于自然资源，它向一切创造发明者敞开，而不受国界和主权意识的约束，事实上想霸也霸不住。因此正当的态度是拿出恢宏的气度，无论他山之石己山之石，统统用作自己的创造材料，而不是一会儿像个守财奴那样清点库存，一会儿像个失窃者那样痛心抱怨，尤其不要因为别人向你的祖先致敬就沾沾自喜，或因为自己没有玩好就大发穷酸的牢骚。当听到有人说“没有我们的古诗词就没有庞德，没有西方的意象派”时，除了替他害羞，你还能说什么？

记者： 还是让我们回到诗歌上来。前面您谈到新诗美质上的缺陷说到底是个实践问题，需要天才和过程；然而，二十年代以后不是陆续出现了一些天才诗人，也产生了一批经典文本吗？为什么后来又会出现倒退，情况甚至变得比当初还糟呢？比如郭沫若，年纪轻轻就写出了《女神》，但从四十年代开始，就再没有多少让人想得起的诗作。

唐： 写还是写了不少，让你想不起是另一回事。就你所提的问题而言，郭沫若确实是一个典型案例。上世纪九十年代初我曾写过两篇文章，专论曾长期支配新诗——当然不止是新诗——追求“现代性”过程的“时间神话”和“新纪元意识”，也都是以郭沫若为代表性的分析对象。如有兴趣，你不妨找来看看，这里就不耽误时间了。

“时间神话”和“新纪元”的幻觉曾经激励过一代人的自由创造，但后来与权力及其意识形态的垂直支配交互作用，又何止坑害了一代人！新诗也为此付出了沉重的代价，想想真是心惊。所幸的是这一切都已成为过去，然而，它们真的已经成为过去了吗？

记者： 在这样的背景下，七十年代末、八十年代初“朦胧诗”的出现，为新诗观念和格局所带来的变化真可谓是革命性的。奇怪的是，朦胧诗的“革命”还没来得及尘埃落定，就又被“第三代”给革了命，甚至没有给它喘息的机会。

唐： 是吗？从别人那里听来的说法吧？“革命”听起来很提气、很过瘾，但用得不小心，就成了“改朝换代”，在中国语境中尤其如此，而改朝换代和诗歌本身的价值无关，更不会令其增值。“朦胧诗”当初冲出地表确实具有革命性的意义，这不仅因为它打破了意识形态诗歌或权力美学的一统天下，更主要的，是它突显了“革命”一词在语源学上的本义，即恢复某事物存在的本来面目和发展的本然秩序。具体来说，就是回到诗本身，回到诗围绕生存和语言关系的探究而自由自主创造的本性。除非加以美学上的限定，否则与其说“第三代诗”革了“朦胧诗”的命，还不如说它延续和推进了“朦胧诗”的革命，使二元分立的局面再变而为多元并存。同时还应该注意到，所谓“朦胧诗”是一种集体的命名，说得难听点，是一个始于扯淡，终于僵化的文学史概念；而诗人的写作却是个体的、活生生的、不断变化的。事实上，许多当初被归入“朦胧诗”的诗人，在后来进一步的诗歌变局中都发挥了重要的作用。比如，正是北岛最先指明了当代诗歌面临着“重大的形式危机”，又如杨炼、江河对一批“第三代”诗人，尤其是一批自称“整体主义”、“史诗派”诗人的影响，也包括更晚的一批诗人对严力的重新发现。诸如此类的问题，肯定无法以一句“给革了命”来了结。

记者： 您这样说，是否抹杀了“朦胧诗”和“第三代诗”之间重大的美学差异？

唐： 早在1988年我就写过一篇文章，题为《“朦胧诗”之后：二次变构和“第三代诗”》，其中以列表对照的方式比较了二者之间的一系列根本差异。我承认那是一种相当粗枝大叶，甚至大而化之的做法，许多概括未必精当，但基本精神似乎还说得过去——我的意思是，从变构而不是革命的角度来看待“朦胧诗”和“第三代诗”的关系，不但没有抹杀，相反突出了二者之间，或各自内部在诗歌主张和美学倾向上的差异，因为自由自主的创造必然导致差异，就像多元化必以差异为其标志一样。当然，这里的“差异”，主要是指个别诗人和具体作品所呈现的风格差异，而不是，或不仅仅是旗帜或口号的差异。

记者：但您也不能否认“第三代诗”相对于“朦胧诗”的针对性吧？且不说那些“pass”、“打倒”之类的口号，就拿具体作品来说，比如韩东的《有关大雁塔》，据说就是针对并解构杨炼的《大雁塔》的。您怎么看这个问题？

唐：针对是差异的一种极端形式。从诗学的角度，有可能蕴含着革命性的因素。《有关大雁塔》针对《大雁塔》的解构企图是一目了然的。对比一下语言意识、物我关系和语言方式，尤其是语气，可以说前者对后者及其所代表的那种“宏大抒情”模式构成了全面颠覆，其意义远远超出了两首诗或两个诗人之间的歧异。你看，我部分肯定了你的提问，但这并不意味着我准备落入其中暗藏的陷阱。从一个案例中直接得出一个全称判断式的结论，在我看来反而把问题简单化了。韩东生性克制，富于洞察力，又是学哲学出身，也许受了一些逻辑经验主义的影响，对语言的边界、意义的阈限，从一开始就持有高度警惕，他成为新诗风的开创者之一，不是偶然的。不过，我更看重的还是他的诗所提出的新问题……

记者：请等一等。“第三代”诗人似乎提出了不少新的诗歌主张，但稍稍考察一下就会发现，其来源多是西方。比如“直接处理事物”就来自前面说到的“意象派三原则”，人家早在1912年就提出了。我这里还有一些例子，比如W.K.韦姆塞特半个多世纪前就在《意图谬误》一文中明确表示要拒绝隐语；再比如罗兰·巴尔特，他早在1968年就写出了著名论文《作者之死》，认为作者在与其作品的关系中应退居极其次要的地位，以突出作品含义的不确定性，并认为这种关系的变化“是真正革命性的，因为拒绝含义固定下来，最终就是拒斥上帝和他的本质——理性、科学、法律”。这些主张在“第三代”诗人那里都有所体现，而我的问题是：他们是否不自觉甚至是自觉地成了西方理论家的传声筒？

唐： 无论自觉或不自觉，“传声筒”都是一个贬义的说法，让人联想到抗日电影中汉奸翻译官的形象。“皇军说了……”当然这不会是你的原意。你的提问所涉与其说是“第三代”诗人，不如说是整个中国现当代诗，以至现当代文学的理论和批评。多少年了，如果不借助源自西方的命题、概念和范畴，我们似乎就无法讨论问题，就发不出自己的声音。这种特定的“失语症”突出表明了中国文化由传统向现代转型具有的危机性质，内含着一种从根本上悖谬的困境。然而，危机即生机，困境即出路，关键在于如何应对。这里，“借他人之酒杯，浇自己之块垒”是一回事，理论和实践的分别又是一回事。理论注重的是普遍的原理和逻辑，实践注重的是独特的经验和想象；一般情况下，后者肯定会溢出，或胀破前者。直接把诗歌写作和某种理论挂钩是危险的，这在诗人可能只是一种话语策略，然而对阅读和批评来说，却可能酿成严重后果，因为它会像一张滤网，漏掉精华，留下渣滓。“第三代诗”兴起于八十年代开放的历史文化语境，有关话语中充斥着种种来自西方的观点和主张并不奇怪，否则就谈不上什么多元化，就无所谓当代中国诗歌与世界诗歌的交流和互动；同时，任何时候都不应忘记，

“朦胧诗”也好，“第三代诗”也好，都既是中国当代诗歌“问题情境”的产物，又是对它的深化和拓展。某些心存成见的汉学家或许有理由把中国当代先锋诗视为西方现代／后现代诗的支系或副本，但假如我们自己也这样看，那就既失掉了立场，也失掉了眼光。当然，那些确实只不过是跟风玩票的人另当别论。诗坛上从来都不缺少这样的所谓“诗人”。

记者：你刚才说你更看重韩东的诗所提出的问题，是要说“口语化”的问题吗？很多“第三代”诗人的写作都趋向口语化，其后遗症是否就是而今热热闹闹的“口水化”呢？

唐：“口语化”并不必然导致“口水化”，前提是能把握住言说和非言说之间、意义的消解和探寻之间、日常经验的转换和对历史的想象性参与之间，一句话，文本的平面和纵深之间的张力。大规模地化用口语在为诗带来了活力的同时，也增加了写作的难度。遗憾的是，那些没有多少创造细胞，只以摹仿和复制为能事的人们恰恰把它当成了一条避难就易的“快速通道”。在这种情况下，不滑向“口水化”才怪呢。至于成为你所说的“热热闹闹”的时尚，那是另一个问题。正如“难度”考验的是一个诗人的综合能力，把“口水化”发展为时尚也是一种时代综合征。看看我们身边已被高度物质化、娱乐化，垃圾堆积如山的文化环境，再想想九十年代以来那些诗坛“玩主”是怎么暴得大名的吧。

记者：出名的路子多得很，为什么要玩诗歌？也许他们真是想写好，只是没写好而已。

唐：也许吧。不过在更多的情况下，我相信这是时代和人在做双向的选择。

记者：这么说，你对当代诗歌的发展持一种悲观的态度？

唐：无所谓悲观和乐观。悲观还是乐观，那要看你怎么看。我知道还是有相当数量的诗人在默默地、坚韧地写作，不断挑战新的难度，而不是热衷于制造事件，必要时闹一点丑闻，或在报屁股上弄点小花絮。时尚的另一种说法是泡沫，尽管泡沫也有作为泡沫存在的理由。

记者：这就涉及到一个核心问题：什么是诗歌？总得有一个标准吧？不然永远公说公有理，婆说婆有理。

唐：你不是说要有像“GB（国标）第××号”这样的行业标准吧？这样的企图已被历史证明是荒唐的。曾经有过一个类似的几条“标准”，好像是六条吧，据说可以用来判别“香花”和“毒草”，结果怎么样呢？这当然不是说诗歌无所谓标准，而是说，我们只能在充分尊重诗歌本性的前提下，立足写作和阅读本身，立足这方面的已有经验和可能性之间的对话关系，用相对的、动态的眼光看待这个问题。在这方面，崇尚个体自由的“新诗”，较之在规则上有着一系列刚性尺度的“旧诗”，显然更加难以把握。“有一千个读者，就有一千个哈姆莱特”，怎样才能从中平衡出一个公约的标准呢？好在我们还有一颗向诗之心，好在这颗心不但如康德所说，具有某种先验的审美判断力，还有自身的相关经验可据，因而不至于在绝对的相对中变得虚无。对我来说，诗学上公说公有理、婆说婆有理是正常的，就像在具体评价作品时听从诗本身的律令是必须的一样。所谓诗本身的律令，在我看来主要有两条，一是文本在语言形式上的独创程度，二是文本揭示生命体验的深度和复杂性。我怀疑任何张口就来、唾手可得的东西。

记者：按照您这标准，估计现在中国没有几个诗人。

唐：有那么苛刻吗？话又说回来，真正的、达成意义上的诗人，在任何国家、任何时代，恐怕都如希门内斯所说，属于“无限的少数人”。更多的时候我们只是试图成为一个诗人，或努力向诗而已。这在今天已经非常不易了。

记者：今年1月27日，十六位诗人在哈尔滨搞了一个“天问诗歌公约”，马上有人出来欢呼“中国第一个诗歌自律公约诞生了”，但也有立马开骂的，对此您怎么看？

唐：欢呼太夸张了。在这方面成为“第一”值得欢呼吗？但作为一个媒体事件，我觉得可圈可点。先不说公约的内容，只说形式：在这么一个无所谓道德和审美的底线、一切皆为娱乐的时代，“什么都是扯淡，想怎么着都行”的时代，有这么一些诗人，试图同气共勉，发出自己的声音，表明“并不是什么都是扯淡，也并不是想怎么着都行”，并以此吁求同道，有什么不好呢？有人立马开骂，无非是可悲地反证了这确实得需要点勇气。这年头铺天盖地的口水湮灭了太多有价值的东西，而且一不留神就会被扣上“假正经”、“作秀”的帽子，很有点“多数人暴政”意味了。

记者：写诗既然是一项自由的事业，是个人行为，有什么必要搞“公约”呢？它会不会形成对另一些人的压制？

唐：“公约”是表达群体共识的一种方式，是一种自愿负责的公民行为；对签约者可以说具有自我约束性质，对别人则充其量是一种吁请，怎么扯得上“压制”？难道一个人对自己有所要求也有错吗？可见我们的精神生态已经被毁坏到了什么程度！当然，任何一个公约都不会无所指，相信“天问公约”也是如此，至于指向什么，它所激起的反应大概已足以说明问题。顺便说一句，就具体内容而言，我觉得有些还可以再斟酌。比如第四条“一个坏蛋不能写出好诗”似乎就调侃有余，严谨不足。我们会问这里的“坏蛋”到底是什么意义上的？是从道德角度评价还是从法律角度评价，抑或从根本的人性角度评价？我们都知道，至少在道德意义上堪称“坏蛋”，但又确实写出过好诗的并不罕见。

记者：我知道您对“诗歌死了”的命题不感冒，但您挡不住别人这么说。最近类似的议论似乎又多了起来，这到底是怎么回事？对此您有什么建议？

唐：我讨厌自我征引曾经表述过的观点，但看来不得不再自我讨厌一次。你说我“对‘诗歌死了’的命题不感冒”不确切，不如说我对时下某些人们谈论这一命题的心态和方式不感冒。作为一种可能性，一种基于其现实境遇的警告，“诗歌之死”没什么不可以讨论的。事实上，早在1992年，我就曾为此专门写过一篇文章并明确提出了这样的警告，原话是：“这些年来，我一直使用‘困境’一词来描述诗的境遇，但是现在，我认真地考虑它可能的死亡。这种死亡将不是它在历史上曾经经历过的那种猝死或横死，而是如米兰·昆德拉所说的那样（他谈的是小说，但在我看来更适用于诗）：‘它并没有消失，而是被它的历史抛弃。它的死亡静静地发生，不为人注意，并且没有谁被施以暴行。’”当时“全民经商”的热潮方兴未艾，不少诗人也纷纷“下海”，这使我在深感困惑的同时也产生了一种强烈的预感，即诗很可能会成为某种历史合谋的牺牲品。所谓“历史合谋”，当然不单指全民经商，“对一个能在一夜之间被动员起来投身‘文化大革命’，或者能以比风更快的速度普及‘呼啦圈’的民族来说，出现这种现象本不足大惊小怪。它不是原因，而是结果。真正致命的是隐身于这一切背后，并与此交互作用的更原始和更本质的力量：是追逐权力和金钱的欲望；是拜物教式的商品迷恋；是流行观念的狂热；是人文主义传统的匮乏；是经世致用的实用理性；是经历过禁欲主义压抑后十倍疯狂的反弹和报复的热情……当这些力量还只是以单独或局部的方式发挥作用时，尚不致对诗的生存空间和价值高度构成根本的威胁；然而，当它们经由历史从中牵线，达成一种整体联合时，诗的‘无声无息’的死亡就不再是难以想象的事了”。你会注意到，我的相关分析更多侧重于精神生态和历史语境，它突出的是一个悲剧性的悖谬，即一方面，八十年代以来的当代诗歌取得了前所未有的实绩，另一方面，精神生态和历史语境的变化却越来越与诗格格不入。这种格格不入当然会对诗歌写作造成伤害，但对阅读和批评造成的伤害甚至更大。正是基于这一点，1996年我又写了另一篇文章，在这篇文章中，我试图以新诗与革命，或关于革命的记忆，以至“记忆的记忆”的关系为切入口，逐层分析其在公众舆论中“今昔对比的巨大反差”，结论是：“诗歌在公众舆论中的衰败构成了世纪末一个小小的文化景观；然而，立足诗歌自身的立场看，情况也可能相反：正在衰败的不是诗，而恰恰是那种认为诗每况愈下的公众舆论，是这种舆论看待诗的一贯眼光，是形成这种眼光的内在逻辑，以及将其与诗联系在一起的共同记忆。”“这里的‘衰败’并不相对于‘新生’，它仅仅意味着无效和言不及义。”遗憾的是，许多年来这种情况不但没有得到改善，反倒愈演愈烈。现在还有多少人能够静下心来，好好地读一本诗集甚至是一首诗，或者真诚地面对诗歌说话？与此同时，高度发达的网络和把一切娱乐化的时尚交互作用，又使得人们越来越目中无诗，而只对层出不穷的“诗歌事件”有兴趣：一会儿“下半身”，一会儿“垃圾派”，一会儿“低诗歌”，一会儿“梨花体”，正所谓“乱哄哄你方唱罢我登场”，真正的好诗却被一再遮蔽和遗忘。据我所知，诗歌被边缘化是当代世界的普遍现象，但要说到被“恶搞”，中国是独一份儿。在这个意义上，“诗歌之死”在特定语境中早已不只是一种可能，而是一直在发生。还是那句话，就看你怎么看。至于对此有什么建议，我们都知道建议不能改变什么；如果一定要建议，那就建议大家不断“重新做一个读者”吧。这正是我十年前那篇文章的题目。

顺便说一句，有关什么什么“死了”的说法早已成龙配套，其中最著名的是尼采宣称“上帝死了”，这是西方现代哲学和艺术的一个母题，然后衍生出诸如“作者死了”、“文本死了”等子命题。因此，从语法和修辞效果上说，“诗歌死了”只不过套用了现成的说法，一点都不新鲜，与此同时“龙种”也照例变成了“跳蚤”——本来是惊世骇俗、振聋发聩的个人创见，到我们这里却更多成了幸灾乐祸、起哄架秧子的媒体事件。

记者： 谢谢您的长篇大论。让我们换个角度。前不久，汉学家顾彬在接受“德国之声”采访时说：“诗歌怎么可能死了呢？如果在中国死了，那好吧，让它在中国死吧，在德国（它）还‘活’。如果有一个中国诗人来德国的话，我们给他开朗诵会，肯定会来五十个人，一百个人，我们肯定会出他们的诗集。”您怎么看待顾彬这些话？

唐： 顾彬是我素所尊敬的汉学家。他为中国文学，包括当代诗歌在欧洲的译介和传播，做出了巨大贡献。只要不心怀偏见，谁都能从他的这番话中体会到他对中国诗歌的热爱，以及对诗本身的某种信念。我相信，正是这种热爱和信念，支持着他的工作；我同样相信，在中国也绝不缺少像他那样的诗人和诗歌工作者，由于这些人的存在，诗歌在中国无论境遇如何，都会薪火相传，一直“活”下去，而不必惨到必须移民德国。

（根据电话录音记录整理）

“沙化”和先锋诗的危机

——答万松浦书院网站记者问

采访人：赵剑平

时间：2005年6月8日

赵：在目前真正的思想和创作不多见的情形下，先锋诗歌有无“沙化”的现象？

唐：我恐怕无法在全称判断的意义上回答你的问题。所谓“先锋诗”不是某种孤立的现象，也不存在什么居恒不变的先锋诗。谈到上世纪八九十年代的诗歌我会首先说到先锋诗，而现在，我会非常谨慎地使用这一概念。“先锋”相对于主流和保守，往往和某种激进的社会和艺术思潮相关联，并伴随着大规模的形式实验；但这一意义上的先锋诗在九十年代以后已转变为更为成熟，也更为复杂的“个人写作”，我的视角也随之发生了变化。

说到“沙化”，大概和所谓“全民性腐败”一样，是指九十年代以来随着社会急剧市场化和消费主义的盛行，思想、文化，包括创作界普遍存在的精神品质变化吧？“沙化”意味着松软、离散、中空、坍陷、无差异，意味着失去生机、活力和蓬勃生长的势头，在这方面，先锋诗当然不会是一块飞地或净土，但谈论起来似乎应该更谨慎一点。你知道八十年代有好几次反这反那的小运动，诗歌一再被宣称是“重灾区”，这“重灾区”主要就是指的先锋诗这一块。后来的局面变化真可谓不幸而言中。事实上，先锋诗人较之其他同行承受了更大的压力，受到了更多的打压以至摧残。当然，苦难的多少不足以成为辩护的理由，同时还应该考虑更复杂的情况；但视而不见，或避而不谈，正义和良知且不论，历史就成了一锅粥，所谓“沙化”就成了某种孤立的道德缺陷，甚至成了某种“原罪”。我对谈论这种意义上的“沙化”没有太大的兴趣。

我理解你所谓的“沙化”不仅指思想、语言的沙化，也包括人格和行为的沙化。我还可以就这个比喻再打一个比喻：脑瘫加骨质疏松。假如是这样，我倒想提一个对举的概念，那就是“肉化”。我说“肉化”，是受我素所尊敬的一位老诗人的启发。他在反省当年知识分子接受“思想改造”的后果时曾使用过一个令人不寒而栗的成语：骨软可卷。骨头软到了可以卷起来的程度，和肉就没什么差别了是不是？所以是“肉化”。我们都知道“肉化”是“刀俎”所要求，为“刀俎”所准备的，“人为刀俎，我为鱼肉”嘛；那么，“沙化”又是适应了谁的要求，为谁准备的呢？还有，以“肉化”的历史记忆为背景，“沙化”究竟算是一种新病还是一种宿疾呢？虽说二者源自不同的历史语境，有着不同的表现形态和文化内涵，但既然都指的是某种风骨魂魄俱丧的状况，应该说是一脉相承的吧。

赵：曾有朋友谈到一个有趣的现象，说不少当年的先锋诗人进入九十年代后都不写了，下海了，有些还很发财；而先锋小说界似乎就没有这种情况。您怎么看这件事？这是否也是一种“沙化”的表现？

唐：你可以说这是一种有趣的现象，但深想一步或许就不那么有趣。至于是否算是一种“沙化”的表现，我的看法是风马牛不相及。

当然，这样说并不排除其中包含了一些构成“沙化”背景或氛围的因素。我曾在一篇文章中谈到过这种现象，应该是1996年吧。这篇文章电脑中有，我调出来……噢，这儿，你看这一段（读）：

一批卓有才华的诗人中止了写作，其规模和影响在某种程度上足以被视为当代写作的一次“事故”。但这一事故并没有得到认真对待——似乎也不值得认真对待。因为答案明摆着：这些人大都下了“海”，而所有“下海”的人都怀有显而易见的动机，那就是脱贫致富，由“小康”而“大款”。这在当今中国乃是一股人心所向的历史潮流。诗人们的加入只是使之更生动、更确凿而已。

如此解释的确很方便，再说也不构成任何意义上的冒犯：是人都希望改善自己的生存境遇；诗人也是人，他并没有需要额外承担的苦难义务。

然而我要说（或许有点傻），至少是相对于那些因涉及××事件而蒙受牢狱之灾的诗人而言，这种“方便”的解释更像是一种羞辱。这里他们出于自尊或其他原因保持沉默是一回事；如同回避哈维尔所谓的“不便”那样，回避他们所曾遭受的身心重创是另一回事。在后一种情况下，他们只能被迫把对他们的摧残当成某种纯粹偶然的、类似因个人过失而受到惩戒的特例，某种不得不忍受并自我消化的隐痛。假如真的是这样，他们能指望通过商业上的成功得到补偿吗？

我不知道你是否觉得这样看太沉重了？现如今，任何“重”一点的话题都会显得不合时宜。这是一个喜“轻”厌“重”的时代。也许正因为有太多的不能承受之重，人们才有意无意地倾向于“沙化”或被“沙化”吧？在这个意义上，“沙化”就是“轻化”，尽管这里的“轻”，也可以成为“不能承受之轻”。另一方面，只有成为轻的，才能成为可消费的，“沙化”所对应的是普遍的消费主义心态。

赵：在写作层面上先锋诗的“沙化”具体都有哪些表现，又在多大程度上受到消费主义心态的影响呢？

唐：先锋诗的灵魂是开放的自主性和批判的实验精神，因此可以说，凡是有悖于这一灵魂的写作都是“沙化”或倾向于“沙化”的写作。但这样说恐怕是太笼统、太简单化了，我可不想让“沙化”成为一个什么都可以往里扔的新“粪坑”——我的意思是：“沙化”有其特定的历史语境，而先锋诗从一开始就有自己的问题；说得理论化一点，就是它在自我建构的同时也一直存在自我解构的倾向，二者往往是同一枚硬币的两面。比如，“纯诗”作为一种诗歌理想，曾经是先锋诗“回到诗自身”、“回到语言自身”的“节点”或自我确立的依据，然而，片面追求语言的“纯净”，以致患上审美以至素材的洁癖，就会导致诗歌指涉现实，尤其是内心现实功能的严重弱化；再比如，借鉴西方现代诗曾经是先锋诗发展的强大内驱力之一，但同时也程度不同地存在消化不良，或买椟还珠的流弊。此外还包括对进化论的迷信，反道德和超道德、反文化和超文化的界限，如此等等。这些问题都有自己的上下文，不能统统纳入“沙化”与否的名下；当然，如果形成风气，以致严重影响先锋诗对当下的境遇作出足够有力的应对，也不妨视为“沙化”的表现。在这种情况下，写作失去了语言内外双重紧张关系所形成的必要载荷，在某种程度上成了一种“空转”，自主成了自娱或自慰，而“先锋”也成了招徕的招牌、“做秀”的口实。

我这样说是不是有点“绕”？同时我也对自己感到遗憾，因为说来说去，“先锋诗”在我们的讨论中似乎还是一个整体概念。

不得已，姑且这么着吧……我不知道你是否注意到今年早些时候《诗刊》上转载的陈超的一篇文章？题目记不确切了，着重讨论的是"先锋'流行诗'"的反道德、反文化问题。问题是老问题，但在新的语境中提出来自有新意。只发明"先锋'流行诗'"这一概念就足够有意思了。"先锋"和"流行"原本南辕北辙，现在却结成了千里姻缘，打眼啊。你问先锋诗在多大程度上受到消费主义心态的影响，也许这一命名本身已经部分地作出了回答。

赵：这些年只要说起当代诗，差不多人人都在感叹"边缘化"，先锋诗照说就更边缘了，又怎么谈得上流行呢？

唐：能不能流行是一回事，想不想流行是另一回事，努着劲儿地"练"流行又是一回事。我没有说流行不好，流行本身无所谓好不好，关键在于自我认同别错位。一个流行歌手梦想"红遍大江南北"很正常，如果他在那里大谈"自甘寂寞"、"光荣的孤独"，反而成了笑话，反而说明他有问题，不是活儿太差就是有病。不幸的是我们尚未见过这样的歌手，倒是见到了这样一些诗人，他们一方面自诩如何"先锋"，甚至"开创并只身承担"了一个什么时代，另一方面却不择手段，怎么能成名，或者让名声"增值"就怎么来，更可笑的是还要把谁都无从核实的"市场份额"当作他有多么了不得的证据。"我的诗集卖了××××本，多牛×！"搁十几年前，这样的"先锋"人物不用别人说，自己就得栽在自己的唾沫里，可见世道确实变了，我们也确实应该祝贺这种人生逢其时。

赵：你这么说倒让我想起一个人来，这个人的诗九十年代初还真是流行一时，据说诗集也真的是卖了好几万本，还到处做诗歌报告。后来好像也有点感觉错位，放出话来，要得诺贝尔文学奖什么的……

唐：流行好啊，卖几万本好啊，种瓜得瓜，种豆得豆嘛；想得诺贝尔文学奖也没什么不好，至少是一种有趣的幻觉……你说的是一个多种因素造成的特例，本来和先锋诗没什么关系，但有一点值得一谈，就是大众传媒的推波助澜在其中扮演了主要角色。传媒的大众化和大众的传媒化自九十年代开始突然呈现出加速度膨胀的趋势，以至被某些人欢呼为新纪元降临的标志；现在看来他们真没有白欢呼，因为它确实提供了许多此前没有，或看不到的可能性，包括“先锋”和“流行”合流以至错位的可能性。大众传媒和传媒大众互相造就，形成大众文化消费市场。它有自己的运作机制，当然也有自己的意识形态。比如“造星”。九十年代以前人们崇尚的是英雄，九十年代以后人们崇尚的是明星。有人说今日的明星就是昔日的英雄，此言大谬。二者的根本区别在于：英雄是社会道德机制的产物，明星是市场/消费机制的产物；前者以业迹和人格论，后者以声名和身价论；前者的副产品往往是“传说”，后者的副产品则往往是“八卦”……扯远了……总而言之，大众文化的市场/消费机制自九十年代后迅速完成了自己的结构性完形，成了大气候，而所谓“先锋‘流行诗’”可以说恰好提供了一个来自边缘的佐证。当然热衷此道者多半不会承认自己和大众文化市场有什么关系，但他们的行为做派更能说明问题。比如热衷于在媒体上制造事件，比如变着法儿地自我炒作和彼此炒作，比如使批评“舆论化”和“八卦化”。诸如此类的花招据说可以扩大诗歌的影响，但恐怕他们真正感兴趣的是如何抓住那些想象中的观众的眼球。无数这样的眼球会形成一种“聚光灯效应”，而这正是造就“明星”或找到“明星感”所必须的。

赵：确实，“眼球”似乎成了这个时代的一个根词：“眼球经济”啦，“眼球文化”啦，真是无往而不“眼球”，抓住眼球也就抓住了一切……你是否认为大众文化挤压了先锋诗歌？

唐：我没有这个意思，因为二者压根儿就不在一个层面上。一个明显的标识是，大众文化可以被轻易地纳入市场经济的轨道，今天事实上已经成了文化产业的一部分；而诗歌在任何情况下恐怕和市场经济都没有什么兼容性，和产业就更不沾边了。在这方面，诗歌较之其他文学和艺术门类，包括小说、音乐和美术，显然更缺少弹性，更格格不入。这不是因为诗人们更清高，而是诗的天性使然。我们无法想象诗按市场的供求关系生产，就像无法要求大众文化摆脱以效率和效益为核心的市场法则的支配一样。对诗，尤其是先锋诗来说，只存在一个法则，那就是自由的创造；只存在一种交流方式，那就是心灵一对一。过去如此，现在如此，将来不好说，但恐怕也只能如此。

赵：您这样说是否太绝对了？毕竟，诗存在于具体的历史语境中，它必须适应语境的不断变化并做出相应的调整，包括写作和传播，也包括和大众文化的互动。当然，我理解那是另一个层面上的问题……那么在您看来，除了市场/消费机制及其意识形态的“大气候”，还有哪些造成当前先锋诗错位以至“沙化”的因素呢？

唐：说“因素”容易有一种孤立感，实际情况是历史陈因和现实成因纠结在一起。汉学家奚密曾经写过一篇长文，专论中国当代诗歌、主要是先锋诗中的“诗歌崇拜”问题。在她看来，这近乎当今世界的一个“奇观”。然而，对亲历过先锋诗迄今发展的人来说，并不存在什么奇观，只存在精神维度上的选择。在信仰解体、价值崩盘的背景下，诗被有意无意地赋予某种“准宗教”的性质，换句话说，不仅成为精神的栖息之地，而且成为灵魂的获救之途，难道不是题中应有之义吗？当然诗不必，也不应被视为宗教的代用品；我这么说，无非是想突出当代先锋诗从一开始就和普遍的精神危机自我相关，既是这危机的一部分，又是对它的应对和超越。另一方面，对一种说不上有真正的宗教传统，而“诗教”传统却至为发达的社会/文化来说，所谓“诗歌崇拜”

也只是一个比喻性的说法；当然还可以有其他的说法，比如我就使用过“诗成了它自身的意识形态”这样的说法；但不管有多少个“喻体”，“喻本”却只有一个，那就是主要经由先锋诗所确立的诗歌本体立场。一旦丧失了这一立场，先锋诗就会堕入自我虚无化，并成为更大的社会/文化虚无化的一部分。在这种情况下，错位、“沙化”就不但可能，而且几乎是不可避免的了。

（根据访谈录音整理）

诗·精神自治·公共性

——与金泰昌先生的对话

时间：2006年5月19日上午

地点：日本大阪

翻译：茹杨

（金泰昌先生系旅日韩国学者，长期从事公共哲学的研究。现为日本将来世代财团思想研究所所长。文中“金”为金泰昌，“唐”为唐晓渡）

金：唐先生作为一个诗人，从事诗歌创作多年，有无一贯的主题？

唐：二十多年来我主要从事诗歌批评。诗歌创作虽说开始得更早，但写得不是很多。对我来说，诗歌和批评是同一种写作的两翼，互相平行而又彼此补充。在写作中会有一些阶段性的主题考虑，比如我八十年代写作的基本主题就是“困境”和“突围”；至于“一贯的主题”说不好，如果一定要说，也许可以说是“精神自治”。

金：是从什么方面的精神自治？

唐：最初是从体制化的意识形态垂直控制的阴影下，然后是从更加复杂的历史语境中。您知道，我们这代人无论从个人经历还是受教育的角度说，都长期处于体制化的意识形态强控制之下，属于一种“受控的成长”。总体说来这种状况一直持续到上世纪七十年代末，然后开始发生变化。当时兴起的“思想解放运动”本质上是一次启蒙或再启蒙运动。我是“文革”后恢复高考入学的第一批大学生，此前插过队、当过工人，但一直喜欢文学。您也许知道《今天》，那是创办于1978年底的一份民间或“地下”文学刊物，尽管形式简陋，但在一代人中影响巨大。我还记得1979年初第一次读到《今天》上北岛、芒克等人的诗作时那种近乎毁灭性的内心震撼。1949年后中国大陆的诗歌被逐渐纳入一条“钦定”的轨道，即毛泽东所倡导的“古典+民歌”的轨道。本来这也是一种可能的维度，问题是一旦被奉为“天条”，就变成了框框，偏狭的“为政治服务”的尺度则使之变得更加粗暴和僵硬。这样的强制性情境造就了大批的伪诗和伪诗人，甚至一些早已成名的诗人，也陷身于必须遵从党和国家的意识形态以至一时政策所需写作的桎梏。《今天》上的诗彻底粉碎了这种桎梏，并提供了一代人写作的新起点。这是朝向诗所要求的自由自主意志，并且本身就体现着这种自由自主意志的写作。八十年代中国先锋诗的发展基于一个共识，即“回到诗本身”，或“回到个体生命和语言本身”，这是在特定历史语境中有关自由自主写作的集中表达。

金：这在当时是要承受一定压力的吧？

唐：当然有压力，有时甚至是很严酷的压力。尽管改革开放是大势所趋，但意识形态化的国家机器从不喜欢听到异己的声音，更不喜欢受到挑战。我曾在官方的《诗刊》工作多年，同时又完整地亲历了当代先锋诗运动，不但是主要的评论者、编辑者之一，而且先后参与发起创办了“‘幸存者’诗歌俱乐部”（1988—1989）和《现代汉诗》（1991—1994）。这双重的身份使我在这方面见多识广，感受尤深。事实上，自八十年代至九十年代的大部分时间内，非官方的民间文学社团和刊物无论怎样活跃，都只能处于地下或半地下的状态；现在的情况要宽松些，但仍不能说得到了完全的法律保障，至少不具备充分的自我保护能力。

不过，我所谓的“精神自治”主要还不是指与既定秩序的紧张关系，而是指一种内在的、独立不依的精神立场，一种基于批判和自我批判所形成的对不断变化的现实作出敏锐反应的能力，一种自我超越和生长的可能性。没有这样的立场，没有这样的能力，没有这种内在的可能性，就无所谓现代知识分子，也无所谓现代艺术家和诗人。您多年来从事公共哲学的研究，我想，我所说的这些也是不断拓展公共空间、推动公共哲学发展的前提吧？

金：当然。这是一个很有意思的话题，请结合您的个人经验接着谈。

唐：按照自己的意愿写作，包括组社团、办刊物等等，都是“精神自治”的不同方式，也体现着在不同层面上建立和拓展公共空间的努力。精神自治和公共空间是同一枚硬币的两面，是一种双向的建构。1990年冬我和一帮朋友之所以要创办《现代汉诗》，除了考虑在诗艺上保持探索的连续性外，一个现实的动因就是当时的“大气候”非常严峻，无论思想界、文化界还是艺术界，都普遍存在某种严重的身心挫败感。我们认为，在这种情况下，必须由我们自己来创造一种“小气候”，一个可以同呼吸、共命运的精神空间。这是一个创造的空间，也是一个交流的空间，一个参与者人人都可以发出自己的声音的空间。作为也许是当代唯一的一份具有全国性的民间诗刊，《现代汉诗》以诗歌的名义，在强权面前重申了不可剥夺、不可让渡的公民权利，同时自身也试图建立某种制衡机制，以防止权力过分集中，导致话语霸权。具体做法是只设编委会，不设主编，由北京、上海、杭州、成都四个编辑组轮流执编。尽管因为外部的压力太大，这一做法未能贯彻到底，但毕竟是一次有益的尝试。当然，作为写作者，我更看重精神自治的内在方面。前面已经说到八十年代的个人主题是“困境”和“突围”，而到了九十年代，一直抓住我的一个意念就是：

怎样把早已渗透到我们身体和血液中的意识形态语言、体制化语言的毒素，一点一点地从我的写作中清除出去。与此同时，我越来越强烈地意识到了“对话”这一概念的重要性。

金：为什么九十年代会发生这种变化？其机缘是什么？

唐：一位诗人认为，1989年像一道分水岭，把我们的写作分为“之前的”和“之后的”，也许有点绝对，但非如此似乎不足以指明其重要性。这里的“重要性”与其说是时间上的，不如说是心理上的；与其指事件本身，不如指它所导致的变化。曾经有过一段混乱以至空白期，那是一时的软弱和无助感所致；但很快我们就开始反思，反思所发生的一切对我们，对我们的写作，包括之前和之后的，到底意味着什么？后来我用一篇文章小结了当时的思考。在这篇文章中，我试图用“后极权主义”来描述我们所置身的历史语境，并借用哈维尔所谓“方便／不便”的概念，从日常生活和写作的双重角度，比较了它与正统极权主义在社会文化形态／结构和策略／心理方面的异同。一个基本判断是：正统极权主义本质上是无所顾忌的“全面专政”，“后极权主义”则是强权和商业主义混合不分的“联合专政”；在前者那里作为经常手段的，在后者那里则被保留为最后手段。我不指望通过一篇数千字的论文完成一部专著才能完成的工作，而只希望经由一系列提纲挈领式的分析，突出坚持“正当的写作”——即在任何情况下都以精神自治为前提的写作——的必要性。在我看来，这是一种需要我和我的同代人，以至几代人不断学习的经验。

金：为什么是“需要不断学习的经验”？前面你已经说过，在整个八十年代，你们一直致力于自由自主的写作。

唐：为了强调其难度吧。真正的精神自治绝不是可以一蹴而就的事情。

金：怎样理解你所说的难度？

唐：包括对“后极权主义”历史语境的复杂性和长期性始终保持清醒

意识，对消费主义和大众文化的“方便”所带来的“自由”幻觉始终保持警惕等等；不过在那篇文章中，我更多相对的还是摆脱正统极权主义长期治下的受控经验。当然我们一直在做这件事，但做得远远不够，尤其是考虑到，一个极权主义的积极反抗者，同时也可能是其后果的消极承纳者。这种后果有些已经为我们所充分意识，例如文明的贫困、理性的匮乏等；有些则还没有，尤其是它对我们思想、语言和行为方式的暗中支配。因为极权主义并非只是指那些可以从外部一目了然的“硬制度”，诸如思想治罪、新闻和报刊检查、对公民权利的明目张胆的侵犯，以及这一切背后的赤裸裸的暴力等等，它还是一套意识形态的“软制度”；它不仅是一种政治还是一门心理学；它当然也有自己的哲学。如果说它当下的统治主要倚恃前者的话，那么它长远的战略则主要倚恃后者，倚恃从一个人的童年开始就反复进行的意识形态灌输所造成的“制度内化”。内化的制度具有较之外在制度远为长久的生命力。它使极权主义即便在被迫改变其外在制度，甚至其外在制度濒临崩溃的情况下也仍然保持着有效性，而这种有效性的更有力的证据往往不是来自那些驯顺的臣民，而是来自其对立面，来自那些确实是，或自以为是的反抗者。语言是观察这种同构现象最直接的窗口。我多次注意到，某些“斗士”一方面在大谈民主自由，另一方面，其使用的句型、语式，特别是那种真理在握、不容分说的独断语气却透露出，他无论在逻辑上还是在潜意识中，都和其抨击的对象一样遵循着非此即彼、非黑即白的二元对立模式。这时你不仅会感到不适，而且会感到荒谬。

金：你对难度的强调是否表明了这样一种隐忧，即没有得到彻底清算的受控经验会伤害以精神自治为前提的写作？

唐：事实上对极权主义后果的消极承纳一直在伤害着我们的思考和写作。回头看1986年前后声势浩大的现代诗运动，可以说既是一场盛举，又是一道伤口。就后一意义而言，从中可以看到我们所受伤害的程度。那种轰轰烈烈的“大生产”或红卫兵式的运动方式尚在其次；更值得反省的是众多宣言所透露出来的那种独霸语言、独霸诗歌、只此一家、别无分店的话语姿态，以及急于在一场很可能转眼就被撤掉的诗歌筵席中分得一杯羹的实用心理。艺术个性、诗歌本身、以承认差异为前提的彼此理解和宽容，所有这些在极权主义美学中找不到自己位置的，在这里也很少得到起码的尊重。1999年我曾被卷入一场诗歌论争，在这场论争中我惊奇地发现，一些“文革”时年纪尚幼，甚至压根儿还没出生的写作者，其语言方式及其内在逻辑，却打着深刻的“文革”烙印，只不过被混杂在各种来自消费时代的“八卦”花招中而已。这使我意识到，伤害不仅可以成为某种集体无意识，而且可以像文化一样遗传。

金：由于工作关系我接触过不少中国学者，也触及过类似的话题，但从没谈过这么深。中国近二十多年来在加速度地进行向现代社会的转型，经济发展一直走在快车道上，文化上也趋于多元，与此同时也和其他转型中的国家和社会一样，存在着自己的种种问题以至危机。造成这些问题和危机的原因既有历史性的，也有当下的，且二者往往交织在一起，形成投向未来的阴影。我想，您所说的对极权主义后果的消极承纳及其造成的伤害就属于这种情况吧？

唐：是。每一个当下瞬间都包含着过去、现在和未来。我所谈的当然不限于写作，但请允许我继续从写作的角度多说几句。我想说的是，更大的伤害或许还是来自极权主义强控制在失去张力时所导致的虚无化：首先是它自身的虚无化，其次是社会／文化的虚无化。极权主义意识形态宣称它发现了人类历史的基本规律和法则并以其唯一的体现者自居。它用某种“铁的必然性”阐释历史的过去和未来，将其转变成现实中无所不及的强权（包括对写作的强权）并彼此辩护，从而既毁灭了过去的多样性，也毁灭了未来的开放性，最终毁灭了自身——正如哈维尔所说，“如果历史以其不可预见的方式呈现，来显示这种意识形态是错误的，这将令权力丧失其合法性”。然而，在这一自我虚无化的过程中化作虚无的绝不仅仅是它的“自我”。作为一种曾经占绝对统治地位并被强制推广的社会／文化“元意义”和“元价值”系统，其后果同样是社会／文化性的。当然这里并没有出现意义和价值的真空，无论是从生活还是从写作的角度看，所谓“社会／文化的虚无化”与其说是指意义和价值的持续阙失或危机，不如说是指缺少关注、追问、反思这种阙失或危机的持续兴趣和勇气，缺少将这方面的经验转化成当下创造行为的内在活力。社会／文化的虚无化本能地倾向于按照消费的原则对待现实，就像极权意识形态的虚无化本能地倾向于使一切成为维持其统治的权宜之计一样。消费性写作在八十年代的中国可以说是在欣快症和抑郁症之间循环不已的非意识形态化写作的一个副产品，然而进入九十年代不久，就成了弥漫全社会的文化消费主义思潮的一部分。向市场“转型”的热情似乎不仅掩盖了，而且不断消解着写作与现实之间，以及写作内部的紧张关系。没有比这更富于讽刺性，但也没有比这更顺理成章的了。这与其说是商业主义的一个胜利，不如说是上述虚无化的一个胜利，或者说是二者合流以至合谋的一个胜利。事实上，后极权社会和文化之所以可能，就在于它发现并牢牢抓住了这块新的基石，据此而构建一个充满物欲的“无物之阵”；而写作者不但必须面对这“无物之阵”，而且随时会发现，他也是这“无物之阵”的一部分。

金：您前面说到九十年代之后越来越意识到“对话”的重要性，是否也与这“充满物欲的‘无物之阵’”有关？

唐：是应对和破解它的一种策略，同时也是进一步深化精神自治的要求。八十年代初的先锋诗写作带有意识形态对抗色彩，但很快就超越了这一阶段。围绕“自我表现”展开的论争致力于解决两个问题，一是生存权，二是价值观。个体的主体性因此而得以确立，并和文化开放所带来的巨大活力一起，导致了创造力的极大解放。事实上，到八十年代末，一种多元的诗歌格局已经形成。另一方面，先锋诗写作也越来越多地面临自身的问题。比如多重困境中的“失语”问题、价值相对主义造成的“失范”问题，等等。在这种情况下，即便不发生八九事件，那种主要诉诸群体和运动方式的诗歌写作也将难以为继。进入九十年代，随着商业大潮的冲击和消费主义的盛行，诗歌被迅速边缘化；一部分先锋诗人停止了写作，而坚持下来的在经过了自我清算后，也适时调整了自己的写作方向和策略，变得更为成熟。越来越意识到对话的重要性并在写作中实践对话，在我看来正是成熟的标志之一。我所谓的“对话”同时包括和特定语境中的“他者”对话，和内部分裂、冲突的自我对话，以及和渗透在这二者中的历史和传统对话。就写作而言，对话不仅意味着面对共同的问题，应对共同的挑战，建设共存的精神生态，而且意味着相互尊重个性和差异，意味着活力和能量的彼此汲取和交换。

顺便说一句，这次中坤帕米尔文学工作室访问日本，目的也是尝试在民间层面上，建立和拓展中日诗人、艺术家之间的长期对话交流渠道；您知道“帕米尔”（Pamirs）一词不仅指称着一片地域，一种高度，还意味着历史上不同文化，包括中国文化、古罗马文化、印度文化和伊斯兰文化的交流融汇。

金：听了您刚才的一番话，很是令我感动。您的诗人经历和我作为知识分子的经历在寻求自由发展这一方面有着惊人的相似之处。无论是诗人还是知识分子，虽然我们使用的话语各不相同，但都在进行着为了摆脱意识形态的支配，达到精神自治的斗争，也就是说，摆脱让权力正当化的意识形态，知识分子是运用知识，诗人是靠诗歌。在这方面，中国知识分子有着中国的特色，而我作为一名韩国的知识分子，也曾目睹过北朝鲜的金日成主义、韩国的民族主义性质的爱国主义，那也是用形形色色的思想实行并维护一种极权式的统治。知识分子有着一种近乎生理的本能，反感受到统治，所以寻求自由，当追寻到一定程度时，就回归到了自己。如果过度地追求自我，就难免不陷入个人主义、自我中心主义、自私自利；但作为知识分子，首要的职责还是要帮助人们从一种所谓的整体主义的强权中解脱出来。一个诗人，一个知识分子，只要写一些服膺当时政治的诗歌或文字，是可以过上安定的生活的，但那样就玷污了诗人或知识分子的称号。为了追求精神上的自由，敢于冒险，甚至遭到镇压和迫害、被投进监狱也不改初衷，这也许就是诗人和知识分子的共同命运吧。他们各自都在和巨大的强权对峙着，试图挣脱出来，摆脱着受统治的命运。当奋战之后，一个人静下来的时候就会产生一股孤独感，就会需要有志同道合的战友通过对话来共同分享的愿望，这时就会从单纯的自我表现转向“对话”。这也是我从您的话中感受到的。

我多年一直将“对话”作为实践课题。但通过多年的尝试和努力，我向自己提出了这样一个问题：为什么而对话？固然需要为了对话而对话，但也必须要找到对话的下一个目的，那就是通过对话来达成协动，也就是共动，然后再开新，开拓出新局面。如果没有这样一系列的目标，只停留在对话上，就会被人指责是一种语言游戏。必须将“对话”和“开新”这一过程一直拓展延伸下去，是我多年从事公共哲学对话的体会。

唐：我完全同意您的这一观点。真正的对话是有载荷的对话，开拓出新的可能性的对话。

金：下面想和唐先生交流一下哲学家和诗人的关系。您知道，柏拉图在他所描绘的“理想国”中是要将诗人赶出共和国的。他认为由哲学家领导的国家才是一个理想的国度。哲学家重视知识，而诗人则是靠狂想；诗人的胡言乱语，对国家来说是有百害而无一利的，所以希望将诗人赶出共和国。但我并不这么认为。我认为诗人和哲学家是可以携手共创世界的。

唐：柏拉图是我最尊崇的哲学家之一，但在这一点上，我觉得他比一个庸人强不了多少。当然他说这话有自己的上下文和特指性。康德提出了审美的“无用之用”，诗人可以说最极端地体现了这“无用之用”。话又说回来，无用之用，还是落在了“用”上。对人类想象力的伸张和捍卫，对人类语言，首先是母语的丰富和纯洁，对人类存在的有机整体性，尤其是其深度和微妙之处的探索和守护，所有这些的“用”处还不够大吗？我们不能像看待一把菜刀或一根手杖那样来看待诗和诗人。

金：关于无用之用，哲学也是如此。一般认为哲学很无聊，但有时候最无聊的正是最受用的。尽管如此，在诗人和哲学家进行对话和开新这一共动点上，诗人是什么？诗人的目标是什么？哲学家是什么？哲学家的目标是什么？有人说哲学家追求的是真理，诗人追求的是真实；哲学家是根据理性进行思考，而诗人是根据感性进行想象；哲学家注重普遍性，诗人注重特殊性。通过对话，可以达成一个什么样的东西？

唐：一般意义上可以这样区别，但事实上一个好的哲学家和一个好诗人之间并没有如此判然的分别。也许可以这么说：一个好哲学家必有一颗诗心，而一个好诗人的内部必有一个哲人。让我们想一想海德格尔和荷尔德林。我说不好哲学家和诗人的对话可以达成一个什么样的东西，我只想说，如果没有这样的对话，我们就将什么都不是。

金：如果是一位达到了至高境地的人，无论是诗人还是哲学家是不分高低的；但一般而言，人们对哲学家和诗人还是有着一个固定的认识。我希望能够解除人们的误解，因为真正出色的诗人和哲学家是有着共通之处的。我希望通过我们的努力来实现这个目标。我不太了解中国的情况，只知道一些日本和韩国的诗人。我把他们大致分为三类，一类是公诗人，一类是私诗人，一类是公共诗人。所谓“公诗人”，就是御用诗人，是美化政府和权力的诗人；所谓的“私诗人”，只追求个人的自我情感表现，追求个人的美学意识，这类诗人是为了诗歌而诗歌的唯美主义诗人；而“公共诗人”则站在民众的立场上，追求真理，通过诗歌向大众呼吁。公诗人可以从政府那里得到很多实惠，并被誉为“国民诗人”；私诗人也感受不到有什么危险，过着自己喜欢的生活；而为了民众利益的公共诗人则常常被镇压，受迫害。请问中国现在还有这样的诗人吗？

唐：中国的情况比较复杂；如何定义“公共诗人”或“诗歌的公共性”或许是一个更复杂的问题。在这方面，我希望您的“三分法”不会成为一个容易被简单化的美学标签。由于长期受大一统意识形态的支配，由于这种意识形态恰恰是假“人民”和全社会之名，当代中国诗人往往对诗歌的公共性持有一种特别的警惕，以至过敏。他们在这方面有太深的精神分析学所谓的“创伤记忆”。另一方面，当代中国公共空间的发育和拓展步履维艰，而且往往采取被扭曲的形式，这种情况也大大削弱了发话者与受话者之间直接的精神交流和互动。八十年代初期北岛、白桦、叶文福等诗人应该说具有相当广泛的公共性，如果说他们的声音可以比喻为打破了鲁迅所说的“铁屋子”后发出的呐喊的话，那么，更困难的或许是怎样在哈拉兹蒂所说的“天鹅绒监狱”中发出诗的声音，以及怎样倾听这种声音。对不起，也许我说“玄”了；

我的意思是，我更愿意把您的提问当成一个有待研究的问题。

金：所谓“公共诗人”，并不是自己承认自己是否是，而是客观地起到了公共诗人作用的诗人，是由后人来评价的。

唐：问题是怎样考量您所说的“客观”作用？是用公共舆论的尺度还是用诗的尺度？或是同时兼顾这两种尺度？这两种尺度未必对立，但显然有着本质的区别。就我所理解的诗的公共性而言，呼吁是一种方式，但远不是唯一的方式；更准确地说，呼吁是诗人在非常以至紧急状态下不得不动用的一种方式，而在更多的时候，他会倾向于能更久远地作用于人心，即更丰富、更深邃、更具有美学特质的方式，“非诗不能”的方式，而且这种方式一定会打上个人风格的强烈印记。一个总是在呼吁的诗人，会令人怀疑他是在借公共性掩盖其美学上的无能。极端地说，无论某一公共问题怎样尖锐和紧迫，牺牲诗美和个人风格也未必是一个诗人不得不付出的代价，因为他完全可以采取其他方式；反过来，一首即便是具有充分公共性的好诗，其中也必定有无法以公共方式解读的、类似隐私那样的语言成分。在这方面，还必须考虑到由于经验、教育和自我训练的不对称、不均衡所造成的差异甚至隔阂。中国历来是一个重视诗教的国度，然而在很长一段时间内，现代诗的教育严重阙失，从小学到中学到大学，都是如此；其结果是，不但众多普通读者很难进入现代诗，甚至若干专家学者也自认被现代诗拒之门外。更悲惨的是那种“未经解读的误读”。就我们正在讨论的问题而言，在经历了八十年代持续的“向内转”之后，九十年代起不少先锋诗人都在考虑并尝试如何处理个人写作和公共经验、公共视野的关系；然而，这种事关公共性的新的“转向”，在公共视野中却完全变了形。西川提出诗歌应“在质量上与生活和历史对称”，却被当作了一个“公众人物”；欧阳江河因在诗歌方式上提出“异质混成”而显示出了重大突破，却比以前更容易被归入您所谓的“私诗人”。这种错位现象真是令人哭笑不得。

金：我也认为诗人不可能被简单地划分为三种，同时三者之间的关系也不那么简单，往往是你中有我，我中有你的。下面我想接着您谈到的自我清算这一话题说几句。我们知道，在日常语言中也渗透着体制化的意识形态话语，还有各种各样社会上的“公”话语，这些都会无意识地进入到我们的血肉中，让我们在不自觉中受到污染。还有一种您也涉及到了，就是大众消费文化，或企业为了追求利润所使用的广告语言，也会渗透到我们的血液里，让我们不自觉地使用电视广告语。这些都属于“私”语言，也是一种污染源。

诗人的一个重要职责就是运用其天才，摆脱形形色色的意识形态语言的控制，创造出“诗语”。我所谓的“诗语”既不是国家式的“公语”，也不是广告词式的“私语”，而是一种能够打动人心、鼓舞人心的公共话语。我希望诗人们能创造出更多的“诗语”，让这个世界变得更加美好。在这方面，我觉得诗人比学者更能发挥作用。

唐：我理解您的意思；但对“诗语”和“公共话语”的关系恐怕还需要再辨析。我所理解的“诗语”不仅是一种独特的语言系统，而且本质上是超越语言的，是一种“不可言说的言说”。“诗语”来自沉默并倾向于沉默。这里的“沉默”和弗洛伊德所发现并揭示的“本我”、“潜意识”，或在地层下奔突的岩浆互为隐喻，喻指生命和世界内部那看不见的、未经揭示的，或被压抑、被遗忘、被忽视的部分。我们也可以说它是一个“潜世界”，这个世界较之受您所谓“公语”和“私语”操控，或它们自以为能操控、在操控的表象世界远为博大深邃。从根本上说，所谓“自我清算”，正是为了更彻底地回到和深入这一世界。它更加生生不息，并且如同海德格尔所说，有着“被看见”、“被揭示”的自我要求。诗人的职责就在于运用最恰当的语言方式，赋予其可见、可感的形式，帮助它完成并重返这一自我要求。在这一过程中被创造，或者说被发明出来的所谓“诗语”，因此而迥异于所有既定的、现成的语言系统；不但与意识形态话语格格不入，也与日常话语、传媒话语和知识话语不在一个层面上。它最显著的特征就是生命本身的特征，可以用一个字来概括，那就是“活”：因“活”而有表情、有体温、有韵律；因“活”而生动，而空灵，而复杂多变，而意味无穷。相比之下，意识形态或意识形态化的语言是僵化，以至“茧化”的语言；日常语言虽然有时也很“活”，却因过于随意而显得芜杂；至于传媒语言和知识语言，则或受限于背后的利益驱动，或受限于过于明确的传达目的，而无法摆脱其先天的狭隘和机械。这里，“诗语”的独特性和“潜世界”本身要求不断被揭示的普遍性互为表里，它往往源于“灵光一闪”的瞬间，这一瞬间也就是“诗语”和“潜世界”相互照亮、彼此揭示的瞬间。从这一角度看，“诗语”尽管可以，也应该被纳入“公共话语”的语境，其本身却不是一种“公共话语”，至少不是我们通常所谓的“公共话语”。“公共话语”要求透明、清晰、确切，而“诗语”相对之下则显得含混、游移，充满可能的歧义。所谓“诗无达诂”。也许我们可以说它是一种处在“个体”和“公共”的临界点上，而又反身包容了二者的语言，它的“公共性”基于其“自性”而又回到自性；而这种“公共性”往往不是后设的，而是原发的，所谓“人人心中有，个个笔下无”。这就是诗人为什么有时显得像是一个预言者，而西班牙诗人希门内斯为什么要把他的诗“献给无限的少数人”的原因。

现代世界的混乱、分裂、单维化、大机器化使“公共话语”的重要性更显突出，同时也构成了对“诗语”的新的挑战。事实上，诗人和社会、和读者的关系从来没有像今天这样隔膜，这样尴尬。在社会普遍漠视甚至排斥诗歌的情况下，诗人怎样一方面忠实于内心，忠实于那“潜世界”的要求，另一方面又使自己的作品能自由出入“公共话语”的语境，参与公共空间的拓展、公共哲学的建设，这确实是一个值得认真探讨的问题。当然情况也未必那么悲观。中国当代先锋诗二十多年来一直被“读不懂”的抱怨所纠缠，所困扰，但在各种“广场”场合，被认为风格晦涩的北岛的诗句却一再成为标识。另一种现象则富于讽刺性。比如海子写了那么多优秀的抒情诗，可流传最广的却是那首不怎么样的《面对大海，春暖花开》，以至不少沿海城市的房地产商纷纷用这行诗做他们的广告语。

金：那么按照您的说法，诗人的语言不仅不招政府喜爱，而且很难被大众所理解，同时还会被商人们随意乱用；尽管如此，诗人们还是在不断地创造着诗歌，以便有朝一日被有良知的民众所运用，促进社会进步。您对此抱有希望吗?

唐：至少没有绝望。同时我也不指望诗歌直接作用于社会进步，那种情况极为罕见，是可遇而不可求的。诗歌作用于人心、人性，作用于我们灵魂中柔软和隐秘的部分。它通过更新和丰富语言影响我们对世界的感受和感受方式，影响我们的人生和语言态度。这种影响在更多情况下是“润物细无声”式的，并因此而无所不在。即便是那些不读诗，甚至不识字的人，也会经由其他媒介多多少少受到诗的影响。我不知道韩国和日本的情况如何，但中国当代先锋诗确实深刻影响了当代小说、戏剧、影视等其他艺术领域的变革。在九十年代初“全民经商”的热潮中，许多三、四流的诗人投身广告界，结果大大改善和提高了平面媒体的品质。

金：您提到了小说和其他媒体。我在想，如果美丽动人的诗歌语言，通过小说，戏剧、影视等反复作用，其对社会影响力是很大的。

所以说诗人和小说家、戏剧家以及电视剧导演之间的对话也很重要，通过互动合作，可以提高社会素质，让全社会向好的方向发展。那么，究竟是哪一个环节在从中作梗，使操作朝坏的方向发展呢？

唐： 人们一直在试图指认这样一些环节：极权政治、商业主义，等等；这些都没有错，不过实际情况要复杂得多。社会发展是许多力量合力作用的结果，诗歌和文学艺术只是其中的一股力量，而且是相对较弱的力量。所谓“合力作用”，换一个说法就是自发的盲目性，这是人类社会，尤其是现代社会发展一直致力摆脱，却迄今未能摆脱的某种总体特性。现代社会的分工越来越细，每一领域都有自己的问题，都有自己的兴趣和利益所在，因而都倾向于自我封闭，而封闭必然导致盲目。没有迹象表明这种状况会很快得到改观，或许这也是一种“类”的宿命吧，然而却不会成为我们放弃努力的理由。您之所以多年致力于公共哲学的研究和推广，不也是希望通过促进各领域的交流、对话和互动，能为社会发展注入更多的自觉因素吗？

金： 归根结底，是应该重新思考诗人应该如何成为诗人的问题。如果诗人因为生存问题就去媚俗赚钱，或是向政府屈服，那将是诗人的悲哀；但如果诗人不能靠写诗生存，那诗人不是会越来越少吗？柏拉图的哲人王国不需要诗人，那么现在的商业共和国也不需要诗人了吗？

唐： 也许商业共和国正试图实现柏拉图的想法。但我相信诗歌和哲学、宗教一样，根源于我们生命的内在需要，所以诗人的数量不妨减少，诗歌却必将永远伴随着人类。那些等着为诗歌送葬的人将一代代地失望下去，何况现在还远远不是讨论诗人是否会消亡的时候。至少就中国目前的情况看，无论商业主义和消费主义怎样甚嚣尘上，爱诗、写诗的人也还是层出不穷。据一份材料统计，其绝对数量不会少于二百万！如果说八十年代许多人写诗往往基于生存空间的困顿，混杂着搏取功名的“有用”动机的话，那么，在今天，在生存空间远为开阔、人生选择远为多样，而诗歌也显得空前“无用”的今天，还有那么多的人们执迷于诗歌，又是因为什么呢？人不能不做梦，人也不能没有诗，这大概同是生命的神秘之处。

金：现在的世界仍然是一个强权支配的世界，包括人们，尤其是企业家们津津乐道的“全球化”即全球市场化。有的国家为了一己之利，甚至不惜发动战争毁灭其他国家。在这样一种席卷全球的浪潮中，诗人似乎越来越没有了自己的位置。尽管如此，正如唐先生所坚信的，从生命内部迸发出来的、通过诗歌语言讴歌生命的人类之梦，是不会消失的。在今天要想成为一名诗人是需要一种意志和决心的。一方面要面对市场化的金钱诱惑，另一方面又要面对来自权力的压迫，面对这双重的压力而依然能够成为一名追求人间真实的诗人并坚持下去，是一件极其艰难的事情。

虽然数量不多，但我还是希望能够和这样的诗人互动。让我们一起朝着这个方向努力吧。

和沉默一起对刺

——谷川俊太郎访谈录

时间：2006年7月28—29日

地点：安徽黄山

翻译：田原

（谷川俊太郎，日本当代著名诗人）

唐晓渡（以下简称唐）：作为二战后成名的诗人，谷川先生通常被归为“感受性的祝祭”一代。这一归纳很直观，突出了这批诗人写作的某些共同特质。我不知道是否因此就可以说存在过这样一个流派，如果可以的话，那么，回头去看，除了强调感受性，它还有哪些特点？它和战后日本诗人的心态，包括和二战本身是否有某种特别的关联？

谷川俊太郎（以下简称谷川）：“感受性的祝祭”这句话是大冈信说的，见于他发表于1953年的《试论现代诗》一文。他是要通过这句话把我们和“荒地派”、“列岛派”的诗人区别开来。“荒地派”受英美文学影响很大，“列岛派”则受马克思主义思想影响。这两个诗派的共同特点是在关注社会的同时进行诗歌写作。我们的出发点和他们不一样，我们并不太关注社会，我们关注的就是“感受性的祝祭”。从当时的日本文学来看，我们和一些作家，例如野坂昭如，是比较类似的：没有去过战场，没有战争、征兵的体验，形成我们诗歌写作的原风景是东京大空袭之后的废墟。大冈信说这句话的意思就是，我们是在战后被空洞化的时代背景下，从战争的废墟中来感受日本，用诗歌语言来表现这种心情。当然这只是极端的说法，具体到每个人的作品，风格其实很不一样。吉本隆明曾经批判我们的作品不关心社会，那个时代的诗人如果不关心社会还能写作吗？这是一个使命感的问题。然而恰恰是在这样的背景下，我突然从废墟中成长起来，开始了诗歌写作。当然回过头来看，这种写作也有一定的历史局限性和不足。

唐： 确实，流派的形成需要一种契机，同时又和艺术个性构成矛盾的表述。个性意味着差异，而当差异大到一定程度时，就会导致流派的解体。在您看来，是什么样的差异导致了“感受性的祝祭派”逐渐解体呢？当时同属这一流派的诗人后来都发生了些什么变化？眼下还有多少在继续写作？

谷川： 说“感受性的祝祭派”，主要是因为当时一批诗人集合在同人杂志《櫂》的旗下；作为个体，当然也有许多矛盾对立的地方。如今我们都是七十多岁的老人了，没有人再提这些事情了，但一直写到现在的还有不少。或许应该强调一下：大冈信所谓“感受性的祝祭”，在当时是出于辩论的目的，为了区别于“荒地派”和“列岛派”而提出来的，并不是要以此界定一个流派。日本败战之后，许多人都有一种开放感，终于从战争中解放出来的感觉。“祝祭”就是这个意思。十来年的时间中，一批诗人的成长就是“感受性的祝祭”。如此被命名之后，一段时间内大家确实主要用感性来写诗，但是随着年龄和经历的增长，感性远远不够用了，这可能就是“感受性的祝祭”自动消亡的原因。

唐： “櫂”在中文中同“棹”，用作刊物的名字很有意思，让人想到一群志同道合者拿着各自的桨，同舟共济，一起用力划船的样子。这样说来，日本战后的诗歌态势和中国“文革”结束后的情况颇为相似。八十年代初以及此后的一段时间内，“废墟”一词也经常被中国新一代诗人用来表述写作的背景，同时开放感和感受性也受到特别推重。进入九十年代，许多曾经存在或自认为存在的流派纷纷解体，反思和告别“青春期写作”成为一部分诗人的重要话题；尽管历史语境和上下文语义不尽相同，但如您所说，“感性远远不够用了”也是重要的原因之一。当然这只是一种相当粗疏的比较。

谷川： 如果深入进行这种比较，一定会有更多的发现。

唐： 仅仅从字面上理解，“感受性的祝祭”似乎带有唯美的倾向，但我相信不是这样；它是否更多强调的是诗的独立性，即诗之所以为诗的理由？

谷川： 是的，是这样。这一命名根据的是每个诗人的作品个性。这以前一般看重的是诗人的思想性和关心社会的程度，到我们这一代就不大相信这个。我们是通过自己的感受来表现诗歌。

唐： 思想性融化在感受之中，实际上包含了对意识形态化写作的警惕和抵制。

谷川： 据我所知，被说成是“感受性的祝祭”的这一代诗人中，自觉地和意识形态保持距离来写作的并不是太多，大多是无意识的。就我而言，我没有任何与“列岛”或“荒地”对抗的意识，只觉得依赖意识形态写诗并不是一条正确的道路。或许正是带着这种认识，我们开拓出了一个新的诗歌写作天地。“列岛”和“荒地”共同抵制的是日本传统的短歌式抒情，大冈信恰恰从中发现了日本现代诗歌与传统诗歌的断裂，在反省的同时开始了他的重要评论和诗歌写作。一位名叫饭岛耕一的诗人在十年中坚持写类似于俳句那种有固定格式的定型诗，我认为是不成功的。

唐： 现代诗的突出标志是意识和语言上的自主自律。在这方面，“感受性的祝祭”这一代诗人之于日本现代诗的发展是不是起着承前启后的作用？

谷川： 因人而异吧。从我个人来说，我没有受过“荒地”和“列岛”两派的影响；如果说受到谁的影响，那就是更上一代的诗人，比如说宫泽贤治、中原中也，再加上草野新平。至于我对下一代诗人有什么影响，我自己不好说；但是大冈信是个特殊的存在，他撰写了很多评论，他的评论对下一代诗人产生了很大的影响。

唐： 换个角度。譬如中国现代诗，尽管自三十年代前后起，一些诗人就曾不同程度地涉及自主自律的问题并付诸实践，但由于种种历史原因，应该说直到八十年代初所谓“朦胧诗”兴起后才真正达成了这方面的自觉。能不能说“感受性的祝祭派”相对于日本现代诗歌也起到了类似的作用，于有意无意间抓住了现代诗的精髓，丰富和强化了其自身的“小传统”，并为下一代拓展了新的可能性？

谷川： “感受性的祝祭”这一批诗人是不带着历史感去写诗的。他自己就是一个世界。

唐： 是否可以说他们的诗歌态度内在地包含了一般所说的历史感？诗在这方面肯定是会有所负荷的，只不过它拒绝那种从外部强加的负荷。

谷川： 是这样。

唐： 我从不同的途径了解到，您在当代日本被称为“唯一的‘国民诗人’”；然而我读您的作品，包括您的“少作”，却强烈地感受到您始终关注着“沉默”之于写作的终结重要性，用您自己的话说就是："为了生存，诗人不得不用语言和沉默作斗争。"在这一意义上，也许可以说"沉默"是您写作的真正母题，而您所有的作品都是和沉默的对话。从您有关诗句的意蕴及其强度上也能感受到这一点，例如《哨兵》："和沉默一起对刺，/一起死亡吧"；《天空》："蓝天为什么保持着沉默"；《恳求》："不要触摸我内心的沉默"；《沉默的它们》："缄默无语，我是诗人……朝向/只是两个人的沉默"，等等。我甚至认为《旅之七》开头的两节表达了您的诗歌本体观："岩石和天空保持着均衡/有诗/我却无法写出//推敲沉默/没有抵达语言的途径/推敲语言/抵达这样的沉默"。我的问题是：作为"国民诗人"当然意味着具有广泛的影响，这是否和您写作中对"沉默"的深切关注有点矛盾？您个人怎样看待二者的关系？

谷川：我被说成是"国民诗人"，说明我有很多读者，从小孩到老人，各个年龄层都有；还有一个缘由，就是我的很多作品被收进了各种类型的教科书。之所以得到这么多读者的共鸣，大概是因为我把日本人独有的感受性通过语言表现出来了吧。日本人为什么一般很难让人产生信任感？因为他不爱说话，更多地通过心灵感觉你在想什么做什么。作为日本国民的感性，比如说设计一个庭院，我们和欧洲是不一样的，日本人倾向于简洁朴素，这是日本人追求的美。俳句是世界上最短的诗歌形式之一，为什么日本人会喜欢？就是因为俳句是一种沉默的形式。在这方面，我与日本普通国民心意相通。我认为诗歌的根源就是沉默，包括现代诗。我是在这种意识下进行写作的，一直到今天。

唐：这是个很有趣的话题。您实际上谈的是诗歌和所谓国民性，包括公共性的关系：一种内在的包容，而它的根基是沉默。

谷川：我也是这么认为的。但我暂不说"沉默"究竟意味着什么，先谈谈我的变化。与别的诗人不同，我在开始写诗的时候就怀疑诗歌。大部分诗人都觉得诗歌很伟大，要成为优秀的诗人，而我从来没有想过成为优秀诗人。我是从最现实的出发点开始的，想通过诗歌写作来生活。我把写诗看成是最值得怀疑的工作。想想农民、木工，农民的根是大地，木工之本在于加工木材，而诗人的根是很抽象的，看不出来。再往后，对诗歌的怀疑变成了对语言的怀疑。我没有把诗歌作为理想，我在思考如何让更多的人与我的作品产生共鸣。比如说很多诗人追求思想和知识，他们的根在这里；而我认为诗歌的根在沙漠、荒原之中，简单地说，是在文明之前。年轻的时候我对沉默的认识也是很模糊的，随着写作经验的增加、年龄的增长，我意识到沉默是在语言没有形成之前的东西，是一种混沌状态。

唐：正是沉默，或者说前语言的混沌状态，使诗成为“不可言说的言说”，它和现成的思想和知识永远不是一个东西。中国古代诗人陶渊明所谓“此中有真意，欲辨已忘言”，说的也是诗的前语言状态：好像充满了意义，但是说不出来，或不知道如何说，而这就是诗的根。然而另一方面，写作本身是一个很自觉的过程，要赋予沉默以一种形式，要让它出声。这个时候可能会涉及到一些具体的知识，包括典故之类；当然还要看你怎么用，所谓“运用之妙，存乎一心”。您的诗显然是不受思想知识左右的，而我感兴趣的是：您为沉默赋形时是一种什么样的状态？这里有两个极端，一是超现实主义所主张的“自动写作”，一是理性主导的“苦吟”式写作，请问您更多地倾向于哪一方面？您是更重视因势利导经营结构，像水墨画那样以笔意见心性呢，还是更重视语词之间的相互逗引，像油画那样突出笔触的质感？

谷川：我是不依赖理性进行诗歌写作的。与其说我对语言产生意识，不如说我对前语言那种混沌状态产生意识。简单地说，我回到前语言那种混沌状态，在那里等待语言的诞生。这是说我的追求，是有意识的；真正动笔时，我会尽可能扔掉这种意识。

唐： 在《鸟羽7》中您写道："说真的吧／我摆出诗人的样子，但我不是诗人"，在我看来，这既是，又不仅仅是您的自谦之词——我的意思是，您对诗人似乎还有一种不愿言明的理解或更高的期待。同时我注意到有两个意象在您的诗中反复出现，似乎可以视为您有关诗人的两个核心隐喻，这就是"鸟"和"树"。"鸟"更多地见于您早期的作品，"树"则更多地见于您后来的作品，似乎也和您前面说到的，随着年龄和阅历的增长，生命和写作处于不同的状态有关。这两个意象的不同意味很好理解：鸟倾向于飞翔和歌唱，而树侧重守护和看不见的纠缠；其共同之处是都突出了某种自在性，以及与此有关的或彰显、或隐秘的悲剧色彩。《鸟》这首诗对我来说是一个大隐喻，既是诗人的隐喻，也是诗本身和现代诗处境的隐喻："鸟谙熟歌声／鸟觉察不到世界的存在／突然的枪声／小小的铅弹使鸟和世界分离／也使鸟和人类联结在一起／因此，人类的弥天大谎在鸟儿中变得素朴真实／人类在一瞬间笃信着鸟／但是，那时的人类却不相信天空／为此，人类不知道鸟、天空和自己联结一起的谎言／人类总是被无知留下……"读来让人既痛彻肺腑又会心微笑。不知您本人对此怎么看？在您的心目中，真正的诗人是个什么形象？

谷川： 不同的时期有不同的形象。有一个法国很有名的电影导演拍过一部电影，其中有这么一个场面：一个诗人在咖啡馆里奋笔疾书地写诗。我青年时代看过这部电影，当时觉得当个诗人真是太潇洒了！可等真正接触到诗人时，才发现满不是那么回事，他们靠写诗甚至无法生活。因此，通过创作语言能够生活，对我来说是一件很有魅力的工作。我用语言得到稿费，同时参与了社会；而随着我的诗歌作品走向社会，我也慢慢产生了一种社会责任感。年轻时我曾认为，语言是藏在我内心深处的东西，通过写作让它们呈现出来，诗就这样形成了。但是随着年龄的增长，我觉得自己并不是一个内心很丰富的人，由此导致的变化是：我觉得真正的语言并不在我的内心，而在我之外的世界，在更广阔的宇宙之中。比如说政治语言、经济语言、文化语言和其他的艺术语言。不单单是日本，在别的国家也能看到日语。我从这样的空间里发掘到我要的语言。年轻的时候，我通过内心的语言完成诗歌写作，是个艺术家；当我认识到语言在我的灵魂身体之外时，我觉得自己像个巫婆，能发现身外各种各样的语言并把它们组合到一起，在我看来这才是诗人的工作。诗是自我表现，这个说法太落伍了。这是源于欧洲的说法。我认为诗是巫女，自己只不过是个媒介，把巫女的语言传达给读者。尽最大的努力、用最好的语言来完成这一过程，这是我的职责。我是这个意义上的职业语言工作者。

唐： 前面您曾说到从一开始就对诗持有怀疑的态度，换句话说，不想带着一种对诗的先入为主的成见进入写作，这和您后来心态的变化是否也有关系？庞德在论及乔伊斯时曾经说过，这类作家一生的主要工作，就是把自己像装麦子的口袋一样翻过来，意指这种人内心世界非常丰富，无需和外部世界保持多么密切的关系，他足不出户，甚至躺在床上，也照样完成像《尤利西斯》这样的伟大作品。但实际上像乔伊斯这种情况极为罕见，也许可以说是一些特例，再说未必不需要若干前提，所以我觉得您刚刚谈到的前后心态变化更有普遍意义。我非常欣赏您特指的“职业语言工作者”这一说法，巫婆也好，媒介也好，强调的都是诗人在语言中和世界相互进入的关系。这一说法实际上也悬置了有关诗的种种既有定义，取消了语言的等级制。我觉得这是诗人最好的语言态度。没有必要事先神化或圣化诗；如果说诗真有什么本质的话，那或许就是和世界的变化相平行、相交织的语言的创造和变化。就此而言，所有有关诗的说法都不可预设，而只能是后设的。如此理解也使文体的边界变得不那么重要了。一些中国当代诗人，比如西川，这些年来意识的变化和您可谓息息相通，我想这也是诗人们可以不分国界和年龄进行交流的前提。我知道您的创作面很宽，除了诗，还写儿童文学、随笔、散文、戏剧等，那么在您的脑子里，文学的等级制是否已经完全消失了？当您最想表达时，或前语言的混沌状态达到最大压力值时，是否会首选诗？您是否认为诗歌优于其他文学样式？

谷川：我不这么认为。小说和诗歌都可能是伟大的。小说有小说的作用，诗歌有诗歌的作用。

唐：能不能理解为，您采取某种无差别的态度，根据需要决定用哪种文体来表达？

谷川：选择诗歌是出于无奈。我写过小说但没有历史感；写散文又觉得散文不太接纳我。自己最得心应手的还是诗歌。正是出于无奈，我才写诗歌。

唐：波兰当代诗人赫伯特表示他不太看得上小说；米沃什更极端，说他完全不能忍受小说。在他看来只有诗歌才能抵达文学意义上的真实，而相对于诗歌，小说几乎就是谎言。中国不少当代诗人九十年代后转向了小说，但也有写过一段时间小说而且写得相当好，后来又放弃了的。比如多多。多多倒没有米沃什那么极端，他只是认为写小说时的状态远不如写诗时那么纯粹，你会考虑到，或者说不得不考虑一些因素，比如读者、刊物、社会的可接受性什么的，而写诗的时候则可以完全不考虑这些问题。

谷川：我也不是为了读者去写作。散文和诗歌的最大区别在于，散文是一种表现化的语言，通过自己的知识能力来表现普通的生活逻辑；而诗歌是一种深层语言，处在前语言和语言的分界线上，通过对语言的捕捉来产生新的意义。从意识的混沌中产生的语言是带有个人情感的，如果写作时不能很好地处理这种情感的话，将对诗歌造成很大的伤害。对诗歌写作来说，如何通过语言处理好情感是最大的课题。

唐：“分界线”这个说法有意思，我常用的一个词“临界点”与此类似。这让我再次想到前面分析“鸟”和“树”这两个意象时说到的自在性。能不能说，对诗的自在性的重视一直贯穿着您的写作？

谷川：自在性？相对于哪方面的自在性？

唐：相对于诗人的理性，包括他对语言的操控。当然它仍然内在于诗人的生命，属于生命中幽昧不明而又正在生成的那一部分。其实“分界线”也好，“临界点”也好，都暗示了前语言的混沌处于一种活跃的自我生成状态，或有这样一种活的机制。所谓“自在性”，不仅指这种状态、这种机制相对独立于既定的思想、知识和语言技巧，更主要的是指它具有自我生成的能力，由此使种种可能的意义成为语言现实。意识到并尊重这种自在性不会降低诗人的价值，相反会使他更专注于形式的创造，从而获得更大的自由，因为“生成”所诉求的正是获得形式——可以通过爆发的方式，也可以通过反复逗引的方式。罗丹在总结其雕塑理念时说“把多余的部分去掉”，意即把形式和意义同时从材料的内部解放出来；济慈强调诗人要有一种“消极能力”；福柯说“不是诗人在写诗，而是诗在写诗人”，这些说法在我看来都是一回事，都指向我们正在谈论的诗的自在性。

谷川： 日本语言学家井筒俊彦说过一句话，“混沌状态是意义的可能体”。我通常是在和现实、语言，包括自己的感觉保持一定距离的情况下进入诗歌写作状态的。因为只有保持距离，才能更好地把握诗歌的流动。这种距离，或许也体现了对您所谓诗的自在性的尊重吧。我觉得诗歌写作行为在这一点上很像“禅”，至少在进入写作状态之前的那种瞬间态度和“禅”很接近。尽管我还没有系统学习过“禅”的知识，但这并不妨碍我意识到二者的相似性。诗的语言和“禅”的问答也很接近，也是一种深层的语言。

唐： 您的一些诗句确实很有禅意，比如“我让瞬间的宿命论／换上梅花的香馨”，或者“我无限的回归／嫩叶的影子在一瞬间晃动”；而像“天空为什么忍耐着自己的碧蓝”这样的设问，也确实让我想到了禅宗的公案。问题是，这桩公案究竟是发生在您内心还是发生在您和世界之间呢？

谷川： 我没有这种意识。“禅”的问答体现的是一种真，而诗歌体现的是一种美。按通常“真”的标准，也可以把诗歌理解成一种谎言。

唐： 我注意到一个现象：您的作品中多有自然原型意象，也可以说是“元素意象”：天空啦，水啦，木啦，等等，包括其变体；但您似乎很少写山和土地，让人想到孔夫子所谓“仁山智水”。不知您本人是否意识到这个问题，或者有什么特别的考虑？您大量以元素意象入诗是否体现了您在当代语境中对人和自然关系的重新思考？按照中国的传统说法，人法地，地法天，天法道，道法自然，而现代诗的背景之一恰恰是人类由于虚妄的自我中心而日益远离自然。

谷川： 我想这种现象和我诞生和成长的环境有相当的关系。首先我没有登山的爱好，即使我少年时代在父亲的森林别墅度过，周围也没有很高的山。我父亲的别墅在群马县，附近有一座山叫浅间山，不是很高，在我看来是一座女性化的山。浅间山在我的诗里出现过很多次，但我并没有把它作为山的形象来描述。之所以我的诗中树的意象比较多，是因为在别墅周围都是森林，有在东京看不到的白桦树，很白很笔挺的树。还有松树。即使我回到东京，家周围也有一些杂树，这些树无形之中对我产生了影响。天空在我诗中也出现了很多次；天空对我来说不过是一种象征，是宇宙的象征。比如说白天的蓝天和晚上的夜空，都是天空，但对我来说是两种不同的概念。昨天我说到少年时代经历了东京大空袭后的一片废墟，废墟之上也是天空。蓝天、星空和废墟上的天空是现实主义的天空，但我的诗歌中，它就不只是具体的天空了。大地出现比较少的原因是我没有农耕的体验，但是大地对我来说就是广义上的地球。我还想补充一点，我把树看成是人类成长过程的象征。树的年轮中央一圈是零岁，是开始，然后五年，八年，十年，我常把最后一圈比作正在生活的自己。我曾把诗人的成长比作一棵参天大树，但很久前就发现，这是不可能的。诗人不可能那么顺利地生成。树只有一根树干，长向天空，而诗人就像很多从地下冒出来的树根似的。这就涉及到了我诗歌写作方法的多元化。还有一点也很重要，就是女性的意象。我在写作时并没有刻意去表现女性，但回头看看，确如田原君曾指出来的，有不少关于女性的作品。

唐： 确实，我们也都习惯用“树”的意象来比喻一个诗人的生长，不仅他的整个创作历程像一棵树，即便是他的意象系统也被称为“意象树”。这样的比喻当然不只突出了其生长的秩序及其有机性，还隐含了一条一元化的思路，即所有的枝杈都出于一个根本；而无论有多少枝杈，这棵树始终是这棵树，这个诗人始终是这个诗人。然而，除非我们假定诗人存在一个本质主义意义上的、单一的、始终与生存和历史语境同步的“自我”，否则这条思路就不能成立。诗人毕竟不是树。多重的自我、内在矛盾冲突的自我，甚至是彼此分裂的自我，诗人在这方面较之常人肯定表现得更为突出。往往越是杰出的诗人，就越是具有不同向度、难以预测的写作可能性，有时甚至连他自己也不能把握。因此，我非常欣赏您“诗人就像很多从地下冒出来的树根似的”这一比喻。另一方面我也注意到，尽管您的诗采用了多元的写作方法，表现出多样的语言风格，然而就阅读效果而言，却始终让人感到一种纯粹的特质。请问您是怎样把握这种纯粹性的？

谷川：谈到纯粹性，从我个人来说完全是无意识的，并没有刻意地去追求，去保持。确实是这样的。也许是日本真正的诗歌传统让我坚持了这种纯粹性。我在写作中比较注意自我批判，不停留在大家都认可的有固定概念的语言层次上；在这样的前提下，可以说我在不断重新开始创作诗歌。作为我个人对诗歌语言的追求，第一，我始终对非常强烈的语言保有警惕，不去追求那种注重表面效果的“花样”语言；第二，我也不能忍受停留在平庸的语言水准上。当然，这并不意味着我故意在前卫和普通的区间这个层面上从事写作。

唐：还有一点阅读感受也很强烈，就是您的很多诗都和“看”有关。虽说统计学表明，诗歌意象十之六七都是视觉性的，中国古典诗歌也特别强调“看”和“道”的关系，所谓“目击是道”、“目击道存”，但我还是想特别指出这一点。因为在您的诗中，各种不同的“看法”，即怎样看，比“看”本身显得更重要：不仅要像《石墙》一诗所指认的那样，从不同的角度用心灵的眼睛去看，反复地看，而且要像《缓慢的视线》一诗所提示的那样，无差别地抓住不同的事物，以悲伤和忧郁的眼光慢慢地看；不仅要反复地看，慢慢地看，还要像《光》中所调侃的那样，懂得必要时关上眼帘："请原谅我们已经看了／超越赋予我们眼睛的极限／……／对于自己创造出一瞬的闪光／请原谅将要变得盲目的我们"。现代世界的飞速变化令人目眩，这种"看法"是否表明了您的一种反动或应对？此外，它是否也和一种内在的忧郁悲伤有关？事实上，悲伤是您反复处理的主题，在《忧郁顺流而下》中您曾写道："然而若没有此种情感……世界就会变得看不见"。

谷川： 如果问我人活着最关注的心灵感受是什么，就要回到我的心灵传统上来。日本人往往把悲伤作为一种美。一位日本诗人曾经说过："万物都是悲伤的"，这话算说到日本人的痛处了，因为它道出了日本人共同的心灵传统。比如说"爱"字，在古典日语中也有"悲伤"的意思，就是说，日本人在理解爱的同时也潜藏着一种悲伤。如果这样来分析日本人的情感结构的话，它与例如拉丁美洲人的情感结构就是完全不同的。当然我不完全赞同日本人独特的感性世界，从爱和悲伤这两种感情因素中，我还试图发现一种欢乐。您说《缓慢的视线》是一种忧郁和悲伤的"看"，非常正确，我确实是带着忧虑来写的。

唐： 昨天您说您写出了"日本人独有的感受性"，现在又讲到和日本传统的情感结构的关系。如果说前者使您成了"唯一的'国民诗人'"，那么能不能说，后者又使您成了"不二的'诗人国民'"？像《天空》或《二十亿光年的孤独》中所表现出来的那种宇宙性的悲愁似乎是与生俱来的，我非常喜欢；但我更有理由感动于您刚刚说的："从爱和悲伤这两种感情因素中，我还试图发现一种欢乐"。因为对一个真正的诗人来说，所谓

“传统”永远不会意味着外在的认同，也没有一个现成的传统放在那里供其认同；传统就活在他内部，如同他就活在传统内部一样，二者之间是一种活生生的互动、互变和互相生成的关系。因此，一个诗人说到传统，和说对传统的反叛、挑战和改变往往是一回事，其结果是在他和传统之间建立了一种更加密切的联系。昨天您谈到“列岛派”和“荒地派”诗人时，曾说他们一个很重要的美学标志，就是和日本的短歌传统决裂，那么您呢？除了从精神实质和情感结构上理解您和日本传统的关系以外，在文体上您和日本传统的俳句和短歌是一种什么样的关系？

谷川：俳句的结构形式通常是5—7—5，短歌是5—7—5—7—7，现代诗不可能仍然按照这样的结构形式来写。必须有一种超越，或者说创造出个人化的语言结构形式。还有“演歌”，照我看和短歌的关系非常密切。短歌往往带有太多的日本式的哀伤，我不太承认也不太能接受。有时别人说某首短歌写得好，我就不太明白好在哪里。比起短歌式的哀伤，我更喜欢一部分西方诗歌和音乐中的那种“慢”及其所带来的悲伤，比如《圣经》中的赞美诗。我喜欢赞美诗可能是受我母亲的影响。我母亲毕业于基督教的大学，弹一手好钢琴。她经常在家弹琴，我与西方音乐的共鸣与母亲这种爱好有密切关系。我们家是疏远演歌的，以为它与音乐无缘。我没受到它的影响，或许也与我的家庭背景有关。

唐：虽然读的是田原先生的翻译，但仍能强烈地感受到谷川先生诗歌中的音乐性。我也试图分析了一下。有些属于比较常见的手法，比如《死去的男人遗留下的东西》或《关于爱》所使用的复沓，《恳求》或《无题》（我厌倦了……）中所使用的大规模排比，《小鸟在天空消失的日子》中排比和复沓交互造成的回环，还有《石墙》以同一诗句统领所有诗节形成的重叠和绵延效果。从技术上说，这类手法较易造势，其音乐性也更多地体现为“势”；相对说来，我更喜欢像《忧郁顺流而下》表现出来的那种冥想式的乐感：自然、放松，少见经营痕迹，更多地偏于旋律而不是节奏，徐疾不定，随机变化，充满停顿、跳跃、转折、涡旋，而恰恰是在那些欲言又止、欲续还休，形如空白的地方，我听到了最丰富的音乐。前面说到您的诗不管是什么风格，总能让人感到一种纯粹性，这是否也与您对音乐性的重视，或在家庭熏陶下的音乐素养有关？

谷川：回答是肯定的。我还想指出一点：我不喜欢短歌，但我比较喜欢俳句，喜欢它很少直接表现忧伤。俳句的格式是5—7—5，日本现代诗当然不能写成那种固定的格式，但在韵律上不能忽略受俳句的影响。我在写诗的时候几乎是本能地追求七五调，那是一种很好的诗歌韵律，有一种内在的音乐性。

唐：谷川先生的喜欢俳句让我想到了您前面说到的喜欢“禅”。据我所知，俳句和禅有着很密切的关系。能不能说，在俳句中，禅的超脱和与之对应的另一面，即传统的日本式悲伤，达成了某种平衡？就禅而言，是无所谓悲伤不悲伤的，但禅毕竟不是诗；另一方面，传统的日本式悲伤本来就基于一种至深的生命体悟，其中也隐藏着某种禅意，就像面对樱花时所激起的那种悲欣交集的意绪。这是否也构成了您写作的传统背景？不管怎么说，像《春天》中“我让瞬间的宿命论／换上梅花的香馨”这样的诗句，确实不仅足够美，还让我体会到一种很复杂的感受，其中混合着悲伤、超然，托举着语言的魔力所带来的瞬间转换的喜悦。末句“除了春天禁止入内”更突出了这种喜悦。这是否可以视为您出入传统的典型方式？

谷川：悲伤从某种程度上说是人活着的真理，但我诗歌中的悲伤并不是单纯的人类悲伤的真理。这样我就和日本的其他诗人不同了。日本的大部分诗人，包括萩原朔太郎，都长于表达那种日本式的悲伤，其结果是悲伤意绪的泛滥，不仅在传统的短歌中，在日本的近现代诗中也是如此。我从来不满足于这种悲伤传统；年龄大了之后更觉得，与其在诗歌中表现悲伤，还不如从悲伤中发现活着的欢乐。人活着本身就是一种悲伤，但随着年龄增长，我发现人活着本身也是一种快乐，这是一种观念的转变。当然我所谓的欢乐不是简单的欢乐，而是在对悲伤保持高度警惕下的欢乐，悲伤之内的欢乐。我在悲伤中发现欢乐时，会尝试将其与我的个人生活联系在一起。有各种各样的悲伤，怎样从中发现欢乐，我把这看成是我作为诗人的一种责任。

唐： 可不可以这么来理解：对您来说，如何对待悲伤既是一个生命态度问题，同时也是一个语言态度问题，是如何对待日本诗歌传统的问题？埃利蒂斯用太阳来象征希腊的诗歌传统，要求自己既要把太阳捧在手上，又不致被它灼伤。您是否持与他类似的态度？

谷川： 正是这样。

唐： 昨天您说您的悲伤很大程度上来自《圣经·赞美诗》里的那种慢节奏，似乎提示了您与西方文学艺术沟通的一条渠道；能不能较为全面地谈一谈西方文学艺术对您写作的影响？

谷川： 五十年代我开始写诗的时候，恰逢出生在乌拉圭的法国诗人苏佩维埃尔的作品被翻译成日文在日本出版，其中的宇宙感引起了我巨大的共鸣。通常我阅读外国诗歌都是经过了日语翻译的，如果是一个很拙劣的版本，我就懒得去读，当然也肯定不会对我形成影响；换句话说，我读到的大多是很优秀的翻译。翻译这名乌拉圭诗人作品的是中村真一郎，我读起来毫无障碍，甚至没有陌生感。当初受这位乌拉圭诗人影响的日本当代诗人包括我在内有三位，另两位是饭岛耕一和中江俊夫。那时大部分日本诗人都在读波德莱尔、里尔克，尽管里尔克老了一点。还有兰波。波德莱尔和兰波的诗我不太感兴趣，而阿拉贡写的一些歌词我很喜欢。一段时期内我受普列维尔的影响很大，主要是翻译太好了；译者岩田宏，也是个诗人。还有美国的一位科幻作家布雷德伯里，尽管他不是诗人，但是我从他很诗化的短篇小说里还是获益多多。对我影响最大的大概是战后吉田健一翻译的莎士比亚十四行诗，这人是吉田茂的儿子、三岛由纪夫的朋友，同时也是个很有名的研究英美文学的学者。我的意思是说，我并不是直接受莎士比亚作品本身的影响，而是受吉田的日译，包括其语感的影响。长井英夫翻译的卡瓦菲斯的作品对我也有一定影响。再就是惠特曼，影响我的是他那种明快、开阔的诗歌空间。在生活方式上，对我影响最大的或许是加里·斯奈德。但应该再次强调，我并不是直接受到哪个具体诗人的影响，而是在某个时期受到优秀日语翻译作品的影响。村上春树上世纪九十年代曾经译过美国诗人莱蒙多·卡尔巴的作品，译得很棒。

唐： 那么其他方面呢，包括西方音乐、美术、哲学等，对您的诗歌写作都有些什么样的影响？

谷川： 让我说美术和音乐是比较难的，那就谈谈音乐吧。事实上，我最初爱上的是音乐，而不是诗歌。音乐对我可谓影响深远，最初主要是贝多芬和德沃夏克，还有乔治·格什温，他的音乐一段时间在日本很流行；后来更多的是巴赫、莫扎特、格里格。我也认识许多很活跃的日本当代音乐家，武满彻等等。通过和他们交朋友，我开始接触当代音乐；但我基本没有受到当代音乐的影响，对我有所影响的是他们的思想。我喜欢美国黑人歌手哈利·贝拉，他是唱蓝调的；还有法国歌手伊夫·蒙当。尽管音乐没有具体的语言，但他们的音乐带给我很多感觉，促进了我的诗歌写作。

唐： 能举出一些让不同时期的您印象特别深刻，在思想上产生强烈的共鸣或交流欲望的作家和作品的名字吗？

谷川： D.H.劳伦斯的随笔集《沉沦之路》、加缪的《西西弗斯神话》、萨特的《呕吐》、荣格的《深层心理学》。有一个时期我还很着迷人类文化学方面的书，比如中泽新一的著作等。

唐： 谷川先生平时用英语阅读吗？还是只读翻译成日语的作品？

谷川： 诗歌还是读翻译过来的。但如果是我翻译，就不得不读原文了。我翻译了英国古典童谣，在日本卖得非常好。

唐： 我知道您也写了大量童谣风格的作品，是受翻译英国童谣的激发吗？

谷川： 自己写童谣在先，翻译英国童谣在后。

唐： 虽然您说不追求诗的前卫意识，甚至要对之保持警惕，但您还是写了一些实验性的作品，比如《刮胡子》、《一部限定版诗集〈世界的雏形〉目录》、《忧郁顺流而下》，包括《语言游戏之歌》系列等。大约四年前我曾在北大听过您的朗诵，其中《河童》尤其让我印象深刻，那种难以言喻的音韵效果我只能笨拙地用“迷人”来形容。这类实验性作品在您的写作中意义何在？您是否希望它们像触角一样探索语言的可能性，开创出一个新的诗歌空间？

谷川： 当然。我的确有这种想法。《语言游戏之歌》就是想开拓一个日语不能表达的诗歌形式空间。我是带着疑问写这组诗的，总的想法是尝试把日本固有的音韵学和现代诗结合起来。那种不押韵的现代诗朗诵起来特别拗口，因此《语言游戏之歌》在音韵上用了日本传统的七五调——当然，如果坚持按保守的七五调来写的话，那将是一个错误。除这之外我还注意了头韵和脚韵。如果把日语都标上罗马音的话，几乎每个字都有母音的节奏。比如日语中的过去式是用ta来表示的，你在阅读新闻报道时脑子里会反复出现ta的声音，像是一种韵律，只是普通的日本人感觉不到，或不会去深想罢了。写《语言游戏之歌》之前，我一直在考虑通过什么样的努力才能让读者一下子就明白我的韵律来自何处。这显然已经不是严格意义上的现代诗写法，而是更倾向于通俗了。不过，作为诗人我还是愿意把它视为严肃的现代诗。事实上，多年来我一直致力于找到一种方式，使音韵和意义能在现代诗中能很好地结合在一起。我不能说我在这方面已经找到了真正的突破口，而只能说，我在尽我的努力。许多情况下，我感到有点力不从心。

唐： 音韵和意义的关系是诗学的核心问题之一，似乎也是现代诗的普遍难题之一，尽管由于母语的特征不一样，难点未必相同。中国的几代新诗人也都曾受困于这个问题并做过各自的探索，现在仍然在探索。上世纪三四十年代以至其后的一段时间内，以闻一多为代表的一批诗人所倡导的“半格律体”曾大行其道，这种诗体以现代汉语音韵学为根据并参照了中国古典诗歌体式，似乎深合诗理，但现在看来，还是过于外在化，以致容易产生机械的流弊。我有时想，是否还是需要回到某个“原点”，在发生学的意义上来重新看待这个问题？中国古典诗歌花了数百年的时间建立了一套协调音义的系统规则，其伟大成就离不开这一基础，而现代诗在这方面同样需要有一个过程。问题是现代诗人对建立系统规则普遍缺少兴趣。显然，随着文化背景及其性质的转变，音韵和意义的关系也被个人化了。极端地说，现代诗人必须为他的每一首诗发明出自己的形式。也许恰恰是这一点集中体现了现代诗在审美方式上相对于古典诗歌的巨大差异，并增加了其自身在处理这种关系时的难度。我想，您之所以有时会感到力不从心，也是因为这个缘故吧？

谷川： 也许是吧……

唐： 在这种力不从心感的背后，是否也有古典诗歌成就的阴影？我不知道日本的情况如何，但在当代中国，古典诗歌曾经达到的高度往往反过来成了某种焦虑的根源，甚至成了一种障碍。许多人赞美古典诗歌时都或明或暗地包含了对现代诗的贬抑，因而这种赞美对现代诗人来说更像是一种困扰。他不得不一再自问，究竟怎样才能打通古典和现代这两种不同的诗歌经验？当然也有不以为然的。有一种说法就是可以根本不管……

谷川： 根本不管是完全错误的。这两方面绝对是有关联的。

唐： 关键是以什么样的方式关联，或者说怎样发现，更准确地说，发明出这种关联。问题的难度恰恰意味着众多可能性。我相信，您在这方面的努力，不管成功不成功，也不管您本人满意不满意，都是富于启示性的，而这种启示性绝不只限于日本当代诗歌。退一步说，对您的写作状态也肯定有所调整。《语言游戏之歌》是否起到了这种作用？

谷川： 之后我用平假名写了很多作品，可能是受《语言游戏之歌》韵律的影响。《语言游戏之歌》出版后特别畅销，获得了很多新读者，尽管与此同时，似乎也使我和一部分现代诗读者拉开了距离。对后一点我取顺其自然的态度。我当然会以主要精力创作现代诗，但与此同时，也不得不考虑不阅读现代诗的读者。我之所以写了不少童谣，这也是原因之一吧。日本童谣自古就有，但现在日本的孩子都不大去碰古代的童谣了；带着这种危机感，我就想，为什么不再写一些现代童谣呢？这样既可以拓宽自己的写作路子，又可以多一条和读者交流的渠道；纯诗、童谣、语言游戏，三者的结合也会带来我写作整体风格的变化。现在我就经常在一首很严肃的诗歌中掺进一些类似童谣或《语言游戏之歌》的因素，在某种程度上这甚至成了我后来作品的新特点。写《语言游戏之歌》和现代童谣大大扩展了我的读者群，也提高了我的自信，于是就一直坚持下来了。这种写作既不受西方诗歌的影响，也不受日本近代诗歌的影响，所基于的可以说是一个新的起点。

唐： 您写现代童谣是完全原创，还是同时也注意汲取日本古代童谣的营养？

谷川： 我是在大量阅读了古代童谣的基础上写现代童谣的，所以二者有一种内在的关联。大部分属于原创，但也有一部分是保留了古代童谣的题目而重新写过。当然我写这些童谣不单单是与日本古代童谣有关联，也受到了我翻译的英国童谣的影响，包括形式方面和主体方面。

唐： 写童谣貌似简单，其实难度挺大，而最难的是要有一颗童心，否则孩子们不会接受，被同行引为笑柄倒在其次。孩子是最本真的读者，他们可不准备跟你理论。童心与通常所谓“赤子之心”并不完全是一回事，但不能葆有赤子之心的人，恐怕也难葆有童心。您在《不谙世故》一诗中说自己“只不过是追逐漂亮蝶语的／不谙世故的孩子／那三岁时的灵魂／以不曾觉察伤害过人的天真／朝向百岁”，童心、赤子之心，皆可谓跃然纸上。但即便我没有读过您的作品，也能从您的表情、笑容，尤其是您的眼神里感受到这一点。我想问，以您现在七十五岁的阅历，如何看待“那三岁时的灵魂”和“朝向百岁”的天真呢？

谷川： 年轻的时候我曾极力掩饰自己的童心；但随着年龄的增长，我想通过我的肉体我的思维把它找出来，这就是我写这类东西的背景。曾经被别人问过这样一个问题：成为大人之后该怎样？我是这样回答的：成为大人之后，不要压抑心中的童年性，要让它自由地走出来。我认为能做到这一点才算得上真正“成人"，这样老人和孩子就能在一个人身上并存。老人如果得了痴呆症会变得比孩子更像孩子，问题是不必非要得痴呆症。日本有个说法：老人是又一次的孩子。相信中国也会有类似的说法。虽然我现在七十多岁，但自我感觉更像个孩子。

唐： 中国的说法是"老小"；而作为诗人的"老小"，我的理解是同时拥有老人的智慧和孩子的心灵。说到孩子，您有首诗我记得叫《八月和二月》，写于五十年代，我注意到它的偶数诗节是退后两格排列的，似乎意在突出与奇数诗节的对照。奇数诗节写"少年"的种种作为，并贯穿着哭泣的意象；偶数诗节在包括女孩子在内的"我们"之间发生，且充满了性的暗示。二者的调性一明一暗，质感一阳一阴，可以看成同一首诗，也可以说一首诗里同时包含了两首诗。这是一首和"成长"主题有关的诗吗？能不能回忆一下当时写这首诗时的心情？

谷川： 那首诗中的"少年"是空想出来的，是一个虚构的少年。那个时候的少年存在于想象的世界之中，现在则隐藏在我的身体内部，好比自己家的孩子和外面的孩子不一样。

唐： 最后想请谷川先生谈谈中国现代诗，您都读过哪些诗人的作品？看法怎么样？

谷川： 就像先前说的，如果不是很好的日语翻译，我是很难感受到原文诗歌风格的。我认为到今天为止，日语界面上的中国现代诗，翻译得好的太少太少了，还不错的只有田原编的《中国新生代诗选》（竹内新 译），其中有几位诗人让我感到，我们确实生活在同一个时代，思考着类似的问题。当然这是就译作而言，因为我不懂中文。我接触到的中国诗人，印象比较深的还是于坚；我极力想找他的作品，可是没有日语译本。后来从别的国家找到他的英文译本，读完后我觉得，我们是比较接近的诗人。我非常期待好的日语翻译者能够多译一些中国当代的诗歌作品，我想我喜欢的诗人一定很多。

唐： 对中国古典诗歌呢？

谷川： 我上中学的时候，教科书里就有很多汉诗了。但与其说汉诗，不如说汉文文脉不知不觉地形成了我血液的一部分，因为我本身不是通过知识来写作，而是像荒地上成长的一棵树一样。我没有通过阅读他人的作品来提高自己水平的习惯，甚至没有这种想法。至今为止，我接触各国的诗人都是通过缘分，认识了以后阅读几本，再去判断喜不喜欢。比如中国唐代诗人李贺的诗，就是偶然在朋友家看到他正在读，就借来看，结果发现很喜欢。也可以说我是通过朋友的缘分和李贺结缘的。

唐： “缘分”这东西说不清道不明，但确实神奇。似乎很偶然，又似乎隐含着某种天意。就拿我们来说吧，当初之所以能够相识，今天之所以能有这场访谈，也只能归之为缘分。说到这里应该特别感谢田原君，因为我们都是通过和他的缘分而彼此结缘的。四年前由他翻译并发表在《世界文学》上的您那二十首作品真的是令我和我的朋友们耳目一新。它们不仅牢固地树立起了您在我心目中的诗人形象，而且从根本上刷新了我对当代日本诗歌的印象。说来惭愧，此前我对日本当代诗歌充其量只有一个破碎而淡漠的概念，基本上可以说处于无知状态。由此可见翻译有多么重要。

谷川： 尤其是对现代诗歌，就更为重要。

中国式的“后现代”理论及其他

——1995年春与陈超、欧阳江河的对话

语境：双重的压迫和对抗

欧阳江河（以下简称欧阳）：这次从国外回来，感到“后现代主义”的话题很热。在国内谈后现代主义需要常识和定义，但在西方是绕开了常识的，而且他们尽量不定义。后现代主义本身是多元的，但国内有些理论家却在对其进行一元定义，并以一种“权威”的面目出现。这就很令人不解……

唐晓渡（以下简称唐）：后现代主义很大程度上是反定义的，硬要去定义，搞什么六条、八条的标准，首先就陷入了理论上的悖谬。我对这个问题的看法是：后现代主义究竟是怎么回事，应和它作为目下中国一种话语的可能性结合起来考虑，或者干脆说它对当代写作首先意味着一种可能性。不管怎么说，“后现代主义”和“现代主义”、“浪漫主义”、“现实主义”什么的一样，本质上是一个“他者”的概念，是来自世纪中心的“权威话语”。我们远离这一中心，却又不得不使用这“世纪话语”。意识到这一点多少有点令人尴尬，虽然并不妨碍借此对话的必要。在这个问题上最要不得的是有意无意地去迎合那些“西方中心”论者，把对中国当代文学中后现代因素的讨论，变成只

是在为西方后现代主义文学寻找一些东方特例或亚种。据此我甚至怀疑从所谓“第三世界”的角度提出这一问题的做法。我不太清楚在文学中使用这类概念有多大意义。拉美出了博尔赫斯、帕斯、略萨等一批大家，他们是第几世界？《今天》复刊后第二期曾发表瑞典诗人约然·格莱德尔的一篇文章，在那篇文章中他以北岛的诗为例，把他所谓“前现代”国家的现代主义作品比作一辆第二次发明的自行车，“它可以把你带到你从未去过的地方”。他的立场显然是西方中心的。我在一篇没有写完的文章中引用了他的上述比喻，不过是反着用的。我说我们何妨也反过来骑一骑那辆“第一次发明的自行车”呢，它将我们带到我们要去的地方。

陈超（以下简称陈）：西方后现代主义理论旨在激活人的创造力，不断提出问题、扩大问题，加深人的怀疑精神，使生存和语言保持活力；而我们这里的后现代主义理论却总想定位，解决问题，或使尖锐的问题钝化。他们只罗列现象而没有精神判断，这只是话语的无限增熵，最后的结果是问题消失。我想，无论对现代性还是后现代性，我们都应该自觉地持一种深刻的学术批判态度，或者说一种客观的省察态度，而不是简单的认同或否弃。真正有意义的话语新格局的产生，不会是以简单“埋葬”已有格局为基础的。

欧阳：记得在《今天》上读到过一篇文章，谈“现代性”、“后现代”等。作者说这根本不是一个标准，不是价值判断，而仅仅是一个话语场所。你在这个话语场所之外说的话，不生效；若要生效，就要置身于这个场所。实际上，“现代性”本身是个话语隐喻。无论你说什么，在时间上、主题上、风格上尽可以随便；但有一个共同的隐喻：现代性。“后现代”实际上还是在探讨现代性问题。“后现代性”几乎成了全世界共同的隐喻、共同的话语了。离开了这个隐喻，人的写作似乎就成了一场无效的闹剧。若要生效，就要考虑这个基础的隐喻，至少要作为一个借喻。

我们的尴尬就在这儿：这个借喻基础不是我们自身历史发展的一个必然的基础，而是西方世界，主要是关于二十世纪西方人的状况、消费状况等等。为什么说现在世界小了？如此之小，就连话语都一样了。不管你说的是汉语、日语、英语，还是法语、德语、西班牙语，都在说关于现代性的问题。这种表面上的一致性掩盖了东西方在文化上的差异。现在的问题是：东方文化接受了西方文化提出的命题，我们话语的可公度场所，也是西方提出的。这表明我们面临着双重权力的压迫和制约：主流意识形态和西方话语。所以，假如我们现在谈对抗，实际上是双重对抗。“现代性”当然不只是我们的话语场所或游戏规则，它同时也是我们的推动力，或我们自身的一部分。我们借助它和我们传统中封建的东西、一元化的东西、专制意识形态的东西相对抗。但另一方面，这又使人们深感自己的边缘地位，深感西方的权力话语在压迫我们。在国外，西方的汉学家一方面推举中国诗人、作家，一方面他自己成为评判者、价值给定者。

唐： 前年在北大曾有过一个多多诗歌的讨论会，由美国汉学家白壁德作中心发言。他一开始就对西方汉学界自我中心的霸权态度进行了反省和批判。他的话题也集中在“现代性”这个问题上。实际上，作为发话人，西方汉学界处在一种十分优越的地位。其优越性表现在：如果他在一种异质的文化中发现了“现代主义”、“后现代主义”，他就将其作为西方文化价值具有普遍的人类性和正在世界普及的一个证明；如果没有发现，这就成了某种文化还未进入“现代”这一话语场所的证明。白壁德讲完后，我提了一个问题。我说您的自我反省和批判我们当然很愿意听；但是，我更想请您正面谈一下，您怎么看待中国的现代性，比如，中国诗歌的现代性？当时他一下就愣住了，说："很抱歉，我还没有认真想过这个问题。"其实，当时我也没有认真期待他回答这个问题。后来吃饭时我晚到了一步，正好白壁德旁边有一个空位，他让我坐，我就开玩笑说："您看，您的位置已经坐定了；您让我坐显示了您的热情和大度；可是，假如您不让，说这儿还有另一个人，我也没有办法。问题是，假如我想吃这个饭，就必须找个地方坐，否则就不吃这个饭。在这点上，您的地位和那些自以为是管我们的人是一样的。"当时白壁德说："您说得非常对"。这是个权力问题。

欧阳：说到底，话语问题就是权力问题。虽然我们不是在政治意义上谈这个问题，但西方人在这个问题上是极其清醒的。他们就是把这当作权力问题和操作问题来对待。比如说，谈到后现代问题，在美国主要的发言者是大学科研机构。不过，大学作为知识保存、信息培养的机构，同时又必须保证学术传统的发扬、人才的培养等等。这就形成了一个特定的机制。前不久，我写过一篇谈中国现代美术的文章，谈到前面说到的那种双重的压迫、对抗：我们一方面借助西方现代话语和主流意识形态对抗，另一方面与我们借助的话语基础本身，又是一种对抗。我们必须认清这一点。现在很多人由于借助了西方现代话语对抗现实，就感觉真的完成了对抗。

比如现代诗问题。有人认为所谓现代诗就是反传统。他是写"现代诗"的，就自然是极权的天敌；但他忘了，他所借助的乃是西方的权力话语，他没有发现这第二层关系。"现代性"的含义之一是不断探索、创造新的价值标准、新的形式，反对旧有的一切，这种东西是可以为极权主义者，甚至法西斯主义者所接受的。他们不反对这些。在这个意义上，现代性有时会成为极权的同谋。许多人不理解这一层，他们只知道是“天敌”，这就成了他们写作的资本，或者说“道德优势”。先锋美术有的人乱玩儿，就是以“我是……的天敌”为内在倚恃。这样一来，问题就被遮蔽了。我认为，先锋诗、小说、美术等，并没有什么“天敌”，因为“现代性”的隐喻是被普遍使用的。

唐： 至少从表面上看，它是五四文化遗产的合法继承者。“现代性”同样是主流意识形态的核心问题，是反复被提出，又被遮蔽的问题。现在仍然如此……

欧阳： 你刚才谈到“合法”问题，这在西方也是被反复讨论的。你提出一个问题要“合法”是伴随现代性的一个重要概念。现在西方在讨论“现代”、“后现代”问题时，已经去掉了道德优势，只在合法的基础上探讨。“合法性”要通过理论方法建立起来，而道德优势则通过表演性、戏剧化。

陈： 去掉道德优势，并非无视现时介入的有效性。但方法论上要力戒简单化，摒弃非此即彼的二元对立模式，扩大包容性。有的人讲问题只从个人处境和立场出发，但我总是坚持，搞学术批判，常常需要从个人的现时处境中摆脱出来，寻求客观性。

欧阳： 客观性恰恰是不见容于道德优势和表演性的。

唐： 在道德优势和表演性背后隐藏着某种和主流意识形态既对抗又同构的心态。当然这不特指哪个人，哪几个人，而是有相当的普遍性。记得1988年在“运河笔会”上有人曾断言，“第三代诗”将在三五年内成为当代诗歌无可争议的“主流”。正是这种“争主流”的心态使我意识到与主流意识形态的心理同构问题。它是对道德优势的滥用。而表演性不过是一种“争”的方式，或是它的副产品。在创作环境比较宽松时，这一切都带有欣快症的特征，而当主流意识形态收紧它的拳头时，被遮蔽了的对抗性重又尖锐地突显出来。这在诗歌文本中不难找到佐证。

“主持人”或“打卡机”：消费时代的权力话语

唐： 我刚才说到的那种“争主流”的心态不是个别的和偶然的，也可以说是一种集体无意识。有些人在学习了福柯的话语权力理论后，更是把它明确化、强化了。比如理论批评界某些所谓“后现代”掌门人。本来介绍、谈论后现代无可厚非；但他们把介绍、谈论本身当成了一种权力，在此过程中给中国的“后现代”定义，弄出一堆条条框框。

欧阳： 我认为西方的后现代不管怎么样，总还有一个可取之处：激活人的想象力。它重视的是活力，但在中国被简单化了。别的不说，“后现代”掌门人们的文章大多味同嚼蜡，只有词汇的变化，而语法完全是主流意识形态话语那一套。这是一个明显的征候。说实在的，他们连现代主义也还谈不上。他们是用前现代主义的方式，加上后现代主义的词汇。历史的演进在他们那里只是词的变化，而真正的历史变化不应是词的变化，而应是语法结构的变化。我在这些人对后现代主义的介绍、谈论中看到的不是复杂性，而是简单化。

唐： 简单化的又一次胜利！并且在起点上就和主流意识形态的语法达成了一致。因为主流意识形态的语法正是以简单化为特征的。不是东风压倒西风，就是西风压倒东风。把一种在对立的二元间非此即彼的语法用于文学批评，就把本来至为复杂的人类精神命题变得至为简单：你只要在各种纷至沓来的“主义”面前不断地表态和站队就完了。

主流意识形态的另一重要语法是以历史或时代的名义说话。“历史”、“时代”在这里意味着一个带强制性的语境，一个拥有决策和裁判权的价值和话语制高点。从这里发出的声音就不再是普通的声音，而是类似律令和咒语、人人都应该俯首服膺的声音。“掌门人”们亦深知其妙。他们最主要的策略之一就是把西方“后现代”置换成中国的“后新时期”，使之隐隐对位，然后祭为法宝。一开始我对他们为之欢呼的热情感到莫名其妙，就像对他们向诸如梁凤仪的小说、汪国真的诗滥施热情感到莫名其妙一样。我想就文学和时代的关系而言，一个批评家所能考虑的无非是这个时代可能给文学的发展带来什么，欢呼什么劲儿呢？后来听到了一系列要跟上时代、适应时代的劝诫和警告，才慢慢明白过来：这不是在搞新一轮的历史决定论吗？

欧阳： 我插一句，这些人在“清算”例如“朦胧诗”时，给出的“罪名”之一就是：他们的写作是“代言人”写作。但这些人一方面在清算“代言人”这一历史角色，另一方面却又堂而皇之地扮演起了“主持人”的角色。这是一个更厉害的角色。“消费社会”了嘛，“大众传媒居于支配地位”了嘛，到处都是“主持人×××”。至于谁出场、谁演唱，那是扯淡，全不重要！这个唱一段，那个唱一段，真正的明星是“主持人”。这些人就是要做主持人，就像开大会，主持人最重要，虽然说话不怎么样，但谁上场、谁发言，我来定，我说了算，这还不厉害吗？这种角色又像是一台“打卡机”。你到他那里打了“卡”，就算有效出勤、合格产品了。否则就不算。（大笑）

陈： 我认为，中国吵吵嚷嚷的“后现代”，从意识背景或现象上看，没什么复杂。八十年代末，历史的错位造成了巨大的空档；坚持个人写作的，坚持良知、承担的，坚持分析和研究生存底里的深度写作的，一时间被外在情势所抑制。这时，某些对文学几乎没有感觉的，在此前由自身素质决定，其发言无效的人，终于找到了机会。至少客观上如此。这些人此前的批评曾试图涉入现代主义语境，但始终无大效。如果说他们最初反对权力话语和等级的话，其原因之一就是这种理论功利上的怨恨。就这么简单！而且，他们基本不具备更高意义上的怀疑精神、相对精神，没有什么判断能力，甚至丧失了常识和良知内在的神异之声。不期中他们正好应合了意识形态集体顺役的灌输。后来，大环境趋于放松，他们终于大面积登场。这些人从根本上配合了“橡皮时代”要淡忘生存的严酷，要擦去、抹掉生存的痛苦的需要，可以说二者不谋而合。这些人刚开始想两边讨好。一方面保持其前卫姿态，另一方面，在前卫被人为抑制后，又以虚饰的超前姿态，争得理论的权力地位。如果我们要从根本上像对西方后现代主义质询那样对待这些人，则不免低估了前者，而抬举了后者。西方后现代主义骨子里是怀疑、挑战、拒绝，要激活生存和语言临界点上新的可能性。比如消解、对抗，这些东西本身即使是反价值也好，消解深度也好，悬搁历史意识也好，甚至拼贴、戏仿也好，都提供了新的活力和深度，拆除了深度也拆除了对深度的拆除，既消解价值，也消解对价值的消解。而中国的“后现代主义”者们，只是西方后现代主义中最软弱无力的一面的仿写人，没出息的传播者。没有深度的人要反深度，没有历史意识的人要反历史意识，没有理性的要反理性，说到底是一种讨巧的方式，想走捷径。反价值只对那些有健全价值规范的文化语境来说，才有效，才有负荷；否则，就是在本来就空无一物的话语中再裂一条空白，一种精神上的再次自我剥夺。这本来已经很可疑；更可疑的是，他们是否在自觉地利用这种自我剥夺？把《渴望》、梁凤仪、汪国真都纳入“后现代”语境来谈，那么请问，还有什么不是后现代？我不想说这些人如此做有依靠庸众文化向精英文化“夺权”的动机，但我可以肯定地说，这些人对文学缺乏起码的感受力，对语言缺乏专业意义上的凝视和穿透力。因为都具有平淡的表面性，都有非文化倾向，都有语境的透明，就将韩东与汪国真放到一块来谈，对这种“后现代主义”的表演，我们还能认真对待吗？近两年走红的这种消闲式的“后现代”，充其量是集体顺役下新一轮的物质放纵主义（富起来）的反应，是对消闲的“生物性”依恋所致。

欧阳：陈超说得很痛快，也很准确。的确，从现象上讲，问题就那么简单。这些人在确立观点和主持人身份的时候，所援引的东西，或拉出的“出场人”很说明问题。他们大谈汪国真，说明他们对好诗和坏诗、有价值的诗和无价值的诗缺乏基本的判断力。随便你什么主义，诗永远有好坏之分，诗人有重要和不重要之别；他们却要消除这个差别：无论你的诗写得有多好，只要你不符合我的演唱规范、“晚会”规则，我一概不给“打卡”，或视若不见。他成了权力的化身。批评活动成了“消夏晚会”，主持人成了权力主义者。这样一来，批评者在选择文本时就变得极为随意。像陈超刚才说的，连汪国真都“后现代”了，还有谁不能“后现代”呢？

唐：去年北大开了个“后现代主义和中国文学”国际研讨会，据说到最后一天有外国学者说：“像你们这样谈后现代主义，我倒不想问什么是中国的后现代主义，而想问在中国什么不是后现代主义了”。这一问可以说问到了点子上。当时会上的一个热点是所谓“新纪实小说”。把这种小说纳入“后现代主义”话题，对老外来说当然是匪夷所思的事。这些人也怪，一方面急于给中国的“后现代主义”下定义，另一方面又把它变成了一个无所不包、广延无际的大箩筐。

欧阳：他们把这看成一种权力，由此出发掀起一股命名的狂热。所有的术语或加“后”或加“新”，这一来他们也就成了再生父母。什么“后新时期”、“后新诗潮”、“后乌托邦”、“后浪漫主义”、“后知识分子”，甚至还有什么“后散文”之类……

唐：所以朋友们曾开玩笑说，干脆“后一切主义”、“后×××”得了。简单化的原则在这里通过构词法又一次得到了体现。在这过程中他们忽视或贬抑的，恰恰是对文学来说最根本的东西。前年一位外地朋友来北京，被他的朋友抡了半天“后现代”，抡得一脑袋云雾到我这里来，说：“真他妈的，说了半天‘后现代’，我总觉得哪儿不对；可怎么不对，一下子又抓不住”。我说是否可以这样设问：文学还有没有，还要不要尺度？反对等级、消解深度、解构意义等等都很好，但批评是否因此就回避价值判断？打个极端的比方，你能把莎士比亚和汪国真放在同一个平面上吗？如果不能，根据又在哪里？这位朋友一下子跳起来，马上打电话给他的朋友，就照我的原话“请教”。那位朋友的回答也很绝，他说后现代主义不涉及价值问题，也就谈不上评判……

欧阳：好，不涉及价值评判，就只涉及一个时间问题了。莎士比亚、但丁已经“过时”了，而汪国真什么的现在正“当时”啊。这是一种不折不扣的消费意识，使批评本身变成一种消费行为。

唐：我正是从这个角度思考这些中国式的“后现代主义”者们的思想和行为逻辑的。说不涉及价值、评判那是自欺欺人。事实上他们有自己的尺度。什么尺度？时间。谈论谁，不谈论谁，肯定谁，无视谁，包括对同一个作家、诗人的不同作品的选择，统统依据这一尺度；换句话说，时间本身成了价值。这个问题我们下面可以集中谈。

陈： 文学在他们那儿就是新闻主义和市民通俗故事媾合的文本欣快症。消费取代了一切。他们的思路和做法，大抵将文学降格为文化市场的抽样调查和个人致富数据。由此他们致力于与“橡皮时代”达成默契、共谋，大家高高兴兴、飞来跑去，管什么价值的真伪，忘掉一切就是一切！甚至连丧失感也一并丧失了。另外他们对王朔也很感兴趣，视为理论支撑。如果说王朔的东西有平庸、哗众、玩闹的成分，那么这些人比王朔表演得更充分。而且，王朔的彻底性在于“我是流氓我怕谁”，拆除了一切人格面具，自有其认识价值；而这些人却要将自己推举到时代新锐、主持人的地位，用“后现代”作遮羞布。从根本上说，这些人对王朔也采取了有意误读的“策略”。我觉得王朔的小说有调侃、油滑的一面，但也有一些小说，对意识形态主流话语的戏仿、颠覆，对士大夫文学传统的嘲弄，骨子里是严肃的，而这些人却视而不见，只突出了王朔油滑、商业上成功的一面。

欧阳： 这也是他们与主流意识形态同谋的一个方面。主流意识形态需要这样，把文学和文学批评变成无关痛痒的经济行为。

唐： 他们和主流意识形态在语法上一致的地方还表现在挟大众之声。这是长期以来另一种被圣化了的声音，也是一种权力话语。在今天，这种声音就是陈超刚才说的“市场抽样调查”、“致富数据”、发行量之类。在这种声音面前，一切个人的声音，一切对文化、文学的严肃思考，全都微不足道，全成了“过时”的东西。他们表面上是要寻找“应对策略”，实际上却是在借此确立自己的“主持人”身份。对大众文化本身当然不应怀有偏见，那是另一个问题。事实上，在大一统意识形态下既没有所谓“精英文化”，也没有真正的“大众文化”，有的只是借“大众”之名消灭个性和创造性的文化专制。在这个意义上，大众阅读市场的形成未尝不是好事。大众有理由得到他们所需要的东西，而读者的分化也是文化多元化的体现。这几年大众文化的泛滥，并对所谓“精英文化”形成冲击是一种很复杂的现象，涉及民族文化素质、文化心理、出版发行体制等一系列问题，也包括一些特定的历史因素。这些都要做具体分析，远非宣称什么“时代”来临这种大而无当的空话所能涵括。以此贬损“精英文化”更是莫名其妙，因为二者本来就不在同一层面上。从当代历史看，从来就不存在什么“精英文化”压抑“大众文化”的问题，我们也不知道前者什么时候真正处在过“话语中心”的地位。当代中国的“精英文化”不是像西方那样发育得过剩，而是在迭遭摧残后重新生长不久。在这种情况下大谈“反精英”，甚至挟大众以灭精英，真不知道是什么意思！“精英文化”的自我反省和自我批判、“精英文化”和“大众文化”的互动，这些都不可回避，但和这些人说的是两码事。这里肯定有一个文明高度和文化立场的问题。在西方被称为“后现代主义”的一些思想家和作家，无论是福柯、拉康、罗兰·巴尔特，还是卡尔维诺、博尔赫斯、帕斯，本质上都是精英主义的。洛奇的《小世界》中作为基调的反讽和戏仿，同时嘲弄了知识分子和大众趣味。他们在策略、风格上往往致力于不同文化文体间的对话和妥协，但从未牺牲怀疑、批判精神这一精英文化最基本的原则立场去取媚大众。然而我们在中国式的“后现代主义”者那里看到的却唯有媚俗！

陈： 对这个问题的认识，我经过了一段时间的思考。刚开始出现“后现代”话语轰炸时，我有过一段迟疑。我想我是不是有一种保卫“精英文化”的本能，由本能支配的情绪化抵触？我一直在想这个问题，同时继续读他们的某些文章，越来越感到不对劲儿。别的不说，光他们选择谈论的文本对象就令人生疑或啼笑皆非。像汪国真那样的连合格的中学生也不屑去读的流行诗竟然可以成为他们“后现代”的标识和“明星”！我认为，“后现代”的提出，至少在他们那里是一个假问题……

唐： 1990年前后我读到过他们中的一些人用解构的方法谈主流意识形态电影的文章，觉得不错。当时我理解这是一个策略问题。他们使用一套主流意识形态不熟悉，乃至不懂的话语，又以主流意识形态的文本，例如《红旗谱》，作为分析对象，表面上不和主流意识形态发生正面冲突，暗中却继续执行文化批判的使命。我觉得当时这几乎是批评唯一的可能性。但后来慢慢发现不对味儿了。策略变成了战略，手段变成了目的。在争夺话语权力的过程中，文化批判的精神丧失殆尽，而批判者变成了权力主义者。这种变化太富于讽刺性了……

个人写作和有效的批评

欧阳： 这些人挟大众灭精英，挟大众灭个人，正好触及八九以后写作的一个关键问题，即个人写作的可能性问题。在我看来，集体写作、群众写作的时代结束了。在个人写作中，群众是不存在的。我最近在美国看了加拿大钢琴家格林·古尔德的传记片，他是一个绝对的个人主义者，怪杰。他在三十多岁最红的时候告别了舞台，坚决不演出，跑去录音。问他为什么，他说：“不公平，我演奏时面对几千大众，我和他们的关系是1：0的关系。我在对0演奏，而我是1。我宁愿面对机器，我不想交流。你想听你就去买唱片，那时是一个人在对另一个演奏：1：1，哪怕是几万个1！”个人写作与集体写作的关系与古尔德说的很相似。集体写作面对的永远是0，他们不会面对1，包括那些“后现代”掌门人。他们甚至连面对大众都谈不上，只是面对一种隐喻性的群众，甚至是伪群众。这个“伪群众”是一种集体写作，更大的、更抽象的、权力的、有主持人鼓动的集体，纯粹的消费行为！

陈： 这里显然有一个历史圈套。而这些人既是这圈套的同谋，又是它的牺牲品。在他们的鼓动下造成的集体写作，和“朦胧诗”那会儿自发的集体写作还不一样。后者是历史造成的，必然的；前者却是人为的，自觉的……

唐： “朦胧诗”中有集体写作的因素，但另一方面又恰恰是个人写作的起点。我觉得不能脱离历史语境来谈这个问题。倒是1979年后先锋文学的发展，在表面的个性主义和先锋意识下，一直有不可克服、深入骨髓的集体写作倾向。这导致了一个讽刺性的后果，大家一窝蜂地去写孤独、迷惘、反抗、寻找、终极关怀……最后将诗歌行为弱化了。我现在甚至想，当我们在使用“先锋文学”这一概念时，是否也是在使用一个集体概念？还是应该把所谓“个人写作”界定一下。

欧阳： 我觉得个人写作有一个特点，就是远离流行的批评概念。写作者有可能在某些地方切合这些概念，但他是原发的，不是迎合。这里我要就批评本身说几句。为什么许多诗人、作家对批评持质疑态度？我认为这是批评自身的过失。作为过程，如何面对真正的个人性、多元性、创造性？如果像那些“后现代”掌门人那样看待批评，就永远不可能企及这些；而不能企及于此的批评是无效的批评。那样诗人、作家就永远对批评不满，因为批评家不能提供任何想象力、批判力。我觉得讨论个人写作问题，无论是从创作的角度还是批评的角度，其实都是在寻找同一个角度，它是创作行为和批评行为的共同基点，具有可公度性。

我现在对西方的批评感到不知如何对待才好。他们认为二十世纪是批评的世纪。这可能和他们的创作行为较弱，而批评行为太强有关。大学养了批人，有吓人的头衔和权力；他们和作家的关系是我要谈论谁，谁就成功的关系。有一则笑话：一个批评家读一个很有名的小说家的小说，最后认为这篇小说是一篇同性恋小说。但小说家本人却感到莫名其妙，于是就抗议。批评家笑着说：你这部小说如果我不这样去读，就等于没写出来；我这样读了才有效。我没有批评过的小说就不是小说。我怎么批评，它就是什么。这是一种独断权……

唐： 这位批评家显然在赤裸裸地利用他的话语权力，使之成了一种权力话语。国内也有人毫不讳言批评就是争夺话语权力。意识到话语本质上是一种权力就必然导致对这种权力的争夺或滥用吗？创造性地阅读是批评家的权利，“权利”和“权力”是两码事。滥用权力，批评家就会步入歧途！

欧阳： 那位批评家就是公开地将“权利”转化成了“权力”。我当初写过一句诗：“没有被梳子梳过的头发不是头发”。我现在既梳了头，又喷了发胶，成了某种发式了。头发已经不存在，只有美发师存在了。批评的美发师给你梳完头，文本的自由多变就成为固定不变了。而批评家的能力和意义本来在于变化。这对批评家是一种讽刺。

陈： 更准确地说是对批评界的一种讽刺。因为对合格的批评家来说，某一文本肯定不是以一种方式产生意义，对不同的批评家可以产生不同的意义。“每个读者都是另一首诗”，批评家也不例外。作家可能希望批评家在处理自己的文本时有高度的还原性，打探作者的原初动机；但批评家的动力却往往在怀疑方面，“怀疑”是其展开批评的基础。说批评家是文本的“再生之父”有些夸张，不过批评家的怀疑，也包括对作家的原初动机、意图的不信任。他更相信作品的意义肯定不止是作家的意图，甚至还可能包含着这种意图的对立因素。文本的开放性和不确定性，是批评家更感兴趣的所在。这样一来，最好的解读，就由原作家的原初意图，变为多向度地指出文本可能的、潜在的多重意义。当然解读不能变成一种随意的权力，我是从作品的效果而非创作论的角度说的。因此，给“头发”定型，不是对批评家的讽刺，而是对批评界滥用权力的讽刺。

欧阳：对，是对滥用权力的讽刺。这种滥用有时真叫人哭笑不得：我在这家美发店被做成这种发型，换了一家，又被做成另一种，到最后……

唐：到最后原生的头发不重要了，重要的是发型。

欧阳：（大笑）这就是权力话语的威力！这样的批评太主观了。那位小说家质问批评家：“你凭什么说我的小说是同性恋小说？”后者回答，就因为小说中使用了一个词，而这个词意指的姿势恰好是同性恋者约定的姿势，当时很流行。小说写到这个姿势在上下文中并没有同性恋意味；但批评家不管，他抓住了那个词，那种姿势，然后阅读和解读的方向都向着这一点集中。这类批评家在阅读时就是要确立某一方向。我个人则更提倡微观批评，它所关注的是个人……

陈：问题是对批评的有效性的证实在哪儿？在作家吗？要还原到作家、诗人的原有动机吗？这不可能也不必要。我还是主张批评家对作品的“再生”权利。不管作者想写什么，我只面对文本说话。“我”相信“我”的穿透力……

欧阳：不一定是还原啦，我的意思是通过批评交流。我不赞成那种宣告式的书写。就像格林·古尔德面对录音机或“一个”听众那样，批评家面对文本时只和它的产生者——作家交谈。对作品的阐释在批评家这里也得有某种约束……

唐：陈超刚才说的“对批评有效性的证实在哪儿”是很致命的问

题。批评家是否是仲裁者？意义的界定者？渴望成为仲裁者，把批评当成权力是可怕的。我所希望的是“对话”。

欧阳：假如说批评家确实拥有某种权力的话，那么，当我面对一个具体文本时，我倾向于放弃这种权力……

唐：仲裁者任何时候都是可疑的。他渴望通过他的手敲上“定论”的棺材盖。这意味着把作家、作品“钉”死。而“对话”不寻求，或者不看重“定论”。不过有效的对话应该是有前提的。现在大家都不愿意讲，或故意不讲对真理的探求和服膺之心。这不是说有一个现成的真理在那儿，也不是说谁可以最终把真理抓在手上。海德格尔曾从阐释学的角度就此打过一个“球赛”的比方。他把真理比作球，把“对话”比作球在参赛队员（包括对方和己方）之间的不断倒手和传递；球的飞行方向和路线在不断变化，由此每一个参赛者的位置和姿势也在不断变。现在的批评存在两种现象：有的人死死抱住球，自以为真理在握；有的人则不要球或看不见球，只顾找位置摆姿势。这两种现象的共同之处在于都拒绝对话，并共同致力于使真理沦为虚无。在这种情况下批评或者成了打群架，都去争抢那个被某人抱在怀里的球，或者成了皮影戏，在一个被给定的平面上晃来晃去。因而我觉得对有效的批评来说，对真理的探求和服膺之心很重要，也可以说是批评的一种内在道德律……

欧阳：那么，你又要确立一种“道德优势”吗？

唐：不，正好是不要这种“优势”，以至不确立任何“优势”。它仅仅是批评对其自身使命及其功能的意识而已。或者可以借上述海德格尔的比方再打个比方：为了使球赛成为可能，就必须约定球赛规则并自觉遵守这些规则。当然所有的比喻都是跛足的……总的说来我赞成对话。对话是双向开放的，这也是所谓“个人写作”的一个特征吧？有效的个人写作总是开放的……

欧阳： 我同意。我觉得现在的批评还面临着一个问题。嗯……也打个比方吧。比如说我们要去很远的地方，我问你穿什么鞋子？

唐： 合脚的。

欧阳： 合脚的鞋子不一定好看、时髦、能走很远的路。然而现在一些批评家更多地是穿漂亮、时髦的鞋，最好是新款的高跟鞋，好唬人。而我，很可能穿五块钱一双的军鞋……

唐： 在这些人眼里，走路是不重要的，鞋是重要的……

陈： 更重要的是路人对他鞋子的观感：看，这哥们儿穿的名牌，多"潮"！

欧阳： 还有一个比喻：假如批评是搔痒，我现在要问——这是罗蒂问过的一句话——是否很多批评是在不痒的地方搔痒？

唐： 没错。还有更可怕的，不妨比作胳肢：本来不痒，他要把你胳肢痒。（大笑）

欧阳：（大笑）这有点色情。（大笑）但事实如此。一些人胳肢了你半天，结果你发现他谈的问题……

陈： 是个假问题。（大笑）

欧阳： 是。谈了半天把真问题取消了。所以，我们现在又回到了批评最重要的一点：怎样提出问题？好的批评家永远是提出真问题的人，回答倒在其次，或者说提出问题本身就是一种回答。现在的批评往往停留在对一些现象的描述、阐发，但我以为，好的批评应对目前还不一定形成现象的，但又是重要的写作问题进行讨论。批评不应离开写作。前面我说到要主动放弃批评的权力，那么，批评的过程就是放弃权力的过程，而不是确定权力的过程。问题是，你放弃给谁？给大众吗？给主流意识形态吗？不是，是放弃给写作。只是面对写作。在写作的交流和对话中放弃。

唐： 在充分行使权利的过程中，放弃权力。

欧阳：对！这就是庄子的“无为而治”。但这种无为而治最后会变成良知、责任；至于真理，批评只是对真理的无限企及、逼近的过程，是过程本身，不是真理的形成。批评不是结晶，永远是液体，是状态。如果说我们最后要服膺于一种真理、良知的话，我们首先要质疑自己。我最近读到一篇文章，谈到要“放弃真理拥抱谬误”。用我们的思路，如何面对这种状态？

唐：这里肯定有个上下文的问题。它是在什么意义上说“真理”和“谬误”的？

欧阳：有时“真理”就是一种权力。“真理”最后带来的还是一种类聚的、消除活力的东西，而有时谬误很可能带来活力。

唐：这个问题我们还可以再讨论。

陈：我想再谈谈批评的“权力”。姑且这么说吧，我对这种提法还有些疑问。当我面对一个文本时，我当然要毫无保留、决不含糊地作出我的阐释、解读。那么，我这种发于内心的声音，是否因其不用庸俗辩证法而被看作“权力话语”呢？我面对文本没有必要掩饰、绕圈子。我历来直接表达。我觉得我们也没必要产生一种“权力焦虑”，不要由过去对“权威”的绝对服膺走向另一种对“反权威”的绝对服膺。“反权威”现在也是一种权威，而且是大写的、无名的权威，特别是当它用“大众”、“第三世界”的名义发言的时候。它无视，甚至蔑视个人。所以每一个批评家不妨按自己的立场、方法论、世界观来处理文本。作为批评的个体，他没必要过多地考虑自己是否犯了权力之“规”。每一个批评家在自己的“行规”范围内，提供专业的研究结果。集体性的宽容，如果它是有意义的，那只能由每一个个体的“成见”和“不宽容”来达成。否则，我们怎能与庸俗辩证法划清界限？此亦一是非，彼亦一是非，还写批评文章干什么？但有一点，作为职业的操守——我且不谈道德意义上的操守——就是面对文本，深入历史语境，保持自己的锐气和介入姿态。这也是知识分子的天职。

欧阳： 是一种知识分子的介入……

陈： 对！不过，话说到这一步，我想还是应该转过身来，主动寻求某种限制。知识分子式的介入，从根本上说应有自己的"行规"。也就是除了广延的人文关怀、价值坚持外，更应着意训练自己的专业技能和科学的方法，在这个意义上，知识分子的价值关怀和专业水平是不二分的。"我愿意对历史负责"，和真正有效的负责不是一回事。

欧阳： 知识分子介入，要强调专业性，而专业性的本质就是客观性。知识分子式的介入不应是个人处境的直接反应，而是综合的、深刻的人文关怀和精湛的专业技能的客观反应。这当然不应导致完全排除主观情感。美国自由派知识分子罗蒂曾批评一些新思想家，包括罗兰·巴尔特、福柯等，认为他们的理论确实非常重要，但完全去掉了立场和感情，冷冰冰的只讲专业，最后"目中无人"，走向另一极端，这样也不行。他们可能有自己的道理和具体的历史语境，但无论你怎样强调专业，也还是有个普遍性的问题，即心灵问题。对于诗尤其如此。我想，两种向度都得坚持：专业性、客观性和情感性、主观性。

陈： 在专业态度的前提下，你是自由的，但又是一种主动寻求限制的自由。克兰有一句诗深得我心，他说"你的自由暗中把你留住"。没有专业精神的话语撒欢，你的自由就没有分量。谁更自由？没有方向感的人最自由。但这种自由是廉价的。当你迷失方向时，你往往跑得最快。但这种速度不是我们需要的。

唐： 当你没有方向时，你跑得最"跑"——最像是在跑。如此而已。

欧阳： 往深渊坠落的时候是最自由的。飘啊……

陈： 在压力或重力的加速度下，你失去了对自己的把握……

欧阳： 这种自由毫无价值。

唐： 顺便提个问题。你在一篇文章中谈到，知识分子写作是八九以后国内诗歌的重要趋向之一；那么在你看来，“诗人”和“知识分子”这两个概念在多大程度上重合？非知识分子写作又是什么样的？

欧阳： “知识分子写作”不是严格的理论概念，只提示一种写作立场：它不构成价值判断，只是描述起来方便，但比任何理论概念都更能陈述清楚我们的写作性质。我想，我主要是指词汇的扩大、对活力的寻求、对具体历史语境的处理等等。“知识分子写作”强调客观立场和专业精神，强调对价值问题保持关注，强调写作的难度、深度，以及连续性的风格演进等。至于非知识分子写作，“非非”比较典型。“他们”也是。

唐： 你认为“知识分子”和“诗人”这两个概念之间有冲突的地方吗？

欧阳： 没有。我把“知识分子诗人”看作一个并列连接词，彼此不存在形容关系。一个人，可以既是知识分子又是诗人；反过来，一个人是诗人，但不一定是知识分子。怎么界定？——从他的写作行为界定。知识分子诗人：米沃什、洛威尔、拉金等；而洛尔迦、狄兰·托马斯则不是。海子也不是。

庸俗进化和时间神话

陈： 晓渡，我近期看了你几篇文章，对你抓住目下某些“后现代掌门人”在思路上与主流意识形态的同一性，提出要警惕“庸俗进化论”和新一轮“历史决定论”这一点很感兴趣。你是否再展开来谈谈？

唐： 对时间的倚重和神化是这些人的基点。他们的阐释前提是：八九年后我们开始进入有“后现代性”的新时代或中国式的“后现代”，其主要特征是消费文化和大众传媒成了支配性的力量。但这只是一个小前提；其未予言明的大前提则是：时代变了，文学也得紧紧跟上。按照这样一种三段论式的逻辑，只有体现和适应了这种变化的，或被列入了由他们所主持的“消夏晚会”节目单的文本才是“新时代”的有效文本，否则就或已“过时”，或犹不及。他们就这样以时间为尺度，规划了文学的鲜花和墓地、“时装店”和“旧货铺”。

欧阳：这种尺度本身就是消费社会的产物。消费社会的特征之一就是重视时间，关注什么东西在时间意义上是最新的，然后迅速过时。“时装”和衣服的本质不同在于，时装是时间性的，卖得生猛，削价也快。时装流行的时间越短就越有价值。这种所谓“后现代批评”整个儿是一个文化快餐，大杂烩，什么人文关怀、价值问题、艺术品位的高下，统统都不存在了。一切都被变成了游戏。这些人对时间的崇拜，恰恰证明了他们是消费文化的主干。

唐：我把这些人据恃的哲学——假如说他们还有什么哲学的话——称为“时间神话”。其主要特征是通过先入为主地注入价值，使时间具有某种神圣性，再反过来使这具有神圣性的时间成为价值本身。这个问题我是和对五四新文化传统的反思和清理结合在一起考虑的，因为“时间神话”有一个内在的时间模式，而这个模式恰恰是经由五四新文化运动建立起来的。当然这是就发生学的意义而言；若言其功能和作用效果，则前后有着本质的不同。

中国传统文化的时间观是循环轮回的。从哲人学士所谓的“大道周天”、“无往而不复”，到黎民百姓寄望的死后投胎转世，概莫能外；但新文化运动从根本上改变了这种时间观。新文化运动既是中国近代以来深重的社会、文化危机的产物，又致力于解决这一危机，其目标是促使中国社会、文化向现代转型。时间观的变化是其标志之一。新文化运动采用的是现代西方的时间观，即笛卡尔以来经过科学、理性改造了的基督教时间观。它标定并强调了时间的“前方”维度。换句话说，它把时间理解为一种有着内在目的的线性运动。这种时间同时也意味着一段距离。这段距离在现实中是落后的东方古代文明和先进的西方现代文明之间的距离，在集体意识 / 无意识中是一个衰败的中央帝国和一个新兴的世界大国之间的距离，在未来学的意义上则是阶段目标和一个更宏大的终结目标（它后来被命名为“共产主义”）之间的距离。这种新的时间观和当时为革命派所普遍接受的“进化论”思想是紧密结合在一起的。“进化论”不仅是摧毁传统文化时间观的利器，也是新时间观的内在依据。正如它允诺一个日益衰败的民族及其文化以重新崛起的可能一样，它也允诺新时间观将成为实现这种可能的保障。因此，也不妨说新时间观是进化论的时间观。它尤其重视进化过程中突变的可能，这是社会 / 文化革命的重要理论基础；同时它也改变了“革命”这个外来词本原的“循环”内涵（欧阳：循环、回旋，是从拉丁文过来的），使之成为朝向“前方”既定目标以至终结目标的连续不断的运动——继续革命、永远革命，光明在前！

陈： 你这条思路够远的。新文化运动之初，从梁启超、鲁迅到胡适之、陈独秀等等，对进化论确实推崇备至；他们的启蒙理论中体现的对时间的理解和把握也如你所说，与传统文化的时间观迥然不同。那么，这和“时间神话”是什么关系呢？

唐： 这有一个过程。进化论的时间观最初是生气勃勃的，它有力地支持了现实和文化双重意义上的革命。中国社会要实现向现代化的转型，不经历这场革命恐怕是不可能的。但从学理的角度说，这种时间观有很大缺陷：就赋予本身并无目的的时间以内在目的这一点而言，它体现了一种强力意志；就把时间理解为向前的线性运动这一点而言，它严重歪曲了时间与空间密不可分的本性。由于充满了紧张的“革命”期待，它很容易被情感化；由于标定了“前方”维度，它不可能不被事先注入价值。这使得它从一开始就存在着被庸俗化、简单化的危险。新文化运动初期对传统文化所持的彻底否定态度，包括对白话文和文言文绝对化的褒贬，以及废除汉字，改用拼音文字之类的极端主张，不能说不与此有关。后来“左联”时期与苏联“无产阶级文化派”相呼应的一些激烈主张，实际上延续了这条思路，只不过结合了阶级分析，使之更具有政治斗争的意味而已。但由此而形成“时间神话”则是在1949年以后，到“文革”中达到登峰造极的程度……

欧阳：这些年在理论上有一个重大失误，即把人们对历史发展的期待引向前方了。“前面”才是历史发展的必然，它一片光明。然而在这之前，基督教文明的方向不是朝前而是朝上的。所以康德说有两样东西让他思及永恒：内心道德律和头顶的星空。巴别塔的隐喻就是朝上。

唐：当然传统基督教的时间观也有向前的一面。它设置了“末日审判”。现代西方的科学主义、理性主义和乌托邦主义所合力利用、改造的，或许正是这末世学的内涵。这且不论。尽管进化论的时间观和“时间神话”之间并没有铁的必然性，但确实有逻辑上的关联。因为这种时间观把历史截然划分为过去、现在和未来，而既然“光明在前”，未来即是希望，朝向未来的现实当然也就有了非同寻常的意味。唯独“过去”成了一个负责收藏黑暗和罪恶的包袱。于是人们就有充分的理由不断宣称自己面临着“新时代”。这里对时间制高点的占领同时也意味着对价值制高点和话语权力制高点的占领。每一个类似的宣言实际上都在无意识地重复着同一个信念，即：我们属于未来，我们不属于过去；我们属于光明，我们不属于黑暗。当这种信念与事业上巨大的成功和历史上源远流长的极权主义传统——很不幸，这正是一份来自“过去”的最有诱惑力，也最容易被接受的遗产——结合在一起，成为占统治地位的意识形态时，它就顺理成章地演变为：我们就是未来，其余都是过去；我们就是光明，其余都是黑暗。“时间神话”就是这样制造出来的。不难看出，它与主体的自我神话密不可分。二者同步进行，互为支援。这种双重神话在“文革”中曾被发展到极致。当时的一个著名口号就是实现（与一切传统的所有制形式及其文化观念的）两个“彻底决裂”。事实上它也是发动“文革”理论上的目标。不管这一目标在今天看来有多么荒谬可笑，它的提出却绝非偶然。它需要某种巨大的、纵深广阔的历史幻觉作为逻辑和心理上的支持，而它确实得到了这种支持。这就是我曾多次说到的“新纪元意识”。

“新纪元意识”以一种“全新的”眼光重新评估历史和价值。在它看来，真正的历史，包括文化史和文学史，其实很短，它是伴随着无产阶级所开创的“新纪元”到来的。正如无产阶级是历史上最先进的阶级一样，无产阶级文化也是人类文化的唯一精髓所在，其余多是封、资、修的垃圾和糟粕，理应得到清算。“新纪元意识”宣称它一劳永逸地结束了人类的“史前时期”：从前的历史是盲目的，此后将充满自觉；而只要我们自觉地跟随这种“自觉”，我们就将在通往美好明天的康庄大道上高歌猛进。所有这些都并非是“文革”的发明，恰恰相反，“文革”更像是其合乎逻辑的结果，尽管是恶性的结果。

我所说的“某种巨大的、纵深广阔的历史幻觉”，便是围绕占统治地位的意识形态建立起来的一种社会性的文化／心理同构。没有这种文化／心理同构，“文革”的发动是不可能的，此前的历次政治文化运动也是不可能的。

陈： 你实际上是把“时间神话”作为一种整体性的社会／文化心态来看待的。

唐： 在相当长的一段时期内确实如此。这是大一统意识形态的结果，也是它的可怕之处。它垂直支配，无所不在。从未来预支了话语权力的现实一旦与对未来充满焦虑和欣喜的期待符契，历史就突然具有了某种神圣而神秘的意味。它的车轮始终在遥遥的“前方”隆隆作响。每个人的首要之务就是如何追赶它，至少不为其所抛弃。由此倾听这神圣而神秘的车轮转动之声迅速成了人们的第二本能，身边的脚步声随之亦成了令人心安的和弦和视野中必不可少的参照。用不了多久，这两种声音便已混合不分，而习惯的力量也已足够使初衷变质：对未来的期待变得不再重要，取而代之的是被作为未来象征的现实拒绝的恐惧；这种恐惧又被转化为“紧紧跟上”的加速度，如此循环不已。可悲复可笑的是，在这种看起来美妙，实则莫名其妙的追逐或昆德拉以嘲讽的口吻谈到的“伟大进军”中，知识分子因被明确宣布为主体的附属部分（“毛”之于“皮”），还另外多出一重恐惧：他必须不断证明他配得上这份光荣，否则将被无情清肃。这双重的恐惧使得他们除了付出双重的努力抛弃“过去”外似乎别无他途，其结果必然导致知识分子品格的普遍沦丧。什么怀疑精神啊，独立思考啊，独立人格啊，所有这些对“新纪元”来说，统统都成了“过时”，因而失效的东西。朝向未来的“伟大进军”不需要这些！它们只能和面色苍白、愤世嫉俗而又百无一用的“旧知识分子”形象一起留给过去。

在文学领域中也一样。谢冕先生曾在一篇文章中谈到一个现象：他诧异于1949年以后，一批诗坛的宿将，如郭沫若、何其芳等，怎么突然间都变得仿佛不会写诗了？现在看来很大程度上正是因为他们认同了“时间神话”的结果。郭沫若的《新华颂》、《百花齐放》等显然都不是什么违心之作，只能说他接受了“新纪元”的暗中嘱托，把他并不缺少的诗歌经验和价值尺度留给了“过去”。而新的尺度尽管简陋而廉价，但毕竟是“新”的，更重要的是它属于“未来”。这对昔日《女神》的作者是一个巨大的、讽刺性的悲剧，但他只不过是一个突出的例子罢了。

陈： 你这样一路说下来，已足以令人看清“后现代掌门人”们与“时间神话”之间的联系了。他们一方面是这一神话的信奉者或受害者，另一方面又在利用它长期造成的文化/心理幻觉。在十多年来主流意识形态被不断解构的背景下，“时间神话”在一些自命的“今日先锋”那里找到了新一代传人，这同样具有讽刺性。

唐： 这或许也是马克思所说，一切东西在历史上都要出现两次，第一次是以悲剧的形式，第二次是以喜剧的形式的一个例证吧。不过这幕喜剧已经很像是闹剧了。历史的“进化”在这里似乎仅仅表现为：意识形态行为变成了商业或半商业行为，号令者变成了主持人。后者消解了前者那种专横而粗陋的理想形式，结果变得更加庸俗不堪。然而逻辑、手法都差不多完整地继承下来了。最基本的一条就是通过抢占时间制高点从而抢占价值和话语权力的制高点。这里和“无产阶级革命时代”相对称的是“消费的时代”、“大众传媒居支配地位的时代”，因而，正如“无产阶级文化”享有价值上的绝对优先权一样，“后现代文化”也享有价值上的绝对优先权。不是有人宣称诗既往的地位、功能、作用和使命在“新时代”统统面临着“全面终结”吗？“全面终结”意味着pass、失效、不管用；而“倒计时”无非是从某个“前方”预先设定的时间／价值／话语权力的制高点上“倒”回来而已。他们的思路、语法和“时间神话”确实如出一辙。顺便说一句，把时间作为价值尺度，据此自我首肯价值的优先权，无论是作为生存策略还是接受心理，多年来在“先锋”、“新潮”文学中都有相当的普遍性。例如某些诗人热衷的对“代”的划分，包括一些理论家、批评家对西方现代新理论、新概念、新方法缺少体察的、炒卖式的捣鼓。忽而这个“主义”，忽而那个“主义”，其实所有的“主义”对他们全一样，都只是“前方”的模模糊糊的风景和召唤。

欧阳：谈到时代问题，可以有完全不同的理解。这些人所理解的时代其实只是时间，当下的时间。米沃什也谈时代，“为时代作证”。这是另一种意义上的时代，就是一种共同的历史语境。

陈：胡塞尔在《内在时间意识的现象学》中说，从价值论意义上考察，时间是不具备具体现实性的；而仅有当人在意向着的时候，时间的现实性才存在。关键之点在于主体体验着的时间。在这里，主体的意向或意识起着主要的、决定性的作用。即使退一步讲，那些患有“庸俗进化论”和新一轮“历史决定论”崇奉症的人所理解的“时间”，其实也只是时间的现在刻度，而不是真正的“现实”（指呈现一种实质）。对时间的这种单义的理解，当然只能导致对简单现在时的价值给定。

唐：柏格森在《时间和自由意志》中曾谈到所谓“真正的时间”。他甚至将其提到了本体论的高度。这种时间由自由的、向上的、创造性的生命冲动所支配，由心理状态——瞬间记忆、情感、想象、梦幻等——的强度所决定，而以“意识的绵延”形式呈现。他说的正是古往今来一切真正的作家艺术家所一直经验着，并由一切真正的艺术作品经验地呈现着的时间。这是在表面看来一去不返、分分秒秒都在死去的时间中回旋、逆折，忽而升腾其上，忽而深潜其里，聚散不定、辐射无疆的生生不息的时间，是不断从历时性中寻求活力和可能性，而又通过共时呈现对抗、消解和超越其历时性的时间，是空间化了的时间，时间中的时间。有趣的是，柏格森所说的时间和“时间神话”所据恃的时间恰好构成了反对，后者由经过精心包装的、向前的、趋向既定目标的动机所支配，由某一个被大肆渲染的“新纪元”或“新时代”所决定，而以线性的方式呈现。

欧阳：问题的关键是在他们那里，艺术发展的维度被改变了。上下维度变成了前后维度（陈：用前后维度消解上下维度），然后直接作为一种价值判断尺度。谁走红我就谈谁。由说什么和怎么说，变成了谁在说和说谁。这样一来唯一有价值的就只有世俗的成名欲了。只有主语和宾语，没有谓语动词，也没有形容词。文学史因而成为名词的历史。这是在人为地制造一场灾难。集体写作现在是小说、诗歌写作的主流，这就是“时间神话”令人可悲的影响结果。个人写作首先就要摆脱“时间神话”！

陈：时间不能构成价值判断。如果说我们在文学研究中也关心时间的话，我们关心的是不同的时代语境的特殊性。在这一意义上，严肃的诗歌理论界对“代”的划分，其策略之一就是利用这一口实，为主题的历险提供继续进行的机会，而不是像“后现代掌门人”们那样，固持一种“庸俗进化论”。退一步讲，如果文学确实也存在“进化”的话，那它只能来自其内在的精神力量，来自揭示“被遗忘了的存在”的深度。这和那种对大众文化故作惊人的发现、商品或市场图腾、以世俗功利欲望支配的“话语暴政”的实施者，不可同日而语。在他们那里，反对既成的等级制度就意味着迁就、煽动大众文化。他们是带着一种文学末世学的快感来否定先锋文学的；而我认为，真正有价值的后现代主义文本，恰恰是现代主义姿态更激进的持续，是作家和理论家对生存中矛盾性、差异性、边缘性的又一次深刻洞开和发现。因此，后现代主义和现代主义的冲突，是发生在精英内部的对话和交锋，它不求决断，但求把对话引向深入，更不是向庸众文化退让妥协。而且，在后现代主义作品中，许多现代主义的母题并没有失效和瓦解，而是更紧张而焦迫了……

欧阳： 谈论时间可以有各种各样的角度，但把它当作一种价值判断标准却是一个"死角度"。这种蜕变究竟是怎样发生的，还值得深入研究。

唐： 这和对"现代性"的刻意追求恐怕大有关系。追求"现代性"是二十世纪的一股世界性潮流，中国亦在其中。昆德拉在《小说的艺术》中曾引用兰波的一句命令式的诗指出这个问题的严重性："必须绝对地现代化！"当时欧洲作家中对现代性追求最力的恐怕是"未来派"，阿波里奈尔、马雅可夫斯基等等。马雅可夫斯基和苏维埃政权一拍即合是顺理成章的，这符合他对"未来"的信念（欧阳：所谓"进步"和"新人"的诞生）。他悲剧性的自杀本来是一个警告，但并没有妨碍全欧"红色三十年代"的到来，这同样是有道理的。其中除了政治、伦理等因素外，另一种深入骨髓的原动力恰恰就是对"现代性"的追求。昆德拉认为"现代化的欲望是一种原型"，"一种深植于我们内心的律令"，"一种持久的形式，其内容则是可变的、不确定的"，非常深刻。追求"现代性"之所以在二十世纪成为一种世界性的潮流，则肯定与进化论和直线运动时间观有关。正如帕斯在《变之潮流》中所指出的，未来的卓越性、不断进步和物种日趋完善的信念、理性主义、传统和权势的丧失、人道主义，所有这些观念都被融化在直线运动的时间涵义里了。这种时间既为社会／文化的发展提供了加速度，也制造出了前所未有的晕眩和恐慌，而所有的晕眩和恐慌都产生于赶不上"现代性"这趟车的恐惧。这反过来又刺激了追赶本身。时间的重要性就在这样的循环中被尖锐地突出出来：先是作为未来的承诺，然后积淀成一种现实的文化心态。当然这样说仍然很粗疏，只涉及到时间被神化的可能性，所谓必要条件吧；由此到结成"时间神话"的怪胎，则又有许多特定历史因素的复杂作用，以为充分条件。具体到中国，可以说是上述世界性潮流和中国特定的社会文化现实及其传统结合的产物，这前面已谈了一些。还有一点我认为也很重要，就是在直线运动时间给出的"现代性"矢量表上，中国是一直被定位在"前现代"阶段的；由于昔日辉煌的反衬，时间的压迫所造成的阴影格外浓重。记得"大跃进"时曾有一个口号，叫作"一天等于二十年"；前些年也曾有一个说法：当代文学只用了十几年的时间，便走完了西方自现代派以来一百多年所走过的道路。类似的浮夸心态很说明问题，也是一种社会文化／心理同构吧。这种心态有两种可能的向度，或者趋于极端，或者趋于庸俗，但殊途同归，都是一种根本上虚弱的幻觉。其共同特征是把问题简单化、形式化、情感化，最终意识形态化……

欧阳： 结果是只对各种"主义"、结论感兴趣，问题则被一再弃之不顾；而"主义"、结论马上就被转换成口号、宣言……思路、语法都是老一套，差别只在于把公制扳手换成英制扳手，或把公里换算成英里，把摄氏换算成华氏。换算来换算去，只有名称的变化，没有质的差别。

唐： 就像从前用黄历，现在用"公元"；以前用十六两制，现在用公斤制。

欧阳：不再用老一套的政治话语，改用西方的政治话语；不再用“浪漫主义”、“现实主义”，改用“现代主义”、“后现代主义”。术语在换，但语法没有变；对象还是那辆“自行车”，扳手变了，制度变了，计量单位变了，但质没有变。换汤不换药。

陈：批评成了新术语的“登陆”，尽管面对的是假想敌……

唐：批评家成了占领“话语制高点”的人，谁站上去谁就是“英雄”，不用付出任何代价的“英雄”。

陈：这形成了大面积的语言骚乱。一方面是这些文章中语词的细节含义不清，另一方面是缺乏真正的文本对象。批评像一架大容器，把目下共时出现的文化、文学现象，不，是事件，一股脑地装进去，统统“后现代”了，“新状态”了。我不知道刘心武、汪曾祺、朱苏进与陈染、韩东、林白、海男的小说有什么共同之处，但都“新状态”了。

欧阳：都“前方”了，“向前”了。向前，就是单一的线性，只有旋律，没有变奏，没有结构。

唐：一方面是“乔太守乱点鸳鸯谱”，一方面是“普罗克拉斯蒂铁床”，二者在“主持人”们那里被奇妙地结合在一起。“后现代主义”在西方是一个开放的、多元的空间概念，在中国却成了封闭的、单一的时间概念。“主持人”们对文本的兴趣主要只集中于一点，即是否足以成为“新时代”到来的佐证，是否能为他们臆想中的“话语策略”提供支持。在他们眼中，文本自身的有机性和独立价值毫无意义，正如总体思路上文学自身存在的独特根据是无所谓的一样。

欧阳：在国外有所谓“大学才子”一路，带点嘲讽味道；假如把中国的这帮人也称作“大学才子”，就更有讽刺性了。

唐：再就艺术中的时间问题说几句。有一次我偶然想到，中国古代文学两千多年，诗，包括赋、词、曲，是最主要的文体样式；然而，在陆侃如、冯沅君的《中国诗史》之前，却没有一部诗歌史著作，这是怎么回事？古代学人并不缺少历史意识，《春秋》以下，历史著作一大堆，为什么就没人想到为诗修史呢？甭说《春秋》那种编年式的，连《史记》式的也见不到。我没有深入探究这个问题；但是我想，这可能与古人对诗歌历史的看法有关。对他们来说，诗歌的历史尽管有文脉相通，但更多地是一种空间的存在，从时间的角度说是共时并存，诗据此在传统和创新之间保持住必要的张力，并转而获得价值尺度。诗人在当下即刻的生命／语言的临界点上开口说话；评论家则始终面对文本、文脉中活的、有生命的东西，具体落实为一系列选本和妙语式的点评札记。他们不看重历时性的时间，因而对编年意义上的诗歌史不感兴趣。古人的观点在今天肯定是不够用了，但并不因此而失去启示性。

欧阳：对。从写作的角度说，譬如我很迷恋叶芝诗中的“老年”主题。但叶芝的老年不是时间意义上的，而是精神意义上的……

唐：和时间意义上的“老年”恰好相反。因为时间意义上的“老年”无非意味着生命的衰弱，离死亡更近。

由一个“假问题”说开去：诗歌写作中的“意义”

陈：和“后现代主义”话题有关的还有所谓“边缘化”的问题：知识分子的边缘化、诗的边缘化，等等。在“掌门人”们看来，知识分子、诗，正在退出文化的中心，这也是“新时代”的重要标志之一……

唐：说到这个问题，我想先问个问题：知识分子、诗，在当代什么时候处于过“中心”位置？或者说，什么时候没有“边缘”过？

陈：就说知识分子吧，1949年以来，洗澡、割尾巴、反右、反右倾、“文革”，除了反复被拎到受批判的“中心”何曾处在过其他什么中心？长久的摧残，使知识分子对知识、怀疑精神等有一种原罪感，就连张贤亮这样以反思见长的作家，都在小说中忏悔自己的知识分子精神、身份，还“中”什么“心”哪！

唐：八十年代的情况好一点，但也只能说多少恢复了知识分子在社会文化生活中应有的位置而已，远远谈不上什么“中心”。当代知识分子充其量有某种自处文化中心的幻觉，而在现实中从来就没有摆脱过“边缘”的命运，有时甚至“边缘”到类似某种濒临灭绝的物种。诗也一样。我不知道这些人究竟是患了历史的健忘症，还是追“新”追“后”追得神魂颠倒，以至丧失了最起码的现实感。脱离了具体的历史语境，问题就被虚幻化了。

陈：成了假问题。

唐：但现在他们要把假问题弄得跟真的一样……

欧阳：海外学者，如奚密，也谈“边缘化”问题。但她所处的历史语境不一样。我看过李欧梵一篇谈“边缘化”的长文，他更多是从“去国”，远离汉语中心的角度谈的，从地理和文化心理角度。所以，他们谈的“边缘化”是有准确含义的。

唐：这一点很重要。你总得弄清楚你谈问题的特定语境。比如说台湾学者面临大陆中心问题，这就构成了他们谈论“边缘化”或“边缘性”的特定语境。抛开具体语境，先虚构一个不存在的“中心”，然后大谈什么“边缘化”，这也太戏剧化了。你弄不清他们是在自美还是在自虐。

历史上诗或许曾经在社会文化生活中“中心”过，譬如唐代的以诗取仕。诗退出这个意义上的“中心”由来已久了。元代讲三教九流，诗人第几流？好像六、七流吧，够惨的了。近现代以来诗曾经有过的几度辉煌，包括“诗界革命”、白话诗运动、天安门诗歌等等，其实都是有更大的“中心”背景的，充其量只是短暂地突入过“中心”罢了；而且是功能意义上的，并不足以改变诗本身的边缘地位。反面的证据则有“大跃进民歌”、“小靳庄诗歌”什么的。由于诗的突入往往具有爆炸性的效果，也就容易造成某些诗人的“中心”幻觉，实即话语权力幻觉，而这竟成了“掌门人”们的口实了。煞有介事地惊呼诗的“边缘化”，大概是为了证明自己进入了“中心”吧？诗在文学中的地位也早已“边缘化”了。现在是小说的时代。先锋诗更是边缘的边缘……

欧阳：古代写诗是一种遣兴，当官的都是文人么，人人都会写。那时的诗人都是业余写诗，哪有什么“作家协会”、“专业诗人”呐！假如那时诗看上去像是身处“中心”位置，那是沾了这一点的光；但不能说这种人是纯粹的诗人，如苏东坡，你能简单地说他是个诗人吗？

陈：我认为，现在谈什么“诗的失落”也是个危言耸听的假问题。“失落”的前提是“得到”，那么，诗得到过什么？另一方面，我认为自新诗有史以来，无论就本体自觉也好，全面水准也好，具体到诗的成色、深度、语言气象等等，近些年恰恰是最辉煌的。诗人可能有“失落”感，但那是由物质上的贫困造成的自卑感，被导向了精神上的危机。诗人用金钱来衡量价值，面对“大款”，当然不自信，感到“失落”，于是觉得诗“没用”了。问题就这么简单。不要把诗人的失落和诗的失落混为一谈，遮蔽了问题的本来面目。诗从来都不应被当成工具。它既不是意识形态的工具，更不是进身、致富的工具。

唐：诗这些年之所以能取得如此实绩，很大程度上正由于一批诗人认清了诗在今天真实的边缘处境，而自觉地坚持“边缘写作”

的结果。"边缘"使人清醒。"边缘地带"是最广阔的地带……

欧阳：我觉得诗眼下还是要集中关注自身，而不去管什么"边缘"、"中心"的地位。这种关注当然也包括对写作环境的关注，对诗所受到的压力、威胁的关注。比如说技术发展的现状和前景，这远比道德的压迫、意识形态的压迫、经济事实的压迫更致命。技术发展到一定程度真可能会彻底改变价值观念。不过也不必杞人忧天，有效的诗人不会被大时代所左右。相对而言，我更关心和个人有关的具体生活的影响：能够抽高级雪茄的马克思和抽劣质烟的马克思写作有何不同？或者住洋房的杨炼和住地下室的杨炼写作状态的差异，天气的变化，等等。我不感冒，就写不出《马》那首诗。生活中的偶然性很重要；至于在生活中"滞后"一点，那没什么可怕，有好处。我最近看到崔卫平写的《诗与日常生活》，内中说到"诗歌写作作为工作就是日常生活"，挺好。她有洞察力地揭示了中国诗歌和中国诗人的基本状况。有人要把日常生活弄成诗歌，轰轰烈烈，成为生活方式；但我认为，生活方式和日常生活不一样。后者不具有表演性。我赞成后者。

陈：诗歌行为正是在日常生活中显出意义并揭示这种意义。现在许多人热衷于"消解意义"，对这个问题你们怎么看？

欧阳：这方面最极端的是"非非"。反价值、反文化、反语言、反世界甚至反"人"。这种不问青红皂白的"全反"本身是一种幼稚，现在恐怕他们也放弃了。许多人在"反"什么的时候并不知道"反"的对象是什么。比如有人大声疾呼要"拒绝隐喻"，但他首先就没闹清楚什么是隐喻，何谈"拒绝"？那些要"消解意义"的人也一样。"意义"是什么？在他们看来，意义是预先存在于某处的东西，我们去抵达它；但这种预先存在的"意义"是没有意义的。我比较赞同罗兰·巴尔特的看法，他认为意义是一个过程，是一个关于书写行为的，甚至是关于“零度语言”的发展过程。诗永远是一个过程。过程就是意义。但这个“意义”不是时间造成的，它是一种精神维度。那些要取消意义的人不是从时间上，而恰恰是从精神维度上来取消。没有任何一首诗能真正取消意义，因为即使“无意义”本身也是一种“意义”。我们曾经谈到“书、言、意”彼此关系的问题；在写作过程中呈现出来的语言格局、语言气象、言辞——一句话，语言现实，同时呈现出过程的意义。这里三者确实可以区分。韩东认为“诗到语言为止”，他想提防的敌人就是“意义”，但他把意义和语言对立起来了。意义本身是一个过程，一种精神维度，你根本无法去掉。

唐： 但“意”和“义”还可以再区分。所谓“义”通常指语义，包含在语言文本中；但“意”则更宽泛些。所谓“言不尽意”，“意在笔先”，这里的“意”都不能等同于“义”。你怎么看？你是否认为语言之外一无所有？

欧阳： 这就涉及我谈过的一个问题：为什么说汉语是没有隐义的语言？汉语的最大局限是旋律单一，往前走，每一个词都交给下一个词，像传递和排队。书写行为成为语义的传递过程，没有上下造义。能指所指二者缺一的现象在汉语中很少出现，二者总是同时到来。这种同步不能造成和弦，而是成了同一样东西，于是造成“辞不达意”。我要写的东西在十公里之外，我的语言能力只能走五公里，还剩下五公里没办法。这一切都证明它的维度只能是在前面——时间维度，而不是上下维度，精神维度。写作过程成为语词的传递过程。中国诗因此缺少变奏精神。而能指和所指，有时是断裂的，互相错过的。我在表达“此”的时候犯了“错误”，结果造成了“彼”的意义，这才是隐义。

陈：　对“意义”问题，我的看法可能比较保守。我还是觉得，说书写行为过程就是意义本身太绝对化。那样我们怎么能够将好诗和重要的诗区分开来？我认为，在重要的诗中，形式本体总是趋向于与之相应的精神本体。这二者是不能分开评估的。许多诗人之所以“反意义”，是要反抗“载道”的传统，这有其现实的合理性；但反对诗成为意识形态的工具，并不等于诗可以悬置意义。我不知道哪些真正伟大的诗篇是以“反意义”为其出发点和归结的。反之，那些真正优秀的诗人，骨子里一定是价值上的主题论者。艾略特、卡夫卡、贝娄、加缪是这样，瓦雷里这位“纯诗”的提出者，又何尝不是如此？形式本体和精神本体是不二分的，是互指互证的。本体依据和功能应结合起来考察。

唐：　我基本同意陈超的观点，但还想接着刚才的话头说几句。我还不太能领会江河为什么要把“辞不达意”说成是汉语的局限；也许你的意思是说中国诗人对语言的可能性缺少足够的自觉？“辞不达意”通常被认为是表达上的某种欠缺；但从诗学的角度说，我倒宁愿把它看作一个中性的命题，没有感伤的或值得谴责的成分。不过“达”有太多的前设意味，我还是愿意讨论“言不尽意”的“意”。

欧阳：你这个“意”成了绝对精神了！

唐：　不如说是庄子所谓的“浑沌”。

欧阳：那就是不可知的东西。

唐：　不如说它未知、未经揭示。但它“在”。有待命名而已。

欧阳：我也可以说它“在”，但这种东西对具体写作的人来讲意义非常渺小。我只关心具体语境或文本中的意义。没有文本之外的意义。你认为在语言之外有“意义”吗？

唐：　没有“义”，但有“意”。陶诗所谓“此中有真意，欲辨已忘言”，这里的“意”就不能以“义”界定。“意”一旦落实为“义”，就是庄子所说的七窍成，浑沌死。

欧阳： 你现在谈的这个“意”，就是存在本身吗?

唐： 我不想在形而上学的意义上讨论存在本身，而宁愿从诗学的角度，说这是一种前语言或超语言状态。在中国传统诗学中，这是一种“独与天地精神之往来”的状态。个人直接面对存在并成为当下之“在”。我觉得很好，是传统中优秀的东西。在创作上至少有动力学的意义……

欧阳： 我认为我们有一个理论分歧。我这样来表述：你说的“动力”和我说的“活力”来源完全不一样。你的“动力”可以起源于一种精神，个人单独和世界交流对话；而我的“活力”来源于具体的历史语境。我比较倾向于从具体的历史语境中寻找和发现。我喜欢布罗斯基的一句话：“我是一个二流岁月的忠实臣子。我承认我的生命思想都是二流的。”我喜欢这种姿态。我宁愿成为具体历史语境或者说二流岁月的忠实臣子。我的所有活力都源于这里。我不赞成“独与天地精神往来”的海子式的姿态。我反对“超越”时代。我又极其欣赏博尔赫斯的一句话：只有二流的诗人才只写好诗。卡夫卡从文体到语言都不是最优秀的，但他为何成为二十世纪的大师？因为他从具体的历史语境中汲取活力。诗的活力，一定是来自非诗的东西，来自具体的历史语境。在这个意义上，我反对一切绝对的、高雅的、超时代的东西。“意”就存在于具体历史语境中。

陈： 我想，“意义”和“意味”是不尽相同的。意义具有整体性、规律性和稳定性，而“意味”则是实证理性、思辨理性和道德理性之外的生命感悟。陶渊明的“欲辨已忘言”是否有一种与天地同参的审美意味，而不是在表达语言对其所要指称的东西时无力达到的宿命？“此中有真意”从上下文看，诗人并没有意识到语言的宿命给写作带来的压力。作为现代诗读者，我还是喜欢带有知性的诗。我强调诗的意义应建筑在人的历史现实性上。我不喜欢弃置深度的作品。当然，“意义”不是预设的，而是写作中语言和诗人互相发现、选择、照亮的结果。

唐： 我不认为“独与天地精神往来”和从具体历史语境中汲取活力有什么矛盾。这句话中的“天地精神”在我看来是一个隐喻，正如海德格尔所谓的“天、地、人、神”都是隐喻一样。它所隐喻的是未经揭示的，或往往被遮蔽、被遗忘的生命存在；而“存在”，在这里首先意味着当下、即刻的“亲在”，即具体的历史语境……

欧阳： 你加了你的上下文限制，当然是没有问题的。但“独与天地精神往来”这句话本身却有一种脱离上下文的、非常绝对、非常遥远的感觉……

唐： 那大概是因为它看上去似乎包含了一个陈子昂式的场景所造成的。但这句话的落实之处是“往还”。“往还”，即前面说过的双向开放。它是一个过程，包括精神状态和书写行为。从“活力”的角度说，则是一种能量的彼此交换，因此说不上有什么绝对的、高雅的、超越时代的意味。就其直接面对、进入未经揭示的，或往往被遮蔽、被遗忘的生命存在而言，也可以说它恰恰是相对的、日常的、十分具体的，包括习惯上被认为是“非诗”，甚至是反诗的东西。波德莱尔被称为“恶魔诗人”，那是从道德角度说的；从诗本身说，恰恰是他突入了前此未曾涉及、未经揭示的恶、腐朽等生命领域，化恶、腐朽为神奇。恶、腐朽也是一种“天地精神”，“天地精神”是不受道德约束的。这也是我理解所谓“纯诗”的角度。这里的“纯”非但不排斥通常认为的“不纯”因素，某种意义上或许恰好相反，正以“不纯”为“纯”，在“不纯”中显示“纯”。有人曾把“纯诗”比作一个水晶球；假如我有保留地接受这个意象的话，那么我想我首先认同的是水晶的多面体结构。它清纯的光芒结合了众多层面彼此的折射，是一种复合的清纯。借着这个比喻我还想强调一下，所谓诗歌中的“意义”是渗透在文本的肌质中、语言的细节中的，正因为如此，它无法被消解。至于“独与天地精神之往来”的“独”，同样不意味着封闭。这是文本的人格力量和必不可少的诗歌品质的来源。在以摹仿和复制为时尚、充斥着形形色色的“明星”和文化垃圾的今天，就格外如此。它象征着个人写作的精神维度。

欧阳： 有人不承认具体的时代，无视具体的历史语境，结果他的写作变成了无读者的写作；而有的人，例如西川，他的写作某种程度上也是跨时代的、普遍性的写作，却成功了。我想原因之一就在于他的作品的非时间性体现了一种精神维度，一种具体历史语境中的精神维度，也就是你说的诗歌品质吧。西川的诗，包括陈超的诗，和我的诗在语言、技术上大不一样，但为什么让我感动？就因为他们的诗具有这种品质。这一点很致命。海子的短诗令我感动，尽管我对他的长诗在方法上持异议；而海子之后学海子诗的人，给人以古玩的感觉，成了“众人皆浊我独清”式的自恋、摆设。这是一种可怕的蜕变。

陈： 海子摹仿者的拙劣性还在于字面上大谈“终极关怀”。“终极关怀”本身没什么不好，尽管有些虚幻。包括永恒的情怀等都是需要的，问题在于你怎么对待和处理它们。诗歌不能直接去处理永恒、终极。你多写几个“上帝”、“神”、“存在”之类，你就“永恒”了？“永恒”不是相对于诗歌素材，而是相对于主体的精神内核而言的。刚才晓渡谈到波德莱尔，我认为波德莱尔精神上是不朽的，但他处理的素材或者说“材料”，恰恰是速朽的、正在消失的……

欧阳：对，速朽的，或者说是沿着事物消失的方向前进，而不是沿着事物显现的方向。那是“掌门人”们才干的蠢事……

唐：“沿着事物消失的方向”，也正是诗歌呈现意义的方向。我们这个对话是不是已经太长了？太长了会让人为难的，就此打住吧。

闪回八十年代诗歌

——与《新京报》记者一席谈

采访人：刘志凌

时间：2006年2月18日

诗的黄金年代

时过境迁回头看，再不怀旧的人大概都会认可，八十年代是一个诗的黄金年代，也许是新诗有史以来最好的年代。这么说和诗歌在其时社会和文化生活中的地位关系不大，更配得上“黄金”意象的是诗在改革开放的历史语境中厉行自身变革所焕发出的那种勃勃生机，所呈现的那种发展势头，所贡献出的一大批重要作品和诗人。一位老诗人曾经断言，迄今为止的新诗人，将来能站得住的恐怕也就三四十个，而八十年代出来的会占到半数左右。我同意他的看法。

在我自己，我把完整地亲历八十年代的诗歌变革，和诸如完整地经历“文革”、完整地目击苏东剧变和全球范围内的“冷战”结束一样，视为个人精神成长史上的一大幸事。

八十年代诗歌的核心是回归和伸张诗歌本体，探索新的可能性，因为此前很长一段时期，诗完全落入了功能化、工具化的陷阱，必须为这个服务，为那个服务，却忘了自己是什么。近来有研究者向我提出了一个问题，他说他发现在1987年出版的《中国当代实验诗选》中，几乎所有的入选诗人在自己的诗观中都会谈到“生命、语言和诗的关系”，问我是否注意到了这种“众声喧哗”中的“异口同声”？又问“生命”、“语言”是否当年非常强势的话语？我说当时出现那种“异口同声”现象一点也不奇怪，因为“回到生命，回到语言，回到诗本身”正是那一代诗人不约而同选择的突破口。至于是否当年的强势话语，那要看相对什么；如果是相对当时的主流话语，倒不如说它们更多体现了“边缘”的声音。

然而，正是这些边缘的声音，或来自边缘的冲击，使诗歌在整个八十年代以加速度的方式不断发生内部裂变，其影响甚至远远超出了对既往诗歌秩序的颠覆和变革。所谓“朦胧诗”的崛起，包括与此有关的论争，实际上是当代文艺复兴的先声；而“第三代诗”的狂飙突进，无论在什么意义上都是当代文学的一大奇观，“绝后”不敢说，但肯定“空前”。回首那一时期的民间诗坛，真可谓风起云涌，气象万千。这既是压抑机制下长期积累的诗歌应力的大爆发，也是诗歌自身活力和能量的大展示。

说到“内部裂变”，当然也包括一部分属于“归来派”的前辈诗人。他们没有像年轻人那样大叫大嚷固然是出于更持重，但恐怕也是因为更沉重。像牛汉先生那样，即便在最困厄的情况下也能保持住本真的诗心和语言，毕竟是不多的特例，更多的则要在曾经的脱胎换骨之后，再来一次化蛹为蝶。去年邵燕祥先生出版了集少作、文献和自我评注为一体的《找灵魂》，这是我记挂多年的一本书，因为早在八十年代中期他就说到要编撰这样一本书了，记得初拟的书名是《一个抒情诗人的死亡》。二十年后读到，反思已成纪念，但意义却并未为之稍减——这是有关一个诗人的命运之书，也是有关一代诗人的命运之书。

如今“诗迷”已近于“珍稀物种”，八十年代那会儿可是遍地成堆，其人数或许不如后来的流行歌迷那么多，但狂热的程度却毫不逊色，以至更甚。1986年《星星》诗刊主办“十佳青年诗人”评选，颁奖时的场面那叫火爆：叶文福被冲上台来的诗迷们抬着往天上抛，顾城躺在地上高呼“反对个人崇拜”，北岛则不得不躲到了后台。我听说有个小伙子几天中一直跟着他们，最后掏出一把匕首猛地戳进自己的手背，说：“我要用我的血，让你们看到我对你们、对诗的热爱！”

说实话我从来就不喜欢类似的场面，如果有谁斥之为“有病”，我会马上附议；但我仍要隔着冷漠的逝川，再次向那些已成故事的诗迷们致敬。这不仅是因为没有他们，所谓“诗的黄金年代”就会变得残缺不全，还因为随着年齿渐长，知道无“迷”不“病”，此乃人之本性和环境互动的产物，普遍存在，与时俱化，枢机巧妙各不相同而已。相较之下，遍地诗迷虽未必比遍地“钱迷”、“权迷”更值得赞美，却也未必更值得嘲弄；两相抵消，前者尚余下一份无用的审美激情，不值得致敬一下吗？

好诗打人

诗是什么？似乎越说越说不清。但任何一个迷上诗并与之交道的人，脑子里都始终会有一个关于诗的概念。这概念最初既与阅读经验有关，也与有意无意接受的教育和熏陶有关；再往后，就取决于各人自己的悟性和修炼了。

我们这一代人最初的诗歌概念大多来自《革命烈士诗抄》、《红旗歌谣》和艾青、闻一多、郭小川、贺敬之等人的诗。当然也读一些唐诗宋词和不多的外国诗，普希金、莱蒙托夫、聂鲁达、马雅可夫斯基等，底线是“革命民主主义诗人”。动笔习作多从学填旧体诗词开始，这大概不全是文化遗传的缘故，也和毛泽东有关；写新诗则多为四行一节、隔行押韵、音节大致整齐的半格律体，有时也用“楼梯式”。食指在精神上被称为“当代诗歌第一人”，但写法上基本未跳出界外。北岛1981年第一个指出当代诗歌面临着“形式危机”。

我早在七十年代初当工人时就开始胡涂乱抹些自以为是的“诗”，但直到1979年初在《今天》创刊号上读到北岛和芒克的诗，才似乎找到了北。那感觉像是被谁揍了一顿，却又自觉打得亲切。不仅是自由的心灵写作，也包括形式上的革命。从前的写法开始显得单调乏味，而一些过去遵奉的“经典”也突然褪色，以至变得可疑。

1982年初到《诗刊》，成了一个职业的诗歌工作者。最初几年在作品组看自然来稿，后来又到评论组。那时人们自发的诗歌热情之高，每天都至少有五大麻袋的诗稿，十来个编辑按照行政区划分工负责。上班读，下班也读，成年累月地读，都读木了。有时甚至会生出远离诗歌的念头，因为远离才能更好地接近。

但也往往是读得一点感觉也没有了的时候，好诗就会跳出来打你。于坚就是我从自然来稿中发现的。最早读到他的来稿中有这样的诗句：“烟囱冒烟了，大家去上工。”当然不会仅仅因为这两个句子，但确实是这两行朴素之极的句子一下子击中了我。好多朋友都是这样从一首诗、几个句子，甚至一个打眼的意象开始交往的。这或许是最典型的“以诗会友”。

可惜了的一个人，名字却忘不了，叫陈青铜，因为也被他的诗“打”过，时间应该是在1983年下半年。厚厚的一叠诗稿，取材很宽。印象中陈的诗以远取譬见长，意象强硬而有点隐晦，彼此之间很少直接关联，只保持遥相呼应之势，几乎不用过渡句，整体质感非常结实而富于弹性。有的诗人能写出很漂亮的句子，但让人一看就能辨认出“母本”的痕迹；陈青铜的诗则显得非常孤立，完全看不出受过谁的影响。这是成熟的标志。

我从中选了一些送审，期待挺高，却意外地未获通过。那时我们做编辑要求挺严，来稿不用基本都及时退还，质量差的用制式退稿信，看好或认为有苗头的就手写。我给陈青铜退稿时附信表扬说，你真是青铜啊，语感和句子都像青铜，瓷实，同时有一种内敛的、幽暗的光泽。我希望他能寄更多的作品过来，并保持经常联系，然而一直没有接到他的任何回音。

我记不确切稿子是否来自河北，曾问过河北的朋友。照说陈有那么好的语言天赋，不可能在当地默默无闻，但他们都不知道这个人。多年来我一直足够留心，却只有一次在一本民间的诗歌刊物上发现过相同的名字。读了读作品，确认不是我记忆中的那个陈青铜，便扔到了一边。难道那个陈青铜被从人间蒸发了吗？他为什么不回我的信？或者根本就没有收到我的信？很长时间内这对我成了一个小小的谜，最终我不得不倾向于认为，这是我心造的一个幻影。假如幻影陈青铜能看到这段文字，请立刻说话，最好再“打”我一次。

真正的快乐时光

以八十年代为标志，“现代化”在中国开始真正成为压倒一切的目标，长期以来意识形态垂直支配的大一统格局也随之慢慢解体。但目标明确并非意味着可以按图施工，人们很快就找到了一个更贴切的比喻，那就是“摸着石头过河”。这个比喻之所以贴切，是因为它突出了整个过程具有生机和危机并存的性质，并且适用于社会生活的各个层面。在这种情况下，周期的动荡是不可避免的，与八面来风相对称的是气候多变。

作为官方刊物，《诗刊》当然会更直接地受制于大气候的变化，以至呈现出基本同步的曲线。对此我也有一比：它就好比是一首半格律体的新诗，必须戴着镣铐跳舞，还得跳出韵味来。这固然无可厚非，但终究有点可悲。好在当时社里人脉挺旺，领导德高望重，同事通情达理，因此就个人而言，多的是为诗工作的平常心，并不特别感到被迫扮演角色的压抑。

不过，我真正的快乐时光还是在另一个空间。直到今天，我仍会不时回味当年与各路朋友无以计数的彻夜聚谈。那时大家都足够穷，绝大多数情况下，酒是廉价酒，烟是劣质烟，菜是就市菜，最奢侈的是音乐，而更奢侈的是那嘈嘈切切的语流。每一次聚谈都是一次相互砥砺，一次语言的盛宴，一次小小的灵魂节日。还有什么比如此织成的纽带更能体现诗的自由本质，因而更可靠、更值得信赖？它们带来的是不断增进的理解、友爱、自信和对诗的敬畏、感激之情。

这也往往是我孤灯一盏，漏夜阅读时的心情。那是另一种交谈，其对象大多是所谓“诗歌江湖”上已然成名或正崭露头角的人物的代表性作品。美国文学史家考利有句话，八十年代常被用来指称先锋诗歌，说是“诗人被创新的狗追得连撒尿的时间都没有”，可见一时风气，亦可知阅读的难度。如果要开列一份那些年曾大耗我精气心血的作品名单，会是长长的一串，这里只好略过；我真正想说的是，正是这种出入于锐利的词锋，在沉入黑暗的郁闷和被照亮的喜悦之间转换不定，充满质疑、困惑、盘诘、推敲的阅读和交流，一点点粉碎着我的诗歌成见和制式教育残留的美学桎梏，不断更新着我的视野，锻炼着我的眼光。

由于成长背景和精神血缘的近似，在整个八十年代我更关注“朦胧诗”。人们说起“朦胧诗”往往把他们当成一伙人，一个流派，其实这个概念刚刚来得及流行开来，作为整体指称的朦胧诗就已经面临解体了。最初被称为“童话诗人”的顾城在风格上和舒婷的忧伤、优雅比较类似，以至他俩曾合出过一本诗集，但1984年前后二人即相去不可以道里计；差不多同时，原本曾共同倾心过宏大抒情或史诗风格的江河和杨炼也分道扬镳了。这完全符合艺术发展的规律。说到底，个性才是一切。朦胧诗的几个代表人物后来很快被经典化是有道理的，这不是因为他们更有名，而是因为他们每个人至少都提供了一种不同的写作范式。

“幸存者”之静

“幸存者诗人俱乐部”成立于1988年7月，筹备则要更早些。当时我、杨炼、芒克同住劲松，一次和杨炼聊天，说到应寻求一种诗人间更直接，也更日常化的交流方式，于是一起去找芒克，几番讨论，定下了名称、宗旨、活动方式等，然后以我们三人的名义发起，邀请一批我们认为合适的诗人参加，包括多多、江河、林莽、一平、王家新、海子、西川、骆一禾、黑大春、雪迪、大仙、刑天等，后来又补充邀请了一些，共有十几个吧。

当然是本着自愿的原则，事实上江河和骆一禾也确实拒绝了。一禾拒绝的理由令我敬重，他来信说他不认为这种结成群体的方式是最好的方式，他倾向更小范围以至一对一的交流。

俱乐部成立后主要取两种活动方式，一是沙龙聚会，一是办民刊《幸存者》。《幸存者》连同艺术节特辑只来得及出了三期，其中第一期还是油印的。大伏天我和杨炼打着赤膊，撅着屁股，趴在地板上，利用“文革”中学到的手艺，使喷枪一个个制作手工封面，杨太太刘友红则在身后不时为汗流浃背的我们打扇，忙得那叫不亦乐乎，完了两人的鼻孔里外全是黄漆。

沙龙聚会前后大概有十余次，每次重点讨论一个人的作品。先是主角朗诵演绎，然后大伙挨个儿发表看法；有时也交锋，总之非常严肃认真。

只发生过一次不愉快。那天讨论的是海子的长诗《东方金字塔》，不少人都批评他结构有问题。话赶话间，多多和海子都有点意气用事。最后多多说：“反正你这样写不行。”海子反问：“怎么不行？”于是不欢而散。

还举办了两场朗诵会。一场在1988年7月底，地点是当时尚在东便门的三味书屋。那次除了诗人，还来了不少艺术界的朋友，包括还没来得及成大名的姜文，场面相当热烈；不过，比起第二年4月2日的“首届幸存者诗歌艺术节”来，可就小巫见大巫了。那次是在中戏小剧场，只有九百九十九个座位，却来了两千多人，真可谓名流荟萃、美人如云啊，进不去的只好堵在外面和两条胡同里。

艺术节的内容不仅有诗歌朗诵，还有行为艺术、画展和酒会。朗诵结束后当时的法国大使馆文化参赞说：“这是我在世界上参加过的最好的朗诵会。”他是外交官，但我知道他没有要外交辞令，只是不能确认他所谓“最好”的具体所指：是朗诵的质量呢，还是舞台风格？也许说的是整体气氛吧。而对我来说，这“最好”的意指很明确，一个字足矣，那就是“静”，是某种我以前不曾，以后再没有以至再不会遭遇的静，比屏息期待还静，比一根针落到地上也能听见还静。那是我在致辞念到一半时突然感受到的，只是当时没有，或还来不及想到，这种静很快就会变成一种孤悬的记忆。因为正是在那仿佛从天而降的瞬间里，我实实在在地体会到，诗歌之于人心，真的会有如此的力量！

（根据采访录音整理）

诗歌和公共生活

——与《文学报》记者一席谈

采访人：陈竞

时间：2009年9月21日

对诗歌来说，不存在什么外在的公共生活；哪怕是作为题材来对待，也不能仅仅把它理解成诗人怎么介入所谓重大题材。我所理解的公共性，是日常生活意义上的公共性。我们不可能把公共生活看成一系列重大事件的堆积，那样简直让人无法忍受。现在我们对诗歌公共性的思考几乎都是由重大事件左右的，好像没有重大事件，诗歌在这方面就会变得无所事事，就不能出声，失去推动力了。这个我觉得反而是不正常的。重大的历史事件当然不应该回避，有时重大事件确实能比较耀眼地、集中地体现公共性，但那个意义上的公共性是自明的。像曾经有过的那样，一遇重大事件，包括重大节庆，“五一”“七一”“十一”等等，就集中定购一批，生产一批，这样来看待公共性就完全庸俗化了。简单地根据读者反应来评定是否有公共性，也是有问题的。所谓“朦胧诗”最早出来的时候，读者也就是几百人，可是对其后当代诗歌的发展，却产生了长时效的影响，同时又在回潮的向度上，对此前新诗的评价产生了影响。只要能对人们的诗歌观念、阅读方式产生重大影响，不多的人，不多的诗，也具有足够的公共性。

公共性首先是一个质量概念，不是可以通过外在的尺度来评判的。

公共性不能预设，这一点非常重要。预设，一个是主题先行，一个是题材决定，我写某一主题、某一题材的东西就有了公共性。但如果你是个无效的文本，被人称为垃圾，反而变成了最没有公共性的东西。公共性跟有效性是连在一起的。公共性不是表态。一个忠实于诗的诗人不可能不认真考虑这个问题，他不可能预先设定某种公共性，以为只要进入就自动获得了。不是这样的。

在诗歌与公共生活的关系问题上，我们有特定的背景和上下文，有太深刻的历史教训。在很长一段时期内，诗人的主体性、诗歌的主体性曾经被完全摧毁。从上世纪五十年代初开始，曾经有过几次有关诗歌与人民性、民族性、时代性关系的大讨论，都是把主位定在后面的，比如要表现工农兵。似乎诗歌只是个修辞手段，只是实现表现工农兵生活目的的手段，很多东西就这样被预设了。最极端的情况下连词的性质都被预设了，能指和所指的关系是被锁定的，比如太阳表现什么，天空表现什么，白云给谁，蓝天给谁，都是配置好的。与计划经济相适应，语言也是被配置化的。

近三十年来我们都干了些什么？不就是在反抗和解构这些，并进行重新建构吗？开始是确立诗人的主体性，然后到语言的主体性，也就是说不是我们想怎么写就怎么写，诗是更大的主体。解构过程是主体转换的过程，诗人的主体性通过作品的主体性来体现。作品完成以后，才说得上主体性的实现。还有我们的谱系，在我们写作的时候，在背后支撑着我们。如果你是一个有历史感的诗人，阅读量也足够大，那你就不能简单地说这首诗是我写的，事实上有很多元素参与了你的写作。在学术上讲就是“主体间性”，是在不同的主体之间发生的，最后导致这样一个结果，而最终作品是主体，作者退居背后。公共性的问题是在这个过程中实现的，当然还要包括阅读、传播和影响。后者同样不能看成即时的行为，不是当下就能界定、评判的。

个体的生成，是不断地解构、建构的过程，在这个过程中敞向世界、敞向生活、敞向文学史、敞向文明。我认为是个体的强大决定了公共性的大小。我们所谓世界级的大师是什么意思？我们为什么要阅读他？一个跟你没什么直接经验联系的人，你为什么会反复阅读他的作品？这里隐藏着公共性的真正秘密，它就隐藏在独特的个人发现和表达之中。它从人类经验的层面，从你前所未知的诗意和诗艺的层面抓住了你，哪怕是经过了翻译，哪怕你一时读不懂。比如T.S.艾略特的《荒原》、聂鲁达的《马楚·比楚高峰》或奥克塔维奥·帕斯的《太阳石》，很多人都读不懂，但那是他们精心建构起来的里程碑式的作品，融入了诗人非常复杂的世纪感受。你能说因为很多人读不懂就没有公共性吗？所以这里面有很复杂的问题。如果我们仅仅把公共性理解成介入社会生活、对重大事件发言，那就太简单化了。再重复一遍：这方面以前我们有太多的教训。

一个诗人的心态应该是充分敞开的，不仅向已知的现实敞开，更是向未知的现实敞开，未知的领域比已知的领域远为广阔。媒体所告诉你的公共性，从政治层面上传来的公共性，和我们所讲的被现代性所伤害的生活的完整性，谁更有公共性呢？诗人应该很清楚，我们在什么意义上谈论公共性？既不要简单地反对它，也不要一说就跃跃欲试，好像公共性是一场等着我们去赶赴的盛宴。没有这个意义上的公共性在等着你。

所有现成的东西，对诗人来说都必须拒绝。诗人是干什么的呢？语言对媒体、对其他人来说可以是工具，但对诗人来说绝不是工具。它是你生命的延伸，是跟你一起生成的，是敞向未知的，面对的是那些还没有被探查过的，或被遮蔽掉的人类经验。这种公共性，是其他的途径所不能抵达的。

有的人可能写过几首好作品，就无穷地复制。如果没有深入到新的经验中，有什么公共性可言？哪怕写再大的题材都没用，都是无效的。而有的写得好像很私人化，比如乔伊斯的《尤利西斯》，只写了普通的爱尔兰市民一天的生活，而且完全是内心生活，涉及个人内心一系列的闪念，似乎跟公共性没有任何关系，却成了意识流小说的开山之作、现代小说的经典之作，深刻影响了二十世纪世界文学的发展。当然，出了文学圈，可能没有多少人知道《尤利西斯》，但那又有什么关系呢？重要的是他改变了我们认知世界、认知自我的眼光和观念。这种改变未必那么直接，且可以通过很多方式，在不同层面上发生影响，比如影响了另一个作家，又影响到他的学生，总之这种影响会像涟漪一样扩散。

中国诗人最大的问题是思想性比较弱。这里的“思想性”并非指那些既定、现成的思想成果。任何既定的东西，对诗歌来说都是要警惕的东西。思想不是一种孤立的存在，它活在具体的现实关系之中，活在万物的普遍联系之中，活在你对一朵花、一颗星辰，或一道伤口的长久的凝视和领悟之中。活泼泼的诗和思，在原初意义上几乎是一回事。诗人的洞察力来自他思想的穿透力，而真正具有穿透力的思想是和人格的力量、行为的力量并行且相互支持的，还需要得到广阔的思想文化资源的滋养。这些大多是发生在文本之外的。译文出版社最近出了叙利亚籍黎巴嫩诗人阿多尼斯的诗集《我的孤独是一座花园》，许多人都交口称赞；但我更期待读到他四卷本的《阿拉伯思想史》，那样我们的赞誉或许会更有分量。据说那最初是他的博士论文，出发点当然也是个人经验，只是在对阿拉伯思想史的观照、反省和批判中，通过强有力的思想，包括与西方古典和现当代哲学的比较，上升到理性的层面。他考察阿拉伯思想史的过程也是重新认识自己的民族及其文明的过程，这种考察最终不仅变成了他看待阿拉伯的眼光，也变成了他看待世界的眼光。

《我的孤独是一座花园》，书题中的两个意象就可以体现诗歌与公共性的关系。作为个人经验的表达，实际上是大家可以分享的花园，通过这种方式来实现公共性。在诗歌中，阿多尼斯做的几乎都是重新命名的工作，对所有他关心的问题，包括像爱情这样已被人们反复探索的领域重新命名。一个人要有多大的心力，包括脑力、感知力、创造力，才能做这样的工作？这种力量从哪儿来？如果他没有强大的思想力，在这样纷繁的、混乱的、碎片化的世界中，他怎么获得那样的力量？

中国的诗人们很多并没有逃避现实，却没有力量穿透现实。历史是处在不断延续中的。知识分子的品质、脊梁、内在的信念被摧毁，不是一朝一夕的事情，并不仅仅因为一些文化事件，也并不仅仅因为商业化。这些确实是很惨痛的历史经验，但也不能因为这些就停止思考。这里面同样有一个穿透与否的问题。

一个悖论是，当代中国现实本身的复杂性是前所未有的，传播手段也前所未有地多元化；但诗人、作家个体的能力似乎不能适应，没有力量去穿透现实，去充分地运用传播手段。原来写一首诗要传递很久才能到文友手上，现在有这么多的便利，本应该有更多思想的碰撞和产出，但情况好像恰恰相反。多数人的思想特别浮泛，且无法积累、成型，更多是打发现实；而现实本身又呈现为滚动的琉璃球，不具有一种可供从容进行静态模型分析的可能。这些都是对诗人思想能力、感知能力、创造能力和语言能力的综合考验，也是对当代诗歌与公共生活关系的真正检验。

（根据访谈录音整理）

未来诗歌：重建生活的有机性

——与《绿叶》杂志记者一席谈

采访人：小汪、白倩

时间：2010年1月26日

西方环保诗与“道法自然”的中国艺术

上世纪90年代初，我参加北京歌德学院组织的一次中德诗歌交流。一名德国诗人问：当代中国有没有环保诗？有没有环保诗人？那些年，欧洲的绿党势力已经很大了，但中国大多数人还未听说。我是这样回答的：像你们所说的直接以环保为主题的诗歌，目前还真的很罕见，可能是对紧迫感的感受不同，关注的重心不同；对当下中国诗人来说，更急迫的是着眼于大的生存环境，争取更大的创作自由，首先改变或改善自己内在的精神生态。换句话说，对所谓“绿色生活”，我们更多是从心灵的角度去理解。我这样说当然是基于我们的特定语境和背景，包括80年代一再经历的什么“反精神污染”啦，“反资产阶级自由化”啦，各种精神整肃运动。

工业革命后，人和自然加速度地分离，人类狂妄地坚持自我中心，对现代性的盲目追求及工业化、城市化浪潮，无不使人越来越背离外部的自然和内心的自然，后果严重。这是西方环保诗诞生的语境。

相对而言，当代中国确实少见那种集中探讨环保主题的诗，但这并不意味着当代中国诗人缺失环保意识，更不是说我们缺失这方面的传统。中国古典诗歌，广义地说，中国古典艺术乃至文化，其哲学基础或最主要的特征，就是追求“天人合一”，内在地包含了“道法自然”的生态观。可以说这是我们绿色的根，绿色的种子。譬如说，风景画在欧洲直到18世纪才臻于成熟，基本上是由现实主义的笔法衍生，直接再现客观景物；用笔略带些写意，就称为浪漫主义风格；而中国的山水画早在北宋就已成熟并很快达到了自己的高峰。中国画的山水都是被人文化的山水，而不是本身意义的山水；即使在声称要画真山真水的当代画家笔下，我们看到的仍然是人文化的用墨、皴法、点染。此外，西方风景画建立在焦点透视的基础上，从原理上说，焦点透视以画者的视点为中心；但视点毕竟是人的一种机能，看似非常写实的风景画，其实却未真正触及自然。中国画建立在散点透视的基础上，讲平远、高远、深远，画家的视点是流动的，视角聚散不定，即便用工笔，也具有叶维廉论说中国古典诗歌时强调的那种水银灯下舞台表演的效果，更近于是情境本身的自我呈现。中西绘画不同，缘于对自然不同的理解。中国传统的人与自然的关系基于宇宙本体论的认识，道生一，一生二，二生三，三生万物。人法地，地法天，天法道，道法自然。自然作为最高的哲学范畴，并非外在于我们，而是与我们自身融为一体。

中国传统艺术的背后有天人合一的背景。天坛，从建筑功能上用于皇家祭祀，风格更接近道家，但它的理念——天圆地方却是中华民族共用的神话原型。九级台阶，九个层次，与自然相关的文化都和谐地汇集于此。中国人一到天坛，某种集体无意识就会被唤醒，咫尺之间，就可感受到宇宙自然。中国传统绘画的笔、墨、纸，三者之间的关系也像心和自然。纸象征着虚空，笔墨讲究黑白两道，借助中国画的特殊材料运笔；构图讲究虚实相生；色彩讲究以黑计白，以白计黑，墨生五色。西方印象主义之后的现代绘画多元共生，探索意向上无边无际，但骨子里还是画家中心，有时不免走火入魔。我在纽约看极简主义画展，一张白纸上用淡若无痕的铅笔打上许多道道，最下面一排中文小字，写的是“道可道，非常道”。这样的极简主义，与其说是绘画，不如说是以反绘画的方式标定了绘画的边界，是一种有关绘画的行为艺术。人们从中看到的是画家的想法，而不是绘画本身。这方面还有一个大家都知道的有关现代主义绘画荒诞不经的例子，就是一张白纸，题目是“羊吃草”。观者问，草在哪儿？回答说，被羊吃了；再问，羊呢？回答说，草吃完羊就走了。

中国传统诗歌有严格的形式要求。律、绝，或词牌都有规定，多少行，多少字，平仄关系如何。类似的规定细究起来可不简单。人类最早的文化形态都以诗的方式出现，最早的祭师、巫师、萨满同时担当诗人、哲学家、历史学家的角色，他们以诗为载体讲述宇宙的起源、民族的故事、人类的想象。在后来的发展过程中，诗人们把对世界和人类自身关系的理解凝聚成不同的认知和表现模型，形式也越来越精致。中国古典诗歌结构上要求的起承转合、句法上讲究的对仗包括正对反对流水对，正积淀着这一美的历程。最典型的如七律，本身就近于一种宇宙模型，是万物关系的象征表达。以此为框架，表达上可以收到以一当十、当百、当千、当万的效果。中国几千年的文化史，也可以说是一部诗歌史，诗歌始终作为一种魂魄存在。

美国诗人庞德曾有过大胆实验，他创作的巨制《诗章》也称“开放诗”，其中有汉字，有拉丁文，有历史故实、身边经验，也有纯然虚构的幻象；跨语际，跨文明，包罗万象，简直成了百科全书，仿佛要把已经分裂很久的文化世界的碎片全都收回来。此种“开放诗”是诗歌向源头的复归，在这里，所有诗歌的范式理念全都被摧毁。与中国古典七律诗的象征模型相比，庞德的“开放诗”象征着人类生存的开放。

人类是自然的结果，又是自然的一环。古人察天象，一个人在旷野上仰望星空时会意识到，个体生命与广袤浩瀚的宇宙比起来算什么呢？在这样的观察中你会感觉到自然的神情、自然的体温、自然的变化无穷而又秩然有序。将这种观察和认知转化为内在自然，就成了最高的标准和尺度。司空图《诗品》里将“雄浑”标为第一，雄浑和浑沌相似，包含了人类最早的自我认知，也包含了对宇宙的起源、混茫的自然的猜想。庄子说“七窍开浑沌死”，混沌的自然状态是原真状态。我们的每一句话、每一个表情、每一个动作和转念，一旦发生便永远归于消失，而我们却又想留住那些对我们至关重要的所谓“永恒的瞬间”。诗歌正是试图抓住这种生死瞬间的语言造型，为了让读者更好地穿透生活，从而感知生活背后的“浑沌”。诗歌既澄明又遮蔽，呈现了一部分的同时又遮蔽了一部分。所谓“清水出芙蓉，天然去雕饰”是一种相当理想化的表达。玉出于璞，但“不琢不成器”，诗亦如此；困难在于怎样达成释皎然所说的极尽人工而又不着痕迹。与其说这是艺术的最高境界，还不如说是人类生存的本来之意。若艺术真可以做到“道法自然”，那么，我们也应该像自然一样——自然而然地生活。

昆德拉问，现在还有像勒内·夏尔那样能让我们感知到自然存在、感知到人类与自然共生，让我们看到田畴里的小径、听到水里蛙声的诗人吗？还有这样的诗人吗？大家都在关注都市，书写日常生活和内心的碎片，人和自然再也不能做到不分彼此。长此以往，会真有自然在我们的诗歌中、艺术中不声不响死去的那一天吗？这并非一件不可思议的事，因为我们内心的自然正在死去，甚至早已死去。真正可怕的是，这种死亡一点也不暴烈，它的发生是日常的、难以察知的，换句话说，似乎也是“自然而然”的。当然，聪明的人类总能想出办法，比如我们可以使用诸如奥体公园里的假山、花圃那样的替代品，心安理得地去享受“人造自然”。

诗歌的责任：帮助人们重建与生活与自然的有机性

一个人怎样对待自己，就会怎样对待外部环境。当我们背离自然，当我们以征服者的名义出现，当我们强调人定胜天，最后得到的可能只是报应。人们看到山秃了，江河污染了，空气变糟了，才开始关心环境保护这一切身的、致命的问题。未来诗歌的责任却要比一般的环保主题更生动、更广阔：通过关注自己内心的变化来重新思考与自身、他人、社会、自然，至少四个层面的有机关系，从而象征性地为我们重建一种生活的整体性。这是一种更高意义上的自然，也是更难达成的自然。

我们都知道一个著名的禅宗公案：老僧三十年前未参禅时，见山是山，见水是水；及至后来亲见知识，有个入处，见山不是山，见水不是水；而今得个休歇处，依然见山还是山，见水还是水。这段公案常被用来标示审美认知的三个阶段，我们也可以移来言说诗歌中“自然”的三个层次。虽然都是比喻，但所谓“见山还是山，见水还是水”和最初的“见山是山，见水是水”显然已经不是一回事，事实上说的是与万物互参中达成的内心修为。必有此修为，然后万物归位。这时说“自然”，甚至已经不必拘泥于自然的表象，或许更接近希尼所说的“在一念之间抓住真实和正义”。而难度就在这里。更难的是使自己的生活方式和对诗意的认知达成一致。白天写些落花扫雪，充满禅意的诗句，到了晚上却钻到小酒馆里蹲在长条凳上喝酒，然后吵得一塌糊涂，以至互挥老拳，最后出来当街撒尿，如此的生活方式，如此的写作和生活关系，片面地看都挺“自然”，然而合在一起，却蕴含着某种深刻的分裂。

分裂似乎是现代人及其精神生活的特质：认知和行为的分裂、感性和理性的分裂、肉体和心灵的分裂、心灵本身的分裂，其背后是文化和价值观的分裂。分裂是对单维化、平面化所造成的压抑的反抗，但反抗并不是一切；分裂为丰富准备了条件，但分裂本身并不就是丰富。那么，是否存在某种弥合或重建的途径和方式呢？现代诗在这方面肯定有其不可替代的作为。

生活在农业时代的人们看起来很可怜，世世代代都被拴在土地上，其实未必。那时人和自然的关系有严酷的一面，然而彼此间也自有一种互为怀抱的温情。至少人们可以直接感知自然，四季演化的节奏与人们内心生活的节奏彼此应和。一套足够完整的神话系统和诸神谱系使得人和自然的精神维系变得更为具体和丰富，同时也使人们懂得敬畏。诸如此类。工业社会就不同了，异己的力量对人的生存造成了极大的压抑。工业社会的第二自然本身就是以非自然的面目出现的：都市、工厂、机器、写字楼。你整天被关在大房子里面，不能在田野上自由地呼吸，并且一切都被制度化了。制度是人类为了使自己更有序地生活制造出来的力量，一个相对好的制度更应该像一个现实的人，具有生命的有机性，且有自我修复的能力，但看来这只是一个有关制度的乌托邦。现代制度的本质就是一部大机器，人类越来越不能控制它，反而被它所控制；没有人能真正对它负责，它也不准备对任何人负责。其结果必然就是生活的单维化，心灵的抽象化、贫乏化、碎片化。人们整天在奔命，活得越来越没意思。与此同时，敬畏感越来越无迹可寻。

诗歌一直致力于揭示并维护人类生存的整体性，它的有机和丰富。今天这成了一种审美的乌托邦，也可以说是制度的“反面乌托邦”，一种至少是平衡的力量。如果人类真的在进化，或有进化的可能，那一定是朝着审美的方向进化。帮助人们重新恢复生活的弹性，重新建立对自然，尤其是内心自然的关注和敬畏，这是诗歌的责任。

诗歌，献给无限的少数人

当然，我们也不该持有一种妄念，认为诗歌拥有直接改变人和人生的力量。人类更多地是在经历了灾变，而不是读了某一首诗后，才有真正的警醒。社会发展本身有它的盲目性，而现实利益的驱动力确实要远远大于审美和形而上的思索。诗歌如西班牙诗人希门内斯所说，是献给“无限的少数人”的。少数，是就数量而言；无限，是就质量而言。这“无限的少数人”听起来像是一个悖论，然而正是诗歌存在并产生影响的方式。所谓“朦胧诗”在当代诗歌史上被描述成了一个运动，其实当时读到的人并不多，真正读进去的就更少了，无非是一部分大学生和文学青年，然而其影响力却大大超出了诗歌领域，成了当代史尤其是思想文化史上的大事件。诗歌的力量并不在于身居要津，手握权柄，人多势众，而在于深入人心，发现可能，不断揭示、刷新我们内在的生存和世界图像。它紧紧抓住语言的枢机，却在我们发不出声音或被迫沉默的领域工作；它诉诸“润物细无声”的道途和“涟漪效应”，一点点改变或改善我们的感知方式、情感方式、表达方式和生活态度。

现在很多人不再读诗，而更多地关注自己能挣多少钱，买多大的房子，什么时候买车；或怎样挣更多的钱，买更大的房子、更好的车。对现代性的盲目追求使人人都成了现代性的打工仔：员工给老板打工，老板给利润、效率打工，给福布斯排行榜打工，都在追求财富占有的无限。老板一点儿也没有比员工生活得更幸福，就内心的贫乏和被物质支配的程度而言，他们其实活得都一个样——没有纵深，没有弹性。

诗歌可以帮助人们重建与生活与自然的有机性。这当然需要通过阅读，却不可能是任何意义上的强制阅读。只有完全在自发的精神需要的情况下，一个人才会去读诗，也才能有效地读诗。我们不能指望诗歌能像国家指示一样渗透到社会各个层面，但如果是一个真想对人民负责的政府、一个恰好决心为社会服务的领导人，在这方面还是可以有一些作为。比如像布罗斯基曾经建议过的那样，在政府接待部门，在宾馆，在候车室，总而言之，在可能的公共空间，放上一些免费的诗歌小册页，为那些有阅读欲望的人提供方便。这花不了多少钱。每年乱吃乱喝的，漏一点下来就可以了。为什么不呢？一个经常读诗的人与一个从不读诗的人看待世界和自我的方式肯定不同。这里的“人”包括生活在社会底层的劳动者，也包括政客和资本家。

（根据访谈录音整理）

当代诗歌生态：场和“场子”

——在“新世纪以来中国诗歌生态恳谈会”上的发言

时间：2010年12月21日

地点：杭州西溪度假酒店

关于当代诗歌的生态问题，大家刚才已经谈得非常多了，还可以谈得更多，谈不完。我想这个问题是否有两个层面，一是尽可能中性的描述和分析，二是立足诗歌的价值诉求。现在的情况是二者纠缠在一起，有点乱。乱也没什么不好，因为当代诗歌生态的特点就是乱，而我们的讨论本身就是它的一部分，甚至是一个表征。对我来说，所谓“生态”有大小之分、内外之别，界限不必泾渭分明，相对而言，但重要性大不相同。对大的、外在的诗歌/人文生态，我们除了领受，更多地恐怕只能充当一个观察者、评论者的角色：它的盲目，它的自在，它乱七八糟的复杂性，足以支持两个截然相反的结论，比如最好的时代和最黑暗的时代，因为角度不同；唯有和个人密切相关的小的、内部的生态，是我们可以着力之处，可以通过自觉的努力参与改变和建构之处；如果这些改变和建构作为某种必要的平衡，还能多少影响到大的、外部的生态，那就谢天谢地了。

不管怎么说，我们在这里讨论诗歌生态，是因为我们知道诗对生态有特别的要求，是因为目前的诗歌生态让我们感到不舒服，有许多伤害诗的东西需要我们共同应对。我们的讨论能改变什么吗？显然不能，至少不能指望。诗歌生态不是孤立的存在，它和整个文学的生态、文化的生态以至社会的生态密切相关。许多发生在诗歌领域内的现象和问题，都有更深广的社会和文化根源，包括一系列软性的观念因素，也包括一些硬性的制度化因素。它们自行其是，不会在乎我们的讨论。好在我们也可以不在乎它们。但我们自己应该清楚我们的目标。对一些性质恶劣的事件表示义愤是一种正当的反应，说来说去一肚子牢骚就没有多大意思了。像黄梵那样做一些具体的研究，尽可能搞清楚其根源和机制，或许更加可取。我们确实有理由搞清楚这些，因为没有人愿意像自然地呼吸那样，吃毒饺子，喝三鹿奶粉。

我们都希望有一个比较理想的诗歌生态，都希望这生态能让诗人们感觉舒服一点。但这个时代会让诗歌、诗人舒服吗？会有谁为诗歌预备下一个这样的时代吗？我也不知道什么时代让诗歌舒服过，可能是唐代吧？然而近现代以来，诗歌和时代之间却似乎越来越格格不入。就当代而言，我们曾不得不面对制度化的意识形态垂直支配，接着又不得不面对权力和资本的联合专制，或许还要加上大众媒体。九十年代初曾有人欢呼一个大众传媒的时代降临了，那个时候谁也没有想到它对我们的生活，特别是诗歌意味着什么。

一个诗人最大的幸福是直接面对诗说话，但现在我们和诗之间隔着太多的东西，隔着时代、资本、传媒、评奖，诸如此类。这些东西本身无所谓恶意不恶意，却迫使我们一再远离诗。我不能说这是某种劫持，因为我们并非别无选择。清理、穿透那些把我们和诗隔开的东西是一方面，更重要的恐怕还是自我反省、自我加持。比如刚才黄梵说到的言清行浊，这个问题就值得我们深刻反省。事实上，精神和人格的分裂、精神内部的分裂，早已成了当下诗歌生态最不可回避的病征之一。我们的病和时代的病，从一开始就互为表里地纠缠在一起。

面对大环境、大气候我们更多地会有一种无力、无助感，但致力于小环境、小气候的改善却大有可能。在座的很多都办过民刊，为什么要办民刊呢？不就是要为自己创造一个小环境、小气候吗？以此抗衡、影响、改变大环境、大气候必须依靠历史的合力，但作为一个内部的生态空间却有相对的自足性，在这里面我们可以活得干净一点、舒心一点，可以更多地亲近诗，对诗说话，感受到与诗的直接关联。要建立和葆有这样一个空间需要一些基本元素，而我们并不缺少这些元素。比如友情。保罗·策兰有一句诗，大意是说写诗对他而言相当于从生存之海中透气，对友情我也愿意用这样的比喻。友情也是一个生存的透气孔，和文学之间、写作之间存在一呼一吸的关系。像围棋一样，有这两个眼你就能活。我相信让我们聚在一起的理由，很大程度上正是友情。它不仅是一种自我加持的力量，还是一种互相加持的力量。问题是什么样的友情才能成为这种加持的力量呢？话既然说到了这里，我就多说几句。

友情是中国古典诗歌最重要的母题之一，有关作品汗牛充栋，相比之下爱情却很少，有也多是悼亡诗。造成这种情况有多方面的缘由，但恐怕主要和中国特有的“知音”传统有关。我多次谈到过标举选本和品话的古典诗歌评价系统不重编年而重内质，应该也和这一传统有关。可以说，“知音”统合了友情和审美判断力。知音传统的原型是“高山流水”，对这一典故大家不用说早已耳熟能详，但是不是同时也有所忽略呢？从这一典故的情境看，俞伯牙弹琴最初应该是无所期待的，至多是暗中有所期待；换句话说，他的知音可以，但并非必然存在于世俗红尘中，充其量他是虚席以待。那么必然的知音在哪里呢？我们会注意到伯牙是在高山密林，在荒野中弹琴的，独自一人。这是中国传统里的一个经典场景，关涉到个人和最高存在，即“道”的关系，所谓“独与天地精神之往来”。刘勰《文心雕龙》开篇第一讲“原道”，就是讲和最高存在的关系，关键也是在独与天地精神之往来中领悟。可能有人会批评我这样说是在谈玄，把事情搞神秘了。当然不是这样：我更愿意不仅就“天地精神”的本义，而且就其引申义，即存在本身的意义讨论这种关系；而且我更想强调“往来”，往来即对话，即互参。但无论如何，这个场景首先突出了个人与最高存在，与“道”的关系。

钟子期也很有意思，他可不是什么高雅之士，而是一个樵夫，一个砍柴的。这个樵夫偶然路过那里，偶然听到了俞伯牙的琴声，居然一下就听懂了。他显然也没有事先就揣着什么寻找知音的念头，一切都是无意的，自然而然的。

由此我想到，所谓“知音”传统，更有意思的恐怕还是这个“音”字。不说“知我”而说“知音”，是不是在说，“音”喻示了一种高于奏者和听者之上的存在，据此才能在同属偶然的二者之间建立某种必然的关系呢？这里的必然和偶然是一体两面，钟子期恰好就是那个和伯牙怀有同样境界的人。二者的关系一方面是无限开放的：俞伯牙并非只有一个钟子期，反之亦然；另一方面又是受到严格限制的：钟子期一死，俞伯牙就把琴摔了。可见知音极其罕见，像真正的爱人一样可遇而不可求，不是想找就能找到的。

当然对这个典故还可以做其他的解读。我这样扯来扯去，无非是想给友情发明一个前提。我不是说它们之间存在某种等级关系，再说友情的外延也比知音宽泛得多，但有没有这样的前提，友情的意味和质量是不一样的。出于对“道”，对最高存在的共同体认而发展出来的友情可能更脆弱，但也可能更恒久。中国古典诗歌里面有很多写友情的诗是隐含了这一前提的，现实中成为朋友也是如此。比如说著名的魏晋“竹林七贤”。“竹林七贤”年纪悬殊，政见不一，身份构成也很复杂，有散人，有官员，也有商贾。我们都知道其时的生存压力很大很凶险，但把他们连在一起的却是另一种东西。在一般层面上我们讲它是友情，然而再稍稍深入一步，就可以发现知音或“道”的维系，尽管情形不尽相同。包括我们平时签书送朋友，要是自觉灵魂特别亲近，或特别值得敬重的人你会写“道友”、“道兄”；一般的我们就会写某某兄；在世俗意义上强调你的尊敬你会写某某大兄，这些和年龄没有必然的关系。只要从道义或情感上觉得对方和你能共同体认某一境界，无论年龄相差多少都可以称兄道弟，所谓“忘年交”。“竹林七贤”中年纪最大的和最小的之间就相差二十九岁。

中国的这种情谊有两种路向，一是类似“高山流水”、“竹林七贤”这种，还有就是通常所说的“江湖”；二者性质大不一样，但随着诗歌人文生态的恶化，很多时候却也混而不分。典型的如八十年代的“诗歌江湖”，那甚至成了我们的小传统的一部分。“知音”传统我觉得它更多强调一种共享，有一个我们假定的所谓最高存在或最高价值；落实到情谊的层面上则可以说是分享，共同体认后的分享。这被共同体认的东西并不抽象，它是渗透在我们的日常生活和写作中的，能在精神上把我们凝聚在一起并有所激励。今天写友情的诗少多了，写得真挚感人的就更少，为什么呢？人际关系的变化只是表面现象，更重要的恐怕是求道、证道精神的缺失。以利益关系为纽带，我们只能看到朋党，而看不到真正的友情。

友情，只有基于道义并且和道义结合在一起时，才能形成一种良性循环，既成为写作的对象也成为文学的培养基。中国古典文学精于的意象批评，很大程度上是和品评人物纠缠在一起的。由东汉而魏晋，这甚至形成了一时风气，就是一帮人聚在一起，或嘴或笔互相品评。我们现在看到的大多是一些正面的，比如说某人如“玉树临风”啊，某人“翩若惊鸿，矫若游龙”啊，某人“汪汪如万顷之陂，澄之不清，扰之不浊”啊，等等。我不知道这其中有没有吹捧或相互吹捧的成分，但我知道肯定有比吹捧高得多也重要得多的成分。风气不只是风气，还是一个共同创造的场或场域。当然还是要有更高的道义维系，否则既生不出真正的友情，也留不下“割席断袍”的美谈，二者互为表里。没有了更高的道义维系，“场”就成了“场子”，就到处充斥着“我的小说”、“我的诗”，“知音”就退化成了“知我”，甚至更低。在这种情况下，友情的滑坡、消退、贬值几乎是不可避免的……1995年的时候在美国洛杉矶碰到阿城，他说他去了几次纽约，就再不想去了。问为什么。他说去干嘛？乌泱乌泱一大帮人，说起来是艺术家、小说家，可没一个人说别人好话的，尽拆台。他说过去戏班子讲究彼此捧场，同行之间不能拆台，为什么？就是要有一个场。他说现在还有这个场吗？大家在一起都以互相攻讦为能事，这个场就没有了。

我想再强调一下“场”和“场子”的区别。前者说的是一种能量的聚合效应，后者说的是人加人的杂凑。现在研讨会、朗诵会、评奖会什么的，多了去了，也是乌泱乌泱的；但大多情况下确实是只见“场子”不见“场”，什么会都好比“赶场子”。比较一下国际交流场合的反差，对这一点会看得更加清楚。2003年春天在北京798曾经有过一次中日诗人艺术家的越界交流，我们是主场。我注意到当中国诗人朗诵的时候，那些日本诗人全都端端正正地坐着，安安静静地听着；而到了日本诗人朗诵的时候，大多数中国诗人却在交头接耳，嗡嗡营营。第一场有个舞台，情况还好些；第二场移到了一个大车间里，场面有多乱就甭提了。朗诵的人被围在中间，其他的人该干什么就干什么，那个嘈杂啊。但即便是在那种情况下，所有日本诗人仍然是端端正正地坐着，安安静静地听着。说实在的，这事我一想起来就觉得羞愧无地。语言不通在这里不是问题，大家都一样，再说还是双语朗诵；我也不认为这种现场反差仅仅表明日本诗人更懂礼貌，不，从他们的坐姿、他们的表情、他们凝神屏息的态度中你不会只读到礼貌，还会读到对同行的尊重、对同行劳动的尊重，更重要的，对诗本身的虔敬。那是一种类宗教的虔敬，足以令一个“场”在“场子”中呈现并维系其自身尊严的虔敬。我还清晰地记得当轮到日本诗人吉增刚造朗诵时的情形。只见他在周围一片沸反盈天的嘈杂声中不慌不忙地盘腿坐下，铺开一块布，再一件一件摆上诸如小烛台啊，小铜炉啊，那些配合朗诵用的小“法器”，然后闭上眼睛，那份一丝不苟，那份气定神闲，那份安详。当然你可以说那是一个小小的个人仪式，甚至一种表演，一种行为艺术；但当他那几乎称得上微弱的声音克制住并穿透周遭的喧哗，如同一枚枚闪亮的钉子播撒出去的时候，你就会马上改变想法。你会想到那根本不是某个人的声音，而是一个场的声音，是场本身在发声。

当然这都是些小事，却也全息式地反映了我们的诗歌生态，尤其反映了我们和这种生态的共谋关系。我们无法置身度外地来谈论诗歌生态问题。我们必须“在场”并不断地参与创造这个“场”，而不是不断地“赶场子”，或使我们自身成为一个场子。这是一种责任。诗人也好，批评家也好，都有这份责任。“场”是我们共享的，无论从友情的角度还是从写作的角度都共享的一种更高的存在。它能把我们聚在一起，把我们的能量聚在一起。衷心希望“天问”的年度峰会和《读诗》能成为一个这样的“场”。当然更重要的是日常的“场”：朋友聚散，倏忽来去，无论多么激情四射，最后我们还是回到自己的日常中，独自面对诗和写作。而不管大生态如何、二生态如何、三生态如何，只要我们持之不懈，能为这个“场”，这个使得诗歌能够生长的“场”尽一点绵薄之力，也就可以了。

（根据录音整理）

跨文化和诗歌：不断获取“神奇的动力”

——在第四届亚洲诗歌节上的讲演

我们相聚在这里，相聚在横跨欧亚大陆，荟萃欧、亚、非三大洲文化，且曾作为历史上著名的“丝绸之路”西端终点的国际都市伊斯坦布尔，本身就是有关“跨文化和诗歌”的一个活生生的阐释。

而我，一个中国诗人，或一个为诗工作的人，能有幸在这里向一直心仪的土耳其现代诗的奠基者纳齐姆·希克梅特（Nazim Hikmet），向杰出的小说家费利特·奥尔罕·帕慕克（Ferit Orhan Pamuk）献上我由衷的敬意，则可以视为这一阐释的一个小小脚注。

然而，无论是怎样的阐释，无论有多少个脚注，都只会支持“跨文化和诗歌”继续成为一个目标，而不是种种由成见累积而成的结论。因为所谓“跨文化”不仅是我们共同面临的历史语境，还是一种视野和胸襟，是热爱和彼此热爱，理解和彼此理解；不仅是一种视野和胸襟，还是一种自我和他者彼此生成的镜像，或在二者之间流转不定，不断进行新的综合的能量。它首先要求具备的是实践和创造的品格。日益加速度的全球化进程早已向我们表明了这一点，还将继续表明这一点。

这里所说的“全球化”当然是我们自己的全球化。那是与以经济利益为支点、谋求份额和霸权为核心的市场全球化相平行、相因应、相抗衡的另一种全球化，是自伟大的歌德于近两个世纪前提出“世界文学”这一划时代的概念以来日见清晰的共同揭示、解读人类生存与心灵处境的全球化，是有关个体生命的激情、梦想、良知、智慧，有关语言边界的追问和探索，以及与此相关的传播、交流和沟通方式的全球化。在某种意义上，正是这样一种全球化的进程孕育、催生了中国的“新诗”即现代诗，并深刻影响了其近一百年来的发展；也正是因为置身同一的历史进程之中，我们才会在这里相聚。

跨文化的努力不但不会掩盖，相反会突出我们各自的主体差异性；同样，它不但不会钝化，相反会激励我们直面各自不同的“问题情境”并探索解决之道。沉默而又活跃在所有这些背后的，是我们各自依据的文学和文化传统：它曾经的辉煌，它的困境，它寻求自身变革的内在要求。当上世纪初叶埃兹拉·庞德和他的友人们受中国古典诗歌和日本俳句的启发，在伦敦开创“意象派诗歌”并使意象主义席卷欧美，成为第一个具有世界意义的诗歌运动时，中国现代诗的先驱们却在借鉴“意象派六原则”提出自己的诗歌主张，厉行“用中文来创造外国诗的格律来装进外国诗的诗意”的实验；当庞德依据东方学者弗诺罗萨（Fenollosa）的遗稿，如T.S.艾略特所说，为西方“发明中国诗”，并惊叹汉字天生就是用来写诗的文字时，中国新文化运动的猛将们却将其“罗曼斯精神”推向极端，力主废除汉字，改用拉丁文拼写。这种貌似错位，以至荒诞的现象曾一再被视为中国新诗人数典忘祖的证据，然而从寻求各自传统变革的角度看，却正是“跨文化”的题中应有之义。激进的思潮理当清理，无效的主张可以废弃，但这“应有之义”却始终不可或缺。它不仅意味着尊重从一开始就包含了错谬在内的生长的逻辑，还意味着不断获取某种“神奇的动力”。

“神奇的动力”一语出自大家手头那首中国诗人的诗，事实上它正是这首题为《嬗变——致保罗·瓦雷里》的诗所致力揭示的秘密源泉。反复出现的省略号表明，诗人的笔似乎总也跟不上他内心奔突的思绪。“每一种生命和物质……影像和镜子……”，“知识……责任……权力……意志”——除了不断在语言上腾身飞跃，他又怎么能抓住那同时溶涵了这一切的力量在极度宁静中兀然显形的瞬间？令人惊奇的是，如此巨大的能量，如此紧张的嬗变过程，在第二节中却被汇聚于一群“蠕虫”：

当神奇的动力运转起来，向前推进着的时候，
一千个萌芽，齐声歌咏着它们的每一份命运。
蠕虫，娇小的蠕虫，从它们隐蔽的洞穴里
酣眠的胚芽里破茧而出……啊，蠕虫，……激情的力量！
你们吞噬着林木和它们正在变红的肌肤。
你们吃着，你们蜕变着。你们侵蚀着理性！

我很高兴能在这里谈及作者盛成。由于长期受到有意无意的遮蔽，即使是在座的同胞，恐怕大多也未必知道这位集诗人、作家、翻译家、语言学家、社会活动家于一身的中国现当代史上的传奇人物。关于他的传奇性有太多的话可说，譬如十一岁即以出家人身份秘密加入同盟会，次年参加辛亥革命光复南京的战斗，受到孙中山的嘉奖；譬如二十岁就作为铁路工人代表投身五四运动，与周恩来等结为亲密战友；譬如赴欧勤工俭学期间既狂热地卷入达达主义运动，成为其唯一的东方要员，又参与创建法国共产党，并任法共南方地区兰盖道克省（Langnedoc）省委书记……然而，我今天之所以谈到他并非是因为这些，而是因为他作为中国自有新文学以来真正以作品名动世界的第一人，同时又是跨文化写作和交流的绝佳典范；是因为他终其一生都与他笔下那“神奇的动力”相伴相生，从未失其自由和创造的灵魂。而我之所以感到高兴，是因为八十二年前，即1930年，他曾作为土耳其国父穆斯塔法·凯马尔（Mustafa Kemal）特别邀请的客人

到访过土耳其。当时他们会面的地点是新都安卡拉，但客人取陆路来自法国，肯定途经了伊斯坦布尔。我愿意想象，此刻他也是我们中的一员。

那次盛成受邀的缘由不是诗歌，而是两年前他那部一经出版即轰动欧洲文坛，被称为“一时盛事”的长篇小说《我的母亲》。此外，同为“革命者”大概也是一种深层的精神维系。然而对盛成来说，小说和诗歌，诗歌与革命，其间的分别远不如通常认为的那么重要；重要的是“万物为一”、“天下殊途而同归”的存在原理，那是真正的大诗、原型之诗。事实上，盛成确实是把《我的母亲》作为一首“大诗”来写的，其自我期待是“要有《神曲》的精神，要有《第九交响曲》的音调”，应当成为“饿肚子的朋友，痛苦者的知音”，它将是一首“人曲”；而在纪德、罗曼·罗兰、萧伯纳、海明威等他的朋友们看来，这部作品的精髓也在于“通篇闪耀着诗歌精神的光亮”。不必说，那在《嬗变》一诗中透入“阴翳的深渊”，使“沉默的、孤独的纽结，/在忧郁的心灵的阴影中，哭泣着延伸出枝节，/在高处飞翔，凝视着情感之树”的，当是同一种光亮。一个心中怀有这种光亮的人，一个能听到“一千个萌芽，齐声歌咏着它们的每一份命运”的人，生逢其时而将革命者和诗人一起认取，不是像日月经天、江河行地一样自然而然吗？

把《嬗变》一诗献给保罗·瓦雷里隐含着另一段“跨文化”的佳话。人们尚不清楚，同为1927年，盛成写作这首诗与他在巴黎大学开讲中国“群经之首”《易经》而令作为听众的瓦雷里惊喜交加，在具体时间上孰先孰后；但可以肯定，一年后《我的母亲》出版，历来以惜墨如金著称的瓦雷里亲撰万言长序，绝非是个人之间的投桃报李。在这篇序文中，瓦雷里一方面盛赞作者“以一种最别出心裁、最细致入微和最巧妙的手法写就此书”，“揭示和彰显出一个时代诞生中的沧桑巨变”，一方面痛斥了其时西方世界对中华民族及中国历史文化根深蒂固的无知和偏见。他写道：“如果作者对我们相当了解，那么他是否借用他母亲的人与名，来触及到我们的灵魂呢？他从没有想到通过母亲的慈爱，委婉地使其转变为我们对博爱的笃信吗？我几乎不可能想象一个西方人，能够用最高尚的情感，毫无顾忌地对中国人倾诉衷肠。”

如此广博的理解和同情，如此深挚的自省和自察——我不知道就跨文化交流所可达成的效果而言，还有什么比这样的反响更能荡涤我们的灵魂，更能从内部解放我们的创造力！

一个本应言简意赅的发言，却装着一个或许已经过于冗长的故事，为此我必须向大家致歉。作为某种自我心理补偿，我相信没有人会把这故事仅仅当成一个故事，而忽视它同时还是一种启示。所有的故事都趋向结束；而启示，则带来不断的开始和延续。当然，历史的场景、语境的上下文、主人公的身份和角色、可以诉诸的方式和手段，诸如此类都不妨变也必然会变；但诗人关注人类命运及其心灵境遇的责任，诗歌不断突破既有边界，探询生命和语言的新的可能性的职分，由此生发出的跨文化写作与交流的强烈欲求和企及目标，却没有变也永远不会变。正是在这种变与不变的辩证中，在不同情节的急速转换和同一主题的反复重申中，我们共同见证、传播着自由的诗歌精神薪火，并经由碰撞中影响的相互渗透，越来越成为彼此的有机组成部分。

最后请允许我回到已被搁置了太久的“蠕虫”。必须承认，当我前面说这一象喻“令人惊奇”时，其原本的喻指在我心目中早就发生了转移。我的意思是：对洞悉人类苦难、通晓中国古典，而当时又仍充满社会革命余绪的盛成来说，选择这一“齐物我”的喻象可谓其来有自，并不足以令我惊奇；真正令我惊奇的是，这一喻象似乎更适合用来象征今天诗和诗人的处境，更适合用来隐喻当代跨文化写作和交流所暗中发生的嬗变过程。我不认为这种误读有太多的悲观或自嘲的意味，毕竟，盛成笔下的蠕虫不是卡夫卡笔下的甲虫，正像它们隐身的洞穴不是甲虫背上的硬壳一样。现在，我甚至更真切地感受到了那从内部鼓舞着它们的“神奇的动力”。

2012年6月10日

图书在版编目（CIP）数据

先行到失败中去/唐晓渡著. --北京：作家出版社，2015.9
ISBN 978-7-5063-7811-6

Ⅰ.①先… Ⅱ.①唐… Ⅲ.①随笔-作品集-中国-当代
Ⅳ.①I267.1

中国版本图书馆 CIP 数据核字（2015）第 025788 号

先行到失败中去

作　　者：唐晓渡
责任编辑：李宏伟
装帧设计：|合|和|工作室
出版发行：作家出版社
社　　址：北京农展馆南里 10 号　　**邮　　编**：100125
电话传真：86-10-65930756（出版发行部）
86-10-65004079（总编室）
86-10-65015116（邮购部）
E-mail：zuojia@zuojia.net.cn
http://www.haozuojia.com（作家在线）
印　　刷：北京中科印刷有限公司
成品尺寸：145×210
字　　数：301 千
印　　张：11.625
版　　次：2015 年 9 月第 1 版
印　　次：2015 年 9 月第 1 次印刷
ISBN 978-7-5063-7811-6
定　　价：42.00 元